Und Oenghus weinte

Sofia Hartmann
Und Oenghus weinte

Roman

„Und Oenghus weinte"
© 2016 Sofia Hartmann

Herausgeber:
Monika Celik
Friedweg 9
53919 Weilerswist

Umschlaggestaltung und Buchsatz: materndesign.com
Jörg Matern, Dipl. Grafik Designer
Fotos:
© Jörg Matern
©panthermedia.net/dvargg

TWENTYSIX – Der Self-Publishing-Verlag
Eine Kooperation zwischen der Verlagsgruppe Random House
und BoD – Books on Demand

Herstellung und Verlag:
BoD – Books on Demand, Norderstedt

ISBN: 978-3-7407-1141-2

Das Werk, einschließlich seiner Teile, ist urheberrechtlich geschützt. Jede Verwertung ist ohne Zustimmung des Verlages und des Autors unzulässig. Dies gilt insbesondere für die elektronische oder sonstige Vervielfältigung, Übersetzung, Verbreitung und öffentliche Zugänglichmachung.

Bibliografische Information der Deutschen Nationalbibliothek:
Die Deutsche Nationalbibliothek verzeichnet diese Publikation in der Deutschen Nationalbibliografie; detaillierte bibliografische Daten sind im Internet über http://dnb.d-nb.de abrufbar.

Inhalt

Der unrasierte Kampflesbenmodus	7
Der Götterhain	11
Der große Knall	14
Burnout	26
Brich ihm das Herz und ich reiße dir deines raus!	36
Fuck the system!	46
Was ist das hier für dich?	52
Er ist einfach göttlich!	57
Wie Achilles und Briseis	65
Alles Bullshit	71
Ride like the wind	74
Kochabend	84
Mit dem Verstand hat das nichts zu tun	94
Ein Abend zu viert	105
Keltische Feste	116
Aus zwei mach eins	122
Was Lola so meint	129
Umzug – und eine Überraschung für Tom	138
Das Tattoo	144
Lass uns den Göttern danken	154
Beltane	158
Kein Katerfrühstück	170
Emanzipation	175
Einjähriges	184
David	188
Versammlung im Götterhain	201
Davids Vergangenheit	205
Niemals werde ich dich vergessen!	211
Zweijähriges	222

Der unrasierte Kampflesbenmodus

Wenn man all das hinter sich hat, was ich durchmachen musste, verliebt man sich nicht mehr. Es ist mir gelungen, meinen Frieden mit den Dingen zu machen. Ich habe mich auf andere Dinge konzentriert: Meine Arbeit, meine Freundinnen und meine Katzen. Wer mich kennenlernt, hält mich für eine glückliche Single-Frau. Ich zeige der Welt mein schönstes Gesicht, gelte als Frau, die immer gute Laune hat und voller Liebe ist. Ja, ich weiß, das widerspricht sich! Wie kann man voller Liebe sein, wenn man nicht lieben kann? Nun, ich kann lieben! Aber nur solange man mir nicht zu nahe kommt. Aus diesem Grund habe ich zu Frauen natürlich ein viel besseres Verhältnis, als zu Männern. Missverständnisse gibt es nie, denn dass ich nicht lesbisch bin, riecht jede lesbische Frau sofort. Ich habe also nette Freundschaften, immer was zu tun, und wenn mir abends nach kuscheln zumute ist, sind es meine Katzen, die mir dieses Bedürfnis erfüllen.

So geht das schon seit Jahren. Meine beste Freundin Miriam ist einer der wenigen Menschen die wissen, dass ich damit nicht so glücklich bin, wie ich vorgebe. Wie sehr ich mich danach sehne, mich endlich einmal wieder verlieben zu können. Nicht lieben zu können ist ein Gefühl unendlicher Leere.

Es ist ja kein großes Geheimnis. Aber es gibt kaum Menschen, die das verstehen. Jeder fühlt doch irgendwas! Und jeder begegnet doch irgendwann jemandem, der den Puls zum Rasen bringt. Ich nicht!

Wir Menschen warten immer auf jemanden, von dem wir geliebt werden, weil wir denken, dass uns das glücklich macht. Nun, daran mangelt es mir nicht. Viele verlieben sich in mich und sind bereit, mir ihre Liebe zu schenken. Wenn du aber selbst nicht lieben kannst, dann ist das, wie innerlich tot zu sein.

Du versuchst es ja gelegentlich, wenn da jemand ist, der dich umwirbt und dir einigermaßen gefällt. Du lässt dich küssen, schläfst irgendwann sogar mit ihm.

Du denkst: Vielleicht entwickelt es sich ja. Aber dann stellst du fest, dass du überhaupt nichts empfindest. Gar nichts. Es ist egal, wie sehr sich der arme Kerl abmüht, es macht dir einfach keinen Spaß. Seine Küsse sind dir zuwider. Seine Berührungen gehen dir auf die Nerven. Du magst ihn schon, aber am liebsten magst du ihn, wenn er mindestens einen Meter entfernt ist. Und das, obwohl du früher kaum an etwas mehr Spaß hattest als an wildem, leidenschaftlichem Sex.

Wenn es überhaupt zum Sex kommt, denn an diesen Punkt schaffen es die wenigsten Bekanntschaften. Im Grunde ist es eher so, dass sie dich im Vorfeld schon mit irgendetwas vertreiben oder verschrecken. Der eine bombardiert dich mit 80 Nachrichten am Tag bei WhatsApp, und du traust dich gar nicht mehr, in dein Smartphone zu schauen. Der andere macht dir Versprechungen, *dass dir himmelangst wird, weil du genau weißt, dass das alles nur Gequatsche ist. Du merkst, dass er dich mit aller Gewalt von sich überzeugen will, und du lachst dich krank, weil du inzwischen gelernt hast, dass Worte sowieso nichts wert sind. Der Nächste sitzt im Restaurant, erzählt dir, wie toll er die Sache mit der Emanzipation findet, und muss dringend aufs Klo, wenn der Kellner mit der Rechnung kommt. Wieder ein anderer stalkt hinter dir her – jedenfalls taucht er komischerweise immer und überall da auf, wo du bist. Darüber hinaus kontrolliert er täglich dein Facebook-Profil und regt sich tierisch auf, wenn er mitbekommt, dass andere Männer sich für dich interessieren. Er macht dir Vorwürfe, sitzt vor dir und weint, und deine Verachtung ist grenzenlos, denn du hast ihm ja schon vor Wochen oder sogar Monaten gesagt, dass du ihn nicht liebst, und die ganze Sache keinen Sinn hat. Deine Verzweiflung ist in solchen Momenten auch grenzenlos, weil du einfach nicht weißt, wie du ihm klarmachen kannst, dass er nicht dein Heilsbringer ist, auch wenn er das von sich glaubt. Sie lernen dich kennen, sprechen von Zusammenziehen und Hochzeit – und dir wird schlecht vor Angst, weil du dich noch gut daran erinnern kannst, wie lange es gedauert hat, bis du den letzten Kerl in seiner unendlichen Anhänglichkeit endlich los warst.*

Und dann kommt ein schlauer Mensch daher und sagt dir, dass du Bindungsangst hast. Fordert dich auf, eine Therapie zu machen und etwas dagegen zu tun. Du aber sitzt zu Hause auf deinem Sofa, die Katze auf dem Schoß und fragst dich: Warum soll ich etwas dagegen unternehmen? Es ist doch alles toll, so wie es ist!

Die Vorstellung von Liebe und Beziehung ist wunderschön. Die Realität nicht – so meine Erfahrungen. Deswegen ist es ja vielleicht ganz gut, wenn alles so bleibt, wie es ist. Denn nun ist wenigstens endlich einmal Frieden in meinem Leben eingekehrt.

Ich wurde geschlagen, betrogen, ich wurde belogen, psychisch fertig gemacht und finanziell sowieso.

Nach einem Leben voller Arbeit bin ich nun verschuldet, obwohl ich nie was auf Raten gekauft, und immer bescheiden gelebt habe. Die Insolvenz beginnt gerade, und es liegen noch sieben magere Jahre vor mir. Und ja, selbstverständlich habe ich ab und zu versucht, mit einem Menschen glücklich zu werden. Bis zu einem bestimmten Punkt ging das sogar noch. Ich wurde aber vorsichtiger in der Wahl der Menschen, mit denen ich mich umgab. Von den Bad Boys habe ich mich fern gehalten. Schließlich sind sie es gewesen, die mir das Herz brachen. Nach dieser Erkenntnis zu den Bad Boys habe ich also nur noch liebe Männer in mein Leben gelassen.

Kennst du das auch? Diese Sache mit den lieben Männern?

Männer, die schon seit Jahren keinen mehr hochkriegen, und bei denen du deutlich spürst, dass sie eigentlich gar kein Interesse an so was haben. Männer, die nur eine Mutti suchen, hinter der sie sich verstecken können, weil ihre eigene

Mutti nicht mehr die Jüngste ist und weil es uncool ist, in diesem Alter noch bei der richtigen Mama zu wohnen.

Männer, die jemanden brauchen, den sie draußen vorzeigen und als Freundin präsentieren können.

Es sind schon lange keine attraktiven Männer mehr, sondern das, was der Markt übrig gelassen hat. Dass sie noch übrig sind, hat tausend Gründe und wenn du dich auf solche Männer einlässt, verstehst du auch, warum sie bisher keine Frau haben wollte. Die willst du nämlich auch nicht! Und dann stellst du fest:

Der dich belogen hat, war ein Scheißkerl.
Der dich belogen und betrogen hat, war ein noch viel größerer Scheißkerl.
Der dich geschlagen hat, war der größte Drecksack.

Alle miteinander haben sie dir finanziell und mental großen Schaden zugefügt, und deswegen sind deine Verflossenen einfach nur Arschgeigen.

Wer dir aber am meisten geschadet hat, das waren die lieben Männer, die nicht so attraktiv sind. Die, bei denen du dachtest, dass du früher viel zu sehr auf die Optik eines Mannes geachtet hast, und dass es dir vielleicht mit einem Mann besser geht, der nicht so attraktiv ist. Männer, bei denen du dann aber spüren musstest, dass du für sie nur ein Mittel zum Zweck bist.

Weil sie dich behandelt haben wie ihre Mütter, weil sie dich nie gefickt haben, und weil du spürtest, dass du eigentlich nur wichtig für sie bist, damit sie da draußen keiner mehr für einen Loser oder für schwul hält.

Das sind die Männer, die dafür verantwortlich sind, dass du nichts mehr fühlst. Dass etwas Elementares in dir gestorben ist.

Du denkst mit Sehnsucht an die Arschgeigen zurück, die dir wenigstens, auch wenn sie dich am Ende alle schlecht behandelt haben, für einen gewissen Zeitraum das Gefühl gegeben haben, dass du eine Frau bist. Eine begehrenswerte Frau, eine Königin! Die schönste Frau, die attraktivste Frau, die Göttin in ihrem Bett.

Und dann kommst du irgendwann an den Punkt, an dem ich nun schon seit zwei Jahren bin. Der Punkt, an dem dir keine schönen Augen mehr auffallen. An dem du feststellst, dass alle, die nun in deinem Alter noch da sind, eine Halbglatze haben und einen Schwabbelbauch, der so nach vorne hängt, dass sie ihren Schwanz nicht mehr sehen können. Kein Wunder, mögen sie sich damit nicht beschäftigen, das ist ja viel zu anstrengend. Es sind Männer, in deren Gesellschaft du dich uralt fühlst. Du stellst fest, dass es alles verkrachte Existenzen sind, und hast überhaupt keine Lust mehr, dir so was ans Bein zu binden, denn eine verkrachte Existenz bist du, dank deiner bisherigen Lover, ja selbst.

Du spürst, dass sie dein Herz nicht mehr berühren können. Wenn dich einer anspricht, weil er dich toll findet, drehst du unwirsch den Kopf und fragst barsch: »Was?« Du überlegst dir: »Was stimmt wohl mit dem wieder nicht?«

Und dann rennst du einfach weg. Das Flucht-Gen ist aktiviert, und du kannst überhaupt nichts dagegen unternehmen. Dein Gang wird automatisch schneller, nachdem ein Mann versucht hat, dir etwas tiefer in die Augen zu sehen. Was bleibt dir also übrig, als deine Katzen zu lieben, dich auf deine Freundinnen zu konzentrieren, und deine Abende auf dem Sofa, mit einem Buch in der Hand zu verbringen?

Du hörst auch irgendwann mit vielen Dingen auf, auf die du früher total Wert gelegt hast. Du rasierst dir die Beine im Winter nicht mehr. Deine Muschi, die du früher bei jeder Dusche glatt rasiert hast, sieht aus wie ein verwahrloster Hexengarten. Die Haare unter den Achseln nennst du A-Hörnchen und B-Hörnchen, und sie interessieren dich auch nur im Sommer, wenn du ärmellose Shirts tragen willst. Im Winter sieht sie ja sowieso niemand. Und deine Haare, diese wunderschönen langen Haare, die du früher hattest, gehen dir auf die Nerven. Also gehst du zum Friseur, und trägst ab sofort eine sportliche Kurzhaarfrisur, auch wenn du alles andere als sportlich bist. Mit dem Ergebnis, dass du nun vollkommen anders wirkst.

Wie eine Kampflesbe, habe ich mir sagen lassen. Und das ausgerechnet von jemandem, der noch nicht mal wusste, dass meine Beine und meine Achselhöhlen nicht rasiert sind. Nun gut! Wenn du anfängst, dich mit deinem neuen Leben ohne Liebe und als unrasierte, nicht lesbische Kampflesbe zu arrangieren, kannst du damit rechnen, dass dir ein großer Knall bevorsteht. Wie auch immer der aussehen mag.

Sophie seufzte, speicherte ihre Datei und klappte den Laptop zu. Sie holte sich eine Tasse Kaffee und verkroch sich damit aufs Sofa. Wohin sie mit dem soeben Geschriebenen wollte, wusste sie selbst nicht so genau. Früher hatte sie Tagebuch geschrieben, aber irgendwann einfach damit aufgehört. Tagebücher sind nur sinnvoll, wenn eine Entwicklung stattfindet. Man liest sie 20 Jahre später und erinnert sich lächelnd, wie das damals alles gewesen ist. Wie naiv man war, wie gutgläubig und vor allem, wie verliebt. Wenn man die Vierzig erst einmal überschritten hat und feststellt, dass sich, außer den Namen niemals etwas geändert hat, verliert ein Tagebuch seinen Sinn. Es konfrontiert einen Menschen zudem mit seiner eigenen Blödheit. Wer hält das schon aus?

Sophie gehörte zu den Menschen, die in jeder Woche mindestens ein Buch lasen. Warum denn nicht mal selbst schreiben? Raus mit dem ganzen Frust? Mit Sicherheit gab es auch noch andere Frauen, die Ähnliches erlebt hatten, die würden sich für ihr Buch vielleicht sogar interessieren. Es konnte ja nicht sein, dass sie der einzige Volltrottel auf dieser Welt war, der immer reingefallen ist.

Der Götterhain

In der Anderwelt saßen vier keltische Götter zusammen in ihrem Götterhain, und beobachteten Sophie durch die Nebel, welche die Anderwelt von der Welt der Menschen trennt. Midir, der Gott der Unterwelt, der eigentlich auf der Insel Mananan lebte, die den Menschen als Isle of Man bekannt ist, und dort über Mag Mor herrschte. Strahlend schön war Midir, wie er im Götterhain saß, das jugendliche Gesicht von goldenem Haar umrahmt, mit beiden Händen seinen mehrspitzigen Speer umfassend und darauf gestützt. Neben ihm saß Oenghus, der Schutzpatron der Liebenden und Gott der Liebe und des Friedens. Hätte er menschliche Gestalt, so würde man kaum glauben, dass er für den Frieden stand. Eine breite Narbe zog sich vom Kinn bis zur Nasenwurzel und setzte sich über seinem Auge fort. Der Gott des Friedens war auch ein Krieger. Auch Lugh war anwesend und rastete im Götterhain, bevor er weiterziehen würde. In der Hand hielt er seinen Speer und an seinem Gürtel war eine Schleuder angebracht. Es waren die ihm seit tausenden von Jahren anvertrauten Waffen. Obgleich einer der höchsten Götter, besaß er eine fröhliche Natur und war stets zu Scherzen aufgelegt. Sein schönes Wesen als Gott der Sonne, als Meister der magischen Künste, erhellte den Götterhain mit einem magischen Licht. Zwischen ihnen saß Aine, die Göttin der Fruchtbarkeit und der Liebe. Seit tausenden von Jahren kümmerte sie sich um die einfachen Menschen, schützte sie und stand ihnen bei. Ihre Augen waren gefüllt mit Tränen.

»Es ist jetzt soweit«, sagte sie sanft. »Wir müssen handeln. Diese Frau dauert mich. Sie musste so viel Schmerz erdulden. Sie wird an Kummer und Einsamkeit sterben, wenn wir nichts tun.«

Midir lächelte. »Immer noch auf der Seite der Liebenden, Aine? Ja, ich weiß Kind, das ist deine Bestimmung. Aber schau dir an, was die Menschen mit der Liebe tun. Wahrscheinlich haben sie die Liebe nicht verdient.«

Aine seufzte, aber sie ließ sich nicht beirren. Sie sprach mit heller, klarer Stimme: »Oenghus, wie denkst du darüber? Hat diese Frau keine Liebe verdient?«

»Alle Menschen haben Liebe verdient«, antwortete Oenghus.

Aine lächelte sanftmütig. »Sie muss geheilt werden. Sie muss wieder fähig sein, zu lieben.« Sie seufzte. »Ihr Herz ist krank. Sie ist verbittert und traurig. Sie vertraut niemandem mehr.«

Oenghus konnte seinen Blick nicht von Sophie lösen. »Sie ist wunderschön«, sagte er.

»Sie war wunderschön. Jetzt ist sie nur noch voller Bitterkeit. Ihr ganzes Wesen ist hart. Ihre Schönheit wird erst wieder in vollem Glanz erstrahlen, wenn die Liebe in ihr Herz zurückgekehrt ist.«

»Sie ist immer noch wunderschön«, entgegnete Oenghus. »Im Schlaf ist von ihrer Bitterkeit nichts zu spüren.«

Aine legte sanft ihre Hand auf Oenghus Arm. »Ich möchte, dass du dich ihrer annimmst.«

»Sie ist doch dein Schützling. Ich habe den Jungen.«

Aine nickte. »Die beiden gehören zusammen. Aber wenn wir ihnen nicht beistehen, wird sie ihn nicht beachten oder vor ihm davonlaufen, wie sie seit Jahren schon davonläuft.«

Oenghus warf noch einen Blick auf die schlafende Sophie. »Die Menschen sind merkwürdig«, murmelte er. »Jetzt haben sie die Freiheit, die sie sich immer gewünscht haben. Aber statt sie zu nutzen, zerstören sie sich gegenseitig.«

Aine musterte ihn eindringlich. Er erwiderte ihren Blick und hielt eine Weile stand. »Was soll ich tun?«, fragte er.

»Geh in ihre Welt. Heile ihr Herz und ihre verletzte Seele. Sorge dafür, dass sie den Jungen trifft. Dann sorge dafür, dass sie dich vergisst.«

»Das ist kein Mädchen und er ist kein Junge. Das sind erwachsene Menschen, die über vierzig Jahre alt sind. Vielleicht sollten die Menschen, wie es früher war, mit dreißig Jahren sterben. Im Kampf, an einer Krankheit oder im Kindbett.« Er atmete tief ein. »Warum versuchst du es nicht selbst?«

»Ich war einige Male bei ihr, in verschiedenen Gestalten. Aber es nutzt nichts. Sie hat ihre Freundinnen. Ansonsten lässt sie nur ihre Katzen an sich heran.« Aine seufzte tief und verzweifelt. »Ich habe alles versucht.«

»Vielleicht ist sie glücklich«, sagte Oenghus. »Vielleicht hat sie die Liebe ihres Lebens bereits erlebt und ist jetzt zufrieden mit einem anderen Leben.«

»Du weißt, dass ich sie schon seit einigen Jahren beobachte.«

Oenghus nickte.

»Du weißt auch dass sie nicht glücklich ist, denn du fühlst ihre Bitterkeit und ihre Sehnsucht genauso wie ich. Sie sehnt sich nach einem Menschen, den sie lieben kann, Oenghus. Sie sehnt sich danach, die Liebe endlich wieder spüren zu können, aber das gelingt ihr nicht. Es wird nicht mehr lange dauern, Oenghus. Sie wird sich das Leben nehmen. Lugh hat ihre Gedanken gelesen. Sie denkt oft darüber nach, dass es besser wäre, nicht mehr am Leben zu sein.«

Aine kannte Oenghus. Sie wusste, er hatte ein gutes Herz, und er war voller Liebe für die Menschen.

»Also gut«, seufzte er. Noch einmal warf er einen Blick auf die schlafende Sophie. »Ich werde es tun. Aber du weißt, dass danach ich derjenige bin der leidet, nicht wahr, Aine?«

Sie nickte langsam, und ihre Augen wirkten sanft. »Aber du«, hauchte sie. »Du bist stark. Du wirst sie eines Tages vergessen.«

Midir blickte sie voller Sorge um seinen Ziehsohn Oenghus misstrauisch von der Seite an.

»Er wird sie vergessen«, sagte sie noch einmal sehr bestimmt. Midir durchbohrte Oenghus mit seinem Blick.

Lugh kicherte. »Das wird ein Spaß!«

Oenghus runzelte die Stirn. »Es wird kein Spaß.« Er warf Lugh einen strengen Blick zu. »Auch du musst helfen. Du bist der Meister der magischen Künste. Du wirst ein paar Dinge in der Realität verändern müssen.«

Midir, einer der schönsten Götter von allen, stolzierte nachdenklich, mit seinem Speer in der Hand, durch den Götterhain. Schließlich setzte er sich und sah Aine mahnend an.

»Der Schutzpatron der Liebenden ist die Liebe selbst«, sagte er leise. »Wie kannst du das von ihm verlangen?«

»Er ist stark«, wiederholte Aine, und sie wirkte sehr entschlossen. »Aber diese Frau wird immer schwächer. Ihre Kräfte haben sie verlassen, sie hat keinen Mut mehr. Wenn wir nicht einschreiten, wird sie sehr bald sterben.«

Midir lächelte. »Ich sage dir: Der Tod ist nicht das schlimmste Schicksal, das die Menschen ereilen kann. Wir sollten uns nicht zu sehr einmischen. Sie wird sterben, na und? Sie hat ihr Leben gelebt. Sie hat geliebt. Jetzt kann sie es nicht mehr. Ihr Leben erscheint ihr sinnlos und leer. Sie betritt die Unterwelt ja nicht für immer. Eines Tages wird Lugh es sein, der ihre Seele aus der Unterwelt zurückführt in die Welt der Lebenden. Daran ist nichts Verwerfliches. Es ist der Kreislauf des Lebens.«

»Für sie ist es zu früh«, sagte Aine. »Kein Mensch sollte sterben müssen, ohne jemals die wahre Liebe erfahren zu haben.« Eine Träne rann über ihre Wange. »Und sie hat niemals die wirkliche Liebe erlebt.«

Midir zuckte mit den Schultern, stützte sich, wie es seine Art war, auf seinen Speer und starrte Oenghus nachdenklich an.

Der große Knall

Als Tom plötzlich neben ihr stand, war Sophie vollkommen in ihrem unrasierten Kampflesbenmodus unterwegs. Mit großen, fast männlichen Schritten, war sie nach der Arbeit durch den Supermarkt gelaufen. Sie wollte nur noch schnell eine Kleinigkeit zum Essen besorgen – und das Waschmittel, das ihr schon vor Tagen ausgegangen war. Ihre dreckige Wäsche füllte inzwischen zwei große Wäschesäcke, und es war nicht mal Bettwäsche dabei. Und dann stand sie im Supermarkt vor einem Regal, und versuchte, an die Gläser zu kommen, die leider ganz oben standen. Sophie hatte beim besten Willen keine Chance, sie zu erreichen. Verkäufer, die ihr hätten helfen können, waren weit und breit nicht zu sehen. *Natürlich*, dachte sie bei sich. *Überall wird Personal eingespart. Warum stellt man in einem Supermarkt zerbrechliche Dinge, wie solche einfachen Gläser, so weit nach oben, dass ein Großteil der Kundschaft überhaupt keine Chance hat, sie in den Einkaufswagen zu packen?*

Plötzlich war er da, dieser Duft nach Mann. Sophie konnte nicht anders: Sie schloss kurz die Augen und atmete tief ein, ohne neben sich zu blicken. Aus ihrer Vergangenheit wusste sie, dass es Männer gibt, die einen Duft ausströmen, dass man sie am liebsten sofort flachlegen würde. Aber solche Männer waren ihr schon lange nicht mehr begegnet. Die Männer ihrer letzten Jahre rochen nach Schweiß, nach abgestandenem Nikotin, nach Furz, nach einem billigen Herrenduft und grundsätzlich abstoßend. Nicht ohne Grund war sie schon seit zwei Jahren Single. Sie wagte es kaum, die Augen zu öffnen und neben sich zu blicken. Bestimmt lauerte hier die nächste Enttäuschung.

»Welche Gläser willst du denn?«, fragte eine tiefe, sehr männliche Stimme. Sie überwand ihre Scheu und blickte neben sich. Es war kein sonderlich schöner Mann, der da neben ihr stand - trotzdem haute er sie völlig um. Schon sein angenehmer, männlicher Geruch hatte sie fasziniert. Als sie ihren Kopf umwandte, stellte sie fest, dass sie ihn auch anheben musste, um diesem Mann überhaupt ins Gesicht sehen zu können. Er war mehr als einen Kopf größer als sie. Seine nicht übermäßig breiten Schultern luden zum Anlehnen ein. Die grünen Augen schimmerten wie ein See. Seine halblangen Haare reichten ihm bis auf die Schultern, waren grau durchwirkt und etwas zerzaust. Er zupfte nachdenklich mit der rechten Hand an seinem kleinen, provokanten Spitzbärtchen, während er auf ihre Antwort wartete. Eine unübersehbare Narbe zog sich über seine rechte Wange. Sie begann am Unterkiefer, endete kurz vor dem Auge, und setzte sich über seinem linken Auge fort. Er trug eine Jeans, Turnschuhe, und trotz der Wärme an diesem wunderschönen Tag im Juli, eine leichte Motorradlederjacke.

Nichts davon sah sonderlich gepflegt aus. Aber dieser Duft… und diese wunderschönen Augen! Sie glaubte, einen traurigen Glanz darin zu entdecken, und sie fühlte sich berührt. Sein Lächeln war freundlich, aber vorsichtig. Es war eigentlich eher die Andeutung eines Lächelns, für das sie den Kopf ziemlich in den Nacken legen musste, um es in seiner ganzen Schönheit zu erfassen, die es ausstrahlte.

Sie räusperte sich. »Die da oben rechts.«

»Die mit dem grünen Rand?«

Sophie nickte zustimmend. Er griff in das Regal, musste sich nicht einmal strecken, und reichte ihr einen Dreierpack. »Noch welche?«

»Ja. Ich weiß nicht warum man das macht, aber irgendwie hat man immer von allem sechs, oder?«

Er lächelte und reichte ihr ein zweites Paket. Dann ließ er sie einfach stehen. Vor Überraschung stand Sophie der Mund offen, und das fiel ihr erst auf, als dieser aufregende Mann längst um die Ecke und zwischen irgendwelchen Regalen verschwunden war. Sie hätte heulen können. Mit diesem unwiderstehlichen Duft hatte er ihre Aufmerksamkeit erregt und mit diesem sanften, verletzlich wirkenden Lächeln ihre Knie zum Zittern gebracht. Beim Anblick der deutlichen Narben in seinem Gesicht hatten auch ihre Hände gezittert. Sophie konnte sich selbst nicht erklären, warum das so war. Warum sie dieser Mann zum Erbeben brachte! Er roch fantastisch und sie fand ihn wunderschön.

Sie setzte sich in Bewegung und suchte die Gänge nach ihm ab, vorsichtig, nach rechts und links schauend, als würde sie noch nach etwas suchen, in der Hoffnung, ihn irgendwo zu sehen. Er blieb verschwunden. Erst als sie auf die Kasse zumarschierte sah sie wie er gerade bezahlte, und sie legte einen Zahn zu. Während sie ihre Waren auf das Band stellte, packte er seine Einkäufe in seinen Rucksack und bedachte sie noch einmal mit einem Lächeln, bevor er verschwand.

Die Kassiererin zog gemächlich Sophies Einkäufe über die Scannerkasse. Zwischendurch hielt sie kurz inne. »Haben Sie eine Paybackkarte?«

Sophie schüttelte den Kopf und suchte nach ihrer Zigarettenmarke, aber aus dem Automat kam nichts raus. »Manchmal glaube ich, ihr wollt keine Zigaretten verkaufen«, brummte sie. »Immer sind diese Dinger hier leer.« Sie zog ein Päckchen Luckies, eigentlich nicht ihre Marke, aber sie hoffte so sehr, dass dieser Mann noch irgendwo draußen auf dem Parkplatz war. Konnte diese Kassiererin nicht etwas schneller machen? Es war wenig los im Laden, wahrscheinlich ließ sie sich deswegen so viel Zeit. Sophie spürte, wie der Zorn in ihr emporkroch und irgendwo in ihrem Magen ein dumpfes Gefühl verursachte. So fühlte sie sich oft in letzter Zeit. So aggressiv.

Endlich auf dem Parkplatz angelangt, irrte ihr Blick wild umher und sie suchte nach einem Motorrad. Er war ja offensichtlich ein Biker. Enttäuscht trottete sie zu ihrem Wagen, denn weit und breit war kein Motorrad zu sehen. Und dann sah sie ihn. Er stand an einen schwarzen Jeep gelehnt, rauchte, und tippte auf seinem Smartphone herum. Gar nicht weit entfernt – sie hatte ihn nur übersehen, weil sie nach einem Motorrad Ausschau gehalten hatte. Irgendwann sah er auf, packte sein Smartphone in die Brusttasche seiner Lederjacke – und wie zufällig blieb sein Blick auf ihr haften.

Sophie fühlte sich wie ein Trottel. Sie stand vor dem Kofferraum ihrer alten Rostlaube, presste die Einkaufstüte mit beiden Armen an ihre Brust und konnte nicht anders, als ihn anzustarren. Wieder zog sich ein leises Lächeln über sein Gesicht – zumindest erschien es Sophie so. Was weiter entfernt ist als zwanzig Meter konnte sie nicht gut sehen und ihre Brille lag im Auto. Sie stand einfach nur da, als seien ihre Füße einbetoniert. Doch ja, er lächelte! Schließlich besann sie sich, öffnete ihren Kofferraum und stellte die Tüte hinein. Irgendetwas schepperte. Sophie sah sich verunsichert um, fand aber die Ursache des Geräuschs nicht. Metallisches Scheppern in der Nähe von ihrem uralten Wagen, den sie so sehr brauchte, war eine Sache, die sie verängstigte.

Und plötzlich war er wieder neben ihr, dieser köstliche Duft nach Mann. Nach einem richtigen Mann, nicht nach einem dieser Waschlappen, die ihr in den letzten Jahren begegnet waren. Erneut zitterten ihre Knie. Er hielt ihr Kennzeichen in der Hand, und ein unwiderstehliches Lachen zog sich durch sein Gesicht. »Wenn du ohne Kennzeichen erwischt wirst, bekommst du Ärger.«

Sie schloss den Kofferraum. »Oh!« Mehr brachte sie nicht heraus. Er kniete sich hin und befestigte das Nummernschild notdürftig. »Wer war denn hier am Werk?«, fragte er. »Die Halterungen sind ja kaputt, kein Wunder verlierst du das Ding. Hast Glück gehabt, dass das nicht während der Fahrt passiert ist.«

Sie erinnerte sich an diese blöde Situation auf dem Parkplatz der Zulassungsstelle vor ein paar Monaten. Diese alte Karre hatte sie gerade erst für 500 Euro gekauft und musste sie ummelden. Gar nicht so leicht, solche Kennzeichen abzukriegen, wenn man so was noch nie gemacht hat. »Ich fürchte, das war ich.«

Er lachte leise. »Wenn du zu Hause ankommst, lass dir das gleich mal von deinem Mann richtig befestigen. Das verlierst du sonst demnächst während der Fahrt.«

Das war die Chance! »Ich habe keinen Mann«, offenbarte sie. Bildete sie sich das ein oder war da ein leises Lächeln?

»Na dann…«, seufzte er. »Fahr mir nach, ich wohne nicht weit von hier. Ich mache es dir fest. So kannst du nicht fahren.«

»Echt jetzt?« Ungläubig starrte sie ihn an, und stumm schickte sie ein Dankesgebet ins Universum: »Gesegnet sei meine Unfähigkeit, ein Kennzeichen zu entfernen und ein neues zu befestigen!«

Er nickte ihr zu, marschierte zu seinem Jeep, stieg ein und fuhr langsam vom Parkplatz. Vorne an der Straße wartete er auf Sophie, und als sie direkt hinter ihm war, fuhr er weiter. Sie war froh, dass um diese Uhrzeit nicht allzu viel los war. Der schlimmste Berufsverkehr war bereits überstanden. Auch wenn das hier eine ländliche Gegend war, aber die Menschen, die in den Städten arbeiteten, kehrten um diese Zeit zurück nach Hause. So wie auch Sophie. Ein furchtbarer Gedanke, ihn im dichten Berufsverkehr zu verlieren!

Er steuerte die nächstliegende Ortschaft an, in der sie sich einige Jahre zuvor eine Wohnung angesehen hatte. Der Wohnraum hier war extrem günstig. Allerdings hatte sie abgeschreckt, dass sich dort Fuchs und Hase gute Nacht sagten und es keinerlei Einkaufsmöglichkeiten gab. Sie liebte es ländlich. Aber alleine lebend, mit einem uralten Auto, in einem Kaff, in dem man nicht einkaufen konnte? Und in dem man wahrscheinlich noch nie ein öffentliches Verkehrsmittel gesehen hatte? Nein, für eine alleinstehende Frau war das keine Alternative.

Er fuhr direkt in den Hof eines alten Bauernanwesens. Sie folgte ihm und parkte ihren Wagen direkt neben seinem. Hier gab es unglaublich viel Platz, obwohl nun zwei Autos nebeneinander standen. Und dann sah sie auch das Motorrad. Es parkte etwas versteckt neben einer alten Scheune, die direkt gegenüber vom Wohnhaus lag. Dieser Mann fuhr natürlich eine Harley Davidson. Was auch sonst? Irgendein japanischer Reiskocher hätte beim besten

Willen nicht zu ihm gepasst. Er bemerkte ihren ehrfürchtigen Blick und grinste.

»Meine Geliebte«, sagte er. Sophie nickte wissend, ohne zu wissen. Einer der geplatzten Träume in ihrem Leben war der niemals gemachte Motorrad-Führerschein. Sie ging verzückt zu dem Motorrad hinüber und bewunderte es von allen Seiten. Die Harley war schwarz lackiert, und die Chromteile waren peinlich auf Hochglanz poliert. Eine wunderschöne Maschine!

»Du darfst sie ruhig streicheln!«, rief er lachend.

»Ja?«, fragte sie, fast ungläubig. »Normalerweise mögen Biker es nicht, wenn man ihr Baby anfasst.«

»Ja, das mögen wir auch nicht, aber ich habe es dir ja eben erlaubt.«

Bewundernd ließ Sophie ihre Finger über den lederbezogenen Sitz gleiten, staunte über den glänzenden Chrom und ihr Spiegelbild in der schwarzen Lackierung. Weil sie mit den Fingern den Chrom berührt hatte, polierte sie ihn schnell noch einmal mit dem unteren Saum ihres Shirts. Aus den Augenwinkeln sah sie, dass er sich mit der Befestigung des Nummernschildes beschäftigte. Sophies Blick schweifte zwischen der Harley und ihm hin und her und sie wusste nicht, was sie aufregender fand: die Maschine oder diesen Mann. Dieser Mann auf dieser Maschine war wahrscheinlich das Allergrößte... oder nein! Das Allergrößte war wahrscheinlich dieser Mann, auf dieser Maschine, und sie hinten auf dem Sozius.

Schließlich stand er auf und betrachtete sein Werk. Für Sophie ein deutliches Zeichen, sich vom Anblick der Harley zu lösen und ihre Aufmerksamkeit ihrem Wagen zu widmen. Das Nummernschild war nun tatsächlich gut befestigt. »Ich hatte glücklicherweise noch solche Halterungen in der Werkstatt«, murmelte er. »Ein Schrauber wirft nichts weg.«

»Dankeschön«, hauchte sie. Sie schenkte ihm ein scheues Lächeln. Scheu deswegen, weil nun – eigentlich – der Moment gekommen war, in dem sie sich verabschieden und gehen sollte. Scheu deswegen, weil sie das nicht wollte und weil sie inständig hoffte, dass ...

»Bierchen?«, fragte er unvermittelt.

»Bitte?«

»Ob du ein Bier willst. Oder was anderes.«

»Ja, Bier klingt gut.« Sophie war nicht immer Biertrinkerin gewesen, aber seit einigen Jahren gab es für sie nach Feierabend kaum etwas Schöneres, als ein Bier zu trinken. Es brachte auch den

Vorteil mit sich, dass man danach gut schlafen konnte und es die kreisenden Gedanken betäubte.

Ihr schoss in diesem Moment durch den Kopf, dass man ihr wahrscheinlich anmerkte, dass sie viel zu viel alleine und nicht mehr gut sozialisiert war: Am liebsten trank sie ihr Bier aus der Flasche. Sie mochte es auch gar nicht so gerne, wenn es direkt aus dem Kühlschrank kam. Doch wahrscheinlich verstand das außer ihr niemand.

Er nickte zu der Sitzgruppe hinüber, die direkt vor dem Haus stand und schloss das Hoftor. Ups, jetzt war sie gefangen! Warum er das Hoftor geschlossen hatte, erfuhr sie wenige Sekunden später, als er die Haustür öffnete, und von zwei kraftvollen Schäferhunden begrüßt wurde, die kurz darauf in den Hof sausten und direkt vor Sophie Halt machten. Aber nur kurz. Sophie spürte, wie die Begeisterung sie übermannte. Sie war genau die richtige Frau für einen Mann mit Schäferhunden, denn wenn es etwas gab, was sie noch mehr liebte als Motorräder, dann waren es Schäferhunde.

»Wer seid denn ihr?«, säuselte sie und begann sogleich, die Hunde zu kraulen. Die beiden erkannten schnell, was sie vor sich hatten und bestürmten Sophie. Sie wedelten mit den Schwänzen, leckten ihre Hand und sprangen an ihr hoch. »Odin! Thor! Aus!«, rief er.

Odin und Thor? Sophie musste lachen. Alte, nordische Götternamen. Von mächtigen Göttern natürlich. Ein Typ wie er konnte nur Schäferhunde haben. Schäferhunde, die einem wie ihm gehörten, konnten auch nur Odin und Thor heißen. Wie denn sonst?

Er kam mit zwei Flaschen Bier in der Hand auf sie zu, kramte sein Feuerzeug heraus, öffnete die Flaschen damit und reichte ihr eine davon. »Danke«, sagte sie, und stellte erleichtert fest, dass es nicht direkt aus dem Kühlschrank kam.

»Es stand leider nicht im Kühlschrank«, erklärte er im gleichen Moment. »Das macht nichts«, murmelte Sophie. »Ich mag das so lieber.«

»Echt?« Er runzelte ein wenig die Stirn.

»Ja, gib dir keine Mühe, das versteht niemand außer mir selbst.«

»Gläser wären aber gut gewesen, oder?« Er lächelte.

Sie schüttelte den Kopf. »Ich bin ein Flaschenkind. Das geht so viel besser.« Und da er keine Anstalten machte, ihr seinen Namen zu nennen: »Ich bin übrigens Sophie.«

»Tom«, sagte er. Er stützte sich mit den Ellenbogen auf seinen Knien auf, und drehte die Bierflasche in den Händen, während er Sophie nachdenklich von unten nach oben musterte. »Eigentlich

Thomas. Aber alle nennen mich Tom.« Er nahm einen kräftigen Schluck Bier und lehnte sich mit ausgestreckten Beinen im Gartenstuhl zurück.

»Du wohnst hier wirklich schön«, sagte Sophie. Es war ein sehr alter Bauernhof, der augenscheinlich viel Platz bot. Ein altes Fachwerkhaus, und auch bei der Scheune gegenüber konnte man das Fachwerk noch sehen. Das Wohnhaus erschien ihr nicht sehr groß, aber gerade diese alten Bauernhäuser waren immer für eine Überraschung gut.

Tom sah zum Haus hinüber. »Ich habe es selbst renoviert – und teilweise restauriert. Renovieren ist eigentlich auch viel zu nett ausgedrückt, ich habe es kernsaniert. Es steht unter Denkmalschutz. Da musst du dich an einige Auflagen halten, aber das geht schon.«

»Es ist also deins?«

»Ja klar, in ein gemietetes Haus würde ich niemals solche Arbeit investieren.«

»Das hat bestimmt lange gedauert.«

Er zuckte mit den Schultern. »Ein paar Freunde haben mir geholfen, zum Beispiel mit den Dingen, von denen ich nichts verstehe. Hier mussten alle elektrischen Leitungen erneuert und das Dach neu gedeckt werden. Den Rest habe ich selbst gemacht. Nach und nach eben. Als ich damals hier einzog, hatte ich nicht mal warmes Wasser. Das funktioniert jetzt aber alles.«

»Günstig gekauft?«, fragte Sophie.

Er schüttelte den Kopf. »Noch günstiger. Ich habe es geerbt.« Er musterte sie. »Und, Miss Sophie, du scheinst es hier zu mögen?« Ein belustigtes Lächeln umspielte seine Mundwinkel.

Sie nickte. »Ja, es ist traumhaft.« Ihr Blick fiel auf das Motorrad. »Und die ist der Hammer!«

In diesem Moment sah sie es wieder, dieses Lächeln, das immer breiter wurde, sich aber nicht wirklich entfalten wollte. Sie musterte ihn und stellte erneut fest, dass seine wunderschönen, grünen Augen irgendwie traurig wirkten. Möglicherweise lag das aber auch an den Tränensäcken. Oder an den Narben, die er im Gesicht trug. Sie waren wirklich sehr auffällig. Zu spät genäht? Woher mochten sie stammen? Die Schäferhunde hatten sich direkt vor Sophies Füßen positioniert und sahen aufmerksam zwischen Sophie und Tom hin und her. »Wer ist hier wer?«, fragte Sophie.

»Der mit dem schwarzen Gesicht ist Odin. Der Hellere ist Thor. Sie sind übrigens Geschwister.«

Sie streichelte die beiden abwechselnd, und schon setzten sie sich auf, und begannen, ihr hingebungsvoll die Hände abzulecken.

Tom lachte. »Sie kriegen nicht oft Frauen zu Gesicht. Wenn du das nicht magst, schick sie weg. Sie hören so ziemlich aufs Wort.«

»Ach was«, sagte Sophie. Sie seufzte. »Das ist die reinste Form der Liebe, die wehrt man doch nicht ab!«

Tom lächelte und ermahnte die beiden Hunde nach einiger Zeit durch seine Blicke, sodass sie verschämt gähnten, und sich dann nebeneinander auf dem Boden niederließen. »Sie merken ziemlich schnell, wer sie mag und wer nicht. Sie sind erst ein Jahr alt und ich bin manchmal erstaunt, welches Gespür sie für Menschen haben.«

»Das erstaunt dich? Mich nicht. Meine Katzen merken auch schnell, ob jemand was taugt oder nicht. Wenn man auf seine Tiere hört, macht man kaum was falsch.«

»Na«, sagte er zweifelnd. »Ich weiß nicht. Katzen sind doch ziemlich egoistische Wesen. Ich mag sie auch, aber am Ende zählt doch bei denen nur, dass sie es warm haben, dass man sie krault, wenn sie es wollen, und dass die Dose pünktlich geöffnet wird.«

»Nein, das stimmt nicht«, erwiderte Sophie. »Sie sind natürlich kleine Egoisten, aber sie schenken auch Liebe, und man merkt es schon, wenn sie jemanden nicht mögen.«

Sophie musste in diesem Moment an den letzten Mann in ihrem Leben denken. Ihr Kater hatte ihm mit leidenschaftlichem Hass in die Schuhe gepinkelt. Mehrmals. Der Typ hatte es klaglos ertragen, so wie alles, was von ihr oder den Katzen kam. Das war der, bei dem sie die Vorzeigefrau war, damit ihn seine Freunde nicht mehr für einen Loser hielten. Oder für schwul. Wahrscheinlich hätte er alles ertragen, Hauptsache sie blieb mit ihm zusammen. Den loszuwerden war nicht ganz leicht gewesen.

»Wie viele Katzen hast du denn?«, fragte Tom.

»Zwei. Einen Kater und ein Mädchen. Kastriert. Auch wenn sie reine Wohnungskatzen sind. Ich wohne leider nicht so traumhaft wie du.« Sie seufzte. »Einen Schäferhund habe ich mir mein ganzes Leben lang gewünscht, aber ich habe nie so gewohnt, dass ich einen hätte halten können. Man muss ja auch Zeit haben. Ich arbeite den ganzen Tag, da kann ich mir leider keinen Hund anschaffen. Den Katzen macht es nichts aus, wenn ich stundenlang weg bin. Was machst du denn mit den Hunden, wenn du arbeiten musst? Bleiben sie dann auf dem Hof?«

Er lachte. »Ich arbeite nicht.«

»Nicht?« Ihr ungläubiges Gesicht sorgte dafür, dass sich sein Lächeln nun endlich doch vollends entfaltete. Sie lehnte sich aufmerksam im Sessel zurück. »Wie machen Leute wie du so was?«, fragte sie. »Ich rackere mich schon mein ganzes Leben lang ab, und immer wenn es mir einigermaßen gut geht, passiert irgendeine Scheiße. Ich habe tatsächlich immer gearbeitet, aber ich habe es nie zu einem eigenen Haus gebracht.«

Tom lachte. »Das ist das Problem. Du arbeitest zu viel. Da hast du keine Zeit, um Geld zu verdienen.«

»Ach was! Erzähl mir jetzt ja nicht, du besitzt tonnenweise Aktien und lebst von deinen Renditen.«

»Quatsch. Ich habe dieses Haus hier geerbt und fast alles selbst gemacht. Meine Freunde wollten für ihre Arbeit auch kein Geld haben. In meinen Kreisen ist das so, da hilft man sich gegenseitig.«

»Das Material kostet aber Geld, und essen muss man auch.« Ihr Blick fiel auf die Hunde. »Und die Jungs hier kosten auch Geld. Wie machst du das, wenn du nicht arbeitest? Lebst du vom Jobcenter?«

Er sah sie eindringlich an und sie fühlte, dass sie einen Schritt zu weit gegangen war.

»Ach, tut mir leid«, sagte sie schnell. »Das war eine blöde Frage.«

Aber Tom lächelte. »Hast du schon mal erlebt, dass diese Aasgeier jemandem sein hart erarbeitetes Häuschen lassen, wenn er Hartz IV beantragt?«

Sie schüttelte den Kopf.

»Eben. Nein, ich lebe nicht von Hartz IV. Ich habe noch ein Haus mit sechs Wohnungen in Frankfurt. Das habe ich auch geerbt. Ich lebe von der Miete, die mir das einbringt. Davor war ich Kfz-Mechaniker. Ich habe lange überlegt, ob ich eine eigene Werkstatt aufmachen soll, aber eigentlich habe ich keine Lust dazu. Du schuftest den ganzen Tag, und an den Abenden und Wochenenden hängst du über deiner Steuer, schreibst Rechnungen und Mahnungen. Sie nehmen dir doch in diesem Land sowieso alles. Du musst ja erst mal wochenlang arbeiten, um genug Geld zu haben, dass du deinen ganzen Verpflichtungen dem Staat gegenüber nachkommen kannst. Und dann bleibt vielleicht ein bisschen was für dich, aber das reicht doch alles hinten und vorne nicht.« Er stöhnte, und verdrehte die Augen. »Ich habe beschlossen, aus diesem System auszusteigen. Schon vor Jahren, und ich habe es nicht bereut.«

»Mit Mieteinnahmen im Rücken geht das ja auch.«

»Eben. Hier und da repariere ich ein Auto. Oder ein Motorrad. Und du?« Er beugte sich nach vorne, nahm noch einen tiefen Schluck aus der Bierflasche und stützte sich dann lässig mit den Ellenbogen auf seine Knie.

»Nichts Besonderes. Ich bin kaufmännische Angestellte und arbeite für einen Hungerlohn. Das macht aber nichts, ich bin gerade in Insolvenz gegangen und dürfte sowieso nur 1050 Euro behalten. Also ist nur wichtig, ob ich mich wohl fühle.«

»Na, das nenne ich mal einen gründlich schief gegangenen Lebensplan. Und das, obwohl du immer gearbeitet hast. Was ist passiert?«

»Ich war wohl früher jemand, den man schön ausnutzen und verarschen konnte.«

»Gutmütiger Trottel?«

Sie nickte. »Wahrscheinlich. Keine Details. Das ist immer noch deprimierend.«

»Kann ich verstehen. Magst du noch ein Bier?« Er deutete mit dem Finger auf die leere Bierflasche, aber sie schüttelte den Kopf. »Ich muss noch nach Hause fahren. Eins reicht, nach zwei Bier kann ich nicht mehr fahren.«

»Dann bleibst du einfach hier, ist doch nicht schlimm.«

»Bitte?« Ihr Tonfall klang schärfer als sie es beabsichtigt hatte. Es war eine natürliche Reaktion. Seit Jahren war sie nur im Abwehrmodus. Stieß Männern vor den Kopf, die sie freundlich ansprachen. Sie war es so gewohnt, und dazu passend hatte sie sich den entsprechenden Tonfall angeeignet.

Plötzlich wirkte er so scheu wie zuvor. »Ich habe eine gemütliche Couch, und für mich ist es normal, dass Freunde hier übernachten. Wenn wir hier zusammen sitzen und ein paar Bierchen zischen, fährt danach keiner mehr nach Hause.«

»Wir kennen uns doch gar nicht«, gluckste sie amüsiert.

»Ich hätte dich nicht für so spießig gehalten.«

»Das bin ich auch nicht.« Über ihre Augen zog sich ein dunkler Schleier. »Nur gewarnt.«

Er lächelte, erhob sich und lief in Richtung Haus. »Keine Sorge, ich bin kein Vergewaltiger«, brummte er.

Sie konnte nicht sagen, was mit ihr los war. Der Gedanke, die Nacht hier zu verbringen, erschien ihr angenehm. Die Alternative wäre gewesen, einfach zu gehen. Oder statt einem zweiten Bier lieber ein Wasser zu trinken. Aber sie konnte sich von diesem Mann nicht lösen. Sie wollte es nicht! Erstaunt über sich selbst schüttelte sie den Kopf. Was war mit ihrem Flucht-Gen passiert? Wohin war es verschwunden? Hatte es sich einfach aufgelöst? Warum? Was war passiert?

Sie erinnerte sich an ihre Katzen, die zu Hause auf sie warteten, besser gesagt, auf ihr Futter. Die Nachbarin, mit der sie sich ganz gut verstand, hatte einen Wohnungsschlüssel. Sophie wählte die Nummer der Nachbarin und bat sie, die Katzen zu versorgen.

Danach konnte sie sich erleichtert in ihrem gemütlichen Gartenstuhl, mit dieser wundervollen Harley Davidson vor Augen, zurücklehnen. Nein, ein Vergewaltiger war er ganz sicher nicht. Gegen einen guten Fick hingegen hätte sie nichts gehabt. Allerdings war sie nun jahrelang im Modus nicht lesbische Kampflesbe gewesen. Überhaupt nicht vorbereitet auf einen spontanen Fick. Obwohl es Sommer war, waren ihre Beine nicht rasiert. Sie trug ohnehin meist lange Jeans. A- und B-Hörnchen unter ihren Achseln konnten sich schon fast mit Handschlag begrüßen und an ihrer Muschi hätte sie Zöpfe flechten können. Die letzte Dusche lag inzwischen 12 Stunden zurück. Und diesen Mann fand sie außerdem viel zu aufregend, um sich sofort vögeln zu lassen. Das war eine andere Kiste. Er hatte ihr Herz zum Rasen gebracht. Er ließ ihre Knie zittern. Sie fand ihn großartig. Endlich konnte sie mal wieder einen Mann großartig finden. Endlich hatte sie mal wieder Schmetterlinge im Bauch! Nach all den Jahren, insgesamt sieben übrigens, die sie entweder alleine oder mit irgendwelchen Deppen verbracht hatte, fühlte sich das einmalig gut an. Den Hormonschüben unkontrolliert nachzugeben, hätte bedeutet, ihn danach wahrscheinlich nie mehr zu sehen. Frauen, die sich sofort vögeln lassen, kommen für einen Mann auch im dritten Jahrtausend für eine ernsthafte Beziehung nicht in Frage.

Den Rest dieses Abends verbrachten Tom und Sophie mit tiefschürfenden Gesprächen über diesen Staat, über das korrupte und menschenverachtende System und über das, was all das den Menschen in diesem Land antat. Sie sprachen über seine Motorradtour nach Korsika, die er vor ein paar Jahren mit Freunden unternommen hatte. Sie sprachen über Musik. Er liebte Hardrock, genau wie sie!

Über seine Hunde, von denen er ihr erzählte, er hätte sie jemandem abgenommen. Offenbar waren sie erst wenige Wochen bei ihm. »So ein kleiner Drecksgerl«, schimpfte er. »Er hat sie tagelang im Bad eingesperrt. Ich musste ihm leider die Fresse polieren, sonst hätte ich die Tiere kaum aus der Wohnung bekommen.«

Daraufhin sprachen sie über Tierschutz, und über die Bedeutung von Tieren in ihrer beider Leben. Über Menschen, die Tiere nicht mögen, und was für eine Art Mensch das überhaupt ist, der Tiere nicht mag.

Tom holte irgendwann das vierte Bier nach draußen auf den Hof, brachte eine Decke mit, in die Sophie sich einkuscheln konnte und zündete ein paar Kerzen an. Es war ein lauer Sommerabend gewesen, aber inzwischen ging es auf elf Uhr zu, und es wurde ziemlich kühl. Sophie genoss diese wundervolle Atmosphäre. Die Gespräche, die sie mit ihm führte, waren herrlich. Und das gemütliche Schlafzimmer mit diesem tollen Bett, in dem sie die Nacht verbringen sollte, war auch herrlich. Tom verzog sich auf das Sofa, nicht ohne ihr zu versprechen, sie um sechs Uhr zu wecken und ihr einen Kaffee zu servieren.

Odin und Thor begleiteten ihn. Obwohl Odin kurz zögerte, als er sah, dass Sophie sich in Toms Bett legte. Als würde er überlegen, lieber bei ihr zu bleiben, sah er unschlüssig mehrmals zwischen Sophie und Tom hin und her. Aber Tom pfiff nach ihm, als er das Schlafzimmer verließ. Sie alleine ließ in diesem Bett, das so herrlich roch. Nach ihm roch! Sophie schloss die Augen, presste ihr Gesicht in das Kissen und saugte den Geruch ein. Nüchtern hätte sie niemals einschlafen können, denn sie fühlte die Aufregung in ihren Adern pulsieren. Es war so verdammt lange her, dass sie sich so gefühlt hatte! Aber die vier Bierchen machten sich bemerkbar. Trotz der Aufregung fühlte sie sich schläfrig, und ja, ziemlich angetrunken. Ein weiteres Mal presste sie ihr Gesicht in Toms Kopfkissen, saugte erneut seinen Duft ein und schlief selig ein.

Aine saß in ihrem Götterhain und blickte durch die Nebelschleier, welche die Anderwelt und die Welt der Menschen voneinander trennen. In ihrem Gesicht zeigte sich ein zufriedene Lächeln. Nach vielen Jahren des Darbens war ihr Schützling endlich einmal mit Frieden im Herzen eingeschlafen.

Burnout

Am nächsten Morgen wurde Sophie von Odins leidenschaftlicher Zunge geweckt. Sie hatte im Halbschlaf wahrgenommen, dass er mit einem erfreuten Jaulen und mit Anlauf ins Bett gesprungen war, doch dachte sie in diesem Moment noch, sich in einem wunderschönen Traum zu befinden. Sie wollte nicht aufwachen, doch Odin holte sie unbarmherzig in die Realität. Sie schlug die Augen auf. Odin saß tatsächlich neben ihr auf dem Bett und wedelte in freudiger Erwartung mit der Rute. Thor, der immer etwas zurückhaltender war, lag neben ihr auf dem Bettvorleger, aber er sah sie nicht weniger erwartungsvoll an. Sie hörte Toms glucksendes Lachen. Er stand in der Schlafzimmertür und hielt eine Tasse duftenden Kaffees in der Hand.

»Guten Morgen«, brummte er mit seiner tiefen Stimme. »Keine Sorge, die Hunde sind entwurmt.«

»Jaja«, lachte sie. »Ist doch schön, wenn man so leidenschaftlich geweckt wird.«

»In der Küche gibt es Kaffee. Das Badezimmer ist hier nebenan.«

»Du«, sagte sie. »Badezimmer? Brauche ich nur mal ganz kurz. Ich fahre jetzt sowieso erst mal zum Duschen nach Hause und ziehe mir was Frisches an.«

Tom nickte. Sophie ging nach nebenan ins Badezimmer und wurde erst mal das Bier des vergangenen Abends los. Dann starrte sie in den Spiegel und überlegte, welcher Teufel sie eigentlich bei der Entscheidung für diese Kurzhaarfrisur geritten hatte. Ihre Haare standen, so wie jeden Morgen, in alle Richtungen. Auch die Haare am Hinterkopf standen nach oben und das sah dermaßen doof aus, dass sie erst einmal den Kopf unter Wasser hielt. Sie rubbelte ihre Haare mit dem Handtuch trocken, das neben dem Waschbecken an einem Haken hing. In Ermangelung eines Kammes oder einer Bürste fuhr sie mit den Fingern durch das nasse Haar, formte es einigermaßen zurecht, und spülte sich kurz den Mund aus. Wenigstens saß das Make-up vom Vortag noch. Ein Hoch auf qualitativ gute Kosmetikprodukte, die eine Frau auch am nächsten Morgen nicht unattraktiv wirken lassen! Allerdings schrie jedes Körperteil an ihr nach einer Dusche. Sie hätte duschen können, doch sich danach in die Klamotten vom Vortag zu werfen, hätte sie nicht fertig gebracht. Sie musste ja vor sich selbst zugeben, dass sie sich ziemlich hatte gehen lassen in den letzten Jahren. Aber auch für sie gab es Grenzen, die sie nicht überschreiten wollte.

Als sie in die Küche kam, stellte Tom ihr einen großen Pott Kaffee hin. »Dieses frühe Aufstehen, nur um arbeiten zu gehen, sollte verboten werden.«

»Ja«, antwortete sie. »Und heute ist erst Mittwoch. Tut mir leid, dass du jetzt wegen mir so früh raus musstest. Das bist du bestimmt nicht gewöhnt.«

»Wir hatten doch einen schönen Abend. Der war es wert.« Er lächelte, und sie versuchte zu ergründen, was dieses Lächeln wohl bedeuten konnte. War es einfach ein freundliches Lächeln? Oder gefiel sie ihm, freute er sich, dass sie da war? Eigentlich war er kein besonders rätselhafter Mann, im Gegenteil. Er unterhielt sich offenbar gerne, war recht gut informiert, hatte zu vielen Dingen eine klare Meinung, und stand auch auf Romantik. Die brennenden Kerzen am Abend hatten eine wunderbare Atmosphäre verbreitet und überhaupt – sie war verrückt nach ihm, jetzt schon. Doch sie kannte ihn noch nicht besonders gut, und so konnte sie weder ihn, noch sein Lächeln, noch seine ganzen Verhaltensweisen einschätzen. Vielleicht verhielt er sich jedem Menschen gegenüber so. Vielleicht war es ihm gar nicht um sie gegangen, als er gesagt hatte, sie könne ja über Nacht bleiben. Möglicherweise übernachteten ständig irgendwelche Leute bei ihm, und es war nur für sie etwas Besonderes – und für ihn etwas ganz Normales.

»Ich arbeite zwar nicht, aber ich bin es trotzdem gewöhnt, früh aufzustehen. Gegen sieben werde ich normalerweise von alleine wach. Einen Wecker brauche ich nie.« Erneut lächelte er. »So habe ich was vom Tag, weißt du.«

Sie nippte an ihrem Kaffee. Er war noch sehr heiß, aber auch sehr stark, und weckte ihre Lebensgeister. »Ja, das war ein schöner Abend«, antwortete sie. »Vor allem so unverhofft.« Odin und Thor saßen an der Haustür. Sie hatten gerade gefressen und wollten jetzt offenbar raus.

»Ihr wartet noch, Jungs. Wir wollen ja nicht übertreiben, es ist gerade mal halb sieben.« Tom runzelte die Stirn. »Wann musst du denn im Büro sein?«

»Um acht. Ich fahre jetzt auch gleich. Duschen, frische Klamotten anziehen. Wird knapp werden. Macht aber nichts. Ich bin immer pünktlich, dann bin ich es eben heute ausnahmsweise mal nicht.«

Tom grinste. Sie wartete darauf, dass er nach ihrer Telefonnummer fragen würde. Oder ob er sie wiedersehen könne. Aber nichts passierte. Vielleicht, wenn sie gehen, sich verabschieden würde? Doch genau das fiel ihr so schwer. Sie nippte an ihrem Kaffee und sah auf die Uhr. Die Zeiger marschierten unbarmherzig nach vorne, und sie hatte fast den Eindruck, als würde die Uhr in Toms Küche dafür sorgen, dass die Zeit in fünffacher Geschwindigkeit dahinraste. Sie müsste längst weg sein!

»Ich muss noch mal ins Bad«, erklärte Sophie. Sie erhob sich und ging in das untere Badezimmer, das sie am Vorabend schon ab und zu mal aufgesucht hatte. Nun sah sie es bei Tageslicht. Es war nicht groß, aber hübsch. Eine Dusche, eine Toilette und ein Waschbecken, über dem ein großzügiger Spiegel hing. Kurz entschlossen nahm sie ihren Lippenstift aus der Handtasche und malte ihre Handynummer auf den Spiegel. Wie in einem Film. Und wenn dieser Film hier gut war, würde Tom sich bei ihr melden. Über die andere Variante, er könne sich darüber ärgern, dass sie seinen Spiegel beschmiert hatte, und dass er vielleicht ohnehin nicht beabsichtigte, sich zu melden, wollte sie nicht nachdenken.

Zurück in der Küche, ließ sie sich erst gar nicht auf dem Stuhl der gemütlichen Essecke nieder. Sie griff nach ihrem dünnen Jäckchen und sah ihn erwartungsvoll an. Odin und Thor schlabberten an ihrer Hand herum. Sie dachten wohl, sie würde nun mit ihnen rausgehen? Tom erhob sich, und brachte Sophie lächelnd zur Tür. Bevor er das Hoftor öffnete, hielt er einen kleinen Moment inne und sah sie an. Sophie schaute zu ihm auf, und ein wohliger Schauer erschütterte sie. Er war ein riesiger Kerl. Ein bisschen unbeholfen und ja, schüchtern, umarmte sie ihn. Was, wenn er so was nicht mochte? Das hatte sie alles schon erlebt!

Aber offenbar mochte er ihre Umarmung, denn er erwiderte sie. »Komm gut nach Hause«, sagte er. Er küsste sie sanft auf die Stirn. Eine sehr zärtliche Geste. Aber dann öffnete er das Hoftor und Sophie fühlte sich, als stünde sie neben sich selbst, als sie in ihr Auto einstieg und aus dem Hof fuhr. Ja, sie beobachtete sich irgendwie selbst, und vor allem: Sie kämpfte mit den Tränen.

Warum hatte er nichts gesagt? Warum hatte er nicht gefragt, ob er sie wiedersehen könnte? Warum hatte er nicht nach ihrer Telefonnummer gefragt? Warum hatte er nicht irgendetwas gesagt, das ihr den Tag versüßen könnte?

Sophie fuhr nach Hause, begrüßte ihre Katzen, fütterte sie und ging unter die Dusche. Das heiße Wasser tat ihr gut. Schließlich tat sie etwas, was sie seit Monaten nicht mehr getan hatte: Sie rasierte sich. Als sie aus der Dusche stieg, war es bereits kurz nach acht, und sie beschloss, an diesem Tag nicht zur Arbeit zu gehen. Die kühle Atmosphäre im Büro hatte ihr nie etwas ausgemacht, seit sie dort arbeitete. An diesem Tag hätte sie sie nicht ertragen können. Sie rief im Büro an und meldete sich krank. »Das kann ja wohl nicht wahr sein«, stöhnte ihre Kollegin. »Du weißt doch, dass wir mitten in der Abrechnung sind.«

»Ja«, antwortete Sophie. »Aber mit Fieber tauge ich wohl nicht viel. Wenn es mir morgen besser geht, komme ich natürlich.« Sie legte auf und gab einen verächtlichen Laut von sich. Sie war nun seit zwei Jahren in diesem Unternehmen beschäftigt und noch nie zuvor hatte sie sich krank gemeldet. Das ging ihr im Moment alles gewaltig auf die Nerven.

In ihren Bademantel gewickelt, brühte sie sich erst einmal einen Kaffee auf, und verkroch sich auf die Couch. Im Fernsehen lief »How I Met Your Mother«. Eine Serie, deren einzelne Folgen sie schon so oft gesehen hatte, dass sie jede Rolle auswendig konnte. Gegen zehn beschloss sie, ihre Wohnung zu putzen. Es war mal wieder notwendig, und außerdem würde sie das ablenken. Sie cremte sich sorgfältig mit Bodylotion ein, warf sich in eine Jogginghose und ein Shirt, und fing in der Küche an.

Warum sah sie plötzlich Dinge, die ihr vorher gar nicht aufgefallen waren? Ihre Küche war nur oberflächlich sauber. Die Glasscheiben der Küchenschränke waren verschmiert. Die Schrankfächer waren staubig und fettig. Irgendetwas war mit ihr passiert, seit sie gestern Morgen das Haus verlassen hatte. Die Begegnung mit Tom hatte etwas ausgelöst. Was war das? Ein Erwachen aus einer Art Realitätsflucht?

Erschüttert über diese Selbsterkenntnis bewaffnete sie sich bis an die Zähne mit Putzmitteln, räumte jedes Schrankfach aus und schrubbte ihre Küche, was das Zeug hielt. Ja, Realitätsflucht! In den letzten zwei Jahren war ihr so vieles egal gewesen. Auf der Arbeit galt sie als die liebe Sophie, die immer lächelte, jedem gegenüber hilfsbereit war und eine herzliche Ausstrahlung hatte. Ihre Freundinnen konnten auf sie zählen, das wussten sie. Ebenso konnte Sophie auf ihre Freundinnen zählen. Aber wenn sie in den letzten zwei Jahren nicht gearbeitet oder ihre Zeit mit ihren Freundinnen verbracht hatte, war sie vor dem Leben geflohen. Im Grunde hatte sie auf Sparflamme funktioniert, jahrelang, und an diesem Vormittag wurde ihr das bewusst. Sophies Herzlichkeit und ihre Liebe zu ihren Freundinnen und ja, auch zu ihren Katzen, war echt. Aber sonst gab es nichts in ihrem Leben. Wenn sie nicht arbeitete und sich nicht mit einer Freundin traf, hing sie nur vor dem Fernseher. Oder sie las ein Buch. Oft lief der Fernseher, obwohl sie las, einfach nur, weil sie die Stille nicht ertragen konnte. Sie hatte sich eingebildet, glücklich zu sein. Glücklich aus sich selbst heraus, glücklich über die Erkenntnis, keinen Mann in ihrem Leben zu brauchen.

Und nun stellte sie fest, dass sie einfach nur gleichgültig gewesen war. Nachlässig sich selbst gegenüber, nachlässig ihrer Wohnung gegenüber, die ja eigentlich ihre Burg war, ihre kleine Festung, in der sie sich sicher fühlte. Dabei gab es doch nichts Wichtigeres als ein gemütliches Zuhause! Aber sie hatte es, wie sie sich eingestehen musste, verkommen lassen. Oberflächlich sauber, aber eben nur oberflächlich. So wie sie selbst. Die tägliche Dusche und die schicke Kleidung im Büro änderten nichts daran, dass ihr Herz kalt war, ihre Gedanken relativ gleichgültig und ihre Beine und Achselhöhlen unrasiert.

Sie wusste nicht, ob sie jemals wieder etwas von Tom hören würde. Aber ihn getroffen zu haben – das hatte sich jetzt schon gelohnt. Sophie fühlte sich verliebt bis über beide Ohren. Dieses Hochgefühl machte ihr bewusst, in welcher Blase sie nun lange gelebt hatte. Eine Blase aus Oberflächlichkeit und tausend Ängsten: vor Männern, vor dem Leben, vor der nächsten Enttäuschung. Sie war wohl irgendwann einmal an einen Punkt gekommen, an dem sie all das nicht mehr ertragen konnte und hatte sich vor der Welt zurückgezogen. Wie sehr, wurde ihr erst an diesem Vormittag bewusst.

Sophies Smartphone piepste. Sie hatte eine Nachricht über WhatsApp bekommen. Freudig erregt sprang sie von dem Stuhl, auf dem sie gerade stand, um die oberen Schränke putzen zu können. Nachricht von einer bisher nicht gespeicherten Nummer. Tom?

»Hier ist meine Nummer«, las sie. Sie spürte, wie ihr die Hitze in den Kopf stieg. Tom!

»Danke!«, tippte sie in ihr Smartphone. »Das war ein wirklich schöner Abend gestern.«

Sie sah, dass von der Nummer aus etwas getippt wurde. »Echt?«, kam zurück. »Wo warst du denn?«

Wollte er sie verarschen? Sophie spürte die Enttäuschung in sich aufsteigen. Und die Tränen, aber sie schluckte sie tapfer herunter, und ließ dem Zorn den Vortritt.

»Bei einem, von dem ich dachte, er sei anders.«

»Oh!«, kam zurück. »Tut mir leid, wenn du dich geirrt hast. Melde mich später, bin noch im Büro.«

Im Büro? Erleichtert wählte sie die angezeigte Nummer. »Anhäuser!«, meldete sich eine Frauenstimme. Ihre beste Freundin Miriam. Erleichterung machte sich breit.

»Du dummes Huhn«, schalt sie. »Du hast mir gerade den Schock meines Lebens verpasst. Kannst du nicht auch schreiben, dass du es bist, wenn du mir eine neue Nummer mitteilst?«

Miriam lachte schallend. »Tut mir leid Liebes, ich konnte doch nicht ahnen, was ich anrichte! Ich habe dir doch gesagt, dass ich heute mein neues Smartphone bekomme! Also, das mit deinem Abend gestern musst du mir später noch genau erzählen. Ich ruf dich an! Tschüs, hab dich lieb!« Miriam schmatzte ein paar Luftküsschen in den Telefonhörer und legte dann auf. Sophie fühlte sich, als sei ihr ein tonnenschwerer Stein vom Herzen gefallen. So putzte sie ihre Küche weiter, stets das Smartphone im Auge. Vielleicht würde er sich ja noch melden.

Gegen 15:00 Uhr war ihre Küche blitzblank, aber ihre Stimmung befand sich auf dem Nullpunkt. Tom meldete sich einfach nicht. Erschöpft ließ sie sich auf das Sofa fallen. Und dann dachte sie darüber nach, dass es vielleicht besser wäre, zum Arzt zu gehen und sich eine Krankmeldung zu holen. Sie war nicht krank, aber sie fühlte sich so... ja, erschöpft. Einfach erschöpft. Wahrscheinlich würde der Arzt ihr bestenfalls einen gelben Zettel für den Rest der Woche geben. Möglicherweise bliebe ihr auf diesem Weg erspart, die nächsten zwei Tage ins Büro zu müssen. Sie fühlte sich müde und der Dinge überdrüssig. Eine Krankmeldung bewahrte sie davor, als das zu gelten, was sie an diesem Tag war: ein Blaumacher.

Ihr Arzt sah sie nicht oft, und so saß er nur eine Stunde später mit großen Augen vor Sophie und fragte, was er für sie tun könnte. Glücklicherweise war sie gleich dran gekommen. Normalerweise war das Wartezimmer immer voll, und die Leute standen meist sogar noch auf dem Gang vor der Rezeption. An diesem Nachmittag war es erstaunlich ruhig.

Sophie erklärte ihrem Arzt, dass sie sich an diesem Morgen einfach nicht dazu in der Lage gefühlt hatte, zur Arbeit zu fahren. »Ist was passiert?«, fragte er. »Gibt es Ärger?«

Sie schüttelte den Kopf. »Nein. Es ging nur irgendwie nicht. Ich kann es nicht erklären. Ich hatte heute einen ganz komischen Tag.«

Er sah sie nachdenklich an. »Wissen Sie, als Sie das letzte Mal hier waren, habe ich mir eine Notiz gemacht. Sie wirkten sehr depressiv.« Er griff nach seiner Brille und setzte sie auf seine Nase, bevor er sie eindringlich ansah. Augenblicklich brach Sophie in Tränen aus. Sie fühlte sich so aufgewühlt. Was war denn nur mit ihr los? Bis gestern noch war es ihr gut gegangen! Plötzlich hatte sie nah am Wasser gebaut, fühlte sich unfähig, ins Büro zu fahren? Putzte stundenlang ihre Küche, schockiert über die Ergebnisse ihrer Selbsterkenntnis?

»Depressionen?«, schluchzte sie.

Er nickte und bedachte sie mit einem ernsten Blick. »Ich habe hier noch mehr Notizen, Sie erinnern sich ja sicher daran, dass wir vor einigen Monaten ein längeres Gespräch hatten? Hier steht, dass Sie Insolvenz angemeldet haben, vom Existenzminimum leben müssen, keinen Lebenspartner haben, auch keinen wollen, weil sie viel zu enttäuscht sind...« Sein Blick wurde noch eindringlicher. »Kann es sein, dass Sie über einen langen Zeitraum versucht haben, zu funktionieren? Einfach nur zu funktionieren?«

Was für ein aufmerksamer Arzt! Sophie war überrascht. »Ja«, sagte sie leise. »Genau so ist das.«

»Wie läuft es denn auf der Arbeit?«

»Gut.«

»Kein Ärger mit Kollegen?«

»Nicht wirklich. Nur viel Druck. Da wird die Atmosphäre ja schnell mal sehr kühl.«

»Was macht die Insolvenz?«

»Die ist durch, jetzt folgen ein paar magere Jahre, aber ich bin es ja gewohnt.«

»Haben Sie einen Freund?«

Sophie schüttelte den Kopf.

»Freundinnen, Freunde – ganz platonisch? Wie sieht es mit Familie aus?«

»Kein Freund. Ein paar gute Freundinnen. Keine Familie. Meine Eltern sind beide tot, die Großeltern noch viel länger, Geschwister habe ich keine.«

»Fühlen Sie sich schlapp?«

»Oft«, antwortete sie.

»Müde?«

»Jeden Morgen, ich komme schwer raus. Abends komme ich kaum noch dazu, irgendwas in der Wohnung zu machen. Ja, ich bin häufig müde.«

»Albträume?«

»Nein. Keine Albträume. Ich kann aber oft nicht schlafen. Auf was wollen Sie hinaus?«

»Ich glaube, dass Sie eine Auszeit brauchen, Frau König. Wann waren Sie das letzte Mal im Urlaub?«

»Vor zehn Jahren. Mit meinem damaligen Freund. Das ist lange vorbei.«

»Ich schreibe Sie bis Ende nächster Woche krank. Ich ziehe Sie jetzt einfach mal aus dem Verkehr, und Sie werden in diesen anderthalb Wochen bitte alles tun, was Ihnen Freude macht. Gehen Sie aus, treffen Sie sich mit Leuten, die Sie mögen, schlafen Sie viel, ruhen Sie sich aus, lesen Sie ein Buch. Was immer jetzt gut für Sie ist, machen Sie es. Ich glaube, Sie kratzen im Moment ziemlich am Limit, und bevor es zu einem richtigen Zusammenbruch kommt, nehmen Sie sich jetzt eine Auszeit.« Er räusperte sich. »Wenn Sie sich Ende nächster Woche immer noch so schlecht fühlen, kommen Sie bitte noch mal vorbei. Dann schreibe ich sie noch einmal krank. Aber wenn es Ihnen dann nicht besser geht, sollten wir auch mal über eine Therapie nachdenken.«

Sophie sah ihn nachdenklich an. Seine Worte klangen plausibel. Sie tat immer so stark. Schleppte sich seit Monaten täglich ins Büro, aber wenn sie erst da war, ging es ja auch. Am Ende aber empfand sie tatsächlich alles als Belastung. Ihr ganzes Leben fühlte sich an wie eine einzige Belastung. »Therapie?« wiederholte sie.

Er nickte. »Frau König, in Ihrem Leben sind doch einige Dinge passiert, die man als traumatisch bezeichnen könnte. Ich habe die Vermutung, dass Sie immer einfach weiter gemacht haben, ohne sich zu erholen.«

»Dafür hatte ich nie Zeit«, murmelte Sophie. »Bei mir ging es immer ums Überleben.«

»Davon spreche ich«, antwortete der Arzt. »Aber irgendwann macht die Psyche schlapp.« Er räusperte sich. »Erholen Sie sich jetzt erst mal ein paar Tage, und dann sehen wir weiter.«

Sophie nahm ihren gelben Urlaubsschein und fuhr nach Hause.

Kaum war sie zu Hause angekommen, ertönte ein »Ping« von ihrem Smartphone. Sophie öffnete WhatsApp und hoffte auf eine Nachricht von Tom.

»Ich hätte auch einen Kugelschreiber gehabt. Danke für deine Nummer. Liebe Grüße, Tom.«

Was antwortete man denn auf eine solche Nachricht? Unverbindlicher ging es ja kaum noch! Sophies Hand zitterte. Sie beendete WhatsApp und lehnte sich auf dem Sofa zurück. Wenn sie ihm nicht antwortete, könnte es passieren, dass er sich nie mehr melden würde. Aber wenn sie ihm nun auf diese unverbindliche Nachricht antwortete, könnte er sie für eine Nervensäge halten. Zum Glück rief einige Minuten später Miriam an – wie sie es angekündigt hatte. »Erzähl mir alles!«, brüllte sie in den Hörer.

»Du bist doch im Auto!«, sagte Sophie. Die Fahrgeräusche waren deutlich zu hören.

»Ja, Freisprechanlage ist an. Erzähl jetzt!«

Und so begann sie zu erzählen. Von dieser merkwürdigen Begegnung vor dem Regal im Supermarkt. Von ihrer Suche nach diesem wundervollen Mann auf dem Parkplatz. Von ihrem abgefallenen Nummernschild und seinem Angebot, es festzuschrauben. Von diesem herrlichen Abend, der Nacht, die sie in seinem wohlriechenden Bettzeug verbracht hatte. Von diesen schönen Augen, den wundervollen Hunden, der traumhaften Harley ihn seinem Hof.

»Moment mal!«, sagte Miriam. »Du hast bei ihm übernachtet? Du kennst ihn doch gar nicht!«

»Ja, ich weiß. Es bot sich so an.«

»Du Luder«, sagte Miriam lachend »Und jetzt?«

Sophie erzählte von der Nachricht, die er ihr vor einer halben Stunde geschickt hatte. »Was soll ich denn jetzt tun?«

»Nichts«, sagte Miriam. »Der muss aus den Schlappen kommen. Sag mal, wenn der ne Harley hat... ist der in einem Club?«

»Ich habe kein Patch gesehen. Wenn er in einem Club wäre, würde er es ja tragen.«

»Er war doch mit dem Auto unterwegs, sagtest du.«

»Ja, aber die tragen das doch immer.«

»Naja, Moment!« Sie erinnerte Sophie daran, dass es Motorradclubs gab, die ihr Patch offiziell nicht tragen durften. »Ich mache mir doch nur Sorgen um dich, Liebes. Ein Club kann ganz schön Ärger bedeuten.« Sie schnaufte deutlich. »Aber weißt du was? Ich bin unheimlich froh, dass dir jemand begegnet ist, der dich so sehr kickt. In den letzten Jahren dachte ich, du funktionierst wie ein Roboter.«

»Du bist schon die Zweite, die mir das heute sagt. Ich war gerade beim Arzt, er hat mich bis Ende nächster Woche krankgeschrieben. Ich soll mich erholen. Zu mir finden. Was auch immer.«

»Okay. Aber wenn ich das richtig verstanden habe, ist es jetzt im Moment das Wichtigste, dass dieser Tom zu dir findet, oder?«

»Genau.«

Miriam seufzte. »Das fällt dir jetzt schwer, das weiß ich. Aber wenn du ihm antwortest, dann nur ganz kurz und ebenso unverbindlich. Nicht dass er glaubt, du hechelst ihm hinterher.«

»Ich hechele ihm aber leider hinterher.«

»Der meldet sich schon.«

Im gleichen Moment piepte erneut das Smartphone. Sophie öffnete WhatsApp.

»Da du meine Harley so bewundert hast – Lust auf eine Ausfahrt am Wochenende?«

»Miriam!«, brüllte Sophie in den Hörer. Sie jubelte innerlich und las ihr die Nachricht vor.

Miriam lachte. »Wir legen jetzt auf. Ich glaube, du musst dir jetzt Motorradklamotten organisieren. Und einen Helm.«

»Ich kenne niemanden der so was hat und es mir leihen könnte.«

»Dann lass dir was einfallen. Ich melde mich morgen noch mal, bin jetzt am Supermarkt und muss noch einkaufen. Mir wäre jetzt mehr nach Couch und einem Glas Wein zumute.«

Sie verabschiedete sich und legte auf.

Sophie öffnete WhatsApp erneut und tippte ihre Antwort an Tom: »Totale Lust! Ich habe aber keinen Helm und keine Motorradklamotten.«

»Welche Kleidergröße hast du?«, kam zurück.

»38«, antwortete sie.

»Das ist Mist, die Frauen, die ich kenne, haben größere Größen.«

Sophie wollte so gerne auf dieser Harley sitzen! Sich an diesem Mann festhalten. Den Tag mit ihm verbringen… sie sehnte sich nach ihm und konnte sich ihre aufgebrachten Gefühle selbst nicht erklären. Es war doch noch gar nichts passiert!

Sie sah, dass er eine Nachricht tippte, die sich Sekunden später mit einem »Ping« ankündigte. »Einen Helm kann ich organisieren, du hast bestimmt die kleinste Größe. Aber du brauchst auch eine Lederjacke und eine Lederhose. Ich fahre nicht mit Leuten, die nicht die richtigen Klamotten tragen. Ich höre mich mal um, vielleicht können wir uns was leihen.«

»Das wäre toll!«, antwortete Sophie.

»Ich hasse WhatsApp übrigens. Wie war dein Tag?«

»Ruhig«, schrieb sie zurück. »Bin bis nächste Woche krankgeschrieben. Ich war nicht im Büro.«

»Ist was passiert?«

»Nein. Ich konnte mich heute Morgen nicht dazu aufraffen ins Büro zu gehen, und mein Arzt meinte, ich bräuchte eine Auszeit.«

»Vielleicht hat er recht. Um sieben lege ich das Fleisch auf den Grill. Wenn du Lust hast, mach einen Salat dazu und komm her.«

Ihr Herz hüpfte vor Freude. »Okay«, antwortete sie ihm. »Bin um sieben da.«

Brich ihm das Herz und ich reiße dir deines raus!

Sophie sah auf die Uhr. Es war nach fünf. Salat… sie hatte natürlich keinen Salat im Haus. Aber es gab noch Bulgur, Paprikaschoten und sogar ein paar Tomaten und Frühlingszwiebeln. Bulgur-Salat war schnell zubereitet und immer eine gute Beilage beim Grillen.

Auf dem Weg zu Tom hielt sie noch einmal am Supermarkt und besorgte ein Baguette. Als sie mit dem Wagen vor seinem Hoftor ankam und überlegte, wo sie klingeln müsste – sie sah keine Klingel – wurde es schon geöffnet. Tom winkte sie hinein. Sie sollte also im Hof parken, wie gestern? Nun gut! Er schloss das Tor, und als sie ausstieg, begrüßte er sie mit einem scheuen Lächeln und einem noch viel scheueren Kuss: Wie schon am Morgen, auf die Stirn. Erneut zitterten ihre Knie.

Sophie König – du bist 45 Jahre alt. Reiß dich zusammen! Sie ermahnte sich zur Ruhe. *Bleib lässig, Frau. Ganz ruhig! Er wollte dich wiedersehen. Dein Bulgur-Salat ist köstlich geworden. Er wird ihn mögen. Ihr werdet einen tollen Abend miteinander verbringen. Vielleicht schläfst du ja sogar heute noch einmal hier. Notfalls musst du eben ein Bier zu viel trinken, dann kann er dich nicht wegschicken…*

»Ich hoffe, heute hast du saubere Klamotten dabei«, unterbrach Tom die Ansprache der Stimme aus ihrem Bauch.

»Wieso?«, fragte sie verwirrt.

»Nicht dass wir morgen wieder um so eine elende Uhrzeit raus müssen, und du nach Hause hechten musst, um zu duschen.« Er grinste.

Tatsächlich hatte sie für den Fall der Fälle alles eingepackt, was sie brauchen würde, sollte dieser Abend wie der Gestrige enden: Eine Zahnbürste, ihre Gesichtscreme, etwas Make-up, sowie einen frischen Slip und ein Shirt. Außerdem hatte sie die Nachbarin gebeten, am nächsten Morgen die Katzen zu versorgen. Jetzt kam sie sich allerdings ziemlich doof vor. Gut darauf vorbereitet zu sein, die Nacht möglicherweise nicht zu Hause zu verbringen, mochte zwar sachlich in Ordnung sein: Ist man allerdings an dem Mann interessiert, bei dem man übernachten möchte, ist es taktisch eher ungünstig. Sie zog es also vor, diese Frage gar nicht zu beantworten, und lächelte nur.

Das Fleisch auf dem Grill duftete herrlich. Angesichts der Menge fragte sich Sophie jedoch, wer das alles essen sollte. »Erwartest du noch jemanden?«

Er nickte. »Ich habe vorhin ein bisschen rumtelefoniert. Eine Freundin von mir hat noch Motorradklamotten in deiner Größe. Sie bringt den Kram vorbei, müsste gleich hier sein.«

Sophie setzte sich. Tom öffnete die Haustür und die Hunde stürmten in den Hof. Odin begrüßte sie stürmisch, und Thor blieb etwas dezenter im Hintergrund, leckte aber an ihrer Hand.

»Odin hat einen Narren an dir gefressen«, sagte Tom. »So kenne ich den gar nicht.«

Sophie musste lachen, und Odin, der beide Vorderpfoten auf ihren Oberschenkeln abgestellt hatte und gar nicht genug von ihr bekommen konnte, leckte ihr quer über das Gesicht.

Im gleichen Moment war vor dem großen Tor aus Holz das Geräusch eines Motorrads zu hören. »Das ist Lola«, sagte Tom. »Pünktlich wie immer, die olle Spießerin.«

Er lachte und öffnete die kleine Eingangstür, die im Tor eingelassen war. »Grüß dich!«, erklang eine warme und tiefe Frauenstimme. Lola nahm ihren Helm ab, schüttelte ihr langes, schwarzes Haar, und küsste Tom auf den Mund. Dann bedachte sie Sophie mit einem prüfenden, aber freundlichen Blick.

Sie marschierte schnurstracks auf sie zu. »Du bist Sophie? Steh mal auf!«

Sophie erhob sich aus ihrem Stuhl und Lola musterte sie von oben bis unten. »Könnte passen.« Lola reichte ihr eine Lederhose und eine Lederjacke. »Das ist aus der Zeit, in der ich noch jung, schlank und schön war.« Sie lachte heiser. »Jetzt bin ich nur noch schön.«

»Dankeschön!« Sophie freute sich. Die Klamotten könnten tatsächlich passen, schätzte sie.

»Einen Helm habe ich auch dabei. Der ist aber noch draußen im Case.«

»Danke, Lola. Damit hast du unsere Ausfahrt gerettet.« Tom küsste sie auf die Wange.

»Schon gut, Großer. Wann ist das Fleisch fertig? Ich habe Hunger. Außerdem muss ich bald weg. Bin noch mit Steve verabredet.«

»Aha«, sagte Tom. »Seid ihr wieder zusammen?«

Lola lachte und griff nach dem Wasser, das Tom ihr auf den Tisch gestellt hatte. Sie setzte die Flasche an und pumpte sie fast in einem Zug halb leer. »Gott, ist das heiß heute!«, stöhnte sie. »Ja, wir sind wieder zusammen. Der kleine Scheißer kann doch gar nicht ohne mich.«

Tom lachte. »Passt mal aufs Fleisch auf, Mädels. Ich lass die Jungs noch mal in den Garten.« Er pfiff nach den Hunden und jetzt erst sah Sophie, dass Tom tatsächlich außer diesem Hof auch noch einen Garten hatte. Er ging durch eine Tür neben der Scheune, und die Hunde sprangen erfreut hinter ihm her.

Lola nutzte diese Gelegenheit und sah Sophie eindringlich an. »Du bist also Sophie«, stellte sie fest. Sophie nickte und fühlte sich plötzlich, als würde sie auf der Anklagebank sitzen. Lola kniff die Augen zusammen. Weg war sie, diese warme Nuance in ihrer Stimme. Jetzt klang sie nur noch tief. »Wenn du ihm das Herz brichst, reiße ich dir deins raus, damit das klar ist.«

»Ich habe nicht vor…«

Lola unterbrach Sophies Erwiderung mit einer unwirschen Handbewegung, die etwas bedrohlich wirkte – so wie sie selbst in diesem Moment. »Der hat genug durch. Was du vorhast oder nicht vorhast, weiß ich nicht. Aber wenn du es nicht ernst mit ihm meinst, dann iss dein Steak und verschwinde.«

Trotzig warf Sophie ihren Kopf in den Nacken. Wohlwissend, dass diese Art der Körpersprache mit kurzen Haaren eigentlich nicht wirkungsvoll ist. Dass Lola überhaupt so etwas zu ihr sagte, machte ihr aber gleichzeitig auch ein wenig Mut. Es bedeutete unter Umständen, dass Tom mit ihr über sie gesprochen und Interesse bekundet hatte.

Und sogleich fiel Sophie in diesen schnodderigen, lässigen Ton ein, den auch Lola angeschlagen hatte. »Mach mich nicht an«, donnerte sie. »Du kennst mich überhaupt nicht, du weißt gar nichts von mir. Und verurteilst mich gleich. Vielleicht habe ich selbst auch viel durch und total Schiss, dass ich hier verarscht werde?«

»Ich verurteile dich nicht«, sagte Lola. »Ich habe dich nur gewarnt. Du hast Recht, ich weiß nichts von dir. Aber du weißt jetzt von mir, dass du dich in Acht nehmen solltest. Solange du ihm nicht das Herz brichst, sind wir beide Freunde.«

»Aha«, gab Sophie zurück. Es klang etwas kläglich, aber in Anbetracht der Tatsache, dass Lola ungefähr Größe 44 trug, sie um einen Kopf überragte, und irgendwie gefährlich wirkte, war das wohl normal.

Tom kam aus dem Garten zurück. Sophie erinnerte sich daran, dass die Hunde sie viel fröhlicher begrüßt hatten als Lola. Auch ließen sie sich augenblicklich wieder in Sophies Nähe nieder, und beachteten Lola nicht. Sie schien ihnen egal zu sein, obwohl sie am Grill stand und das Fleisch wendete, nach dem die Hunde gierig schnuppernd ihre Nasen in die Luft hielten. Trotzdem blieben sie lieber in Sophies Nähe liegen und das gefiel ihr in diesem Moment ausgesprochen gut.

Tom teilte die Teller aus, die er bereits auf den Tisch gestellt hatte, legte das Besteck an die Seite und faltete die Servietten. Sophie war beeindruckt. Sie fand es süß, wie viel Mühe er sich gab. Das hätte sie ihm so gar nicht zugetraut. Im nächsten Moment öffnete er mit seinem Feuerzeug eine Flasche Bier und reichte sie ihr. Dann ließ er sich mit einer zweiten Flasche in seinen Gartenstuhl plumpsen. Lola hatte sich bereits selbst bedient und Sophie war beeindruckt, weil sie ihre Bierflasche ebenfalls mit dem Feuerzeug geöffnet hatte. Sie selbst konnte das nicht, trotz zahlreicher Versuche.

»So, was ist denn nun mit deiner Krankschreibung?«, fragte Tom. »Heute Morgen klang das alles eher nach ‚ich muss dringend ins Büro'. Was hat sich geändert und warum?« Er sah ihr aufmerksam in die Augen, und sein Blick ging ihr durch und durch.

Sophie zuckte mit den Schultern. »Kann ich dir nicht sagen. Nach der Dusche hat mich wohl die Faulheit gepackt. Ich war nachmittags beim Arzt und der meinte, ich bräuchte eine Auszeit.«

Tom sah sie von unten nach oben über den Rand seiner Sonnenbrille an. »Aha. Klingt, als wüsste der Arzt mehr als du.«

»Kann sein.« Sie lächelte. »Ist doch egal. Ich habe jetzt mal anderthalb Wochen ungeplanten Urlaub.«

»Damit lässt sich schon etwas anfangen«, sagte er und prostete ihr zu. In diesem Moment war das Fleisch fertig. Lola, die während der letzten zehn Minuten am Grill gestanden hatte, legte auf jeden bereit stehenden Teller ein Steak. Die anderen drei Steaks legte sie auf einen Extrateller. Dann setzte sie sich und bediente sich großzügig an Sophies Bulgur-Salat.

»Den mag ich gerne«, verkündete sie. »Aber nicht jede Frau kriegt den gut hin.« Sie probierte eine Gabel voll, dachte kurz nach und sagte: »Okay, du kriegst ihn hin.«

Sophie war erleichtert. Offenbar war sie eine sehr gute Freundin von Tom, und damit sollte man es sich nicht versauen.

Während des Essens unterhielt sich Lola angeregt mit Tom, der Sophie zwischendurch verstohlene Blicke zuwarf. Offenbar wollte er herausfinden, ob sie sich langweilte. Nein, als langweilig empfand sie das Gespräch nicht, obwohl häufig Namen fielen, mit denen Sophie nichts anfangen konnte. Es ließ sie aber immerhin ahnen, dass Tom kein einsamer Mensch war. Er schien eine Menge Bekannte zu haben. Nach dem Essen lehnte Lola sich bequem zurück und rauchte eine Zigarette.

»Ach, herrlich!«, schwärmte sie. »Das Zigarettchen noch und dann bin ich weg für heute, Tom.« Sie grinste Sophie unverhohlen an. Sophie mochte Lola eigentlich, aber irgendwie auch wieder nicht und sie konnte nicht einschätzen, warum das so war. Sie mochte coole, starke Frauen. Und das war Lola definitiv – eine coole, starke Frau. Wahrscheinlich lag ihr ihre Drohung noch im Magen.

»Übrigens«, sagte Lola. »Ich habe ein Päckchen für David gepackt. Willst du ihm auch etwas mitschicken? Ich habe es noch offengelassen und will es morgen zur Post bringen.«

Tom zuckte mit den Schultern. »Eigentlich nur einen Umschlag mit fünfzig Euro. Magst du den mit einpacken?«

Lola nickte und Tom erhob sich, ging ins Haus, und holte einen verschlossenen Umschlag, den er Lola in die Hand drückte. Sie steckte den Umschlag in die Innentasche ihrer Motorradjacke, nickte Tom zu und verabschiedete sich von ihm mit einem Kuss auf den Mund. Sophie beneidete sie mit jeder Faser ihres Herzens. Gleich darauf verabschiedete Lola sich auch von Sophie mit einem Kuss, allerdings auf die Wange. »Hat mich gefreut«, sagte sie. »Schönen Abend noch, ihr zwei!«

Und schon war sie durch die Tür. Tom grinste und lehnte sich entspannt in seinem Stuhl zurück. »Ich hoffe, sie hat dir keine Angst gemacht«, schmunzelte er.

»Angst? Mir? Nein. Warum?«

»Weil sie so ist, wie sie ist.« Er lachte. »Lola ist ein Schatz. Sie gehört zu meinen besten Freunden, aber ich weiß, dass sie auf Leute, die sie nicht kennen, ganz schön bedrohlich wirken kann.«

»Hm«, knurrte Sophie. »Und wer ist David?«

Tom lachte. »David? Warum?«

»Es geht mich ja nichts an, ich fand es nur interessant. Sie packt ein Päckchen und du schickst ihm Geld. Ist das ein Freund von euch, den ihr unterstützt?«

Er nickte, schien aber nicht bereit zu sein, ihr mehr zu erzählen.

»Sag mal Tom, bist du in einem Motorradclub?«, fragte Sophie unvermittelt.

Tom lachte laut. »Du stellst Fragen! Motorradclub? Warum fragst du mich das?«

»Nur so. Es interessiert mich. Du fährst eine Harley und kennst offenbar nur Biker. Könnte doch sein, dass du in einem Club bist.«

»Und wenn es so wäre, was dann?«

Sie zuckte mit den Schultern. »Es interessiert mich einfach nur.«

Tom lachte und zündete sich eine Zigarette an. »Ich bin kein Typ für einen Club. Ich hasse jede Form von Vereinsmeierei. Als ich jünger war, habe ich natürlich versucht, in einen Club zu kommen. Das will doch jeder, der Motorrad fährt.« Er lächelte. »Da geht es aber schon los. Du musst dich mächtig ins Zeug legen, damit die dich überhaupt wahrnehmen. Dazu hatte ich keine Lust. Dann diese Zeit als Prospect – dazu hatte ich auch keine Lust. Wozu auch? Am Ende kriegst du deinen Patch und bist Member, nennst jeden ›Bruder‹ und dann ist das deine Familie. Erst kommen die Belange des Clubs, dann die der Brüder, dann deine eigenen, weil du sonst nicht cool bist und dann, vielleicht, ist noch Platz für die eigene, die wirkliche Familie. Du hast dann ohnehin keine Freunde mehr außerhalb des Clubs. Nur noch Bekannte. Nein, dazu hatte ich keine Lust.« Er lachte. »Ich trage Lederklamotten, weil ich ein Motorrad fahre und ich fahre Motorrad, weil ich es liebe. Mehr nicht.«

»Ok.« Sie lächelte.

»Würde es dich denn stören, wenn ich in einem Club wäre?«

Sie zuckte mit den Schultern. »Nein, eigentlich nicht.«

Sophie drückte ihre Zigarette aus, und begann, die Teller zusammen zu räumen. »Was tust du da?«, fragte Tom amüsiert.

»Abräumen!«, antwortete Sophie. »Oder wirfst du dein Geschirr nach Benutzung weg?«

»Natürlich nicht, aber wir haben doch Zeit, lass es doch einfach stehen!«

»Es ist doch schöner, wenn der Tisch abgeräumt ist.« Odin saß mit bettelndem Blick vor ihr. »Das könnte dir so passen, Junge«, sagte sie zu dem wunderschönen Schäferhund, der offenbar ihr größter Fan in diesem Haus war.

»Das Fett, das du abgeschnitten hast, kannst du ihm ruhig geben«, sagte Tom. Daraufhin nahm sie den Fettrand, zerteilte ihn und gab jedem der beiden Hunde eine Hälfte.

»Jetzt lieben sie dich für immer.« Tom stand auf und nahm die Flaschen mit den Grillsoßen in die rechte Hand. Mit der linken griff er nach der Schüssel mit dem Bulgur-Salat. Gemeinsam trugen sie alles in die Küche. Sophie drehte den Wasserhahn auf, und suchte nach dem Stöpsel für das Spülbecken.

»Was machst du denn jetzt schon wieder?«

»Den Abwasch.« Tom stand hinter ihr und stöhnte auf. Sophie schloss für einen Moment die Augen. Da war er, dieser Duft nach Mann. Nach richtigem Mann. Der Duft nach Tom. In diesem

Moment spürte sie seine Hände, die sich sanft auf ihre Schultern legten. Sophie erschauerte. Sie drehte das Wasser ab, wandte sich um und schlang ihre Arme um seinen Hals, während sie ihm in die Augen sah. Dieser Mann war riesig, und sie konnte ihm nur in die Augen sehen, weil er sich zu ihr herunter beugte. Aber das erregte sie. Sein Duft erregte sie. Seine Augen erregten sie. Sein Blick erregte sie. Scheiß auf das Geschirr, scheiß auf alles, ging es durch ihren Kopf. Sie wollte mit diesem massiven Körper verschmelzen, ihn über sich haben, ihn in sich spüren und ihm dabei in diese wundervollen Augen sehen.

Tom umschlang Sophie mit beiden Armen und beugte sich noch ein wenig tiefer, um sie sanft auf die Lippen zu küssen. Sophie schloss erneut die Augen und spürte, wie er sie anhob. Sie schlang ihre Beine um seinen Körper und gab sich seinem langen und leidenschaftlichen Kuss hin. Es waren Minuten, von denen sie sich wünschte, sie würden niemals enden. Wie ein Klammeräffchen hing sie an ihm, ließ sich von ihm halten, und fühlte sich so leicht, fast beschwipst oder irgendwie high. Sie spürte, wie Tom sie zu dem massiven Küchentisch trug, die Sachen, die darauf lagen, beiseiteschob und sie auf den Tisch legte. Sophies Beine waren noch immer um ihn geschlungen, und nun legte er sich über ihren Körper, küsste sie weiter, minutenlang. Sophie hielt ihre Augen geschlossen und spürte, wie sich ihr Unterleib zusammenzog. Sie wollte ihn so sehr!

Tom hörte nicht auf, sie zu küssen, und zwischendurch hörte sie ihn leidenschaftlich seufzen. Er nestelte an ihrem Shirt herum, schob es nach oben, und unterbrach seinen Kuss für eine Sekunde, um es ihr über den Kopf zu streifen. Sie hob bereitwillig ihre Arme, schlang sie aber sofort wieder um seinen Nacken. Ihre Lippen suchten die seinen, und schließlich legte er sich über sie, fuhr ihr mit beiden Händen durch das Haar und hielt ihren Kopf fest umschlungen. In ihrem ganzen Leben hatte Sophie noch nie eine solche Leidenschaft gespürt. Sie fühlte sich, als würde nach und ein Stück von dem unsichtbaren Panzer aufbrechen, den sie trug. Mit jeder Sekunde wurde sie leichter.

Er ließ von ihr ab, küsste ihre Schultern, ihren Hals, die zarte Stelle zwischen ihren Brüsten und schob den BH herunter. Dann hob er sie an, öffnete geschickt ihren BH, und warf ihn hinter sich. Erneut küsste er sie und öffnete ihre Jeans, streifte sie ab und warf sie ebenfalls hinter sich. Sie bäumte sich auf und zog ihm das Shirt aus. Sofort legte er sich über sie, küsste sie weiter, küsste an ihrem Hals entlang und umfasste ihre Brüste mit beiden Händen. Sophie stöhnte laut auf und er öffnete seine Jeans. Sie bäumte sich ein weiteres Mal auf, wollte ihn sehen, nackt, so wie er nun vor ihr stand, doch er ließ es nicht zu. Er legte sich über sie, küsste sie und rieb dabei die an diesem Morgen frisch rasierten, zarten Lippen zwischen ihren Beinen.

Er stöhnte erregt, knabberte an ihrem Ohr und an ihrem Hals, und eine Sekunde später drang er ruckartig in sie ein. Sophie riss die Augen auf und stöhnte. Einen so harten Stoß gleich beim Eindringen hatte sie nicht erwartet. Oder doch? Tom war voller Leidenschaft, dabei bisher aber unglaublich zärtlich gewesen. Dieser Stoß eben war brutal, aber trotzdem voller Leidenschaft und Zärtlichkeit, denn nun hielt er kurz inne und sah ihr prüfend in die Augen. »Hör nicht auf«, flüsterte sie. Sie schlang ihre Beine um seinen massiven Körper und Tom stieß zu. Er stieß sie hart, und diese Stöße gingen durch und durch. Noch nie hatte sie etwas so geiles erlebt, und sie sehnte sich nach weiteren Stößen, nach immer mehr, bis sie laut keuchte und spürte, dass nicht nur er sich entspannte: Auch ihre Klitoris wurde durch dieses vertraute, aber vergessen geglaubte Zucken, das sie bis in die Zehenspitzen spürte, erlöst.

Tom sank auf ihr zusammen, aber er besann sich noch in der gleichen Sekunde darauf, sie nicht mit seinem schweren Körper zu belasten, und so stützte er sich mit den Armen auf der Tischplatte ab. Sie rieb ihr Gesicht an seinem Oberkörper, an seinem Hals, saugte hörbar seinen Duft ein. »Das reicht mir nicht …« flüsterte sie ihm ins Ohr. »Das reicht mir nicht …« Sie küsste ihn, flehend, wieder und wieder. »Das reicht mir nicht …«

Tom seufzte erregt, hob sie vom Tisch und drehte sie um, sodass sie seinen steifen Penis nun an ihrem Rücken spürte. Er drückte ihren Oberkörper erneut auf den Tisch, presste sie auf die Tischplatte, und Sophie schloss die Augen und ließ es einfach geschehen. In ihr jubilierte alles. Sophie war so erregt, dass sie dachte, explodieren zu müssen. Tom half mit der rechten Hand nach, und schob sich in sie, während er ihren Oberkörper mit der linken Hand fest auf den Tisch drückte.

Erneut durfte sie seine harten Stöße genießen und spüren, wie in ihr alles pulsierte und darauf drängte, noch einmal zu kommen. Aber nicht zu früh, bloß nicht zu früh! Nein, sie wollte ihn ganz lange in sich spüren! Diesen wundervollen Mann, der so himmlisch roch, auch wenn sie seinen Duft in dieser Position nicht wahrnehmen konnte. Sein Schwanz füllte sie ganz und gar aus und ihr Unterleib fühlte sich an, als würde er gleich bersten.

Als Tom sich dieses Mal entspannte, ließ er einen lauten Seufzer los. Erbarmungslos drückte er ihren Oberkörper auf die Tischplatte zurück, als sie versuchte, sich zu erheben. »Bleib so liegen«, flüsterte er. Und dann spürte sie seinen Oberkörper auf ihrem Rücken. Seine Lippen, die sanft an ihren Ohren spielten, an ihrem Nacken entlang wanderten und auf ihren Schultern verweilten. Tränen liefen über ihr Gesicht. Tränen des Glücks.

Minutenlang küsste er jede Stelle auf ihrer Rückseite, knabberte hier, knabberte da und als er sie umdrehte, stutzte er kurz - dann küsste er ihre Tränen weg. »Entschuldige«, flüsterte er in Sophies Ohr. »Ich konnte mich nicht bremsen. Es tut mir leid, wenn ich zu hart war. Habe ich dir wehgetan?«

Sie schüttelte den Kopf. »Nein.« Und sofort umschlang sie ihn wieder mit Armen und Beinen. »Warum weinst du dann?«, fragte er leise.

»Weil du mich eben sehr glücklich gemacht hast. Ich dachte, ich erlebe so etwas nie mehr. So was wie eben habe ich überhaupt noch nie erlebt.« Sie warf den Kopf in den Nacken. »Gott, war das gut!«, stieß sie hervor, und schloss die Augen. Sie fing sich aber gleich wieder, legte ihre Arme um seinen Nacken und sah ihm in die Augen.

Tom lachte leise auf. »Ich hätte dich natürlich ins Bett tragen können, aber das habe ich nicht mehr geschafft.« Er presste sie an sich, saugte ihren Duft ein und fuhr ihr noch einmal mit beiden Händen durch die Haare. Dann hielt er ihren Kopf in beiden Händen. »Es ist ja wohl klar, dass du heute hier bleibst, Miss Sophie. Und morgen. Und übermorgen.«

»Meine Katzen«, warf Sophie ein.

»Die fahren wir füttern. Bleib bei mir, ja?« Ein Blick in seine Augen, und es war um sie geschehen. Sie konnte überhaupt nicht mehr klar denken. »Ja, okay«, hörte sie sich sagen.

»Du musst bei mir sein. Ich muss dich ficken, immer wieder, ganz oft, bis du nicht mehr laufen kannst. Und dazwischen muss ich dich küssen und festhalten.«

In ihrem tiefsten Inneren breitete sich ein Lächeln aus, das jede Faser ihres Körpers zu ergreifen schien. Ja, ganz tief in ihr! In den letzten Jahren hatte sie viel gelächelt. Sophie war ein durch und durch freundlicher Mensch, und wer zu ihr freundlich war, dem schenkte sie immer ein Lächeln. Ihre Kollegen behaupteten von ihr, sie sei ein durchweg glücklicher Mensch, und ihr Lächeln käme von irgendwo ganz tief drinnen. Niemand wusste, dass es die Rolle war, die sie sich ausgesucht hatte, und die sie so überzeugend spielte, dass sie fast schon selbst daran glaubte.

Jetzt aber war dieses Lächeln tatsächlich in ihr. Es galt ihr selbst, und jetzt war sie wahrhaftig glücklich. Nach all den Jahren des Alleinseins, nach all der Hoffnungslosigkeit, nach all den Schwachköpfen in ihrem Leben... Hier war der Mann, der ihr gerade gezeigt hatte, was Glück bedeutet, und dass sie es tatsächlich noch einmal erleben durfte. Er stand vor ihr, lächelte, und er sah umwerfend aus.

Der wunderschöne Gott Midir saß mit betrübtem Gesicht neben Aine, die gebannt durch die Nebelschleier in die Welt der Menschen blickte.

»Ich kann euch verstehen«, begann er. »Die Verführungen sind so vielfältig. Aber wir sind Götter. Rauchen, fluchen ... Motorrad fahren. Menschen bedrohen. Glaubst du nicht, Kind, dass das eurer unwürdig ist?«

Aine lächelte und wandte ihm ihr schönes Gesicht zu.

»Es ist die Sprache der Menschen. Es ist die Art der Menschen. Wenn wir unter den Menschen nicht auffallen wollen, müssen wir sein wie sie.«

»Aber du auf einem Motorrad! Und du hast sie bedroht.«

Aine zuckte lächelnd mit den Schultern.

»Es ist die Sprache, die sie versteht.«

»Du willst doch, dass sie sich in ihn verliebt und nicht, dass sie Angst bekommt, und davonläuft!«

Midir erhob sich und schritt im Götterhain auf und ab. So wie er es immer tat, wenn ihn etwas beschäftigte, nutzte er seinen Speer wie einen Wanderstab. Dann setzte er sich und starrte durch die Nebelschleier.

»Es ist doch längst geschehen«, lächelte Aine. »Sie liebt ihn doch jetzt schon.« Sie seufzte. »Und es ist ja auch kein Wunder.«

Fuck the system!

Den Rest dieses herrlichen Sommerabends verbrachten Sophie und Tom draußen auf dem Hof, und sie führten wundervolle Gespräche. Sophie konnte ihre Augen nicht von ihm lösen und lauschte fasziniert, wenn er sprach. Es war nicht so, dass sie sich ihre bisherigen Lebensläufe erzählten. Nein, es waren kleine Geschichten aus seinem Leben, aus ihrem Leben, eher lustige Ereignisse, die aber wiederum dazu führten, dass sie irgendwann über Bücher sprachen. Über Politik. Es wurde deutlich, dass Tom die Politik in diesem Land ablehnte, vollkommen gegen das ganze System eingestellt war, und seine kleine Ecke im Leben gefunden hatte. Hier auf diesem alten Bauernhof hatte er mit dem System nichts zu tun, außer dass er Steuern auf seine Mieteinnahmen zahlen musste. Wie jeder andere auch, musste er eine Krankenversicherung bezahlen und zahlte in seine Rentenkasse ein.

»Jünger werden wir ja nicht«, sagte er. »Hilft ja alles nichts.«

Immer wenn er aufstand, um ihnen etwas zu trinken zu holen, etwas zu knabbern, oder mal im Badezimmer verschwinden musste, küsste er sie.

Es war schon weit nach elf, als er, wie am Vorabend auch, mit einer Decke zurückkam, die er ihr an diesem Abend aber nicht einfach reichte, sondern sie ihr zärtlich um die Schultern legte. Es fröstelte sie tatsächlich ein wenig. Die Tage waren warm, die Abende lau, aber um diese Uhrzeit wurde es bereits richtig kühl.

»Nun erzähl mal«, sagte er. »Seit wann bist du Single?«

»Seit zwei Jahren.« Sophie musste lachen. »Weißt du... ich hatte auch zwei Jahre lang keinen Sex mehr, und heute früh habe ich mir noch überlegt, ob ich es überhaupt noch kann.«

Tom musste lachen und verschluckte sich fast an seinem Bier. »Das verlernt man nicht.«

»Meinst du?«

»Also ich hatte nicht den Eindruck, dass du es nicht mehr kannst. Übrigens, ich hatte auch ein paar Jahre keinen Sex mehr.«

»Das glaube ich dir nicht.«

»Kannst du ruhig.« Er lachte. »Ich bin kein Mann für eine Nacht. Ich bin ja sowieso nicht so der Frauentyp. Eine Freundin hatte ich nicht.«

Sophie riss die Augen auf. »Du bist nicht so der Frauentyp? Wie kommst du denn darauf?«

Er zuckte mit den Schultern. »Naja, das weiß ich eben. Okay, ich bin sehr groß und kräftig, da stehen Frauen drauf. Aber ich hatte noch nie so das hübsche Gesicht und seit ich die hier habe …«

Er deutete mit dem Zeigefinger auf seine Narbe. »Seit ich die hier habe, gucken die Frauen kurz hin und schnell wieder weg. So ist das eben. Wirklich viel zu bieten habe ich einer Frau ja auch nicht.«

»Wie kommst du darauf, dass du einer Frau nicht viel zu bieten hast?«

Tom lächelte, und beugte sich über den Tisch. »Dir kommt das glaube ich alles ganz entspannt vor hier, wie? Meine Fuck-The-System-Einstellung? Du, die habe ich mir erarbeitet, und als ich das Mietshaus und diese ehemalige Ruine hier geerbt habe, konnte ich diese Einstellung auch endlich leben. Ich arbeite nicht, das fuckt die Frauen ziemlich ab. Die meisten wollen doch den Karrieretyp neben sich haben, den sie stolz rumzeigen können. Und das bin ich nicht.«

»Na und? Geht es darum? Ich habe auch keine Karriere, ich habe nur ein Arbeitsleben.«

»Eben, aber du hast eins. Keine Frau steht drauf, dass ein Typ nicht arbeitet. Ich könnte ja, aber ich will nicht. Ich tue für dieses System hier nur das, was ich tun muss – mit Arbeit würde ich zu viel tun. Wenn ich arbeiten gehe, zahle ich noch mehr Steuern auf meine Mieteinnahmen und mein Lohn wird auch versteuert. Ich sehe es einfach nicht ein, wozu denn auch? Ich habe alles was ich brauche, und ich genieße mein Leben.«

»Ist dir nicht langweilig?« Sophie räusperte sich. Das klang vielleicht in seinen Ohren, als würde es sie auch stören, dass er nicht arbeitete. Es störte sie aber nicht. Sie war Bürokauffrau, hatte Ahnung von Steuern und Buchhaltung. Sie wusste, dass von seinen Mieteinnahmen kein Vermögen bleiben konnte. Nein, es ging ihr lediglich darum, wie er den Tag nutzte. Er schien ihre Frage jedoch richtig verstanden zu haben.

»Nein, mir ist nicht langweilig. Ich habe jahrelang an diesem Haus hier restauriert und renoviert. Es ist auch noch lange nicht fertig, es gibt immer noch viel zu tun. Es gibt sogar noch ein paar Zimmer in diesem Haus, die noch nicht renoviert sind, sie liegen hinter der Küche. Irgendwann sind die auch mal dran. Ich habe ein paar gute Freunde und kümmere mich um deren Autos und Motorräder. Manchmal fahren wir weg. Ich habe meine Hunde. Ich lese, ich sehe mir gerne Filme an, ich gehe gerne spazieren. Nein Baby, es gefällt mir gut, in den Tag hinein zu leben wir es mir passt. Würdest du nicht manchmal gerne deinen Job hinschmeißen?«

»Doch, klar.« Sophie seufzte. »Aber ich war ja auch zwischendurch mal arbeitslos. Da habe ich gemerkt, dass ich eigentlich nicht den ganzen Tag zu Hause sein will. Es ist mal schön für ein paar Wochen, aber irgendwann reicht es mir dann auch. Ich arbeite eigentlich gerne. Es ist nur so, dass ich nach zwei, drei Jahren immer die Schnauze voll habe von dem Betrieb, in dem ich stecke. Wenn ich merke, dass ich nicht weiterkomme. Wenn mir meine Arbeit keinen Spaß mehr macht und zur Routine geworden ist. Dann ziehe ich weiter.«

»Ist doch eine gute Einstellung.« Tom zündete sich eine Zigarette an und zwinkerte ihr zu. »Bei den Männern ziehst du aber nicht nach zwei, drei Jahren weiter, oder?«

Sophie lachte. »Eigentlich waren es immer die Männer, die weiter gezogen sind. Und in den letzten Jahren… ja, da bin ich wohl die gewesen, die weiter gezogen ist.«

»Woran liegt es?« Tom nahm einen tiefen Zug von seiner Zigarette und erst jetzt roch sie es. Er rauchte Marihuana. Grinsend reichte er ihr den Joint.

»Magst du?«

Sophie nickte und nahm ebenfalls einen tiefen Zug. Es war eine Ewigkeit her, seit sie das letzte Mal Gras geraucht hatte. Aber es fühlte sich gerade ziemlich gut an.

»Keine Ahnung, Tom.« Sie zog noch einmal am Joint und gab ihn dann Tom zurück. »Die, die ich geliebt habe, haben mich verlassen. Es waren aber nicht so viele. Ich habe mehr Männer verlassen.«

»Und warum?«

»Weil es nicht gepasst hat. Weil ich unglücklich war. Weil ich sie nicht geliebt habe.«

Er lächelte. »Und warum warst du mit ihnen zusammen, wenn du sie nicht geliebt hast?«

»Weil ich dachte, ich könnte mich verlieben, aber dann spürte ich immer, wie unglücklich ich war.«

»Und warum warst du unglücklich?«

»Ich mag dir das nicht alles erzählen, Tom. Am Ende denkst du noch, dass ich ein blödes Schaf bin.«

Er lehnte sich über den Tisch und reichte ihr den Joint ein zweites Mal. »Nein, das würde ich nicht denken.«

Sie seufzte. »Zum Beispiel, weil mich keiner von ihnen so gefickt hat wie du vorhin.« Die Antwort auf ihre Aussage war schallendes Gelächter.

»Echt nicht?«, fragte er. »Na, dann habe ich ja etwas richtig gemacht.«

Nun musste Sophie selbst lachen. »Wir führen das nicht näher aus, okay?«

»Nein«, schmunzelte er. »Jetzt wundert mich aber nichts mehr. Du bist verdammt eng. Dachte schon fast, ich hätte eine Jungfrau unter mir.«

»Dazu wird man dann eben im Laufe der Zeit wieder. Nur das Jungfernhäutchen wächst nicht mehr nach.«

Tom kicherte. Dann blies er die Kerzen aus, stand auf und zog sie an den Händen aus dem Gartenstuhl. »Dann komm mal mit, du Jungfrau. Wir gehen jetzt duschen, wir riechen nämlich beide noch nach dem Sex von vorhin. Und dann... na, mal sehen. Ich fürchte, ich habe ein oder zwei Mal zu viel am Joint gezogen, aber vielleicht geht noch was.«

Er zog sie am Arm hinter sich her, hinein ins Badezimmer und verschloss die Tür vor den aufmerksamen Augen der beiden Schäferhunde. Sophie kicherte albern, als er sie auszog.

»Miss Sophie, Sie sind völlig stoned«, lachte er, packte sie und stellte sie unter die Dusche. Dann zog er sich aus und betrat die Duschkabine. Sophie hatte bereits das Wasser auf eine angenehme Temperatur eingestellt, und war gierig danach, diesen tollen Körper einzuseifen. Er nahm ihr diese Freude, schenkte ihr aber eine noch größere ... er presste sie mit seinem ganzen Körper an die Fliesenwand der Duschkabine und küsste sie leidenschaftlich. Sophie schloss die Augen und genoss diesen Körper, der ihr so stark schien, so unbarmherzig kraftvoll, und dessen Hände trotz seiner Kraft so zärtlich waren. Tom seifte sie ein, liebevoll, aber bestimmt, dann brauste er sie ab und sie wechselten die Position. Nun stand er an die Fliesenwand gelehnt und Sophie seifte ihn ein. Von oben bis unten, und als sie unten angekommen war, spülte sie seine Männlichkeit mit klarem Wasser ab und ging auf die Knie.

Tom stöhnte auf und sie sah, dass er mit geschlossenen Augen an der Wand lehnte. Das Wasser aus dem Duschkopf überströmte seinen Körper und ihren Kopf, und sie musste die Augen schließen, als sie seinen harten Schwanz in den Mund nahm. Langsam massierte sie ihn mit ihrer Zunge, ließ ihn in ihren Mund gleiten und hinaus, saugte an der Spitze bis er keuchte, nur um ihn erneut in ihrem Mund einzuschließen. Plötzlich griff er ihr mit beiden Händen ins Haar und hielt ihren Kopf fest. »Pause, ganz kurz«, stieß er hervor. »Ich komme sonst... ich weiß nicht, ob du... halt still, sonst kann ich mich nicht beherrschen ...«

Sophie wollte überhaupt nicht, dass er sich beherrsche. Also hielt sie zwar still, denn so wie er ihren Kopf hielt, blieb ihr gar nichts anderes übrig: Aber sie reizte ihn mit der Zunge so sehr, dass es nur ein paar Sekunden dauerte, bis er ein wohliges Grunzen von sich gab. Sie fühlte, wie er sich in ihrem Mund ergoss, und schluckte es einfach herunter. In diesem Moment wusste sie, dass sie diesen Mann über die Maßen liebte. Jetzt schon, nach nur etwas mehr als 24 gemeinsam verbrachten Stunden. Jetzt schon, wo sie noch gar nicht viel von ihm wusste. Bis zu diesem Tag hatte es nur zwei Männer gegeben, bei denen sie überhaupt in der Lage gewesen war, es ihnen mit dem Mund zu machen. Nur bei diesen beiden Männern hatte sie auch den Erguss schlucken können. Bei allen anderen war ihr schon bei dem Gedanken daran, ihr Ding in den Mund zu nehmen, schlecht geworden.

Musste sie denn so viel wissen? War es wichtig, wie lange man sich kannte? Sie war jetzt 45 Jahre alt und hatte viele Lektionen lernen müssen. Früher hatte man sich alles voneinander erzählt. Früher, als man noch glaubte, die Geschichten in Büchern oder Filmen sind allesamt wahr und so würde man die Dinge angehen. Man ließ sich Zeit, man lernte sich kennen und man schlief erst miteinander, wenn man sich wirklich gut kannte. Früher war das auch irgendwie in Ordnung gewesen. Aber in den letzten Jahren hatte sie erleben müssen, dass es immer in einer massiven Enttäuschung endete. Man traf sich wochenlang, redete viel, lernte sich kennen ... und dann lag man gemeinsam im Bett und drehte sich irgendwann frustriert zur Seite. Netter Mann. Ungeschick. Hemmungen. Schlechter Sex.

Man hofft noch ein paar Wochen lang, dass es besser wird. Konzentriert sich auf Kameradschaft, und spült seine Sehnsüchte mit Bier, Weißwein oder härterem Stoff herunter. Aber es wird nicht besser. Man merkt, dass man von Mann zu Mann immer weniger Zeit mit Hoffnungen verbringt.

Nun, mit 45 Jahren, dachte sie genau anders herum. Sie hatte so viele Loser erlebt, dass es ihr jetzt erst einmal wichtig war, wie dieser Mann sie fickte. Alles andere würde sie mit der Zeit schon erfahren. Wichtig war nur, wie er sie anfasste. Dass er sie überhaupt anfasste, denn selbst das, so hatte sie lernen müssen, war nicht selbstverständlich für jeden Mann. Seinen Körper wollte sie spüren, in seine Augen wollte sie sehen und seine Stimme wollte sie hören. Mehr war für den Augenblick überhaupt nicht von Belang.

Tom strich ihr liebevoll über den Kopf und zog sie an den Händen nach oben. Er beugte sich zu ihr herunter, drängte sie an die Fliesenwand und drehte sie um. Von hinten nahm er sie fest in seine Arme, dann hob er ihr Bein an und drang im Stehen in sie ein. Er legte seinen Arm um ihren Hals und vor ihr Gesicht. Hatte er Angst, sie könnte bei seinen Stößen mit dem Gesicht an die Wand knallen? Sophie erschauerte. Er tat ihr so gut! Vergeblich wartete sie darauf, dass er sie so hart stieß, wie er das am frühen Abend auf dem Küchentisch getan hatte. Nein, jetzt bewegte er sich langsam in ihr, ganz langsam, bis er sie dazu brachte, laut zu seufzen… und bis er spürte, wie sich ihre Vagina zusammenkrampfte.

»Du kleine Jungfrau«, flüsterte er ihr heiser ins Ohr. »Die Götter wissen, ich bin verrückt nach dir.«

Was ist das hier für dich?

Am nächsten Morgen erwachte Sophie durch die Sonnenstrahlen, die ihr Gesicht kitzelten. Tom saß auf dem Bett und sah sie an. Die Hunde lagen auf seiner Seite des Bettes, und robbten erwartungsvoll in ihre Richtung, als sie die Augen öffnete. »Guten Morgen«, sagte Tom. »Die sind schon ganz heiß darauf, dass du endlich wach wirst.«
»Wie spät ist es?«
»Gleich zehn. Wenn du schläfst, dann schläfst du wohl.« Er lachte. »Du hast nicht mitbekommen als ich aufgestanden bin und als ich eine Stunde später mit den Hunden reinkam, hast du immer noch selig geschlafen. Nicht mal die Jungs hast du gehört.«
»Das liegt daran, dass sie mich heute nicht abgeschlabbert haben.« Sie setzte sich im Bett auf und begrüßte Odin und Thor. »Normalerweise werde ich früher wach. Aber normalerweise kiffe ich auch nicht. Das scheint ein gutes Schlafmittel zu sein.« Tom setzte sich auf den Bettrand, beugte sich in ihre Richtung und küsste sie zärtlich. »In der Küche gibt es Kaffee und ich habe sogar Frühstück gemacht.«
Er warf ihr eines seiner Shirts zu. Es reichte ihr bis weit über die Oberschenkel. »Das ist so süß«, kicherte er.
»Was genau?«
»Dass du so klein bist. Wenn ich dich von hinten in den Arm nehme, kann ich bequem mein Kinn auf deinem Kopf abstützen. Ich muss aufpassen, dass ich dich nicht kaputt mache.«
»Unterschätze mich nicht«, lachte Sophie. »Ich bin vielleicht klein, aber verdammt zäh.«
Beim Anblick des leckeren Frühstücks spürte sie, wie hungrig sie war. Er hatte sich wirklich Mühe gegeben: Es gab frische Brötchen, leckeren Käseaufschnitt, Marmelade und Wurst. Sie belegte sich ein Brötchen mit Käse und biss mit großem Appetit hinein. »Soso, normalerweise kiffst du nicht?«, lachte Tom. »Warum dann gestern abend?«
»Ich kiffe nicht, weil ich überhaupt nicht weiß, woher ich es bekommen sollte. Früher habe ich immer mal mitgeraucht, aber ich habe mir nie selbst was gekauft. Der alte Kreis hat sich aufgelöst. Die Menschen, die ich jetzt in meinem Leben habe, kiffen nicht.« Sie lachte.
»Außer mir.«

»Ja«, lachte Sophie. »Außer dir. Macht nichts, war lustig. Du übertreibst das aber nicht, oder?«

»Was stellst du dir unter übertreiben vor?«

»Für mich fängt Übertreibung da an, wo man das Zeug jeden Tag raucht, und zwar von morgens bis abends. Und kaum noch mitkriegt, über was die Menschen eigentlich sprechen, die um einen herum sind. So was kenne ich nämlich recht gut von irgendeinem Ex.«

Tom runzelte die Stirn. »Du liebe Zeit, nein. Ich rauche nur abends ab und zu mal einen Joint. Manchmal monatelang überhaupt nicht. Ich kenne aber solche zugekifften Typen, da ist Hopfen und Malz verloren.« Er seufzte. »Aber das ist ja bei allen Drogen so. Auch Alkohol ist nicht besser.«

Draußen schien die Sonne, und es sah ganz nach einem herrlichen Sommertag aus. Es war Donnerstag und normalerweise würde sie jetzt im Büro sitzen. Ihr wurde klar, dass ihr Arzt mit seiner Vermutung richtig lag. Sie brauchte wohl wirklich eine Auszeit. Jetzt in diesem Moment ging es ihr richtig gut. Aber sie wusste auch, dass es daran lag, dass sie nicht im Büro war, sondern hier. Weil sie hier diesem wundervollen Mann gegenüber saß. Diesem wundervollen Mann, mit dem sie nun einen zweiten, herrlichen Abend verbracht hatte. Der sie in der vergangenen Nacht so durchgevögelt hatte, wie noch niemals jemand zuvor. In dessen Armen sie danach eingeschlafen war. Sophie erinnerte sich an einen kurzen Moment in der letzten Nacht, in dem sie aufgewacht war. Etwas verwirrt hatte sie sich umgesehen, dann aber seinen Körper gespürt und alles war gut. Sie hatte sich an ihn gekuschelt und ein weiteres Mal festgestellt, wie gut er roch. Im Schlaf hatte er sich umgedreht, sie in die Arme genommen und sie war sofort wieder eingeschlafen. Sophie fühlte sich so verdammt wohl bei ihm.

Aber auch nur hier bei ihm. Ihr bisheriges Leben hatte sie satt. Richtig satt. Sie hatte genug davon. Ihre Schulden belasteten sie mehr, als sie vor ihren Freundinnen – und auch vor sich selbst – zugeben wollte. Sie hatte oft Angst, den Briefkasten zu öffnen. Selbst jetzt nach der Insolvenz. Es gab einfach Dinge, mit denen wurde sie nicht fertig. Sie brauchte ein Auto, damit sie überhaupt auf die Arbeit kam, aber die Kosten dafür konnte sie eigentlich nicht tragen. Sie ernährte sich von Brot und Käse, und gönnte sich höchstens einmal in der Woche ein Stück Fleisch oder frisches Gemüse. Sie kaufte sich keine Klamotten mehr, oder wenn doch, dann Second Hand. Gleichzeitig arbeitete sie im Büro, und musste immer gut aussehen. Und dann die Einsamkeit der letzten Jahre!

Sie hatte ihren Job gemacht, weil das sein musste, weil sie leben musste. Eigentlich machte sie ihn auch gerne, aber er raubte ihr auch Kraft. Jahrelang hatte es außer ihren Freundinnen und ihren Katzen nur Krafträuber in ihrem Leben gegeben. Vielleicht fühlte sie sich deswegen schon seit Monaten immer schwächer, immer unfähiger, ihren Alltag zu meistern. Es hatte nun einfach für sehr lange Zeit keine Kraftquelle mehr in ihrem Leben gegeben.

Ja, sie brauchte eine Auszeit. Und sie war so dankbar über ihre Begegnung mit Tom, denn sie spürte, dass sie gerade damit begann, aufzutanken. Dieser Gedanke zauberte ihr unwillkürlich ein Lächeln ins Gesicht und Tom, der sich gerade eine Zigarette angezündet hatte, bemerkte es offenbar, denn sein Blick war weich und warm. Ein klein wenig schien die Traurigkeit aus seinen Augen verschwunden zu sein. Er wirkte viel gelassener als noch am Vortag.

»Dir geht es gut«, stellte Tom fest. Sie nickte. Er beugte sich nach vorne und sah ihr in die Augen. »Was ist das hier für dich?«, fragte er.

»Was das für mich ist?«, wiederholte Sophie. »Wie meinst du das?«

»Ich will wissen, was ich für dich bin, was dir das hier bedeutet, jetzt in diesem Augenblick.«

Sie nippte an ihrem Kaffee. »Tom, ich habe mir irgendwann abgewöhnt, einem Mann mitzuteilen, was ich für ihn empfinde.«

»Warum?«

»Weil ich eine Menge mieser Erfahrungen hinter mir habe.«

»Ich auch. Und jetzt?«

Sophie zuckte mit den Schultern. »Ich glaube nicht, dass man alles aussprechen muss. Wenn man wirklich mit Gefühl bei der Sache ist, spürt man, wie es im anderen aussieht.«

»Ich will nur wissen, ob es dir ernst ist.« Seine Augen hatten wieder diesen traurigen Ausdruck, oder erschien ihr das nur so? Sophie stand auf, setzte sich auf seinen Schoß, und schlang ihre Arme um ihn. »Spürst du das nicht?«, flüsterte sie in sein Ohr. Er umschlang sie mit beiden Armen und sie hörte sein brummeliges »hm«. »Ich weiß nicht mal, wie alt du bist«, kicherte sie. Es war der Versuch, etwas Humor in die Situation zu bringen.

»49. Und du?«

»45.«

»Fein, dann haben wir das geklärt. Wir sind beide volljährig und dürfen Sauereien miteinander machen. Zieh das Shirt aus.«

»Dann bin ich nackt.«

»Himmel, und das in der Küche, furchtbar!« Er lachte. »Zieh dein Shirt aus«, wiederholte er seine Aufforderung. Sie zog das Shirt aus, und ließ es neben dem Stuhl auf den Boden fallen. Tom umarmte sie, und presste seine Lippen auf ihren Hals. Sophie stöhnte auf. Er war so zärtlich, und doch so bestimmt... er wusste, wie er sie anfassen musste. Sie war ihm jetzt schon gnadenlos verfallen, aber das auszusprechen, brachte sie noch nicht fertig.

»Bei den Göttern... du bist so schön!«

Tom umschloss ihre Brüste mit beiden Händen, knetete sie sanft, spielte mit seiner Zunge an ihren Nippeln. Sophie stöhnte auf und erhob sich, öffnete seine Jeans und seufzte angesichts der prallen Männlichkeit. Sie setzte sich auf ihn, schlang ihre Arme um ihn und ritt ihn sanft. Tom warf den Kopf in den Nacken und atmete schwer, hielt sie an den Hüften gepackt und unterstützte mit den Händen ihre Bewegungen. Sophie griff, wie er gestern Nacht, mit beiden Händen in seine Haare, zog seinen Kopf zu sich heran und zwang ihn, ihr in die Augen zu sehen, während sie ihn ritt.

In diesem Moment schoss ihr eine Szene aus der Serie »Game of Thrones« durch den Kopf. Die Stelle, an der Daenerys Sturmtochter ihren Ehemann reitet, ihn zwingt, ihr in die Augen zu sehen. »Die Liebe tritt durch die Augen ein«, hatte ihre Zofe ihr zuvor erklärt.

Sophie wollte so sehr, dass dieser Mann sie liebte. Sie wollte alles für ihn sein. Sie spürte, dass es ihm unangenehm war, ihr beim Sex in die Augen zu sehen, aber sie ließ nicht locker. Immer wieder küsste sie sein Gesicht, seine Mundwinkel, die tiefe Narbe auf seiner Wange, die Narbe über seinem Auge... und zwang ihn erneut, ihr in die Augen zu sehen. Schließlich schien er sich zu entspannen und erwiderte ihren Blick. Einen kurzen Moment später atmete er hastiger, umklammerte ihre Hüften mit eisernem Griff und zog sie fest an sich. Den heftigen Orgasmus spürte sie in ihrem ganzen Körper, und sein lautes Stöhnen signalisierte ihr, dass er im gleichen Moment gekommen war.

Lange blieb sie auf ihm sitzen, lehnte sich mit dem Oberkörper an ihn und er umarmte sie, den Kopf in den Nacken gelegt. Nach einer Weile sah er auf, und küsste sie. »Du verstehst es, einen Mann glücklich zu machen«, hauchte er leise. Seine Stimme war voller Liebe, sanft und zärtlich. »Du verstehst es auch, eine Frau glücklich zu machen«, hauchte Sophie und küsste ihn. Dann erhob sie sich. »Jetzt muss ich unter die Dusche, das geht gar nicht anders. Ich bin verschwitzt und rieche nach Sex.«

Tom lachte, und er zündete sich eine Zigarette an. »Rauch erst mal eine, Baby. Du musst nicht immer gleich so ungemütlich werden.«

»Ich will nur schön und sexy sein für dich.« Sophie spürte, dass ihr Innerstes strahlte und ja, sie fühlte auch, dass er ihr das ansehen konnte.

»Du bist die Allerschönste für mich, und sexy bist du sowieso.« Er überlegte einen Moment. »Sie stören dich nicht, oder?«

»Wer stört mich nicht?«

»Die Narben in meinem Gesicht. Die meisten Frauen fühlen sich davon abgestoßen.«

»Ich nicht. Woher hast du sie? Was ist passiert?«

»Schlägerei.«

»Sieht eher nach Messerstecherei aus.«

Er nickte. »Der Gegner war unfair.«

Sie atmete tief ein. »Nein Tom, sie stören mich nicht, im Gegenteil. Ich finde sie sexy.«

»Bitte?« Er sah sie überrascht an. »Sexy? Eine tiefe Narbe auf der Wange und eine, die genauso schlimm ist, über dem Auge? Das findest du sexy?«

Sophie nickte. »Ja. Sie zeigen, dass du viel erlebt hast. Sie stehen für Erfahrungen.«

»Diese Erfahrungen hätte ich mir sparen können.« Er räusperte sich. »Dann hast du keine Erfahrungen gemacht, denn du hast keine Narben.«

Sie lachte auf, aber es klang bitter, das spürte sie selbst. »Doch«, sagte sie. »Sehr viele sogar. Und ich habe unglaublich viele Narben. Man sieht sie nur nicht.« Sie drückte ihre Zigarette aus. »Ich bin unter der Dusche, Baby.«

Sie spürte sein Lächeln in ihrem Rücken, als sie die Küche verließ, und sie hörte, wie er murmelte: »Solche habe ich auch.«

Er ist einfach göttlich!

Am Nachmittag packte Sophie das schlechte Gewissen wegen der Katzen. »Ich muss mal nach Hause fahren, Tom«, erklärte sie. »Katzen sind zwar sehr autark und meine Nachbarin füttert sie, aber sie sind jetzt schon seit gestern Nachmittag alleine. Genau genommen seit vorgestern.«

Er nickte. »Warum bringst du sie nicht mit her?«

»Es sind Wohnungskatzen.« Sophie setzte sich ihm gegenüber und sah ihn nachdenklich an. »Wenn ich sie mit herbringe, werden sie zu Freigängern.«

Er zuckte mit den Schultern. »Das ist doch nicht schlimm. Hier kann ihnen doch nichts passieren.«

»Ja, aber wenn du mich in ein paar Wochen satt hast, muss ich sie wieder mitnehmen. Und dann regen sie sich auf, weil sie nur in der Wohnung sein dürfen.«

Tom lächelte, und er wirkte etwas traurig. »Du glaubst wirklich, ich könnte dich in ein paar Wochen satt haben?«

»Vielleicht. Wir wissen gar nichts voneinander.« Sie seufzte. »So läuft es doch immer bei mir. Jedenfalls dann, wenn ich mich verliebe. Ein paar schöne erste Wochen und dann...«

»Zeit, es zu ändern«, sagte Tom. »Außerdem wissen wir ganz viel voneinander. Es passt doch. Glaubst du wirklich, ich lasse dich laufen? Oder hast du das Flucht-Gen?« Er beäugte sie misstrauisch. »Es gibt ja auch Frauen mit Bindungsängsten, das ist bestimmt kein reines Männerding.«

»Ich habe das Flucht-Gen bei schlechtem Körpergeruch, bei schlechtem Sex, bei langweiligen Gesprächen und bei dummem Gefasel. Und bei Männern, die mich nicht interessieren und mir auf die Pelle rücken.«

Er lachte. »Also ich glaube, zumindest der Sex zwischen uns ist der Hammer und den Rest kann ich nicht beurteilen.«

»Du riechst fantastisch, die Gespräche sind interessant und von dummem Gefasel bist du weit weg. Und ich bin an dir interessiert. Beruhigt?«

Er nickte. »Dann kannst du ja auch deine Katzen mitbringen.«

»Und was ist, wenn du mich in ein paar Wochen doch satt hast?« Sophie sah ihn herausfordernd an.

Wieder lachte er. »Also ich gebe zu, ich habe das Flucht-Gen auch. Bei schlechtem Sex, bei Frauen, die nicht gut riechen und wenn mich eine Frau verändern will. Solange du das nicht versuchst, bekomme ich wahrscheinlich nicht genug von dir. Du machst dir zu viele Sorgen. Leb doch einfach mal!«

Sie seufzte. »Ach Tom, ich habe früher auch immer gesagt, man muss das Leben nehmen, wie es kommt. Das Leben kam auch immer mal in aller Härte vorbei, und jedes Mal musste ich wieder von vorne anfangen. Ich bin dafür langsam zu alt, mir ist die Kraft ausgegangen. Ich muss doch erst mal sehen, wohin das mit uns führt, bevor ich weitreichende Entscheidungen treffe.«

»Da hast du Recht«, sagte Tom.

»Ich dachte auch, ich fahre nach Hause und bleib einfach mal dort. Dann hast du auch mal deine Ruhe. Ich will dir nicht auf die Nerven gehen.«

Tom stöhnte. »Pass auf, wenn du zwischendurch deine Ruhe brauchst, ist das in Ordnung, aber dann sag das auch so. Ich brauche keine Ruhe vor dir. Ich hatte jahrelang Ruhe vor Frauen, habe keiner mehr vertraut und wollte alleine sein. Jetzt will ich nicht mehr alleine sein. Warum ich dir vertraue, weiß ich nicht. Ich habe auch meine Ängste. Aber ich bin verrückt nach dir. Vielleicht gehe ich aus dieser Sache mit der nächsten Narbe raus, aber das bist du mir wert. Ich hatte auch Angst, mich einzulassen, aber jetzt ist es passiert. Und jetzt ziehe ich das durch, weil du mich glücklich machst.«

Sie machte ihn glücklich! Und nun machte es gerade sie selbst sehr glücklich, das zu hören. Sie hätte ihr Glück am liebsten in die ganze Welt hinausposaunt. Er lachte schon wieder. »Was ist, Miss Sophie, habe ich jetzt dein Herz berührt?« Er verzog das Gesicht, als habe er große Schmerzen. »Da kam dir jemand ganz nahe! Aua, hm?«

Sophie schnitt eine Grimasse und lachte. »Ich fahre jetzt nach Hause und packe ein paar Sachen. Und meine Katzen. Mal sehen, wie sie das mit den Hunden finden, denn das kennen sie nicht. Außerdem musst du mir drei bis vier Stündchen Zeit lassen, weil ich jetzt alle meine Freundinnen anrufen muss, um ihnen zu erzählen, dass ich einen fantastischen Mann getroffen habe. Kannst du das aushalten?«

»Wenn du um sieben nicht hier bist, komme ich mit der Harley und hole dich ab. Das wird aber nicht lustig, denn dann bin ich stinksauer.«

Sophie spürte den Schreck, der ihr in alle Glieder fuhr, und sie erbleichte. »Das meinst du jetzt nicht ernst, oder?«

Der Tonfall in ihrer Frage war abweisend. So abweisend, wie ihre Körperhaltung und ihr Gesichtsausdruck.

Tom setzte sich kerzengerade hin. »Ach du Scheiße«, sagte er betroffen. »Baby... das war ein Spaß.«

»Bist du sicher, dass das ein Spaß war?« Sie lehnte sich in ihrem Stuhl zurück und verschränkte die Arme vor ihrer Brust. »Ich bin verrückt nach dir, Tom. Aber ich bin nicht dein Eigentum. So was macht nie wieder jemand mit mir, egal wie verrückt ich nach ihm sein mag. Auch du nicht!«

Eine Zornesfalte zog sich über ihre Stirn.

Tom seufzte tief. »Noch mal: Es war ein Spaß. Da wo ich herkomme, sind die Frauen frei und werden geachtet.«

Sophie atmete auf, sichtbar erleichtert. Ihre Körperhaltung entspannte sich. Tom stand auf und zog sie aus dem Stuhl in seine Arme. »Ich werde dich niemals in irgendeiner Form einschränken. Das verspreche ich dir! Du musst keine Angst haben. Lass es einfach passieren! Ich mache manchmal derbe Scherze, aber du hast auch so einen fiesen Humor an dir! Ich dachte, du verträgst das.«

Sie kuschelte sich an ihn. »Tom, ich will dir nicht erzählen müssen, was mir alles im Laufe meines Lebens passiert ist. Aber es gibt tatsächlich ein paar Dinge, die triggern einfach nur!«

»Ich weiß.« Er küsste sie auf die Stirn. »Fahr nach Hause. Kümmere dich um deine Katzen. Bring sie mit oder lass es sein, wie du willst. Mach nur das, was dir gut tut, und was du machen willst.«

Erleichtert stieg Sophie in ihren Wagen und fuhr nach Hause. Es war ja glücklicherweise nicht weit, und zehn Minuten später schloss sie die Tür zu ihrer Wohnung auf. Ihr Kater begrüßte sie mit einem lauten »miau« und strich ihr um die Beine. »Na du?«, sagte Sophie, und nahm ihn auf den Arm. »Hast du dich einsam gefühlt?« Er maunzte und rieb sein Gesicht an ihrer Wange. In diesem Moment kam auch Alice, ihre Katze, und sie strich ihr ebenfalls um die Beine.

»Oh je, oh je ... ich glaube, das Alleinsein bekommt euch nicht so gut, ihr seid das gar nicht gewohnt, was?«

Sophie setzte sich im Wohnzimmer auf das Sofa, und sofort ließ Alice sich auf ihrem Schoß nieder. Danach tat Sophie das, was sie Tom bereits angekündigt hatte: Sie rief ihre Freundinnen an. Zuerst natürlich Miriam. Die blockte allerdings gleich ab.

»Bevor du loslegst«, rief sie aufgeregt in den Hörer. »Sina und Tanja wollen auch wissen, wer dich verzaubert hat! Ich lege jetzt auf und dann machen wir eine Telefonkonferenz.«

Sophie musste lachen. »Eine Telefonkonferenz?«

Miriam war total aufgeregt. »Ja!«, rief sie. »Ich habe rausgefunden, wie das geht und das machen wir jetzt.«

»Ihr könntet ja auch einfach vorbeikommen!«

»Das könnten wir auch, aber ob die anderen Zeit haben? Ach, du hast Recht, pass auf, ich rufe die Mädels an und bin in einer halben Stunde bei dir.«

Miriam knallte einfach den Hörer auf. Sophie grinste in sich hinein und kochte Kaffee. Dann füllte sie ein paar Kekse in eine Schale. Leider hatte sie nur eine winzige Küche, und so musste sie mit ihren Freundinnen immer im Wohnzimmer sitzen. Sophie liebte es, gemütlich in der Küche zu sitzen. Damit konnten aber leider nur ihre Freundinnen dienen. Tanja hatte eine große, offene Küche, mit einer gemütlichen Essecke. Sina hatte eine große Wohnküche und auch Miriams Küche war groß genug für ihre Frauenrunde.

Fast auf die Minute genau eine halbe Stunde später klingelte Miriam an der Tür. Sie fiel Sophie um den Hals, küsste sie rechts und links, und nur wenige Minuten später trudelte auch Tanja ein.

»Sina ist noch im Büro«, erklärte Miriam, immer noch – oder schon wieder – aufgeregt. »Wir sollen ihr aber später alles erzählen!«

Die Frauen setzten sich im Wohnzimmer auf das Sofa. Sophie schenkte Kaffee ein und kicherte, als sie in ihre neugierigen Gesichter sah. Selbstverständlich freuten sie sich für sie! Sophie wusste, dass insbesondere Miriam sich oft Gedanken um sie und ihr bloßes Funktionieren gemacht hatte. Und so begann sie zu erzählen. Von dieser merkwürdigen Begegnung im Supermarkt, seinem Duft und dem Herzrasen, das sie nach Jahren endlich einmal gepackt hatte. Von der Situation auf dem Parkplatz, und seiner hilfsbereiten Art, das Kennzeichen zu befestigen.

»Ein Glück, dass das Ding runtergefallen ist!«, sagte Tanja.

»Ja«, stimmte Sophie ihr zu. »Man könnte es fast schon als Schicksal bezeichnen, oder? « Sie lachte. »Er wirkte so schüchtern. Ich glaube, ohne dieses abgefallene Nummernschild hätte er mich nicht angesprochen. Und ich hätte ihn ohnehin nicht angesprochen. Ich hätte ja überhaupt nicht gewusst, was ich sagen soll.«

Sie berichtete von dem wunderschönen Dienstagabend. Von ihrer Übernachtung, von Odin und Thor.

»Schäferhunde«, sagte Miriam. Sie nickte. »Da warst du ganz sicher völlig hin und weg.«

»Hm«, stimmte Sophie zu. Sie erzählte weiter: Von ihrer Fahrt nach Hause, der morgendlichen Dusche, und ihrem Entschluss, die Arbeit zu schwänzen. Der Selbsterkenntnis zum Zustand ihrer Wohnung.

»So schlimm war es nicht«, sagte Tanja. Sie strich ihr über den Oberarm. »Wir wussten außerdem immer, dass es dir nicht gut geht.«

Sie lächelte.

Sophie konnte nicht anders, als die beiden Frauen einfach mal fest an sich zu drücken. »Puh«, stöhnte sie. Plötzlich flossen die Tränen. Sie wusste nicht einmal warum. Es ging ihr so verdammt gut, und das wollte sie gerade den liebsten Menschen in ihrem Leben erzählen – und dann heulte sie wie ein Schlosshund?

Miriam setzte sich neben sie und streichelte ihren Arm.

»Du hast eine harte Zeit hinter dir«, sagte sie leise. »Du hast dich, außer in den Stunden, die du mit uns verbracht hast, total vom Leben abgeschottet. Es ging dir nicht gut, aber du hast immer gelächelt und die Gutgelaunte gespielt. Jetzt kommt endlich mal der ganze Kummer raus. Der Typ hat wohl mit dem Bulldozer eine Mauer eingerannt, was?«

Sophie zuckte mit den Schultern. »Ich habe keine Ahnung.«

»Das sind die Tränen, die du in den letzten Jahren nicht geweint hast«, sagte Tanja. »Ich kenne das. Die kommen dann raus, wenn alles ins Lot kommt. Sobald man nicht mehr die Starke spielen muss.«

Sie knuffte Sophie in den Arm. »Du kennst das doch, solange eine Situation total angespannt ist, und man einfach funktionieren muss, hat man Bärenkräfte. Und wenn die Bärenkräfte endlich mal nicht mehr benötigt werden, lässt die Seele los – und die Tränen dürfen raus. Ich freue mich für dich. Ab jetzt geht es aufwärts.«

Bestimmt hatte sie Recht, denn genauso fühlte sich das seit gestern für Sophie an. Am Dienstag war sie noch, wie immer gut gelaunt, zur Arbeit gegangen. Hatte ihren Bürotag so hinter sich gebracht wie immer: Ihre Arbeit erledigt, einen kleinen Plausch mit einer Kollegin gehalten und alles war gut. Seit Dienstagabend, seit Tom ihr begegnet war, veränderte sich alles. Es schien tatsächlich so, als würde sich ihr Innerstes entspannen, sich locker machen, aufatmen. Natürlich mussten die angesammelten Tränen raus!

Die Frauen ließen ihr Zeit. Sehr viel Zeit. Sie setzten sich wieder auf ihre Plätze, nippten an ihrem Kaffee, und reichten ihr ein Taschentuch nach dem anderen.

»Gott«, schluchzte Sophie irgendwann. »Ich kann Tom doch heute gar nicht mehr unter die Augen treten, ich bin ja total verheult.«

Miriam lachte. »Ach, du hattest vor, heute noch mal zu Superman zu fahren?«

Sophie nickte und wischte sich die Tränen ab. »Klar. Ich halte es nicht aus ohne ihn.«

»Ach du je«, stieß Miriam hervor. »Volle Breitseite. So, und jetzt erzähle weiter. Genug geflennt!« Sie setzte einen strengen Blick auf und das brachte Sophie zum Lachen.

»Also gut«, seufzte sie, putzte sich die Nase, und erzählte weiter. Von ihrem gemeinsamen Grillabend. Von Lola und ihrer Warnung. Miriam runzelte die Stirn, doch Sophie ging darauf nicht ein. Sie erzählte von der Einladung, eine Motorradtour zu machen. Von dem wunderschönen Abend, den sie mit Tom gehabt hatte, nachdem Lola gegangen war. Wie er sie gepackt und auf dem Küchentisch gnadenlos durchgevögelt hatte.

Tanja sah sie mit großen Augen an. Dann sah sie nach oben.

»Gott!«, rief sie. »Kannst du mir auch bitte so jemanden schikken? Danke! Deine Tanja!«

Sophie musste lachen, vergessen waren die Tränen. Auch Miriam saß mit geweiteten Augen da.

»So!«, stieß Miriam hervor. »Dann jetzt schnell hopp, packen, Wohnung kündigen und da einziehen. Festnageln und heiraten.«

»Das meinst du doch jetzt nicht ernst, oder?« Tanja sah Miriam mahnend an.

»Ach komm Tanja, sie ist jetzt dreimal in die gleiche Scheiße getappt, war nun lange genug alleine... irgendwann musste sie doch mal dem Richtigen begegnen und es sieht aus, als wäre das jetzt passiert.«

»Ja, aber Wohnung kündigen und einziehen – das hatte sie ja schon einige Male, nicht?«

Tanja warf nun auch Sophie einen mahnenden Blick zu.

»Es war symbolisch gemeint«, erklärte Miriam. »Scheint ein toller Typ zu sein. Natürlich kündigst du deine Wohnung nicht, aber offenbar tut er dir gut. Bleib bei ihm, behalte deine Wohnung so lange wie möglich, und finde heraus, wer er ist. Und wenn er nächstes Jahr immer noch Superman für dich ist, kannst du langsam darüber nachdenken.«

»Er hat mir vorgeschlagen, die Katzen nachher mitzubringen. Weil sie die ganze Zeit alleine sind.«

Miriam hob ihre rechte Braue. »Und? Machst du das?«

Sophie nickte. »Ja. Ich denke schon. Da müssen sie jetzt durch. Ich kann sie doch nicht ständig alleine lassen. Meine Nachbarin füttert sie ja, wenn ich nicht da bin, aber sie fühlen sich bestimmt einsam. Wenn es schiefgeht, müssen sie dann eben auch da wieder durch.« Sie schniefte noch einmal ins Taschentuch. »Ich hab euch die Nummer aus der Dusche noch nicht erzählt«, lachte sie. »Und die auf dem Küchenstuhl auch nicht.«

Miriam zog erneut ihre rechte Braue hoch. Sophie liebte ihren Humor, er war so trocken, dass man sie gut kennen musste, um sie zu verstehen.

»Ich finde, das reicht jetzt. Eine Beziehung gönne ich dir ja, ein traumhafter Typ gehört da wohl dazu, aber jetzt noch dieser ganze, verdammte, endlos geile Sex? Es reicht, Mädchen. Ich brauche jetzt eine kalte Dusche!«

»Ihr müsst ja auch nicht alle Details kennen«, lachte Sophie.

»Erzähl schon!« Tanja sah sie aufgeregt an.

»Nein, es reicht doch, was ich vom Küchentisch erzählt habe. Ich glaube, mir würde es auch nicht gefallen, wenn Tom seinen Kumpels alle Details aus unserem Sexleben erzählen würde.«

»Das ist etwas ganz anderes«, sagte Miriam, und sie setzte eine ernste Miene auf. »Frauen müssen über so was sprechen. Wir müssen Erfahrungen austauschen. Männer nicht, die tun das ja nur, um anzugeben. Außerdem erzählen sie meist nur Lügengeschichten.«

»Er ist einfach göttlich!«, schwärmte Sophie. »Ich bin hin und weg!«

Miriam kippte sich eine Tasse Kaffee nach. »Und ich gönne es dir so sehr, das glaubst du gar nicht. Mir fiel eben dieser Typ ein, der sich neben dich gelegt und so penetrant nach Schweiß gestunken hat, wie hieß der noch?«

»Andreas. Er konnte überhaupt nicht verstehen, dass mir da die Lust vergangen ist.«

»Andreas, genau. Und dann fällt mir noch der Idiot ein, der mir vom besten Sex der Welt mit dir erzählt hat, das fand ich ohnehin unangemessen. Aber leider wusste ich ja bereits, dass er keinen hochkriegt.«

»Der war wirklich der Meinung, wir hätten den besten Sex der Welt und er hat es überhaupt nicht verstanden, als ich ihm sagte, dass wir doch noch nie Sex hatten, weil es ja nicht ging. Für ihn war das irgendwie Sex.«

»Da hat Mama wohl vergessen, ihm was Wichtiges zu erklären.« Miriam lachte.

»Mir ist gerade der eingefallen, der immer wie ein Hase gepoppt und sich danach auf deinen Titten abgestützt hat, ohne es zu merken.« Tanja grinste. »Was für ein Loser.«

»Ja«, stöhnte Sophie und rollte mit den Augen. » Wenn ich nicht vor diesen Knallköpfen so ein tolles Sexleben gehabt hätte, dann hätte ich vermutlich nicht verstanden, was die Leute daran überhaupt so toll finden. Ich schwebe jedenfalls gerade im siebten Himmel, ich muss jetzt nicht über jeden Vollidioten nachdenken, mit dem ich es in den letzten Jahren versucht habe. Die wurden ja immer schlimmer!« Sie schüttelte sich. »Tom hat mir gerade den Glauben an die Männer zurück gegeben, ich will jetzt vermeiden, dass mir der Appetit vergeht.«

Tanja wurde plötzlich von einem Lachkrampf geplagt und wischte sich grölend die Tränen aus den Augen. »Sorry, aber... hihihi...« Sie griff nach einem Taschentuch, und tupfte ihre Augen ab. »War das nicht der, der auch immer gefragt hat, ob es schön war? Ich meine... hihihi... der immer gepoppt hat, wie ein Hase? Was hast du noch gleich immer gesagt?«

»So schön wie eine Beerdigung«, antwortete Sophie.

Ja, das war gemein, das wusste Sophie auch. Aber solche Infos tauschten sie schon seit Jahren aus. Jede der Frauen hatte solche Geschichten zu erzählen. Die Freundinnen schlossen daraus, dass viele Männer eben nicht wussten, was sie tun. Sie waren sich einig der Feststellung, inzwischen zu alt zu sein, um einen Mann anzulernen. Wer in diesem Alter mit einer Frau nichts anzufangen wusste, oder so taub war, sich mit seinem gesamten Körpergewicht auf ihrer Brust abzustützen, dem mangelte es einfach am richtigen Gefühl. Am Geschick. Vielleicht sogar grundsätzlich an Interesse.

»Fällt jetzt eigentlich unser Montags-Kochabend aus?« Miriam sah Sophie mit großen Augen an. »Ich hätte ja Verständnis, aber es würde mir fehlen.«

Sophie schüttelte den Kopf. »Nein. Gerade jetzt halte ich es für sehr wichtig, genau so weiter zu machen, wie bisher. Es nimmt uns ja nichts weg. Wir kochen Montagsabends und treffen uns alle zwei, drei Wochen, um essen zu gehen. Ansonsten telefonieren wir. Und das bleibt so.«

»Gut«, sagte Miriam. Sie wirkte erleichtert. Sophie wusste auch, warum sie das gefragt hatte. Die Vierte im Bunde, Melanie, hatte sich nicht einmal verabschiedet. Neuer Mann, neues Glück – und weg war sie. Keine von ihnen hatte sie seither noch einmal gesehen. Auch zum Telefonieren hatte Melanie keine Zeit mehr. Sie war einfach weg, nur noch bei ihrem neuen Freund, und für ihre Freundinnen, die ihr über Jahre zur Seite gestanden hatten, überhaupt nicht mehr ansprechbar. Sie hatten schon vor einigen Wochen beschlossen, Melanie zu ignorieren, wenn die Sache mit ihrem Freund in die Hose gehen sollte. Wer brauchte schon Freunde, die einen wegen jemand anderem hängen lassen?

Wie Achilles und Briseis

Tom freute sich, als Sophie den großen Transportkorb mit den Katzen aus dem Auto lud. Für ihn war es ein Zeichen, dass sie sich beruhigt hatte und tatsächlich bleiben würde. »Hey Baby«, sagte er zärtlich, fasste in ihren Nacken, zog ihren Kopf zu sich heran und küsste sie liebevoll auf die Stirn. »Ich habe uns übrigens was gekocht. Du hast doch bestimmt seit dem Frühstück nichts mehr gegessen, oder?«

»Nein, habe ich tatsächlich nicht. Was gibt es denn?«

»Spaghetti. Die kriege ich hin. Sehr viel habe ich beim Kochen nicht drauf, aber Spaghetti gehen.«

Er ging in die Hocke und sah sich die Katzen durch das vergitterte Türchen der Transportbox an. »Hübsche Tierchen! Wie heißen Sie?«

»Das Mädchen, die Schwarze, ist Alice. Der Getigerte ist der Kater, er heißt Cooper.«

»Nein, dann habe ich jetzt Alice Cooper im Haus, das ist ja lustig!«

Im gleichen Moment fing es an zu tropfen. Sophie starrte in den Himmel. Es war schon den ganzen Nachmittag über unerträglich schwül gewesen. »Gott sei Dank. Endlich kommt Abkühlung.« Sophie holte ihre Reisetasche aus dem Kofferraum und eine Tüte mit Katzenfutter, sowie das Katzenklo und einen Sack Katzenstreu. »Nicht dass du denkst, ich will hier einziehen, aber das brauchen die alles.«

»Ich hätte auch nichts dagegen, wenn du einziehst.« Er stand direkt vor ihr, sah auf sie herunter und küsste sie erneut auf die Stirn. Sophie schmiegte sich an ihn. »Du kennst mich seit zwei Tagen. Und du hast keine Ahnung, was du dir mit mir antust.« Sie lachte.

»Mach dich nicht selbst schlecht. Ich glaube, du weißt überhaupt nicht, wie wundervoll du bist.«

»Wundervoll frustriert, verängstigt und verschuldet«, entgegnete Sophie. »Das ist normalerweise nicht gerade das, was Männer wundervoll finden.«

Tom lachte verschmitzt und zupfte an ihrem Ohr. »Gut für mich, dann will dich sonst niemand.«

Sophie knuffte ihn sanft in die Rippen. »Die Biester müssten erst einmal in irgendeinem Zimmer bleiben«, wechselte sie das Thema. »Die gehen sonst laufen, aber sie kennen sich hier noch nicht aus, und außerdem sind da noch die Hunde. Daran müssen sie sich auch erst einmal gewöhnen.«

»Das Wohnzimmer«, schlug er vor. »Da muss dann aber auch das Katzenklo stehen.«

Er griff nach dem Sack mit dem Katzensand und dem Transportkorb mit den Katzen. Sophie hängte sich ihre Reisetasche über die Schulter, nahm das leere Katzenklo, die Tüte mit den Futterdosen und lief ihm nach. Im Wohnzimmer öffnete sie das Gittertürchen der Transportbox. Odin und Thor waren total aufgeregt. Die Katzen leider auch, sie fauchten, was das Zeug hielt.

Odin und Thor legten sich nebeneinander im Abstand von etwa einem Meter vor den Transportkorb und beobachteten aufmerksam das Gehabe der zwei seltsamen Tiere in der Box. Sie hatten sich relativ schnell völlig entspannt und ließen sich überhaupt nicht von den fauchenden Biestern beirren. »Die machen das schon«, sagte Tom. »Komm mit in die Küche, wir essen erst mal.«

Sophie konnte durchaus verstehen, dass er so ruhig blieb – er war ja der Besitzer der beiden Hunde. Die waren größer und stärker. Aber ihre Babys waren hier fremd. Mit Hunden hatten sie bisher wenig Kontakt gehabt. Sie machte sich Sorgen. »Meinst du?«

»Also ich denke, die Katzen könnten den Hunden wesentlich gefährlicher werden als umgekehrt. Ihre Waffen sind einfach besser und sie wissen, wohin sie damit hauen müssen.« Er grinste und zog sie am Handgelenk aus dem Wohnzimmer in die Küche. »Die Dinge regeln sich von ganz alleine«, sagte er. »Du wirst sehen, das dauert nicht lange, bis die anfangen, miteinander zu spielen. Oder sich zusammen auf ein Sofa legen.«

Seine Spaghettisoße schmeckte herrlich und jetzt erst spürte sie ihren Hunger. Sie aß tatsächlich zwei Teller Spaghetti, obwohl sie sonst meist nicht mal die erste Portion einer Mahlzeit aufessen konnte. »Mir wäre nach einem gemütlichen Fernsehabend zumute«, verkündete Tom. »Heute können wir sowieso nicht draußen sitzen. Was meinst du, wollen wir uns eine DVD einwerfen?«

Sophie nickte. »Eine gute Idee. Hast du denn welche, die du noch nicht gesehen hast?«

»Ach«, lachte er. »Ich habe eine riesige Sammlung und ich habe sie alle schon mal gesehen. Das macht aber nichts, ich schau sie mir immer mehrmals an.« Da Sophie just in diesem Moment ihre zweite Portion Spaghetti aufgegessen hatte, zwinkerte er ihr zu und bedeutete ihr, sie solle ihm folgen. Im Wohnzimmer herrschte Frieden, wie sie feststellte. Die Katzen residierten inzwischen auf dem gemütlichen Ledersofa. Die Hunde hatten es sich auf dem

Teppich gemütlich gemacht und starrten aufmerksam die Katzen an, die zwischendurch recht misstrauisch nach unten blinzelten und immer mal wieder fauchten.

Tom öffnete die Tür eines großen Schranks und unzählige DVDs kamen zum Vorschein. Sophie konnte es kaum glauben. Auch sie liebte Filme und kaufte sich ab und zu einen Film auf DVD, der ihr besonders gut gefiel. Toms Sammlung hingegen sprengte alles, was sie bisher gesehen hatte. »Das ist allerdings eine große Macke von mir. Ich sammle Filme.« Ich bin ein Film-Freak. Ich liebe gute Filme und ich sammle sie auch, so wie andere Leute Bücher sammeln. Bücher hingegen lese ich und verschenke sie dann.« Sie nickte verständnisvoll. Das war ein Hobby, mit dem auch sie etwas anfangen konnte. »Troja?«, rief sie begeistert aus. »Oh, der ist so schön.«

»Hm«, grinste Tom. »Brad Pitt in der Hauptrolle, klar, das ist ein Mädchenfilm. Wollen wir uns den ansehen?« Sophie nickte begeistert. »Aber zuerst machen wir den Abwasch.«

Tom rollte theatralisch mit den Augen. »Wenn es sein muss ...«

Eine halbe Stunde später saßen sie auf dem Sofa und starteten den Film. Es war herrlich gemütlich. Tom hatte eine Flasche Wein geöffnet. Vor ihnen stand ein Teller mit Käsewürfeln und italienischer Salami. Ja, so ließ es sich leben!

Die Katzen thronten nach wie vor auf dem Zweiersofa, aber wenigstens fauchten sie nicht mehr. Odin und Thor lagen noch immer auf dem Teppich und hatten sich keinen Zentimeter bewegt. Tom und Sophie saßen auf der Dreiercouch. Er lehnte sich nicht gegen die Lehne, sondern saß mit dem Rücken zur Armlehne, ganz lässig mit einem Bein auf dem Sofa und einem auf der Erde. Sophie hatte sich zwischen seine Beine geklemmt und Tom hielt sie mit beiden Armen umschlossen.

»Die Entjungferungsszene ...«, seufzte sie irgendwann. »Ich glaube, es gibt in der ganzen Filmgeschichte keine schönere Entjungferungsszene wie die von Achilles und Briseis!«

Tom lachte und umschlang sie ein wenig fester. »Naja«, hauchte er ihr ins Ohr. »Wenn uns gestern jemand gefilmt hätte, wir hätten Achilles und Briseis glatt in den Schatten gestellt.«

»Ich war aber keine Jungfrau mehr.«

»Das vielleicht nicht. Aber fast. Bei den Göttern, du bist so eng!« Er knabberte an ihrem Ohr, küsste ihren Haaransatz und griff dann mit beiden Händen nach ihren Brüsten. »Wie haltet ihr Frauen das nur aus, ständig mit einem BH rumzulaufen? Das sind so furchtbare Dinger, die sind bestimmt total unbequem.«

Er schob die Körbchen ihres BHs nach unten und griff mit überkreuzten Händen nach ihren Brüsten, umschlang sie und streichelte mit je zwei Fingern ihre Brustwarzen. Sophie stöhnte auf. Dieser Mann wusste wirklich, wie er eine Frau anfassen musste. Wie er SIE anfassen musste! Er ließ ihre linke Brust los und fasste ihr zwischen die Beine. Sophie stöhnte auf, als sie spürte, wie er mit zwei Fingern sanften Druck auf ihre Vagina ausübte. Durch die Jeans fühlte sie wie ihr Höschen nass wurde.

»Ich drücke jetzt mal auf Pause, dann hast du das Standbild von Achilles«, lachte er leise. »Und mich in dir.«

Er schob ihren Oberkörper auf den Wohnzimmertisch, kniete sich hinter sie, umfasste ihre Hüften und öffnete ihre Jeans. Bereitwillig ließ sie es zu, dass er ihre Hose abstreifte. »Du bist so schön«, seufzte er. Und dann drang er in sie ein. Sophie hielt sich an der Längsseite des Tisches fest und war erleichtert darüber, dass die Hunde sich irgendwie unwohl fühlten und den Raum verließen. Odin gähnte laut und verschämt und ließ sich mit einem tiefen Seufzer im Flur nieder. Thor lief ihm nach und legte sich neben ihn. Die Katzen hingegen dösten auf dem Sofa vor sich hin und ließen sich nicht aus der Ruhe bringen.

Tom stieß sie sanft, aber voller Leidenschaft. Er schien es zu mögen, sie von hinten zu nehmen. Ihr war das recht, sie mochte es so auch am liebsten. Obwohl ... entsprach das noch der Wahrheit? Sie hatte auf dem Rücken quer über dem Küchentisch gelegen, danach auf dem Bauch, sie hatte auf ihm gesessen und er hatte sie unter der Dusche genommen. Gefiel es ihr wirklich von hinten am besten? Früher hatte sie es am liebsten gemocht, aber mit Tom? Es war egal, wie er sie nahm, Hauptsache er hörte nicht damit auf!

Tom kam mit einem lauten Seufzer, aber er spürte, dass sie noch nicht so weit war, und bewegte sich weiter in ihr, bis auch sie ihren Höhepunkt hatte. Dann beugte er sich, wie am Tag zuvor, mit dem gesamten Oberkörper über sie und bedeckte ihren Nacken mit Küssen, küsste ihre Schultern und dann umschlang er ihren Oberkörper mit beiden Armen und seufzte erneut.

»Ich kann das genauso gut wie Achilles«, lachte er, und zog sich aus ihr zurück. »Mir ist gerade aufgefallen, er hat auch Narben.«

Sophie drehte sich um und griff nach ihrer Jeans. »Du kannst das, glaube ich, sogar besser als er«, hauchte sie und ging zur Wohnzimmertür.

»Wohin?«, fragte Tom erstaunt.

»Ins Badezimmer. Es ist nicht angenehm, wenn man so feucht ist zwischen den Beinen.«

Er nickte und folgte ihr. Als sie sich kurz abgeduscht hatte, stieg er in die Dusche und seifte sich ein. »Wir haben nicht über Verhütung gesprochen«, sagte er. »Verhütest du?«

»Ja. Ich nehme die Pille.«

»Ich dachte, du hättest in den letzten zwei Jahren keinen Sex gehabt?«

»Hatte ich auch nicht. Aber es hätte ja sein können, dass sich kurzfristig was ergibt.«

»Bist du denn eine Frau, mit der sich kurzfristig was ergeben könnte?« Er grinste.

»Zumindest habe ich mir vorgenommen, eine zu werden und mich nicht mehr auf was Festes einzulassen.«

Tom lachte. »Hab ich dir deine Pläne jetzt versaut?«

»Nein«, lächelte sie, und küsste ihn auf das große Tattoo am rechten Oberarm. »Ganz im Gegenteil. Aus dem Plan ist sowieso nichts geworden, weil ich alle ekelig fand, die mir begegnet sind.«

Er nickte, stieg aus der Dusche und sie reichte ihm das große Handtuch. »Das mit der Verhütung fiel dir jetzt aber spät ein!«, neckte sie ihn. Tom zuckte mit den Schultern. »Ich bin nicht perfekt, Baby. Ich war so heiß auf dich und darüber habe ich tatsächlich nicht nachgedacht. Obwohl es blöd wäre, in unserem Alter noch ein Kind zu bekommen.«

Er räusperte sich. »Hast du Kinder? Die vielleicht schon erwachsen sind und nicht mehr bei dir wohnen?«

Sie schüttelte den Kopf. »Nein.«

»Wolltest du keine?«

»Doch, ich hätte gerne welche gehabt. Aber die Männer, die ich geliebt habe, wollten noch keine. Es hieß immer, das hätte doch noch Zeit. Und dann waren wir nicht mehr zusammen.« Sie seufzte. »Ich hatte nie den geeigneten Vater für meine Kinder.«

Tom hängte sein Handtuch an den Haken und zog eine frische Unterhose und seine Jeans an. »Jetzt ist es dafür leider zu spät.«

Inzwischen war sie auch angezogen, sodass Tom sie sanft hinter sich her zog, zurück ins Wohnzimmer. Das Standbild von Achilles alias Brad Pitt hatte sich inzwischen verabschiedet, der Fernseher war im Pausenmodus und der Bildschirm schwarz.

Sie setzten sich in der gleichen Position wie vorher auf das Sofa.

»Ach herrlich«, seufzte Tom. »Und am Samstag machen wir unsere Motorradtour. Das Leben kann so schön sein.« Er küsste sanft ihren Nacken. »Du bist die wundervollste Frau, die mir jemals begegnet ist.«

Sophie kuschelte sich an ihn und behielt ihre Gedanken für sich. Sie waren viel zu rührselig. Auch wenn er selbst solche schönen Dinge sagte, sie schaffte es noch nicht, so etwas auszusprechen.

Als sie nur eine Stunde später im Bett lagen und er leise schnarchend und ihr zugewandt eingeschlafen war, betrachtete sie ihn genau. Das helle Licht des Vollmonds fiel durch das geöffnete Schlafzimmerfenster. Die Nachtluft war kühl. Sophie fröstelte leicht und zog die Decke höher, obwohl sie die frische Luft sehr angenehm fand. Toms Oberkörper lag frei und sie deckte ihn sanft zu. Nachdenklich sah sie in seine entspannten Gesichtszüge. Er hatte ein sehr ebenmäßiges Gesicht. Es wirkte einerseits sanft, andererseits kämpferisch. Vielleicht durch die dicke Narbe auf seiner Wange ... sie spürte, wie die Tränen in ihr aufstiegen.

Was hatte er durchgemacht? Der Gedanke, dass Tom ein Leid widerfahren könnte, schmerzte sie. Auch das Leid aus seiner Vergangenheit schmerzte sie. Ausgerechnet er, dieser interessante Mann mit den ausdrucksvollen Gesichtszügen und diesen wunderschönen, grünen Augen, die immer im Einklang waren mit dem, was er tat oder sagte, hielt sich für entstellt. Sie fand ihn wunderschön. Er wirkte er so offen, so aufrichtig, in allem was er sagte oder tat! Sie konnte sich nicht vorstellen, dass Tom fähig war, zu lügen, zu betrügen oder vielleicht gewalttätig zu werden.

Und dann musste sie plötzlich noch mehr weinen, als ihr klar wurde, wie verletzlich sie nun wieder war. Leise stand sie auf und tapste in die Küche. Dort klappte sie ihren Laptop auf. Sie wollte doch schreiben. Über Verbitterung, Angst und geplatzte Träume.

Alles Bullshit

Wenn man lange Single ist, liest man viele Bücher. Man ist auf der Suche nach Weisheiten. Nach Philosophien, mit denen man sich identifizieren kann. Philosophien, die hilfreich sind, wenn man sich einsam fühlt und nach Liebe sehnt. Man lernt aus diesen Büchern, dass man mit sich selbst zufrieden und glücklich sein sollte. Dass man sein eigenes Glück auf keinen Fall von einem Partner abhängig machen darf. Nein, im Gegenteil, wer sich selbst ausreichend liebt, und diese Liebe von der Liebe zum Partner abzugrenzen vermag, kann nicht mehr verletzt werden.

Jahrelang habe ich nun Bücher mit solchen Botschaften verschlungen, halfen sie mir doch dabei, mit meiner extrem unglücklichen Situation fertig zu werden. Gleichzeitig habe ich meine harte Schale aufgebaut, die zu durchdringen vor Tom für niemanden möglich war.

Und nun stelle ich fest, dass das alles Bullshit ist, auch wenn ich es immer geahnt habe. Wenn du liebst, bist du emotional niemals unabhängig. Dein eigenes Glück ist immer an das des Menschen gekoppelt, den du liebst. Betrügt er dich, lügt er dich an, behandelt er dich schlecht, dann geht es dir schlecht. Dann bist du unglücklich. Du leidest, wenn er leidet. Du liebst ihn und willst, dass er gesund und glücklich ist. Du willst seine Liebe und solange er sie dir auch schenken mag, bist du glücklich.

Nicht alle Botschaften solcher Bücher sind positive Botschaften. Aus manchen Büchern erfährst du, dass du immer das bekommst, was du dir (wenn auch insgeheim) gewünscht hast. Du bekommst das, was du aussendest. Ich glaube, das war der Punkt, an dem ich anfing, diese Bücher nacheinander in die Papiertonne zu werfen. Ich war ein unglücklicher Mensch, der sich nach Liebe sehnte. Wer waren die, die mir einreden wollten, ich hätte das Unglück und die Einsamkeit angezogen? Betrachtet man solche Philosophien genauer, was genau spielt sich dann eigentlich in der Dritten Welt ab? Verhungernde Kinder – leiden sie etwa, weil sie dieses Leiden anziehen? Das ist eine sehr zynische Betrachtungsweise und menschenfeindlich noch dazu. Kann man es denn tatsächlich verantworten, unglücklichen Menschen auch noch zu erklären, sie seien für ihr Elend selbst verantwortlich? Behaupten, sie könnten ihr Unglück, ihren Kummer beenden, indem sie einfach positiveres Gedankengut hegten? Und wenn das so ist, wie war es mir dann gelungen, Tom anzuziehen? Wo doch mein Herz so kalt gewesen ist, und meine Gedanken so gleichgültig, als ich ihn traf?

Egal, welche Philosophien du dir einredest, wie viele Bücher du wälzt, und was du über das Glücklichsein gelernt hast: Du bist mit genau diesem Menschen glücklich. Dieser Mensch ist nicht durch einen anderen ersetzbar und du bist unglücklich, wenn du ihn verlierst. Mein Sechser im Lotto ist mir durchaus bewusst. Aber ich bin inzwischen auch ein paar Jahre älter geworden und weiß, dass das vollkommene Glück sich von einer Minute zur anderen auflösen und dein ganzes Leben zertrampeln kann.

In Sophie stieg plötzlich eine solche Angst auf, dass ihre Tränen nicht aufhören wollten zu fließen. Sie konnte kaum noch schreiben. Sie weinte so sehr, dass die Buchstaben auf dem Bildschirm vor ihren Augen verschwammen. Es dauerte einen Moment, bis sie sich beruhigt hatte und weiter schreiben konnte.

Aber ja, nun sitze ich hier und bin wieder verletzlich. Es könnte ihm etwas passieren. Er könnte krank werden, er könnte sterben. Oder er könnte mich verlassen. Vielleicht auf die gleiche Weise wie einer meiner Extypen damals, der so an mir interessiert war, dass er mir wirklich monatelang nachgestiefelt ist. Kaum hatte er mich, kaum hatten wir die ersten, wirklich leidenschaftlichen Nächte miteinander verbracht, zog er sich plötzlich zurück. Dieser Mann hat übrigens per E-Mail mit mir Schluss gemacht, zu feige, um mir in die Augen zu sehen.

Ja, ich glaube, ich habe wirklich alle Bücher gelesen, die in den letzten Jahren zu solchen Themen erschienen sind. Wenn es dir schlecht geht und du bist jemand, der gerne liest, dann frisst du solche Bücher. Aber am Ende sind das alles schöne Worte. Worte, die dir tatsächlich, zumindest wenn du das Schlimmste überwunden hast, ein wenig helfen. Aber sie helfen auch dabei, eine Mauer zu errichten zwischen dir und deiner Umwelt. Das ist nicht gut. Eine solche Mauer macht dich einsam, aber sie entsteht zwangsläufig, wenn du anfängst, vernünftig über deinen Kummer und den Auslöser nachzudenken. Und irgendwann glaubst du auch noch den Mist, dass du selbst schuld bist, weil du vom Schicksal nichts anderes erwartest.

Du beginnst zu differenzieren. Der innere Schmerz ist so unerträglich, dass du ihn von deinem Selbst abspaltest. Und ja, jetzt, wo ich endlich glücklich bin, ist mir klar, dass ich, wie es für eine gespaltene Persönlichkeit typisch ist, reagiert habe. Die Welt hat mein Lächeln gesehen, aber keiner kam an mich heran. Es gab mehrere Sophies. Eine war immer fröhlich, wenn ihre Freundinnen in der Nähe waren und wenn sie was zusammen unternahmen. Eine andere Sophie war bei ihren Kollegen beliebt, immer freundlich, hilfsbereit und stets lächelnd, wenn man sie ansprach. Eine weitere Sophie saß deprimiert in ihrer Wohnung, an ihrem Laptop und lenkte sich mit Online-Kartenspielen ab. Nur nicht drüber nachdenken. Die echte Sophie war tief vergraben. Die anderen haben sie nicht mehr durchgelassen. Es ist ja auch viel einfacher, nicht zu lieben. Du musst keine Angst mehr vor dem Ende haben. Davor, dass sie dich entsorgen, von einem Tag auf den anderen, einfach so. Dich belügen und betrügen. Du bist immer angreifbar, immer verletzlich, wenn es jemanden gibt, den du liebst. Vielleicht ist es für eine Weile gar nicht so schlecht, einfach nicht zu lieben. Wieder zu sich zu kommen und sich zu erholen von den Peitschenhieben der Vergangenheit, die dein Herz auseinandergerissen haben. Die dich ausbluten ließen.

Aber jetzt bin ich wieder da. Möglicherweise wird auch Tom mich verlassen. Vielleicht wird er mich eines Tages einfach nicht mehr lieben. Aber vielleicht kommt es darauf auch gar nicht an. Vielleicht kommt es nur darauf an, glücklich zu sein, solange es möglich ist. Einen Menschen lieben zu dürfen, solange er es erlaubt, solange er diese Liebe haben möchte. Vielleicht sind das die Prüfungen in unserem Leben: Es zu überleben, wenn die Dinge sich ändern.

Sophie wischte sich die Tränen aus den Augen und klappte ihren Bildschirm zu. Dann schlich sie leise zurück ins Bett. Tom schlief tief und fest und sah zufrieden aus.

Im Götterhain saß Aine und lächelte wohlwollend. Es gefiel ihr, dass die Mauern um Sophie zerbröckelten. Es gefiel ihr, dass Sophie ihre verletzliche Seite aus dem dunklen Keller ließ, in den sie sie gesperrt hatte. Sie war auf dem Weg der Heilung. Oenghus tat ihr so gut.

Ride like the wind

Sophie war total aufgeregt, als sie und Tom nach einer ausgiebigen Gassirunde mit den Hunden, in Motorradklamotten den Hof betraten. Endlich durfte sie mal wieder auf einer Maschine sitzen! Das letzte Mal lag bestimmt 20 Jahre zurück. Aber noch besser: Sie durfte auf der Maschine des Mannes sitzen, den sie nach wenigen Tagen schon so sehr liebte, als gäbe es kein Morgen mehr. Sich an ihm festhalten, sich an ihn schmiegen. Und das Ganze dann auch noch auf der Königin der Motorräder, einer Harley Davidson!

Am Tag davor hatten sie beratschlagt, wohin die Tour gehen sollte. Tom wollte einfach eine längere Strecke fahren, welche wusste er aber noch nicht. Sophie hingegen war mit allem einverstanden. Sie hätte sich schon gefreut, wenn er mit ihr einfach nur eine Runde durch den Ort gebraust wäre, aber ein Tagesausflug war ihr noch lieber. Doch Ideen hatte sie auch nicht.

»Wir könnten einfach Richtung Frankfurt fahren«, schlug er vor. »Ich zeige dir mein Haus, das mit den vermieteten Wohnungen. Ich müsste mich da sowieso mal blicken lassen. Dann fahren wir da in der Gegend ein bisschen aufs Land raus, schauen mal, wo wir Mittagessen können. Danach fahren wir zurück. Mehr Ideen habe ich im Moment auch nicht.« Sie hatte nur gelächelt. Egal wohin, es war ihr recht.

Odin und Thor blieben auf dem Hof. Tom hatte den Hunden ausreichend Wasserschüsseln in die Scheune gestellt, an der es keine Tür mehr gab. Dort konnten die beiden auch Schatten finden. Tom schloss das Hoftor ab, setzte sich auf seine Harley und griff nach seinem Helm. »Du müsstest mal sehen, wie glücklich du gerade aussiehst! Mal sehen, ob du heute Abend immer noch so strahlst, so eine Tagestour ist auch ziemlich anstrengend!«

Es war sehr heiß an diesem Tag, aber die Lederklamotten mussten natürlich sein. Sie passten, als wären sie für sie gemacht. Unter der schweren Lederjacke trug Sophie nur ein ärmelloses Shirt. Genug für diesen heißen Tag und trotzdem einigermaßen geschützt. Der Motor lief bereits und er klang einfach großartig!

Sophie setzte ihren Helm auf, schwang sich hinter Tom auf die Harley – und er fuhr los. In ruhiger, aber angemessener Geschwindigkeit fuhren sie erst einmal durch den ganzen Ort und danach auf die Landstraße. Tom steuerte die Autobahnauffahrt Richtung Frankfurt an. Schon in diesen wenigen Minuten hatte sie vor

Glück tatsächlich Tränen in den Augen! Es war so verdammt lange her, und auf einer Harley hatte sie überhaupt noch nie gesessen. Etwa zwei Stunden würden sie unterwegs sein, hatte er gesagt. Sophie war alles egal. Sie saß hinter ihm, hielt sich locker rechts und links an seinen Hüften fest. Und sie ließ sich berauschen von diesem herrlichen Motorengeräusch, vom Fahrtwind und von dem erhabenen Gefühl, das sich in ihr ausbreitete.

Ein eigenes Motorrad war immer ihr Traum gewesen. Erst hatte sie kein Geld dafür gehabt. Dann gab es einen Freund, den sie wirklich liebte, der aber Angst hatte bei dem Gedanken, sie könnte mit einem Motorrad durch die Gegend brausen. Als er sich ein paar Jahre später in eine Blondine verliebte und sie verließ, tröstete sie sich mit dem Gedanken, dass sie nun endlich den ersehnten Führerschein machen würde. Aber dann ging das Unternehmen Pleite, in dem sie beschäftigt war, und Priorität war ein neuer Job. Vor allem reichte das Arbeitslosengeld gerade so, um die Wohnung alleine zu bezahlen, die sie ursprünglich mal zu zweit bezogen hatten – und dafür, sich einigermaßen über Wasser zu halten.

Irgendwann gab es einen neuen Job und sogar einen neuen Mann. Doch auch der hatte ein Problem mit dem Bild von der Lady auf dem Bike gehabt. »Meine Güte, das ist doch so gefährlich!« Diese Worte und den entsetzten Blick würde sie wahrscheinlich nie vergessen. »Stell dir mal vor, dich haut es um, das ist nicht wie ein Unfall mit einem Auto! Da kann man schon mal sein Bein oder einen Arm verlieren. Oder am Ende sogar das Leben!« Außerdem, so versicherte er ihr, sei sie doch viel zu klein und viel zu zierlich für ein Motorrad. »Du bekommst doch nicht mal die Füße auf die Erde. So eine Maschine muss man auch halten können, dafür bist du doch gar nicht kräftig genug.«

Natürlich machte sie keinen Motorradführerschein. Aber sie konnte es ihm nicht mal vorwerfen. Am Ende war es ja so, dass er zwar das Recht hatte auf seine eigene Meinung – aber sie hätte ebenso das Recht gehabt, auf seine Meinung zu pfeifen und den Führerschein trotzdem zu machen. Sich ein Motorrad zu kaufen und ihm zu beweisen, dass sie durchaus fahren und die Maschine halten konnte. Doch das hatte sie nicht getan. Um des lieben Friedens Willen!

Stattdessen war ihr ein paar Jahre später, als auch er weg war, bewusst geworden, dass sie immer viel zu bequem gewesen war für jeden einzelnen Mann, den sie einmal geliebt hatte. Aber auch in den Jahren danach war sie eine für Männer sehr bequeme Frau geblieben.

So hatte sie das zu Hause gelernt, bei den Großeltern. Männern musste man nachgeben. Ihnen das letzte Wort lassen. Auch wenn man auf das eine oder andere verzichten muss. Ein kleiner Preis angesichts des Hauptgewinnes, nämlich der Liebe für das ganze Leben. Es hatte tatsächlich Zeiten gegeben, in denen sie diesen Blödsinn glaubte.

Diesen Gedanken hing sie nach, während Tom sich auf das Fahren konzentrierte. Ihr fiel ein, wie sie als Autofahrerin immer reagierte, wenn ein schönes Motorrad an ihr vorbeizog. Fast augenblicklich hatte sie immer dieses Lächeln im Gesicht und das konnte sie deswegen mit Bestimmtheit sagen, weil sie selbst merkte, wie glücklich sie der Anblick einer schönen Maschine machte.

War es gar eine Harley, klemmte sie sich häufig sogar regelrecht dahinter, um möglichst lange das Motorengeräusch und den Anblick genießen zu können. Harleyfahrer rasen in der Regel nicht besonders. Sie lieben ihre Bikes und genießen einfach nur die Fahrt. Nun selbst auf dieser wunderschönen Maschine sitzend, dachte sie darüber nach, wie viele Autofahrer sich wohl genauso verhielten, wie sie es immer tat. Aber auch wenn Tom nicht allzu schnell fuhr – das Tacho zeigte 100 Stundenkilometer – es war einfach zu schnell und mit dem Helm auf dem Kopf auch viel zu kompliziert, die Gesichter der Menschen in ihren Autos zu erkennen.

Das Seltsame war, dass sie während der Fahrt spürte, wie ihr Herz und auch ihr Kopf immer freier wurden. Nach einer guten halben Stunde Autobahnfahrt hätte sie am liebsten laut gejauchzt. Alles Negative, was ihr in ihrem Leben widerfahren war, schien vom Fahrtwind weggeblasen zu werden. Sie ließ es einfach hinter sich. Der Motor klang so unfassbar gut und dieses Geräusch ging ihr durch und durch. Dieser wundervolle Mann vor ihr auf dem Sitz, der die Maschine so geschickt lenkte, war das Beste, das ihr in ihrem Leben passiert war! Die Landschaft zog rechts und links an ihr vorbei und sie fühlte sich so frei wie noch nie. Irgendwann, mitten auf der Autobahn, als Tom ein wenig von der Geschwindigkeit gehen musste, um sich im zäh fließenden Verkehr an ein paar Autos entlang zu schlängeln, ließ sie ihn kurz los, hielt sich nicht mehr an ihm fest. Für einen Augenblick riss sie die Arme nach oben und jauchzte begeistert: »Juuuuuuhuuuuuu!«

Sie hörte Tom lachen und griff nach seinen Hüften, um sich festzuhalten.

Der Verkehr löste sich auf und so konnte Tom beschleunigen. Sophie lachte in ihren Helm, legte den Kopf leicht nach hinten, hielt sich an seinen Hüften fest und schloss die Augen. Er beschleunigte auf 120 Stundenkilometer und hielt diese Geschwindigkeit konstant aufrecht. Sophie lachte in sich hinein, in ihren Helm, sie fühlte sich leicht wie eine Feder und so unendlich glücklich! Sie würden sie nicht mehr einholen können, all diese schlechten Erfahrungen und Gedanken. Und selbst wenn! Das war alles so nichtig, so klein, so unbedeutend, in Anbetracht dieser Fahrt. Sophie schmiegte sich erneut an ihren Tom und ließ einfach alles fliegen. Stück für Stück ließ sie alles los, was ihr auf der Seele lag und genoss jede Sekunde dieser Fahrt aus vollem Herzen.

Als sie vor einem großen Mehrparteien-Haus vom Motorrad abstieg und den Helm abnahm, wischte sie sich ein paar Freudentränen aus dem Gesicht. Sie spürte selbst, wie sie von innen heraus strahlte und fast tat es ihr ein wenig weh, als Tom das Motorrad parkte.

»Du bist eine gute Mitfahrerin«, lobte Tom sie. »Bist schön mit in die Kurven gegangen, nicht zu sehr, nicht zu wenig – genau richtig. Du fühlst das Motorrad.« Er nahm sie in den Arm und küsste sie auf die Stirn. »Du bist die Richtige für mich.«

Er klingelte bei einem seiner Mieter. Der Türsummer wurde betätigt und sie konnten das Haus betreten. Sophie stellte schon bei den ersten Mietern fest, dass Tom sich nicht angekündigt hatte. Trotzdem wurde ihm geöffnet und er wurde lachend und freundlich begrüßt. Zumindest von den vier Familien, die zu Hause waren. Bei zwei Wohnungen wurde nicht aufgemacht. Sophie stellte fest, dass Tom bei seinen Mietern sehr beliebt war. Im Laufe der nächsten Stunde erfuhr sie außerdem, dass er sich so gut wie nie meldete, und dass er auch bei Mietrückständen schon mal ein Auge zudrückte.

»Du bist ja ein Traum von einem Vermieter«, sagte sie, als sie das Haus verließen. Es war inzwischen kurz nach zwei Uhr mittags. »Diese eine Familie schuldet dir drei Mieten? Das ist normalerweise ein Kündigungsgrund.«

Tom lächelte. »Ja, vielleicht.« Er seufzte. »Die wohnen schon fünf Jahre hier, der Vater wurde arbeitslos. Ich bekomme mein Geld schon. Er hat jetzt einen neuen Job, hast du ja gehört. Sie werden es ratenweise zahlen, aber sie werden zahlen, darum mache ich mir keine Sorgen. Mir ist noch keiner meiner Mieter etwas schuldig geblieben.«

Tom und Sophie setzten ihre Helme auf und Tom startete die Harley. Lässig schwang Sophie sich hinter ihm auf den Sozius.

Tom fuhr geschickt durch den Stadtverkehr, über die Landstraße ins Grüne hinaus und hielt auf dem Parkplatz eines Lokals. Sie betraten die Gaststätte, Tom grüßte den Wirt freundlich, griff nach Sophies Hand und führte sie nach draußen in den Biergarten. Er steuerte einen Tisch etwas abseits und im Schatten einer großen Eiche an. Dort ließen sie sich nieder und erleichtert zündete Sophie sich eine Zigarette an.

»Endlich!«, stieß sie hervor und lehnte sich zurück. »Ich bin ja schon ein Suchtbolzen ... ich hatte jetzt tatsächlich ganz schön Schmacht.«

Tom nickte und grinste, dann zündete er sich auch eine Zigarette an. »Du machst mich übrigens überaus heiß mit deiner Lederkluft. Die werde ich dir, sobald wir heimkommen, höchstpersönlich ausziehen.«

Sophie musste lachen, zog die dicke Lederjacke aus und hängte sie über den Stuhl.

»Du hast kein einziges Tattoo«, stellte Tom fest.

»Merkst du das jetzt erst?«

Er schüttelte den Kopf. »Natürlich nicht. Aber das hat mich sehr überrascht, als ich dich das erste Mal nackt gesehen habe. Ich hatte wirklich ein Tattoo erwartet. Du bist eine Frau, von der man irgendwie glaubt, sie hätte eins.«

»Ich hätte auch immer gerne eines gehabt, aber ich wusste nie, für welches Motiv ich mich entscheiden sollte. Ein Tattoo muss ja eine Bedeutung haben.«

Tom lachte. »Nicht unbedingt. Man kann sich auch ein Motiv stechen lassen, einfach nur weil es einem gefällt.«

»Dann haben deine Tattoos keine Bedeutung?« Sie lächelte herausfordernd. Sie hätte schon gerne gewusst, was die Skeletthand auf seinem rechten Oberarm bedeutete, die einen Totenkopf hielt. Sie hätte auch gerne gewusst, ob der Panther auf dem linken Arm eine Bedeutung hatte. Das Tattoo, das sich über Toms gesamten Rücken zog, war ein Drache mit glühenden Augen. Er schüttelte den Kopf. »Sie haben mir einfach gefallen. Ich wollte sie haben. Magst du sie nicht?«

»Doch, ich mag Tattoos.«

»Und Narben«, ergänzte er.

Er lachte leise, dann schaute er leicht verlegen zur Seite. Ein paar Kinder standen am Zaun des Biergartens und starrten ehrfürchtig die Harley an, die von dort aus gut zu sehen war.

Sophie beugte sich mit dem Oberkörper nach vorne über den Tisch. »Ja, ich mag deine Narben. Sie gehören zu dir und sie machen dich interessant. Ich mag nur nicht daran denken, wie sie entstanden sind, weil es mir wehtut, daran zu denken, dass man dir wehgetan hat. Trotzdem solltest du mir irgendwann einmal erzählen, was da passiert ist. Ich will alles von dir wissen.«

Nun beugte sich auch Tom mit dem Oberkörper über den Tisch. Er griff mit der rechten Hand nach ihrem Pony und strich ihr eine Strähne aus dem Gesicht.

»Ich will auch alles von dir wissen, aber du bist ja mindestens genauso geheimnisvoll und schweigsam, wenn es um deine Vergangenheit geht.«

»Mir ist einfach viel Mist passiert Tom. Aber ich mag nicht drüber reden, weil ich dann selbst merke, dass ich früher wirklich ein Opfer war. So bin ich nicht mehr.«

Sie lachte. »Außerdem ist das alles weg. Auf der Fahrt nach Frankfurt hatte ich das Gefühl, alles Schlimme, was mir passiert ist, verschwindet einfach und wird vom Fahrtwind weggeblasen.«

»Das kommt schon mal vor, wenn man Motorrad fährt. Ich kann auch gut alles Mögliche hinter mir lassen, wenn ich einfach fahre. Das tut gut. Ich freue mich, dass es bei dir genauso ist.« Die Kellnerin brachte die Speisekarten und Tom bestellte zwei Cola. Dann beugte er sich noch einmal über den Tisch und sah Sophie beschwörend an.

»Ich habe auch viel Mist erlebt, Miss Sophie. Mir wurde auch wehgetan. Ich wurde verlassen, ich wurde ausgenutzt, ich wurde belogen und betrogen. Wahrscheinlich die gleichen Dinge, die du auch erlebt hast. Ich habe mich jahrelang nicht mehr auf eine Frau eingelassen, weil ich es nicht mehr konnte. Aber jetzt bist du da. Ich werde dich heiraten.«

Sophie musste lachen, insbesondere, weil er den letzten Satz mit einem Schmunzeln von sich gegeben und sich dann wieder in seine Speisekarte vertieft hatte.

»Heiraten?«, wiederholte sie. »Im Ernst? Wir kennen uns seit vier Tagen!«

Er nickte und warf ihr einen kurzen Blick über den Rand der Karte zu.

»Na klar im Ernst. Ich hatte noch nie eine so tolle Mitfahrerin. Der Sex zwischen uns kracht so richtig. Außerdem bist du wunderschön und klug und ich unterhalte mich gerne mit dir über Gott und die Welt. Du glaubst doch nicht im Ernst, dass ich dich gehen lasse?«

Er räusperte sich. »Natürlich nicht morgen. Aber wenn das mit uns klappt, warum denn nicht? Irgendwann?«

»Du hast mich nicht mal nach meiner Telefonnummer gefragt, als ich nach der ersten Nacht gegangen bin. Wenn ich sie dir nicht auf den Spiegel geschrieben hätte, wüsstest du gar nicht, wer ich bin und wo du mich findest.«

»Ich wollte dir die Wahl lassen, mich wiederzusehen oder nicht. Ich wusste, dass du ein schwer verletzter Mensch bist. Ich war mir nicht sicher nach diesem ersten Abend, ob du mich magst.« Er seufzte und klappte die Speisekarte zu.

»Ich glaube, ich nehme die Schweinsmedaillons mit Spätzle. Hast du dich schon entschieden?«

»Ich nehme das Gleiche«, antwortete Sophie. »Hattest du etwa Angst, ich könnte dich zurückweisen?«

»Ja.« Er sah ihr tief in die Augen. »Als ich dich im Supermarkt gesehen habe, dachte ich: Wow, was für eine Hübsche... Ich stand da auf dem Parkplatz, an meinem Auto und habe einfach gewartet. Dachte, sie kommt bestimmt gleich raus. Habe überlegt, wie ich dich noch ein zweites Mal ansprechen könnte. Ich war so happy, als dein Nummernschild abgefallen ist. Ich glaube, sonst hätte ich dich gar nicht angesprochen, mir ist nämlich kein Vorwand eingefallen. Der Abend mit dir war total schön und es gab ein paar Momente, da hatte ich das Gefühl, du magst mich auch. Dann wurdest du zwischendurch immer so kühl. Dann fand ich deine Nummer am Spiegel, aber auch erst mittags. Bis dahin war ich ziemlich ratlos und ja – auch sehr traurig. Ich habe noch gute zwei Stunden überlegt, was ich sage, wenn ich dich anrufe. Das ist alles gar nicht so leicht, wenn man keine Übung hat. Ich habe schon so lange nicht mehr geflirtet. Und dann sah ich, dass du glücklicherweise auch bei WhatsApp bist. Schreiben war einfacher für mich als dich anzurufen.«

Er lachte. »Echt, ich bin total aus der Übung.«

»Ich auch«, kicherte Sophie. »Ich habe auf dem Parkplatz auch nach dir Ausschau gehalten. Ich war ebenfalls dankbar, dass das blöde Nummernschild abgefallen ist.«

Sie lehnten sich in ihren Stühlen zurück und genossen die warmen Sonnenstrahlen. Gedankenverloren hielt Sophie ihr Gesicht in die Sonne und schloss die Augen, bis die Kellnerin Essen servierte. Es duftete herrlich.

»Es ging um meine Ex«, sagte Tom plötzlich unvermittelt während des Essens. Er sah sie nachdenklich an und trank einen Schluck von seiner Cola. Dann deutete er kurz mit dem Messer in seiner rechten Hand auf die Narbe auf seiner Wange. »Damals war sie natürlich noch nicht meine Ex. Wir waren zusammen unterwegs. Erst auf einem Konzert, danach noch was trinken in einer Bar. Sie hatte immer eine große Klappe und war dann der Meinung, ich müsste den Stress in Ordnung bringen, den sie verursacht hat. An diesem Abend hat sie sich mit ein paar Jungs angelegt. Einer von ihnen hat sie angemacht, als ich auf dem Klo war. Als ich rauskam, hatte sie ein heftiges Wortgefecht mit allen Vieren. Die haben sie als dumme Nutte beschimpft. Sie hat sich dann hinter mir versteckt, so wie immer. Ich konnte ja nicht anders, ich musste einschreiten und den Typen klar machen, dass sie so nicht mit meiner Freundin umzugehen haben. Sonst hätte ich dagestanden wie ein Schwächling. Es gab eine Schlägerei und weil die zu viert waren und ich alleine, lag ich irgendwann auf dem Boden. Einer von ihnen zog ein Messer. Daher stammen meine Narben.«

»Das tut mir wirklich leid«, antwortete Sophie betroffen.

Tom winkte ab. »Ich war noch nie der Hübscheste. Dann diese Narben... naja, ich habe es irgendwie verkraftet. Echt scheiße war aber, dass sie mich dann verlassen hat. Sie konnte wohl nicht damit umgehen, dass ich dann auch noch entstellt war.«

»Du bist doch nicht entstellt!«, sagte Sophie empört. »Und ich weiß auch gar nicht, warum du ständig betonst, dass du nicht gut aussiehst, das stimmt doch überhaupt nicht!«

Tom lächelte und aß weiter. Wenige Minuten später hatte er seinen Teller leer gegessen, und lehnte sich mit verschränkten Armen zurück.

»Wenn du plötzlich so tiefe Narben im Gesicht hättest, die einfach nie mehr weggehen, würdest du dich auch entstellt fühlen. Die Wunden wurden zu spät genäht. In der Nacht war in der Notaufnahme die Hölle los und die mussten entscheiden, was am Wichtigsten ist. Kann man ihnen nicht vorwerfen. Aber jetzt sind es eben recht breite und tiefe Narben. Man wird sie immer sehen, sie werden sich nicht mehr zurückbilden. Das Ganze ist schon Jahre her. Mir hat mal ein Arzt gesagt, man könnte da chirurgisch was machen, aber ich habe mich nie drum gekümmert.«

Sophie seufzte, starrte auf ihren leeren Teller und legte ihr Besteck beiseite.

»Ich weiß jetzt aber immer noch nicht, warum du denkst, du siehst nicht gut aus. Nur wegen der Narben?« Sophie schnaufte. »Tom, als du neben mir gestanden hast, im Supermarkt... ich dachte, ich drehe durch, als ich deinen Geruch wahrgenommen habe. Alleine in den hätte ich mich schon verlieben können. Dann sah ich neben mich und stellte fest, dass du sehr groß bist. Das gefiel mir. Und dann sah ich deine Augen und fand sie wunderschön. Ganz zum Schluss hat mir das Gesamtbild einfach gefallen. Groß gewachsener Kerl, noch mehr als genug Haare auf dem Kopf. Leichter Bauchansatz, aber kein Schwabbelbauch. Dieses verwegene, kleine Spitzbärtchen am Kinn! Und vor allem: Endlich mal ein cooler Typ. Die Männer, die mir in den letzten Jahren begegnet sind, können ja alle gar nicht so alt werden, wie sie aussehen und wie sie sich benehmen.« Sie musste lachen. »By the way, was nimmst du eigentlich, weil du so unglaublich gut riechst? Ich habe mal im Badezimmer gestöbert und nichts gefunden außer einem Deo-Stick.«

»Ja«, sagte Tom. »Und genau den nehme ich.«

Ungläubig starrte sie ihn an. »Nur das?«

Er nickte. »Nur das.«

Sophie war wirklich fassungslos.

»Das und mein Duschgel«, fügte er hinzu und lachte.

»Kein teurer Herrenduft?«, fragte sie zweifelnd. Er schüttelte den Kopf. »Nein, Baby. Kein teurer Herrenduft. Einfach nur Duschgel und Deo-Stick.«

Insbesondere ihre große Liebe, oder der, den sie dafür gehalten hatte, war immer sehr verschwenderisch mit seinen teuren Duftwässerchen umgegangen. Seinen Geruch hätte sie einsaugen mögen – sie liebte ihn einfach. Aber Tom, der nur einen Deo-Stick benutzte, und eben sein Duschgel… konnte es sein, dass man als Frau so auf den Eigengeruch eines Mannes abfuhr wie es nun der Fall war?

Nur eine Stunde später befanden sie sich auf der Rückfahrt. In diesen zwei Stunden Fahrt fühlte Sophie sich einfach nur fantastisch. Möglicherweise war es ihr tatsächlich gelungen, die Dunkelheit abzuwerfen. Nun war sie vielleicht bereit für eine großartige Zukunft. Als Tom die Harley vor dem Hoftor zum Stehen brachte, und Sophie abstieg, meldete sich noch einmal diese kleine, ängstliche Stimme in Sophies tiefstem Inneren. Sie erinnerte daran, dass sie schon oft gedacht hatte, nun und mit diesem Mann müsse sie doch endlich glücklich werden. Sie erinnerte Sophie auch an das jeweilige Ende, das immer eine Katastrophe für sie bedeutet hatte. Aber Sophie sah Tom an, atmete tief ein und gebot dieser Stimme, zu schweigen.

Tom reichte ihr den Schlüssel. Sie öffnete das Hoftor für ihn und beobachtete ihn dabei, wie er das Motorrad neben der Scheune parkte. Die Hunde begrüßten die beiden stürmisch. Sophie kraulte Odin, der schon nach wenigen Tagen fast mehr an ihr, als an seinem Herrchen hing, hinter dem Ohr, und massierte dann mit beiden Händen sein Fell. Währenddessen ließ sie Tom nicht aus den Augen.

Egal wie lange das halten würde. Tom war der Mann ihres Lebens. Selbst wenn es noch einmal für sie in bitteren Tränen und dem Gefühl, ohne Haut durch das Leben gehen zu müssen, enden würde - er war es wert. Jede Sekunde mit ihm war kostbar. Wenn er sich eines Tages verabschiedete, würde sie dem Himmel für jede Minute mit ihm danken und nie mehr versuchen, mit einem anderen Mann glücklich zu werden. So glücklich wie mit ihm würde sie ohnehin nie mehr sein. Ihre Erinnerungen würde ihr keiner nehmen können.

Kochabend

In Sophies engstem Kreis des Vertrauens gab es seit Jahren diese wunderbare Tradition, dass die Frauen sich jeden Montagabend trafen, um gemeinsam zu kochen. Am Montagabend nach Sophies Motorradtour war es Sina, in deren Küche die Frauen beieinander saßen und sich das gemeinsame Essen sprichwörtlich auf der Zunge zergehen ließen. Das Motto an diesem Abend war »Italienische Küche«. So hatte jede von ihnen etwas gezaubert.

Sina hatte die Vorspeise zubereitet: Carpaccio aus hauchdünnem Rinderfilet, mit Ruccola-Salat, feinen Kirschtomaten und Parmesanstreifen. Miriam und Tanja hatten das Hauptgericht übernommen. Sie hatten sich für ein Steak mit Gorgonzola-Soße entschieden. Als Beilage gab es Pommes, allerdings aus frischen Kartoffeln. Sophie war das Dessert zugefallen und sie hatte sich für Tiramisu entschieden. Da ein gutes Tiramisu jedoch etwas Vorbereitungszeit benötigte, hatte sie es zu Hause zubereitet. Ja, zu Hause – bei Tom!

Sie war noch nicht einmal eine Woche mit Tom zusammen und konnte es sich selbst nicht erklären, aber er war ihr so vertraut, als würde sie ihn schon seit vielen Jahren kennen. In seinem Haus fühlte sie sich so wohl, als würde sie auch dort schon seit Jahren leben.

Selbstverständlich hatte sie zwei Schalen Tiramisu vorbereitet. Eine hatte sie mitgenommen, die Zweite stand zu Hause im Kühlschrank. Ein kleiner Trost für Tom, weil sie diesen Abend nicht mit ihm verbringen würde. Nicht, dass er diesen Trost gebraucht hätte. Tom hatte kein Wort darüber verloren, dass sie diese wöchentliche Tradition mit ihren Freundinnen keinesfalls aufzugeben gedachte. Es wäre auch ein schlechtes Zeichen gewesen, und obwohl Sophie sich ihm so nahe fühlte, zählte für sie jede Kleinigkeit.

Sie achtete darauf, ob er die Finger von ihrem Smartphone und aus ihrer Handtasche lassen konnte. Sie hasste es, wenn ein Mann ihre Privatsphäre nicht respektierte. Wichtig war ihr auch, dass er verstand, dass ihre Freundinnen ein Anker in ihrem Leben waren, den sie keinesfalls loslassen würde. Sie hatte längst begriffen, dass die wichtigsten Dinge, die eine Beziehung beeinflussen, sich bereits zu Anfang zeigen – und auch, dass in der Anfangszeit eine Richtung eingeschlagen wird, die später kaum noch zu ändern ist. Nur sind die meisten Menschen – und auch bei ihr war das immer so gewesen – in diesem Anfangsstadium meist so gnadenlos verliebt, dass sie geflissentlich einiges übersehen. Fallen dann unangenehme Eigenschaften auf, hängt man der Hoffnung nach, die Dinge würden sich ändern, alles würde besser werden, es brauchte eben Zeit. Sinnlose Zeitverschwendung, das hatte Sophie endlich gelernt. Charaktereigenschaften, mit denen man nicht so gut klarkommt, verändern sich ab einem gewissen Alter nicht mehr. Dinge, die man schon zu Anfang zulässt, spielen sich mit der Zeit ein.

Bis jetzt war alles perfekt. Als sie ihn am Sonntag gebeten hatte, ihr das Smartphone aus ihrer Handtasche zu geben, brachte er ihr die ganze Tasche. Das Smartphone selbst konnte grundsätzlich überall herumliegen, bisher hatte er es nicht angefasst. Ihre Ankündigung, dass sie sich nun zum Kochen mit ihren Freundinnen treffen würde, hatte er mit einem Lächeln quittiert und ihr erklärt, dass er im Gegenzug die ganze Schüssel Tiramisu futtern würde. Ganz alleine.

Ja, Sophie war glücklich und nach nicht einmal einer Woche des Zusammenseins konnte sie sich ein Leben ohne Tom schon gar nicht mehr vorstellen.

»Zeig mal ein Foto von Mister Harley!«, verlangte Sina. »Ich muss eine Qualitätskontrolle durchführen.«

Lachend griff Sophie nach ihrem Smartphone und zeigte ihren Freundinnen die Fotos, die sie in den wenigen Tagen geschossen hatte. Jede Menge Fotos für diese kurze Zeit!

Fotos von Tom am Herd. Fotos von Tom auf der Harley. Fotos, die sie von ihm im Biergarten gemacht hatte. Fotos von Odin und Thor. Fotos, die sich Miriam und Tanja begeistert anschauten, während Sinas Miene eine andere Sprache sprach.

»Also so gut aussehend finde ich ihn jetzt nicht«, sagte Sina. »Aber er muss ja dir gefallen.«

Miriam runzelte die Stirn. »Kommt es darauf an?«, fragte sie. »Muss ein Mann gut aussehen?« Sie wirkte verärgert. »Außerdem, ich finde schon, dass er gut aussieht und er hat auf jeden Fall dieses gewisse Etwas. Ich freue mich schon, ihn bald mal kennenzulernen.«

»Jaaaa«, sagte Sina. Es war kein begeistertes, lang gezogenes Ja. Es war ein miesepetriges Ja.

Sophie ärgerte sich wahnsinnig. Was sollte das denn? Sie sprachen hier immerhin von ihrem neuen Freund. Von dem Mann, der sie glücklich machte und darauf kam es an! Als Frau, die in

Sophies engstem Kreis verkehrte, sollte Sina eigentlich wissen, wie es ihr gefühlsmäßig in den letzten Jahren ergangen war. Oder ahnen? Eigentlich wusste nur Miriam so richtig Bescheid über ihre Gefühlssituation. Dass sie sich wie innerlich tot gefühlt hatte, und das über Jahre. Tanja wusste, dass sie der Umstand, sich nicht mehr verlieben zu können, ziemlich unglücklich gemacht hatte. Sina wusste einfach nur, dass ihr nie mehr ein Mann begegnet war, der ihr gefallen hatte. Jeder Mensch, der mit ein wenig Empathie ausgestattet ist, müsste im Grunde mit solchen Informationen eine Menge anfangen können. Tatsache aber war, dass Sina niemals Fragen stellte, die mit Sophies innerem Erleben zu tun hatten. Tanja stellte Fragen, konnte aber vieles nicht nachvollziehen. Miriam hingegen wusste alles von Sophie. Die Unterschiede, die Sophie zwischen ihren Freundinnen machte, mochten nur aus feinen Nuancen bestehen, und doch waren sie entscheidend.

»Ich finde, er sieht so abgeranzt aus«, verkündete Sina.

»Abgeranzt?«, wiederholte Sophie. Sie war stinksauer. »Wie bitte?«

»Ja, so ein bisschen. Viel zu lange Haare. Und was ist das da auf seiner Wange?«

»Eine Narbe«, sagte Sophie kühl. »Du musst schon genau hinsehen, über dem Auge ist auch noch eine.«

Miriam kannte nicht nur Sophie, sondern auch Sina gut genug um zu wissen, dass dieser Abend alles andere als harmonisch verlaufen würde. Sie runzelte die Stirn, mischte sich aber nicht ein.

Sina seufzte. »Ja, siehst du. So ein Biker-Typ. Die sind doch alle gewalttätig.«

»Zu viel dumme Filme im Fernsehen gesehen, was?«, zischte Sophie zornig.

Ja, sie verspürte plötzlich eine Aggression gegen Sina, die wahrscheinlich in ihrem Ausmaß ziemlich unangemessen war. Sina war soweit eigentlich ganz nett, aber sie war auch sehr oberflächlich. Ihre Aussagen zu Toms Aussehen bestätigten Sophies Eindruck.

Sophie legte ihr Smartphone auf den Tisch und widmete ihre Aufmerksamkeit der Vorspeise. Das Carpaccio war sehr lecker, auch wenn sie es Sina in diesem Moment am liebsten mitsamt dem Teller ins Gesicht geklatscht hätte.

»Woher hast du denn das Rezept?«, lenkte Miriam ab, und sie schenkte Sina ihr schönstes Lächeln. Die gute Miriam! Immer um Harmonie bemüht!

»Ich war neulich zum Essen eingeladen und da gab es diese Vorspeise. Ich habe mir einfach nur gemerkt, welche Zutaten man verwendet und meine eigene Kreation gemacht. Freut mich, dass es euch schmeckt!«

»Es sind doch nur die Tomaten, die was mit Eigenkreation zu tun haben«, konnte Sophie sich eine bissige Bemerkung nicht verkneifen. Sina quittierte es mit einem giftigen Blick.

»Mit wem warst du denn essen?«, fragte Tanja neugierig.

Sina legte ihr Besteck beiseite, tupfte sich mit der Serviette die Mundwinkel ab und lehnte sich entspannt im Küchenstuhl zurück. »Er heißt Harald und ich habe ihn kennengelernt, weil er einen Versicherungsvertrag bei uns abgeschlossen hat.« Sie sah triumphierend in die Runde. »Eine mächtige Versicherung übrigens. Er hat richtig Kohle und hat sozusagen eine Investition getätigt. In zehn Jahren wird ihm das Ganze ausbezahlt und er hat noch mehr Kohle.«

»Du lässt dich mit einem Kunden ein?«, fragte Miriam. Sie wirkte fassungslos. Sina arbeitete als Sekretärin bei einem Versicherungsmakler, auch wenn sie sich Office-Managerin nannte.

»Warum denn nicht?«, antwortete Sina. »Er ist attraktiv und vermögend. Wie man sich bettet, so liegt man, oder?«

Sophie schwieg. Es betrübte sie immer sehr, wie oberflächlich Sina ihre Entscheidungen traf. Allerdings war sie in diesem Moment weniger betrübt, als stinksauer. Die Bemerkung zu Toms Aussehen hatte sie sehr verletzt. Im Grunde war es ihr egal, ob Sina ihn attraktiv fand oder nicht. Sinas Meinung war nicht wichtig. Es war die ihre abfällige Haltung, die Sophie so wütend machte. Sie fühlte sich wie eine Verräterin: Sie saß hier mit einer Frau zusammen an einem Tisch, die soeben den Mann, den sie jetzt schon abgöttisch liebte, zutiefst beleidigt hatte. Ja, man konnte das Kind ruhig beim Namen nennen: Sophie war stinksauer und sie musste sich schwer zusammenreißen.

Miriam erhob sich. »Da wir ja gleich mit der Vorspeise durch sind, müssen die Steaks in die Pfanne.« Sie schaltete die Herdplatte ein, auf der die Pfanne stand, und kippte die vorbereiteten Pommes in die Fritteuse. Tanja stand neben Miriam bereit, um das Ganze auf den Tellern schön anzurichten. Sina holte eine Flasche Weißwein aus dem Schrank und füllte die bereit stehenden Gläser.

»Verdammt, ich muss noch fahren!«, sagte Miriam. Sie reagierte genervt und Sophie wusste, es ging auch ihr um die oberflächliche Bemerkung zu Toms Aussehen. Miriam hasste Oberflächlichkeit.

Sina schien zu spüren, dass weder Miriam, noch Sophie ihr in diesem Moment Wohlwollen entgegen brachten. Also tat sie das, was sie immer tat: Als wäre überhaupt nichts gewesen.

»Magst du lieber Apfelsaft?«, fragte sie freundlich. Miriam nickte. Tanja hingegen schob ihr Glas in Richtung Weinflasche und nickte Sina aufmunternd zu. Das konnte sie sich allerdings erlauben, denn sie war an diesem Abend mit Miriam gekommen, und musste nicht selbst fahren.

Sophie hingegen hätte eigentlich fahren müssen, war aber der Meinung, mit einem Glas Wein im Kopf sei Sina für den Rest des Abends besser zu ertragen. Also deutete sie auf ihr Glas. »Ich nehme auch einen.«

Für einige Minuten herrschte betretenes Schweigen.

Die Steaks und die Pommes wurden schließlich fertig. »Wie lekker!«, jubelte Sophie. Ja, mit einem Schluck Wein fühlte sich Sinas Gesellschaft leichter an. Allerdings war es auch ein sehr großer Schluck gewesen. Sophie hatte ihr Glas in einem Zug leer getrunken, und Sina hatte umgehend nachgeschenkt.

»Na, jetzt erzähl mal«, forderte sie Sophie auf, als alle am Tisch saßen und zu essen begannen. »Dieser Mister Harley, den hast du tatsächlich beim Einkaufen kennengelernt?«

Sophie nickte. Das Steak mit der Soße war absolut köstlich. Sie schloss kurz die Augen und ließ sich den Geschmack auf der Zunge zergehen, bevor sie das nächste Glas Weißwein in einem Zug leerte.

»Ist ja interessant«, plapperte Sina. »Ich habe noch nie einen Mann beim Einkaufen kennengelernt.«

»Wahrscheinlich, weil du nicht auf die Männer achtest, die du beim Einkaufen triffst«, antwortete Sophie. »Da ist ja nicht sofort ersichtlich, ob sie Geld haben oder nicht.« Ihre Miene verfinsterte sich.

»Ach Sophie«, sagte Sina. »Du bist beleidigt, weil ich deinen Mister Harley nicht attraktiv finde. Und weil ich ein Date mit einem Mann hatte, der Geld hat. Wo ist denn das Problem?«

»Es gibt kein Problem«, stieß Sophie wütend, hervor. Der Wein zeigte bereits deutliche Wirkung. Eigentlich war sie viel zu wütend, um Alkohol zu trinken. »Ich kann nur deine Art nicht leiden, deine Zuneigung vom Vermögen eines Mannes abhängig zu machen.«

Sina lächelte selbstbewusst. »Das kann ich verstehen, Sophie, aber nenne mir einen Grund, warum ich mich mit einem armen Schlucker einlassen sollte?«

»Wenn man sich in einen Mann verliebt, der nicht viel Geld hat, ist das doch auch egal, oder nicht? Verliebst du dich erst, wenn du den Kontostand kennst?«

Sina lachte. »Pass mal auf, Sophie, wir beide werden uns da nie einig sein. Wir müssen uns deswegen aber auch nicht streiten. Ich mag Männer mit Stil und das heißt: Gut gekleidet. Männer, die teure Duftwässerchen tragen. Die so was auch mal verschenken. Ein schönes Auto fahren...«

»... und so was auch mal verschenken!«, unterbrach Sophie sie unwirsch.

»Jetzt wirst du ungerecht. Ich habe mir meine Autos immer selbst gekauft!«

»Eben. Ganz normale Karren. Nichts Besonderes. Du hast den Anspruch, dass ein Mann Geld haben muss, aber hast selbst keines. Ich meine ja nur, stell dir das mal umgekehrt vor! Stell dir mal vor, du bist irre verschossen in jemanden und der erklärt dir, dass du für ihn nicht in Frage kommst, weil du ne arme Sau bist?«

Sina lachte. »Aber ich bitte dich, ich bin doch keine arme Sau!«

»Aber reich bist du auch nicht. Du fährst auch nicht jedes Jahr in den Urlaub, hast es nicht zu einer eigenen Immobilie gebracht und fährst ein ganz normales Auto. Also was erzählst du uns hier eigentlich?«

»Ach Sophie...« Tanja seufzte. »Darum geht es doch gar nicht. Sina meint wohl...«

»Sina kann mir selbst sagen, was sie meint!«, bremste Sophie sie aus. Weil das zweite Glas Wein nun auch leer war, griff sie nach der Flasche und füllte ihr Glas ein drittes Mal.

»Du musst noch fahren«, mahnte Miriam vorsichtig. Doch dann lachte sie. »Ach, egal, ich fahre dich einfach nach Hause. Das Auto kann ja sicher hier stehen bleiben.«

»An der Schrottkarre wird sich schon keiner vergreifen«, sagte Sina.

Wütend warf Sophie ihr Besteck auf den Teller. Das reichte jetzt! Sie konnte sich selbst nicht erklären, warum sie sich von Sina an diesem Abend so provozieren ließ. Normalerweise nahm sie ihre merkwürdige Art zur Kenntnis – und immer Rücksicht auf Tanja, die Sina aus irgendeinem, ihr nicht verständlichen Grund, mochte. An diesem Abend schaffte Sina es wirklich, Sophie auf die Palme zu bringen. Sie griff nach ihren Zigaretten und setzte sich nach draußen auf den Balkon. Als sie nach ihrer Zigarettenpause, die sie eigentlich nutzen wollte, um sich zu beruhigen, die Küche betrat, herrschte erneut betretenes Schweigen am Tisch.

Bis Sina sich verlegen räusperte. Die Mädels hatten sie wohl in die Mangel genommen. »Tut mir leid«, murmelte sie leise. »Schon gut«, antwortete Sophie. Sie machte sich über ihr Steak her. Es war inzwischen kalt, aber es schmeckte trotzdem hervorragend.

Nur die Pommes waren kalt ungenießbar. Sie blieben auf dem Teller liegen.

»Puh!«, seufzte Miriam. »Verdauungszigarette vor dem Dessert?«

Gemeinsam gingen sie auf den Balkon. Sie rauchten schweigend. Es herrschte eine unangenehme Stille, die völlig unüblich war. Normalerweise schnatterten die vier Frauen als gäbe es kein Morgen, wenn sie aufeinandertrafen. Aber die Stimmung war dahin, und Sophie grübelte einen Moment über der Frage, ob sie sich nun schuldig fühlen sollte an diesem Umstand. Aber warum eigentlich?

»Jetzt erzähl doch mal von deinem Wunderknaben«, forderte Tanja Sina auf. »Wie hieß er noch, Harald?«

Sina zuckte mit den Schultern. »So viel habe ich noch nicht zu erzählen. Er fährt einen superschicken Mercedes und ist wohl der Leiter der IT-Abteilung irgendeiner Bank. Außertarifliche Bezahlung also. Er hat wohl auch schon von Haus aus Geld.«

Sophies Innerstes rebellierte gegen jedes einzelne Wort, das aus Sinas Mund kam, aber sie hielt sich mit aller Kraft zurück.

»Jedenfalls ...« Sina seufzte. »Wir sind noch nicht in die Vollen gegangen. Er lebt mit einer Frau zusammen. Ziemlich lange schon. Er sagt, er liebt sie nicht mehr und möchte sie schon länger verlassen. Ich warte jetzt erst mal ab.«

»Trefft ihr euch denn noch mal?«, fragte Tanja interessiert.

Sina nickte. »Jetzt am Freitag.«

»Was erzählt er denn seinem Frauchen zu Hause, wohin er geht, wenn er sich mit dir trifft?«, fragte Sophie. Sie kniff die Augen zusammen.

Sina zuckte mit den Schultern. »Keine Ahnung, aber das ist ja auch nicht wichtig für mich. Das ist seine Sache. Ich bin Single und ich bin bereit für ihn.«

Miriam warf Sophie einen flehenden Blick zu. *Halt die Klappe*, sollte dieser Blick wohl sagen. *Halt die Klappe, Sophie. Du weißt doch, dass sie eine dumme Kuh ist, aber Tanja hängt doch so an ihr ...*

»Du triffst dich mit einem Mann, der in einer Beziehung steckt?«

Sina zuckte mit den Schultern. »Das ist nicht mein Problem. Er muss sich eben trennen, und das wird er dann schon irgendwann tun.«

»Ist dir klar, was du der Frau antust, mit der er zusammen ist?«

Sina lächelte. »Sophie, ich tue ihr überhaupt nichts an. Die Beziehung ist gelaufen, das hat er jedenfalls gesagt. Und dann ist es ohnehin nur eine Frage der Zeit. Also schnappe ich ihn mir, bevor eine andere schneller ist.«

Sophie ging wortlos zurück in die Küche, griff nach ihrem Smartphone und wählte Toms Nummer. Er ging schon nach dem dritten Klingeln an sein Telefon. »Baby, was ist los?«, fragte er.

»Woher weißt du, dass ich es bin?« Jetzt erst merkte Sophie, dass sie betrunken war. Sie hatte tatsächlich ein paar Probleme mit ihrer Sprache. Sie lallte – und sie hörte Tom lachen. Miriam, Sina und Tanja hatten den Balkon auch verlassen und setzten sich wieder auf ihre Plätze in der Küche.

»Wie viel hast du denn getrunken, Liebes? Ich habe deine Nummer gespeichert.« Wieder lachte er. »Ein Wunderwerk der Technik, ich bin begeistert. Man kann Telefonnummern speichern und weiß dann immer, wer gerade anruft!«

»Ach so«, sagte Sophie. »Kannst du mich abholen? Ich habe zu viel getrunken. Und die Gastgeberin ist eine dumme Sau, die sich mit einem Mann einlässt, weil er Geld hat und obwohl er eine Frau zu Hause sitzen hat. Ich will hier nur noch weg.«

»Gib mir die Adresse. Ich bin in ein paar Minuten da. Wäre gut, wenn du schon unten stehen würdest, oder schaffst du das nicht mehr?«

»Doch, doch!«, versicherte sie ihm. »Ich schaffe es nur nicht mehr lange, hier in dieser Wohnung mit dieser Frau zusammen zu sitzen, ohne sie vom Balkon zu werfen.«

Sie gab ihm die Anschrift durch und legte auf. Miriam versuchte krampfhaft, sich das Lachen zu verkneifen. Tanja und Sina starrten Sophie mit offenem Mund an. Sinas Blick war finster.

Sophie packte ihr Smartphone in die Handtasche und griff nach ihrer Jacke. »Macht`s gut Mädels«, sagte sie betont fröhlich. »Lasst euch das Tiramisu schmecken. Und du Sina, du erstickst hoffentlich dran!«

Sie rauschte aus der Wohnung, die Treppen aus dem zweiten Stock nach unten und setzte sich vor der Haustür auf einen großen Stein, der zur Zierde inmitten der schönen Bepflanzung vor dem Haus stand. Sie zündete sich eine Zigarette an und kaum hatte sie fertig geraucht, sah sie Toms Jeep um die Ecke biegen. Also stand sie auf und lief zum Straßenrand, wo er fast im gleichen Moment anhielt. Sie stieg ein und schnallte sich an. Zumindest versuchte sie es, doch sie verfehlte mit dem Gurt mehrmals die Schnalle.

»Oh weh, du hast aber Stoff, hm?«, sagte Tom. Er beugte sich über sie und befestigte den Gurt. »Wie viel hast du denn getrunken? Und warum willst du deine Freundin vom Balkon schmeißen?«

Sophie zuckte mit den Schultern. »Drei oder vier Gläser Wein. Und ich würde sie gerne vom Balkon schmeißen, weil sie sich mit einem Mann einlässt, der eine Lebensgefährtin hat.«

Tom fuhr los und trotz ihres Alkoholpegels entging ihr das Grinsen um seinen Mund nicht. »Was ist so lustig?«, fragte sie.

Er schüttelte den Kopf. »Eigentlich ist das nicht lustig. Ich gehe mal davon aus, dass du auch mal für eine andere Frau verlassen worden bist, sonst würdest du bestimmt nicht so heftig reagieren.«

»Genau das. Aber ich habe mich auch selbst vorher nicht mit vergebenen Männern eingelassen und ich habe es schon immer gehasst, wenn eine Frau so was tut.«

Er zuckte mit den Schultern. »Das war schon immer so, Baby. Schon vor zweitausend Jahren und auch vor dreitausend Jahren. Es ist nicht in Ordnung, aber eigentlich kann man die Menschen nicht verurteilen, die einen anderen Menschen attraktiv finden und sich verliebt haben. Ist doch klar, dass sie sich nicht für den Menschen an dessen Seite interessieren. Aber das Opfer der Begierde ist es, das lernen muss, nein zu sagen. Seinen Trieb in den Griff zu kriegen.«

Er sah Sophie kurz an, dann schaute er auf die Straße. »Weißt du, wenn der Mann nicht nein sagen kann, dann liebt er seine Partnerin auch nicht. Dann hat die arme Frau so oder so etwas Besseres verdient.«

»Das hilft nicht über den Schmerz hinweg, wenn man verlassen wird und um diesen Menschen trauert. Wenn man betrogen, vielleicht sogar verlassen wird für jemand anderen, dann tut das entsetzlich weh. Und auch wenn die verlassene Person garantiert jemanden verdient hat, der besser ist, das sind nicht die Dinge, über die man in einer solchen Situation nachdenkt.«

Er nickte. »Da hast du Recht.« Ihm entfuhr ein tiefer Seufzer. »Und ich nehme an, eine Freundin weniger seit heute.«

»Sie war nie meine Freundin. Meine beste Freundin ist Miriam. Mit Tanja bin ich auch gut befreundet. Sina ist eher Tanjas beste Freundin. Ich konnte bisher immer die Klappe halten, obwohl sie nur oberflächliches Gequatsche von sich gibt und ich finde, sie ist nicht richtig echt. Sie widerspricht sich oft selbst und ihre Blicke passen meist nicht zu dem, was sie sagt. Sie sagt, sie liebt ihr Single-Leben, aber das habe ich ihr nie geglaubt. Seit heute weiß ich, dass sie über Leichen gehen würde, um einen Mann zu kriegen.«

Das Sprechen fiel ihr schwer, und sie spürte selbst, dass sie verräterisch lallte. Aber in ihrem Zorn schaffte sie es trotzdem, auszusprechen, was ihr auf der Seele brannte.

Tom lachte. »Baby, weißt du, das läuft ja meist so, wenn dieser Mann jetzt seine langjährige Lebensgefährtin für deine Bekannte verlässt - mit dem hat sie ohnehin nicht lange Spaß. Er wird eines Tages auch sie verlassen, wahrscheinlich auch für eine andere Frau. Das Universum sorgt immer für ausgleichende Gerechtigkeit.«

Sophie lehnte sich in ihrem Sitz zurück. Sie waren schon fast zu Hause. »Du bist so klug«, lallte sie, und schloss die Augen für einen Moment. Sie öffnete sie aber sofort wieder, als sich das Auto zu drehen begann. Oder nur der Sitz? Oder nur sie selbst?

Tom lachte. »Ich bin nicht klug. Du bist einfach nur betrunken.«

Für den Rest der Fahrt schwiegen sie und nachdem Tom das Auto im Hof geparkt und das Hoftor verschlossen hatte, öffnete er von außen die Beifahrertür. »Na komm, Miss Sophie, ich trage dich mal rein.«

»Ich muss nicht getragen werden. Ich kann das alleine.«

Tom lachte, hob sie auf seine Arme und schloss die Autotür mit einem Fußtritt. »Oh Gott, mir ist schlecht!«, stöhnte sie, und schlang ihre Arme um seinen Hals. »Du bist so groß, das ist überhaupt nicht gut, wenn man betrunken ist, und wird von dir getragen. Lass mich bloß nicht fallen.«

»Niemals«, sagte Tom, und küsste sie, wie er es so oft tat, auf die Stirn. »Aber ich werde deinen Zustand ausnutzen und dich ficken, bis dir hören und sehen vergeht.«

»Aber wenn schon, dann auf dem Küchentisch!«, kicherte Sophie albern.

»Das kannst du haben!«, sagte Tom lachend. Sie waren inzwischen in der Küche angekommen. Er legte Sophie auf den Tisch, nestelte an ihrer Jeans herum, riss sie leidenschaftlich von ihren Beinen und drang fast augenblicklich in sie ein.

»Schwein«, seufzte Sophie. »Den Zustand einer betrunkenen Frau auszunutzen, das gehört sich nicht!«

Tom lachte heiser und legte sich mit dem Oberkörper auf sie. »Dafür stoße ich dich jetzt ein wenig sanfter«, flüsterte er ihr ins Ohr und knabberte einen Herzschlag später an ihrem Ohrläppchen. Gleichzeitig bewegte er sich langsam, kreisend, ja, so sanft in ihr ... sie hätte schreien können vor Glück.

Mit dem Verstand hat das nichts zu tun

Nach ein paar Stunden Schlaf wurde sie in den frühen Morgenstunden wach. So ging es ihr immer, wenn sie Wein getrunken hatte. Das war ein Rausch, den sie offenbar nicht gut verkraftete. Sie war noch immer hundemüde, aber die Gedanken in ihrem Kopf kreisten sogar im Schlaf. So laut, dass sie davon erwacht war. Tom schlief tief und fest neben ihr und es wurde schon langsam hell. Normalerweise dreht man sich dann einfach um und schläft weiter. Das konnte sie aber nicht. Brigitta ging ihr durch den Kopf. In den letzten Tagen hatte sie oft an sie denken müssen. Sophie starrte an die Decke und spürte, dass sie keinen Schlaf mehr finden würde. Also stand sie leise auf, zog sich ihren Bademantel über und schlich nach unten in die Küche. Dort stand ihr Laptop auf dem Schrank. Sie schaltete es ein und setzte sich damit an den Küchentisch. Sie lächelte bei dem Gedanken, dass Tom sie auf diesem Tisch noch wenige Stunden zuvor genommen hatte. Sophie rief das Dokument auf, an dem sie seit einigen Wochen arbeitete. Sie wusste noch immer nicht so genau, wohin sie damit eigentlich wollte. Zu Anfang war ihr immer der Gedanke durch den Kopf gegangen, ein Buch zu schreiben. In den Jahren der Einsamkeit hatte sie so viele Bücher zu so dermaßen unsinnigen Theorien gelesen, dass sie immer mal gedacht hatte: »Das kann ich auch. Und ich kann es besser.« Inzwischen wusste sie, es war eine Art Tagebuch, das sie da schrieb. Sie sortierte ihre Gedanken. Sophie holte eine große Tasse Kaffee und setzte sich damit an ihren Rechner. Nachdenklich las sie das bisher Geschriebene. Dann begann sie mit einem neuen Kapitel.

Brigitta habe ich vor etwa anderthalb Jahren in einem Biergarten kennengelernt. Über einen Zeitraum von mehreren Wochen hinweg trafen wir uns regelmäßig und führten unglaublich tolle, sehr philosophische Diskussionen. Ich mochte ihre Art zu argumentieren. Ihre Ausstrahlung empfand als sehr warmherzig und sie selbst war ein sehr bodenständiger und starker Mensch. Unsere Treffen fielen in die Phase, in der ich viele Bücher las zu Themen wie »mit sich selbst glücklich sein«. Den letzten Kerl hatte ich schon vor Monaten in die Wüste gejagt und nun versuchte ich, alleine klarzukommen. Nach diesem Typ hatte ich einfach nur noch Angst vor der nächsten Katastrophe.

Brigitta, eine wirklich tolle Frau von Mitte fünfzig – und seit 25 Jahren mit Klaus verheiratet. Die beiden führten eine Bilderbuchehe. Ihn dufte ich auch mal kennenlernen. Das war sogar ein Muss für mich, denn ich wollte unbedingt diesen

Mr. Superman mal mit ihr zusammen erleben. Große Reden schwingen kann ja jeder. Tatsache, die beiden gingen sehr harmonisch miteinander um. Liebevoll, ja – und fürsorglich.

Brigitta behauptet, die romantische Liebe, wie sie uns in Filmen und Büchern verkauft wird, gäbe es überhaupt nicht. Wir Frauen müssten uns endlich einmal davon verabschieden, dann könnten wir auch glücklich werden. Brigitta meint, dass Frauen nur deswegen immer glauben, unglücklich zu sein, weil sie ihre Beziehungen unwillkürlich mit dem vergleichen, was sie im Kino sehen oder in Büchern lesen.

Sie hatte ihren Klaus kurz nach ihrem Studium kennengelernt. Beide waren sozusagen gerade auf der Sinnsuche. Sie erzählte, dass sie ihn eigentlich zu Anfang überhaupt nicht leiden konnte. Ihm sei es genauso mit ihr ergangen. Nun sind das normalerweise Begegnungen, die man einfach vergisst. Kennengelernt, unsympathisch, schulterzuckendes Weiterziehen. Nicht so Brigitta und Klaus. Sie haben sich damals regelmäßig verabredet und sind miteinander ausgegangen. Warum tut man so was? Darauf hatte sie eine Antwort: Weil sie es wollten. Weil sie intellektuell auf einer Wellenlänge waren und sich vorgenommen hatten, Freunde zu werden.

Dann ging es Brigitta irgendwann gesundheitlich total schlecht und Klaus war der Meinung, sie beide müssten heiraten. Damit er für sie da sein konnte, jawohl!

Ich glaube, als sie mir das erzählte, habe ich zum ersten Mal entsetzt meine Augen aufgerissen. Heiraten? Einen Typen, den man nicht ausstehen kann? Mir fehlte ja schon jegliches Verständnis für ihre regelmäßigen Treffen – trotz der Antipathie.

Aber die Erklärung folgte auf dem Fuße. Beide hatten Wirtschaft studiert. Und beide beschäftigten sich in ihrer Freizeit ausgiebig mit Philosophie. Nüchterne, klar denkende und pragmatische Menschen auf der Suche nach dem Sinn des Lebens. Klar müssen solche Menschen heiraten. Den Sinn gemeinsam finden, wahrscheinlich in unendlichen, nächtlichen Diskussionen, bei grünem Tee und Sandelholz-Räucherstäbchen. Das war der Gedanke, der mir durch den Kopf schoss. Doch er passte nicht zu Brigittas Auftreten. Sie lachte viel, sie wirkte immer sehr offen und herzlich. Wie ein glücklicher Mensch eben!

»Was wir Menschen im Allgemeinen für Liebe halten«, so erklärte sie mir damals, »ist ja gar keine Liebe. Es ist einfach nur Geilheit, die durch optische Reize ausgelöst wird. Davon muss man sich frei machen. Wahre Liebe basiert auf gemeinsamen Grundwerten, auf einer gemeinsamen Basis eben, und vor allem: Sie muss sich entwickeln. Wahre Liebe beginnt nicht mit diesen Schmetterlingen im Bauch. Sie braucht Jahre, bis sie sich entfaltet. Deswegen war es nur vernünftig, ihn zu heiraten.«

Ich bin ja nun nicht dumm. Natürlich ist auch mir klar, dass zunächst einmal ein optischer Reiz da sein muss, damit man überhaupt näher hinsieht. Dieses

Begehren, das dann entsteht, dieser Wunsch, dem Anderen sehr nahe zu kommen – selbstredend könnte man das als pure Geilheit beschreiben, aber das ist mir zu animalisch. Geht es denn nur um Sex, wenn man einen Menschen trifft, von dem man sich angezogen fühlt? Ich sage: Es ist Begehren. Klar ist es auch ein körperliches Begehren. Und zwar deswegen, weil man diesem Menschen nahe sein will, und einfach nur nah ja nicht nah genug ist.

Aber gerade diese erste Phase der – ich nenne es mal Verliebtheit – ist doch die entscheidende Phase, oder irre ich mich? Man will in dieser Zeit nicht nur am liebsten in den Anderen hineinkriechen, sondern ihm immer nah sein. Mir war schon immer bewusst, dass man wahre Liebe nicht mit diesem ersten Zustand der Verliebtheit vergleichen kann. Natürlich muss wahre Liebe sich entwickeln und das braucht Zeit. Die Schmetterlinge im Bauch sind meiner Ansicht nach die Vorboten. Sie zeigen an, ob es überhaupt möglich ist, diesen Menschen irgendwann einmal zu lieben. Ich vermute mal, bei manchen Paaren kann das Jahre dauern, bei anderen geht es möglicherweise sogar ganz schnell. Meiner Meinung nach hat die Frage, wie schnell wahre Liebe entsteht, durchaus etwas mit der gegenseitigen Anziehungskraft zu tun.

Brigitta war da anderer Meinung. Sie und Klaus beschlossen zu heiraten und immer füreinander da zu sein. Für die beiden war es ein philosophisches Experiment.

Sie erzählte mir das schmunzelnd und wirkte dabei superglücklich. Sie sagte damals: »Eine gute Beziehung hat überhaupt nichts mit Verliebtheit zu tun. Sie basiert auf einer tiefen Liebe, die sich aufbaut, wenn man ein gemeinsames Fundament hat.«

Das klang unheimlich klug. Und doch regte es mich unglaublich auf und ich lieferte mir mit Brigitta ein Wortgefecht, das seinesgleichen suchte. »Eine gute Beziehung bedeutet Arbeit!«, sagte sie.

Generell sehe ich das ja auch so. Natürlich macht man nicht gleich Schluss, wenn man feststellt, dass der Andere auch ab und zu mal furzen muss oder nicht die gleiche Musik hört. Klar muss man Kompromisse machen. Aber ist es denn ein Kompromiss, wenn man auf diese körperliche Anziehungskraft und diese Schmetterlinge im Bauch verzichtet?

»Die hören sowieso irgendwann auf zu flattern«, erklärte sie mir voller Inbrunst. »Es geht doch darum, dass man gemeinsame Interessen hat und sich freilassend, achtsam und voller Respekt begegnet.«

Aha. Es ist also nach dieser Theorie scheißegal, ob der Mann mir gefällt, ob ich Lust auf ihn habe, ob er gut riecht und ob es mir angenehm ist, wenn er mir körperlich näherkommt? Eine interessante Sichtweise. Und das, was überhaupt nicht vorhanden ist, soll wachsen? Und körperliche Abneigung soll damit auch verschwinden?

Brigitta nickte eifrig. »Ich konnte Klaus nicht leiden. Was er erzählte, ging mir auf die Nerven. Wenn er mich anfasste, mochte ich das nicht. Der Sex mit ihm war stinklangweilig. Es gab Zeiten, in denen ich dreimal täglich überlegt habe, ob es den perfekten Mord gibt. Nietzsche hat ja darüber schon geschrieben...«

Ach ja, Nietzsche. Ich kannte kein solches Werk von Nietzsche, aber egal.

»Aber dann habe ich mich berappelt. Ich habe mir gesagt: So, Brigitta, das packst du jetzt an. Dieser Mensch ist wertvoll, er ist dein Partner und du wirst daran arbeiten. Klaus hat sich das auch gesagt. Wir haben daran gearbeitet und ja, jetzt führen wir die perfekte Ehe.«

Ich hatte gerade einige kürzere Beziehungen hinter mir, in denen ich genau das versucht hatte. Am excessivsten war dieser Selbstversuch jedoch mit dem Letzten abgelaufen. Ganz ohne Brigitta und ihre abenteuerlichen Theorien, denn ich kannte sie ja zu dieser Zeit noch gar nicht. Wenn man oft genug enttäuscht wurde und viel wegstecken musste, kommt man vielleicht irgendwann einmal automatisch an diesen Punkt. Der Punkt, an dem man denkt, man sucht sich jetzt einen Partner nach vernünftigen Aspekten aus. Der Punkt, an dem man pragmatisch wird.

Der Mann gefiel mir überhaupt nicht. Aber er war ja so lieb! Keine Ahnung, welcher Teufel mich ritt, aber ich ließ mich tatsächlich auf ihn ein. Weil er halt so lieb war. Nachdem wir schon wochenlang miteinander ausgegangen waren, Abende, an denen ich mich ehrlich gesagt, ziemlich gelangweilt hatte, saß er dann irgendwann – und es war schon spät – bei mir zu Hause. Es war nicht nur so, dass ich mich gelangweilt hatte. Ich fand es auch sehr merkwürdig, dass er zwar bereit gewesen war, uns beiden in der Kneipe noch ein Bier zu holen – sich aber von mir 2,50 Euro für mein Bier geben ließ. Ich kannte das anders. Wer es holt, zahlt. Und die nächste Runde holt der andere und zahlt. Streng genommen fand ich auch das merkwürdig. In den Beziehungen, die ich vorher hatte, war es undenkbar gewesen, dass ich mein Bier selbst zahlen oder für den Mann eines mitzahlen muss.

Aber gut! Nach Brigittas Theorien, mit denen ich ja erst einige Monate später konfrontiert wurde, handelt es sich dabei um sexistisches Gedankengut. Doch so hatte ich solche Dinge früher erlebt. Allerdings - diese Beziehungen scheiterten ja an anderen Dingen. Oder an anderen Frauen.

Ich schalt mich damals eine Idiotin und beschloss, mich jetzt einfach mal auf etwas völlig anderes einzulassen. Etwas, das ich so nicht kannte, das sich von allem was ich kannte, vollkommen unterschied und vielleicht sogar besser laufen würde. Auch mir schwebten damals Begrifflichkeiten wie »auf Augenhöhe« und »freilassend«, »achtsam« und »Respekt voreinander« durch den Kopf. Schließlich hatte ich genügend kluge Bücher gewälzt.

Wenn man sich auf Augenhöhe begegnet, lässt man den Typ nicht das Bier zahlen, nur weil er ein Mann ist. Ein Experiment, aber vielleicht lohnte sich das Ganze ja?

Nun saß der Kerl also an diesem Abend bei mir zu Hause und ich hoffte inständig, dass wir noch ein paar gemeinsame Interessen entdecken würden. Gutes Essen, so stellte ich fest, war ein gemeinsames Interesse. Ich kochte gerne. Und er aß gerne. Das war übrigens auch nicht zu übersehen. Er hatte schon ordentlich Speck auf den Rippen.

Gemeinsame Abende bei Kerzenlicht, einem guten Essen und angenehmen Gesprächen ... ja, das hat ja auch was. Ich weiß nicht, ob die Gespräche angenehm waren. Mir waren sie langweilig. Was er zu erzählen hatte, interessierte mich nicht die Bohne. Was ich zu erzählen hatte, konnte er gar nicht nachvollziehen, so wie ich seine Dinge übrigens auch nicht. Aber gut, wie Brigitta, die ich dann einige Monate später kennenlernte, war auch ich damals der Meinung: Man muss Kompromisse machen und sich mal auf eine andere Ebene begeben. Ich hätte es auch gerne mal auf der horizontalen Ebene versucht, aber er war dafür viel zu anständig. Der Mann lächelte immer und hatte immer einen netten Scherz auf den Lippen. Seine Scherze fand ich doof, aber als ich ihm das sagte, war er der Meinung, ich würde immer noch alles und jeden mit meinem Ex vergleichen. Vielleicht hatte er Recht. Also hielt ich die Klappe und lächelte zu seinen Scherzen, wie er es erwartete. Gleichzeitig fragte ich mich, ob ich eigentlich einen Knall habe. Seine Scherze waren keine richtigen Scherze, es war nur dümmliches Blubberbla, über das einzig er lachen konnte.

Was die horizontale Ebene betraf – da er auch nach vier Wochen noch keine Anstalten machte, mich zu verführen, übernahm ich diesen Part. Denk dran, ermahnte ich mich, Augenhöhe. Augenhöhe bedeutet, dass man nicht in traditionellen Mustern denkt. Also warte nicht, Sophie, bis ihn die Leidenschaft übermannt. Auch du als Frau hast das Recht, ihn einfach anzufallen.

Wahrscheinlich aber wusste ich irgendwie, dass ihn niemals die Leidenschaft überfallen würde.

Ich zerrte ihn also in mein Schlafzimmer und brachte ihn damit total in Verlegenheit. Ratlos stand er vor meinem Bett, in dem ich schon drin lag. Ihn knutschenderweise da reinzudrücken, hatte nicht funktioniert. »Das klappt in meinem Alter nicht mehr so gut«, ächzte er. »Lass mich das mal in Ruhe machen. Nicht, dass mir morgen das Kreuz wehtut.«

Ach verflucht ... schließ die Augen, Sophie, ermahnte ich mich damals. Ich weiß es wie heute. Es wird sicher besser, dachte ich. Gleich fällt der Groschen. Jeder normale Mensch wird irgendwann von der Geilheit überrollt. Meine eigene Geilheit hatte sich längst erledigt, aber jede normale Frau weiß, wie man einem Mann einen ordentlichen Orgasmus vorspielt. Vielleicht brauchte er so was mal für sein Selbstbewusstsein. Möglicherweise würde das den Tiger in ihm wecken?

Und so stand er vor meinem Bett, guckte mich verlegen an, begann sich auszuziehen und während er das tat, guckte er überall hin, nur nicht mich an. Dann hüpfte er schnell ins Bett, wahrscheinlich mit dem Ziel, schnell unter die

Decke zu kriechen. In diesem Moment knackte allerdings der Lattenrost auf seiner Seite ganz bedenklich. Ich nahm es zur Kenntnis. Etwas in mir seufzte ganz tief und fragte sich, ob der ganze Mist jetzt wirklich Not tut. Eine andere Stimme in mir sagte: »Du kannst nur mit dem Material arbeiten, das du zur Verfügung hast. Also gib alles!«

Ich war wirklich gewillt, eine positive Beziehung mit einem netten Mann zu führen, total vernünftig eben. Eine Beziehung mit einem Mann, der mich nie betrügen würde, der wahrscheinlich auch sonst ehrlich war und okay, auch wenn ich nicht über seine Scherze lachen konnte und die gemeinsamen Interessen sich in Grenzen hielten ... das würde sich wahrscheinlich mit der Zeit alles ergeben.

Ich robbte also an ihn heran und versuchte erst einmal eine wilde Knutschorgie. Das ging nicht so gut. Er lag auf der Seite und wusste nicht so recht, wie er sich nun hinlegen sollte. Eine nackte Frau leidenschaftlich in seine Arme zu reißen, war wohl überhaupt nicht sein Ding. Also legte er seinen linken Arm unter seinen Kopf, den Rechten hatte er auf seinem Oberschenkel liegen. Bloß nicht die Frau anfassen – ja, das war deutlich.

Aber das konnte nicht sein! Mein Innerstes rebellierte. Okay, dachte ich. Du wurdest für andere Frauen verlassen und jetzt bist du schon über vierzig Jahre alt. Kann ja schon sein, dass die Attraktivität nachgelassen hat. Wahrscheinlich bist du aus dem Alter raus, in dem ein Mann bei deinem Anblick vor Geilheit explodiert.

Andererseits war der Typ schüchtern. Da musste man eben dran arbeiten. Ich rief mir noch einmal den Siegespreis in Erinnerung: Ein netter Mann neben mir, der mich nicht bescheißen und auch nicht schlecht behandeln würde. Das war es sicher wert, zu versuchen, ihn aus der Reserve zu locken.

Ach ja, ich gebe ja zu, dass es auch eine Frage der Ehre war. Möglicherweise hatte ich nicht viel Glück gehabt mit langfristigen Beziehungen. Aber immer viele Verehrer und der Sex, den ich früher erlebt hatte, war leidenschaftlich und spielerisch gewesen. Ich beschloss, dass ich diesen Mann eben nur nach allen Regeln der Kunst verführen musste. Ich würde ihm schon Appetit machen! Das war mir bisher mit allen gelungen!

Es gelang mir nicht. Ich griff nach seinem Schwanz und er zuckte zusammen. »Was ist?«, fragte ich ihn. Er hatte die Augen zusammen gekniffen. »Nichts.«

Ich schaffte es schon, den kleinen Kerl irgendwie startklar zu machen. Aber der Große, der da dran hing, wollte nicht so recht. Ich war fassungslos, ungläubig und innerlich zu Tode beleidigt. Warum musste ausgerechnet mir so was passieren? Der Mann lag da wie ein Brett und wartete, dass irgendwas passierte! Also setzte ich mich drauf. Kaum saß ich auf ihm, willig, die Sache zu vollenden, wollte der kleine Kerl auch nicht mehr. Also musste ich mit der Hand ran. Dann kam er. Damit war für ihn die Sache erledigt.

Ich kann mich erinnern, dass ich stundenlang völlig ungläubig neben ihm lag. Er schlief längst tief und fest und schnarchte, was das Zeug hielt. Ich hingegen lag da und verstand die Welt nicht mehr. Insbesondere, als er mir am nächsten Morgen kumpelhaft über den Arm strich und mir versicherte, »es« wäre gestern ganz toll gewesen. »Was denn?«, so meine Frage. Er wurde rot. »Na das ...« »Ach so«, sagte ich. »Das meinst du. Ja, schön, dass du Spaß hattest.« »Oh ja«, versicherte er mir mit einem liebevollen Lächeln auf den Lippen.

Wenn ich nun erzähle, dass ich mir diesen Bockmist monatelang angetan habe, werde ich wahrscheinlich zur dümmsten und naivsten Frau weltweit erklärt. Aber genau das habe ich gemacht. Echt jetzt – monatelang. Das war übrigens der, der meiner Freundin Miriam erzählte, mit mir hätte er den besten Sex seines Lebens.

Monatelang war ich nur unglücklich gewesen. Monatelang versuchte ich trotzdem noch, diesem Mann etwas beizubringen. Monatelang hatte ich die tiefe Hoffnung, dass er irgendwann seine Scham überwinden und mich ficken würde, dass mir Hören und Sehen verging. Aber er sah mich ja schon betrübt an, wenn ich nur dieses Wort in den Mund nahm.

Doch wie sagt man so schön? Die Hoffnung stirbt zuletzt! Bevor die Hoffnung endgültig starb, war tief in mir drin etwas gestorben, das ich nicht einmal benennen kann.

Irgendwann weinte ich nicht mehr. Er gab sich ja größte Mühe mit dieser Beziehung. Erinnerte mich ständig daran, dass er ja ein treuer Kerl sei und vor allem, mich gut behandeln würde. Nach all den Deppen vorher, meinte er, sei er das Beste, das mir passieren konnte. Denn nun dürfte ich auch mal erfahren, wie es ist, eine Beziehung zu führen, in der ich mich frei entfalten dürfte, nicht die traditionelle Frauenrolle spielen müsste und in der ich bedingungslos geliebt würde. Aha!

Putzen war alleine meine Aufgabe, denn damit kam er nicht klar. Er kochte ab und zu, aber die Küche danach in Ordnung zu bringen, war nicht so sein Ding. Die Wäsche zu machen war meine Aufgabe. Beim Bügeln seiner Hemden streikte ich. Das akzeptierte er mit einem breiten Grinsen und lief mit ungebügelten Hemden herum. Wahrscheinlich hegte er die leise Hoffnung, dass mich das irgendwann stören würde.

Das war der Mann, bei dem ich begriffen habe, warum eine bestimmte Sorte Mann es so toll findet, dass Frauen sich emanzipiert haben. Nun müssen sie im Restaurant nicht mehr die Tür aufhalten, den Stuhl zurechtrücken und die Rechnung übernehmen. Nun müssen sie nicht mehr den Ernährer spielen. Ganz im Gegenteil, sie dürfen sich finanziell dranhängen und jammern, dass es ihnen überhaupt nicht gut geht. Gleichzeitig berufen sie sich auf Mami, die immer alles übernommen hat und sie deswegen überhaupt keine Chance hatten, Dinge zu lernen. Dinge wie spülen, putzen, bügeln und einfach mal ein Gentleman zu sein.

Und so sitzt du als Frau irgendwann da und denkst dir: Prima. Ich bin eine emanzipierte Frau, und was habe ich davon? Ich werde nicht gevögelt, ich muss meine Rechnung im Restaurant selbst zahlen und wenn er lange genug jammert, bin ich irgendwie auch in der Pflicht, seine mit zu übernehmen. Schließlich sind wir doch auf Augenhöhe! Dafür hängt der Haushalt aber trotzdem alleine an mir und Erleichterung ist in keinster Weise zu spüren. Das ist die Sorte Mann, die dir im Gegenzug erklärt, dass du dafür ja alle Freiheiten hast, die du haben willst. Die Sorte Mann, bei der du dich irgendwann fragst: Warum ist der überhaupt ein Teil meines Lebens? Ich habe nichts von ihm, im Gegenteil, er macht mir nur Arbeit. Außerdem hängt er ständig auf meinem Sofa rum und stört optisch das Ambiente meines Wohnzimmers. Die Freiheiten, von denen er spricht, hätte ich als Single ja auch! Vielleicht würde es mich aber als Single gar nicht stören, wenn ich nicht gevögelt werde! Was genau gibt er mir eigentlich? Was genau habe ich eigentlich davon, dass er sich in meiner Wohnung breit macht?

ER störte mich! Insgesamt! Seine verfluchten Hemden waren mir scheißegal! Was soll ich sagen? Ich habe ihn rausgeworfen. Das war der letzte Typ, mit dem ich überhaupt versucht hatte, noch einmal eine Beziehung aufzubauen. Nach ihm habe ich jeden Mann ignoriert.

Und dann lernte ich Brigitta kennen. Die mir was von Vernunft, Augenhöhe, Respekt und Achtsamkeit erzählte. Interessante Denkansätze, ja. Wenige Monate vorher wäre ich ihr wahrscheinlich ins Netz gegangen. Da war ich aber auch noch auf der Suche nach einer Alternative zu dem Beziehungsmuster, wie ich es kannte. Denn das war mir ja durchaus klar geworden durch all die Bücher, die ich verschlungen hatte: Man muss sich von seinen gewohnten Mustern trennen, wenn man sein Leben verändern möchte.

Als ich Brigitta meine Geschichte schilderte, sah ich das Mitleid in ihren Augen. Mitleid wollte ich gar nicht, es war ja längst gelaufen. Inzwischen hatte er es sogar kapiert, denn nachdem er mich wochenlang weiter belästigt hatte, war nun endgültig Ruhe eingekehrt.

»Das tut mir sehr leid für dich«, sagte sie sanftmütig. »Es wäre deine Chance gewesen, einmal etwas zu verändern in deinem Leben.« Ich sah sie ungläubig an. »Ach so«, versuchte ich einen Scherz. »Das Ziel ist also eine frustrierende Sexualität mit einem Mann zu leben, der traditionelle Rollenverhältnisse ablehnt, aber weder zum Putzen, noch zum Bügeln fähig ist? Der dann im Restaurant schnell aufs Klo muss, wenn der Kellner mit der Rechnung kommt? Der sich das Bier von mir bezahlen lässt, das er mir von der Theke mitbringt?«

»Ihr seid ja noch am Anfang eurer Beziehung gewesen«, so ihre Meinung. »Du hättest kämpfen müssen. Darum, dass er sich am Haushalt beteiligt. Und das Sexuelle – ich bitte dich, Mädchen, das ist doch nicht alles. Wir Frauen wissen doch verdammt gut und eigentlich sogar am besten, was uns gefällt. Glaubst du etwa, Klaus und ich hätten ein ausgeprägtes Sexualleben?« Sie schüttelte den

Kopf. »Ich habe meine Dildos. Vor allem, ich brauche nur zwei Minuten. Klaus macht daraus immer stundenlange Zeremonien.«

An dieser Stelle ist mir ein tiefer Seufzer entfahren. Aber letztlich konnte ich die Sache nun besser deuten. Sie hatte also gar keinen Bock auf stundenlangen Sex und ging mal eben davon aus, dass das bei allen Frauen so ist. Kein Wunder, kam sie auf so abenteuerliche Theorien.

»Also Klaus und ich haben eine herrliche, achtsame und respektvolle Beziehung. Wir lieben uns bedingungslos, da muss man erst mal hinkommen. Das haben wir uns erarbeitet, weil wir es uns beide nicht erlaubt haben, wegen solcher Kleinigkeiten zu scheitern. Wir haben die Dinge ausdiskutiert, Lösungen für unsere Probleme gefunden und ja, auf dieser Basis haben wir es geschafft, echte Liebe füreinander aufzubauen.«

Aha. Brigitta schrieb gerade an einem Buch über bedingungslose Liebe, die ihrer Meinung nach überhaupt nichts mit Verliebtheit und mit Geilheit aufeinander zu tun hat. Ein Fachbuch, wie sie mir erklärte. »Die Menschen müssen endlich einmal begreifen, dass Verliebtheit sowieso vorbeigeht. Diese romantische Liebe, die uns immer in Filmen und Büchern vorgegaukelt wird, die gibt es überhaupt nicht. Aber jeder hat sie als Ziel vor Augen und deswegen lassen sich die Leute überall scheiden, weil sie denken, dass sie dann was Besseres kriegen können. Tatsache ist aber, man verrennt sich in eine Idee, man ist verliebt in die Idee vom Verliebtsein. Es ist ein ganz wichtiger Teil der Persönlichkeitsentwicklung, die Bedürfnisse des Partners über die eigenen zu stellen und wenn das beide tun, kann es nur funktionieren.«

Ich kann mich erinnern, dass das Gespräch sich kurz darauf erledigt hatte, als ich sie darauf aufmerksam machte, dass sie dann ihre Dildos lieber wegwerfen und sich auf Klaus stundenlange Sexzeremonie einlassen sollte.

»Warum?«, so ihre Frage, und sie wirkte verblüfft.

»Weil das seine Bedürfnisse sind und weil du ja seine Bedürfnisse über deine stellen musst.«

»Aber nicht in jeder Hinsicht.«

Ach so. Ich verließ den Biergarten, begab mich nach Hause und beschloss, mir dieses Buch niemals zu kaufen und jedem davon abzuraten, der mir davon erzählen würde. So ein Blödsinn!

Warum geht sie mir in diesen Tagen ständig durch den Kopf? Warum grübele ich insbesondere jetzt, wo ich Tom getroffen habe und zum ersten Mal nach vielen Jahren wieder richtig glücklich bin, über die Inhalte unserer Diskussionen? Monatelang habe ich nicht mehr an Brigitta gedacht!

Sophie speicherte ihre Datei und sah aus dem Fenster. Die Vögel zwitscherten inzwischen ziemlich laut. Es war ein wundervoller, sonniger Dienstagmorgen und es würde ein toller Tag werden. Sie war noch krankgeschrieben und konnte noch ein paar Tage rund um die Uhr mit Tom verbringen, bevor der Arbeitsalltag losging.

Sie liebte ihn so sehr... jetzt schon, nach so wenigen Tagen. Und nein, das war keine Geilheit. Das war nicht die Sehnsucht nach Aufregung und Schmetterlingen. Auch wenn die Geilheit und die Schmetterlinge wunderschöne Gefühle verursachten, die sie so lange vermisst hatte. Aber was sie mit Tom verband, war Liebe. Vielleicht noch in den Anfängen. Natürlich würde sie tiefer werden mit den Jahren – vorausgesetzt, diese Beziehung würde halten. Sophie legte ihre Finger auf die Tastatur und schrieb entschlossen noch ein paar Sätze.

Scheiß auf alle Brigittas dieser Welt! Niemand kann dir klugscheißerisch den richtigen Weg erklären, du musst ihn selbst finden. Wenn du glücklich bist, dann bist du glücklich. Und wenn du dich mit einem Mann von A bis Z unwohl fühlst und auch noch frustriert bist, dann bist du nicht verpflichtet, daran zu arbeiten, sondern darfst dich lösen.

Die Brigittas dieser Welt sind wahrscheinlich nur niemals jemandem begegnet, der sie völlig aus den Latschen gehauen hat. Oder, so meine Theorie: Sie sind zu feige, sich auf jemanden einzulassen, der ihnen den Boden unter den Füßen wegzieht und die Schmetterlinge zum Tanzen bringt.

Heißt das im Umkehrschluss, dass ich mutiger bin? Ja, vielleicht! Denn ich habe immer nach dem Mann gesucht, der mich umhaut und die Schmetterlinge zum Tanzen bringt! Und genau so wollte ich es haben! Natürlich muss Liebe wachsen. Selbstverständlich ist anfangs alles eher Begehren. Arbeiten muss man an Krisen, die von außen her rühren. Arbeiten muss man auch an der Streitkultur. Am Umgang miteinander. An der Kommunikation.

Aber wenn der Typ dich langweilt, schlecht im Bett ist und du findest ihn einfach völlig doof – dann kannst du daran nicht arbeiten. Mit dem Verstand hat das nämlich gar nichts zu tun: Dein Herz sagt dir, in welche Richtung es geht.

Sophie speicherte ein weiteres Mal, klappte den Laptop zu und bereitete das Frühstück vor. Sie legte Brötchen zum Aufbacken in den Ofen, schlug ein paar Eier auf und warf rohen Schinken in die Pfanne, die inzwischen heiß war. Nur wenige Minuten später stand Tom in der Küche hinter ihr, umschlang sie mit seinen Armen und presste sie für ein paar Sekunden an sich. »Das duftet herrlich«, sagte er.

»Wenn ich abends getrunken habe, brauche ich immer ein deftiges Frühstück«, antwortete sie lachend.

Er ließ von ihr ab, setzte sich an den Tisch und sah ihr aufmerksam zu. Als sie ihm ein paar Scheiben Schinken und etwas Rührei auf seinen Teller legte und ihm einen Kaffee hinstellte, sah er sie mit großen Augen an. »Ich liebe dich, Sophie.«
Sie lächelte.

Und auch Midir, Aine und Lugh lächelten. Getrennt durch die Nebel der Welten, verfolgten sie die Szene mit großer Aufmerksamkeit. »Er hat es geschafft«, sagte Aine gerührt.

»Aber sein Schützling ist noch nicht so weit«, gab Midir zu bedenken. »Und sie brauchen noch gemeinsame Erinnerungen.«

Aine seufzte, und sie fühlte Mitleid in sich aufsteigen. Mitleid mit Oenghus. Sophie machte ihn glücklich. Er liebte sie von ganzem Herzen. Er kannte den Preis.

»Er gehört nicht in ihre Welt«, sagte Lugh, der ihre Gedanken lesen konnte. »Er kann nicht bleiben.«

»Es ist grausam, jemanden so sehr zu lieben und dabei in jeder Sekunde zu wissen, dass die Zeit begrenzt ist.« Midir runzelte die Stirn.

Aine lächelte.

»Die Menschen wissen niemals, wann etwas endet. Und wenn es zu Ende gegangen ist, weinen sie, weil sie nicht wussten, wie wertvoll die letzten Stunden ihres Glücks waren. Weil sie achtlos mit der Zeit umgegangen sind, unwissend, dass sie bald zu Ende ist.«

»Das ist eine Gnade«, antwortete Lugh.

Aine schüttelte den Kopf. »Sie wünschen sich alle, sie könnten die Zeit zurückdrehen und noch einmal ein paar Stunden erleben. Ganz bewusst Abschied nehmen. Wer könnte das besser wissen als du, Lugh? Du, der Gott der Unterwelt, der du Gedanken lesen kannst?« Sie atmete tief ein. »Er hingegen weiß, wann er Abschied nehmen muss. Er kann sich bewusst lösen.«

Midir marschierte wie so oft mit dem Speer in der Hand durch den Götterhain, auf und ab. »Er ist einer von uns«, murmelte er. »Aber er würde gerne in ihrer Welt bleiben und das ist nicht gut.«

Aine erhob sich, näherte sich den Nebelwänden. »Er ist glücklich. Es ist eine Gnade, so etwas erleben zu dürfen, auch wenn es von kurzer Dauer ist. Es ist nicht allen vergönnt.«

Ein Abend zu viert

Am Nachmittag rief Miriam an, erkundigte sich nach Sophies Befinden und äußerte den dringenden Wunsch, sie am Abend sehen zu wollen. Sophie warf Tom einen fragenden Blick zu, aber als er nickte, nannte sie Miriam seine Adresse.

»Wir könnten was auf den Grill schmeißen«, sagte Tom. »Deine Freundin soll nicht denken, hier gäbe es nichts zu essen. Allerdings müssten wir dann noch schnell was einkaufen.« Er lachte. »Und wir müssen dein Auto noch holen. Machen wir doch gleich alles auf einmal, dann ist es erledigt.«

Gegen sechs Uhr waren sie zurück. Sophies Auto stand wieder auf dem Hof und sie werkelte noch ein wenig in der Küche herum. Ein bisschen aufräumen, ein paar Geschirrteile spülen. Vor allem aber gab sie sich viel Mühe mit dem Anrichten all der leckeren Kleinigkeiten die sie, abgesehen vom Grillfleisch, gekauft hatten: Oliven, gefüllte Peperoni, verschiedene Gemüsepasten vom Türken. Es sollte doch perfekt sein, an dem Abend, an dem Miriam den neuen Mann in Sophies Leben kennenlernte. Sophie wünschte sich einen schönen, entspannten Abend zu dritt, insbesondere nach diesem Reinfall am Vorabend.

Miriam stand pünktlich um halb sieben vor dem Tor. Sophie hatte sie vom Fenster aus gesehen und eilte nach draußen, um ihr die Tür zu öffnen. »Eine Klingel wäre auch nicht schlecht«, sagte sie im Vorbeigehen zu Tom. »Keine Klingel«, antwortete er grinsend. »Wer mich kennt, macht sich schon bemerkbar. Alle anderen haben hier nichts verloren.«

Miriam umarmte Sophie zur Begrüßung und küsste sie auf die Wange, wie es zwischen ihnen beiden seit Jahren üblich war. Dann richtete sie ihre Aufmerksamkeit auf Tom, der sie mit einem Lächeln begrüßte. »Hi«, sagte er. »Schön, dich kennenzulernen. Ich bin Tom!«

»Miriam«, antwortete sie.

»Was magst du trinken, Miriam? Ein Bier?«

»Oh nein, ich muss noch Auto fahren. Wenn du ein Wasser hast? Oder eine Cola?«

»Lässt sich machen«, antwortete Tom, und er ging ins Haus. Sophie führte Miriam zur Sitzecke im Hof.

»Schön hier«, sagte Miriam, nachdem sie sich von ihrem Stuhl aus gründlich umgesehen hatte. »Und das ist seins?«

Sophie nickte. »Er hat das Haus selbst restauriert. Ein paar Freunde haben ihm geholfen. Es steht unter Denkmalschutz. Ist total alt und urgemütlich.«

»Du siehst so glücklich aus. Und das freut mich so.« Miriam zündete sich eine Zigarette an und ließ in der nächsten Sekunde einen entzückten Schrei los, als Odin und Thor den Hof stürmten und sie freundlich begrüßten. »Och, sind die aber lieb!«, sagte sie. Im gleichen Moment kam Tom mit zwei Flaschen Wasser und einer Flasche Cola in der Hand aus dem Haus und gesellte sich zu ihnen. Miriam griff entschlossen nach der Colaflasche. »Scheiß auf die Diät«, fluchte sie. Im gleichen Moment hielt ein Motorrad vor dem Hoftor. Sophie horchte auf.

»Das klingt nach Lola«, murmelte Tom. Er sah Sophie an und lächelte. »Nein, ich habe sie nicht eingeladen. Sie kommt manchmal einfach so, aber das war bisher immer in Ordnung und das wird auch so bleiben.« Er grinste. »Für mich sind Freunde nämlich Familie.«

»Für mich auch«, antwortete Sophie.

Bisher wusste sie zwar noch nicht so recht, was sie mit Lola anfangen konnte und ob sie überhaupt etwas mit ihr anfangen konnte – aber natürlich war sie für Tom ein wichtiger Mensch. So wie Miriam und Tanja für sie. Über Sina wollte sie nicht nachdenken.

Sie hatte allerdings Lolas Drohung noch recht gut im Kopf und schon deswegen, vor allem aber durch ihr burschikoses Auftreten, tatsächlich Respekt vor ihr. Oder Angst? Nein, Angst war das nicht. Sie wusste nur noch nicht, wie sie Lola einzuschätzen und zu nehmen hatte. Aber da sie nun auch da war, würde sich ja vielleicht die Chance auftun, sie etwas besser kennenzulernen. Im Grunde war es nicht ihre Drohung, die Sophie eingeschüchtert hatte. Es war eher die Kombination aus Lola als Person und der Drohung. Dass sie sich Sorgen um ihren guten Freund Tom machte, konnte Sophie verdammt gut nachvollziehen. Auch wenn er bisher nur einen Bruchteil der Dinge erzählt hatte, die ihm im Laufe seines Lebens passiert waren – so wie Miriam hinter Sophie stand, so stand Lola eben hinter Tom. Wahrscheinlich war sie genauso wie Miriam einfach nur besorgt und meinte es gut.

Lola und Miriam stellten sich einander vor und Tom lief sogleich ins Haus, um seiner Freundin ein Bier zu holen. »Danke«, sagte sie, und ließ sich in einen der bequemen Gartensessel plumpsen. »Scheißtag heute. Das kann ich brauchen. Ich brauche bestimmt danach noch eins.«

Tom setzte sich und lachte. »Und danach wahrscheinlich das Sofa für die Nacht. Macht nichts, was ist passiert?«

Lola musterte erst Sophie eindringlich, dann Miriam. Dann sagte sie nur: »Steve. Arschloch. Mehr musst du nicht wissen. Die üblichen Geschichten. Ich bin mal wieder Single.«

Tom erhob sich und zündete die Grillkohle an. »Du solltest mal langsam darüber nachdenken, ob du nicht was Besseres verdient hast als diesen Idioten.«

»Die Auswahl ist ja nicht so berauschend. Nur Spießer und alte Männer unterwegs. Außer dir.«

Sophie beugte sich über den Tisch und grinste Lola ins Gesicht. »Tom ist aber vergeben.«

Lola lachte. »Schätzchen, wenn ich ihn hätte haben wollen, würdest du jetzt hier nicht sitzen.« Sie atmete tief ein. »Vergiss es, ich bin manchmal so. Das klang jetzt böser als es gemeint war. Ich freue mich doch für meinen besten Freund. Wir sind schon so lange beste Freunde, dass wir wahrscheinlich schon vor tausend Jahren den Zeitpunkt verpasst haben, an dem eine Beziehung noch funktioniert hätte.«

Miriam lächelte und schwieg. Das hier war nicht ihre Welt. Miriam war kein Mensch mit Vorurteilen, aber sie war eben völlig anders. Sophies Liebe zu Motorrädern konnte sie nicht nachvollziehen, aber bisher war sie damit ja auch nie in der Praxis konfrontiert worden. Bei Männern unterschied sich der Geschmack der beiden Frauen so grundlegend wie in Kleidungsfragen. Miriam kleidete sich eher klassisch und sehr feminin. Sophie hingegen war der Jeans-Typ. Miriam ging grundsätzlich nur mit Kostüm oder Hosenanzug ins Büro. Sophie trug auch dort ihre Jeans. Beide Frauen hatten zwar den gleichen Beruf gelernt, aber Miriam war definitiv die richtige Frau für einen anspruchsvollen Bürojob mit ansteigender Karriere, während Sophie sich im Büro zu Tode langweilte und es nie länger als zwei, maximal drei Jahre irgendwo aushielt. Miriams Wohnung war nicht teuer, aber edel und geschmackvoll eingerichtet, während Sophies Wohnung eher chaotisch und an manchen Stellen etwas überladen wirkte. Obwohl sie zwei grundlegend verschiedene Charaktere waren, liebte Sophie Miriam wie eine Schwester. Das war nun das erste Mal, dass sie Miriam in einem Ambiente erlebte, das ihrer Meinung nach überhaupt nicht zu ihr passte. Trotzdem verhielt Miriam sich locker und wirkte entspannt, neugierig auf das, was der Abend noch bringen würde.

»Ich bin sicher, Lola, dass dir irgendwann ein ganz toller Mann begegnet, wenn du dich nicht mehr mit diesem Schwachkopf blockierst.« Tom stand am Grill und schürte mit der Grillzange die Kohle.

»Ich liebe ihn eben.«

»Er hat dich aber nicht verdient. Immer wenn Schluss ist, bist du frustriert und dann kannst du in dem Zustand überhaupt niemanden kennenlernen, der dir gefällt. Und wenn er wieder mit dir zusammen ist, schwebst du auf Wolke sieben. Ganz bestimmt begegnen dir gerade dann ganz tolle Männer, aber du siehst sie gar nicht, weil du nur Augen für Steve hast.«

»Na, Hauptsache, du weißt Bescheid.«

Er lachte und setzte sich in seinen Sessel. »Na klar, weiß ich Bescheid! Das nennt sich Mindfucking, was er da macht! Wenn etwas zu Ende ist, oder nicht funktioniert, muss man es akzeptieren, Lola. Man leidet eine Weile, lenkt sich ab, aber irgendwann fühlt man sich wieder besser und ist offen für was Neues.«

Lola kniff die Augen zusammen. »Wie lange warst du jetzt Single, Tom?«

»Fast fünf Jahre.«

»Hast du die Stunden gezählt, in denen du dich richtig mies und total einsam gefühlt hast?«

Tom starrte sie an und griff nach seinem Zigarettenpäckchen. »Nein, das ist auch sinnlos. Ich habe versucht, mich auf das zu konzentrieren, was mich glücklich gemacht hat. Mein Haus und die ganzen Arbeiten, die fällig waren. Meinen Garten. Jeder kleine Fortschritt war für mich ein Highlight. Dann kamen die Hunde dazu. Wenn es mal richtig blöd war, habe ich mich auf mein Motorrad gesetzt und bin einfach drauflos gefahren. Und jetzt …«

Er lächelte Sophie an. »Und jetzt bin ich auch wieder glücklich.«

Lola grinste. »Na, mal sehen. Ist ja noch nicht so lange. Habt ihr schon Einwöchiges?«

Sophie warf Miriam einen Blick zu, aber die zuckte nur mit den Schultern und schmunzelte. Offenbar genoss sie diesen Kreis, obwohl hier nicht der Umgangston herrschte, den sie kannte. Aber solche Gespräche kannte sie, wie Sophie in diesem Moment bewusst wurde. Sie beide führten sie nämlich auch schon jahrelang.

»Wenn ich dazu mal was sagen darf«, sagte Miriam. Sie räusperte sich und blickte in Lolas Richtung. »Ich bin auch Single. Sophie war bis letzte Woche auch noch Single. Das ist auf jeden Fall besser, als eine Beziehung mit einem Typen zu führen, der einen wahnsinnig macht.«

Lola steckte sich eine Zigarette in den Mund und starrte Miriam finster an. Sophie hatte ein klein wenig den Eindruck, dass es zu Lolas Masche gehörte, andere Frauen erst einmal ein bisschen einzuschüchtern. Vielleicht nur so, weil es ihr Spaß machte. Vielleicht sortierte sie auf diese Art auch einfach aus. Mit dieser Masche war sie jedenfalls bei Miriam völlig falsch, denn die ließ sich grundsätzlich von niemandem einschüchtern. Tom seufzte und legte mit der Grillgabel das Fleisch auf den Rost. Es zischte und verbreitete augenblicklich einen köstlichen Duft.

»Wie alt bist du?«, fragte Lola.

»46«, antwortete Miriam.

»Und wie lange bist du schon Single?«

»Drei Jahre.«

»Und das macht dich glücklich?« Lola starrte sie immer noch finster an. »Ich kenne jede Menge Frauen, die mir erzählen wollen, sie sind total happy als Single. Aber kaum kommt ein Mann um die Ecke, setzen sie sich alle in Position und verhalten sich wie ungedeckte Hühner auf einer Stange. Insbesondere die Frauen in den Vierzigern.«

»Das stimmt, Solche kenne ich auch«, lachte Miriam.

»Sina, hm?«, fragte Sophie glucksend.

»Ja, die zum Beispiel.« Miriam lachte. »Aber der hast du ja gestern abend ganz schön die Meinung gesagt.« Sie atmete tief ein. »Also Lola, ich kenne dich nicht und habe auch kein Recht, dir irgendwas zu sagen. Aber so grundsätzlich sind wir wohl ungefähr gleich alt. Ich bin seit drei Jahren Single. Du hast offenbar eine Beziehung, die dir ziemlich zusetzt. Ja, ich bin bestimmt glücklicher als du. Ich fühle mich zwar manchmal ein wenig einsam, aber ich habe meinen Job und meine Freundinnen. Das bedeutet aber auch, ich kann schalten und walten wie ich will und muss nicht von einem Idioten, der mir auf die Nerven geht, die Socken und die Unterhosen waschen. Ich bin sicher, dass mir eines Tages einer begegnet, der zu mir passt. Aber den könnte ich ja nicht treffen, wenn ich meine Zeit mit einem Mann verbringen würde, der mir all meine Energie raubt.«

Lola starrte auf den Boden und rauchte schweigend. Tom saß in seinem Gartensessel und grinste vor sich hin. »Sie hat Recht«, sagte er irgendwann unvermittelt, und sah Lola an. »Das sage ich dir aber auch schon seit über einem Jahr.«

Sophie seufzte und begann den Tisch zu decken. Dann lief sie ins Haus und holte die ganzen Leckereien, die sie vorbereitet hatte. Miriam quittierte es mit einem freudigen Lächeln. »Jetzt merke ich, dass ich wirklich Hunger habe.«

»Was meinst denn du dazu?«, fragte Lola plötzlich. Das Lächeln, mit dem sie Sophie bedachte, wirkte etwas unsicher.

»Ich?«

»Ja, du.«

Sophie, ebenfalls verunsichert, bemühte sich, cool zu wirken. »Ich meine dazu, dass es wirklich schwierig ist, jemanden kennenzulernen, wenn man erst mal über die vierzig ist. Ich war jetzt auch mehr als zwei Jahre Single und davor ...«

Sie seufzte laut und rückte die Teller mit den Speisen auf dem Tisch zurecht. »Davor war einfach alles katastrophal. Die Typen waren katastrophal. Ich war so blöd zu denken, man müsste halt mal irgendwann in seinem Leben vernünftig sein und Abstriche machen. Das war der schlimmste Fehler, den ich jemals machen konnte und ich habe ihn leider mehrmals gemacht.«

»Wieso?«, fragte Lola. »Also wieso war das der schlimmste Fehler?«

Ihr Blick war offen und in diesem Moment wirkte sie überhaupt nicht, als wolle sie Sophie einschüchtern, sondern, ganz im Gegenteil: interessiert.

»Weil ich mich selbst vergewaltigt habe, Lola.« Sophie konnte es überhaupt nicht beeinflussen: Als sie es aussprach, spürte sie selbst, dass ihre Stimme leise klang. Sie schauderte angesichts all dieser Erinnerungen, die sie am liebsten völlig verdrängt hätte, glücklich wie sie es mit Tom doch endlich war. Aber Lola wirkte aufmerksam, sie suchte nach Antworten. In ihren Augen zeigte sich die Verletzlichkeit ihres tiefsten Inneren. Das war die echte Lola!

»Man macht Abstriche, Lola, und das ist falsch«, sagte Sophie. Natürlich ist das Aussehen unwichtig. Aber letztlich hat man so einen bestimmten Typ, den man bevorzugt, den man attraktiv findet. Keiner der Männer, mit denen ich mich eingelassen habe, war in meinen Augen attraktiv. Aber ich dachte damals, ich versuche es mal mit einem, der eben nicht meinem Typ Mann entspricht. Mit denen, die mir richtig gefallen haben, hatte ich ja nur Pech.« Lola nickte wissend, aber sie sah Sophie noch immer sehr aufmerksam an. Sie wollte mehr erfahren, das war klar. Sophie atmete tief ein. »Also, ich stehe auf Typen wie Tom. Groß, lässiger Typ, Jeans, Lederjacke und das Motorrad – das ist bei sechs Richtigen im Lotto die Zusatzzahl. Im Grunde unwichtig, aber eine tolle Bereicherung. Begegnet sind mir kleine Männer. Dicke Männer. Männer, mit Halbglatze und einer irrsinnig komischen Restfrisur. Viel zu dünne Männer, die übrigens überall dünn waren.«

Sie lachte, und ja, das war gemein und anzüglich. Aber es entsprach nun einmal der Wahrheit. »Männer, die mit Ende vierzig oder Anfang fünfzig schon dritte Zähne haben.« Erneut seufzte sie laut. »Das steht uns allen ja mal bevor, aber wenn du mit Mitte vierzig in dein Badezimmer gehst, und da steht ein Gebiss im Glas, wird dir schlecht. Wenn sie es aber über Nacht drin lassen, klappern sie damit im Schlaf rum.« Sie spürte, dass ihr Lachen verbittert klang.

»Mir ist noch mehr passiert«, erklärte sie. »Männer, deren Geruch ich nicht ausstehen konnte. Männer, die keinen hochkriegen, obwohl sie noch gar nicht so alt sind, weil sie wahrscheinlich einfach keinen Bock haben. Männer, die überhaupt nicht wissen, wie es geht und wie eine Frau angefasst werden will.« Erneut entfuhr ihr ein tiefer Seufzer. »Lola weißt du, wenn du dich selbst zwingst, mit einem Menschen zusammen zu sein, den du einfach zum Kotzen findest, dessen Geruch du nicht magst, der dir nicht mal ansatzweise gefällt, nur weil du Angst hast, alleine zu sein... das ist eine Vergewaltigung deiner Seele. Wenn du mit so einem schläfst und bist hinterher nicht befriedigt, sondern gelangweilt, enttäuscht und frustriert, dann vergewaltigst du deine Seele jedes Mal aufs Neue. Und die Seele reagiert darauf wahrscheinlich ganz normal. Sie stirbt einfach. Mit jedem Kerl ein Stück mehr.«

Sophie spürte Tränen aufsteigen. Ja, es war Selbstmitleid, denn so lange war das Ganze ja noch nicht her. Es war aber auch die Fassungslosigkeit über ihr Glück, als sie Tom ansah. Sein Blick ruhte auf ihr. Ein leises Lächeln umspielte seine Lippen. Seine Augen verrieten Neugier, denn das war das erste Mal, dass er überhaupt etwas von ihr und ihren vorangegangenen Beziehungen erfuhr. Sie verrieten aber auch Trauer. Vielleicht um Sophie, weil es ihm einfach leid tat, zu erfahren, wie unglücklich sie vorher gewesen war. Vielleicht auch um sich selbst, weil er die Einsamkeit kannte.

»Du solltest mir jetzt eigentlich Mut machen«, sagte Lola und starrte mit finsterem Blick auf den Boden.

»Das versuche ich ja gerade.«

»Das machst du aber nicht besonders gut. Genau das ist die Scheiße, vor der ich Angst habe. Ich habe sonst vor nichts Angst, aber davor schon.«

»Ich wollte dir damit sagen, Lola, dass es sich nicht lohnt. Ich habe mich selbst vergewaltigt, immer wieder, mit Typen, die nicht zu mir gepasst haben. Die ich zum Teil nach einer Weile des Zusammenseins sogar ekelhaft und abstoßend fand, die ich dann aber auch nicht mehr so schnell loswerden konnte. Nach dem letzten Typ wurde mir klar, dass ich innerlich tot bin. Ich fühlte überhaupt nichts mehr, Lola. Ich habe Männer kennengelernt, ja. Aber wenn sie mich angesprochen haben, wurden sie bestenfalls angefaucht. Die meisten ließ ich kommentarlos stehen, weil ich mir dachte, weiß der Geier, was mit dem wieder nicht stimmt. Es geht nicht um hässlich oder schön. Das, was man allgemein als einen schönen Mann bezeichnet, ist mir viel zu glatt gebügelt. Allerdings ist mir auch so einer nicht mehr begegnet. Ungepflegt, dümmlich, unattraktiv, das beschreibt es wohl ganz gut. Erst bei Tom war das anders. Die ganze Begegnung mit ihm war anders.« Sie musste lachen. »Tom ist eben anders.«

Miriam verdrehte bedeutsam die Augen.

»Lola, was sie sagen will, ist eigentlich ganz einfach, aber ich fürchte, sie findet den Punkt nicht so schnell. Sie musste ein paar Jahre alleine sein und zu sich kommen, sich von diesen Versagern erholen, damit sie überhaupt mal einen Blick für den Richtigen bekommt – wenn er denn vor ihr steht. Hat funktioniert.«

Miriam trank einen großen Schluck Cola. »Es musste nicht nur der Richtige sein, sondern sie musste auch wieder in der Lage sein, ihn überhaupt wahrzunehmen. Das geht eben nur, wenn man vorher eine Weile alleine war. Kompromisse muss man immer machen, aber wenn die Seele leidet, muss man sich selbst schützen und das Ganze beenden.«

Sie seufzte. »Also ich kenne die Geschichte zwischen dir und deinem Steve nicht, aber es sieht ja nicht gerade danach aus, als wenn du glücklich wärst. Dann ist das sinnlos für dich. Mach dich davon frei, bleib eine Weile alleine, erhol dich, konzentriere dich auf Dinge, die dir Freude machen und alles wird gut.«

Lola lachte auf. Zweifelsohne gehörte sie zu den Frauen, die immer die Starke spielten. »Okay, die Alternative?«

»Dass du jeden Tag ein Stückchen mehr stirbst«, sagte Miriam. »So wie Sophie.« Sie tätschelte den Arm ihrer besten Freundin. »Jetzt ist sie ja wieder da. Aber wahrscheinlich nur, weil sie an dem Punkt war, an dem sie einfach keine Deppen mehr um sich herum ertragen und sich zurückgezogen hat. Da war die Alternative, das Alleinsein, wirklich angenehmer.«

»Kriege ich noch ein Bier?« Lola sah Tom an, und der erhob sich sofort und holte ihr eine weitere Flasche Bier aus der Küche. Lola öffnete sie geschickt mit ihrem Feuerzeug und nahm dann einen großen Schluck. »Tut mir leid«, sagte sie plötzlich. »Ich wollte euch nicht den Abend versauen.«

»Tust du doch gar nicht«, sagte Sophie. Und das meinte sie sogar ernst. Sie fühlte sich nicht mehr durch Lola eingeschüchtert, im Gegenteil. Die arme Socke war genauso eine verletzte Seele wie sie selbst. Wie Tom wahrscheinlich auch. Wie auch Miriam. Auch wenn ihre Geschichten andere waren. Lola lächelte und warf ihre langen, schwarzen Haare in den Nacken. Unwillkürlich fuhr Sophie sich mit beiden Händen durch die Haare. »Pfiffig« nannten ihre Freundinnen diesen neuen, sehr kurzen Haarschnitt. Sie würde sie wachsen lassen, beschloss sie in diesem Moment.

Das Fleisch war fertig. Tom legte es nach und nach in eine große Schüssel und stellte diese mitten auf den Tisch. Sophie schnitt das frische Baguette auf und ihre beiden Gäste griffen dankbar zu. »Hab ich vielleicht Hunger«, murmelte Miriam. »Und ich erst«, stimmte Lola mit ein.

»Was war denn nun eigentlich schon wieder?«, fragte Tom, führte seine Gabel zum Mund und sah Lola, während er kaute, erwartungsvoll an.

»Das Übliche.« Lola starrte auf den gedeckten Tisch.

»Erzähl es gefälligst so, dass wir nicht Eingeweihten auch verstehen, um was es geht«, sagte Miriam ungerührt. Lola warf ihr einen verwunderten Blick zu. Wahrscheinlich war sie es nicht gewohnt, dass andere Frauen so frei von der Leber weg mit ihr sprachen. Frauen wie Miriam ließen sich normalerweise gut von ihr einschüchtern. Miriam hingegen ließ sich niemals einschüchtern – von niemandem.

»Ich habe das Theater mit ihm schon seit bald zwei Jahren. Anfangs hat er schwer gekämpft, mich überhaupt zu kriegen. Dann hatte er mich. Dann wollte er nur noch weg.« Sie seufzte, schob sich ein Stück Fleisch in den Mund und kaute nachdenklich. »Dann ist ihm seine Ex vor die Füße gestolpert und er war Feuer und Flamme. Sie hat ihn kurz rangelassen und dann Schluss gemacht.« Lola lachte. »Das ist genau die Scheiße, die er mit Frauen abzieht. Sie war inzwischen über ihn hinweg und hat ihn mal sein eigenes Brot fressen lassen.«

»Aha«, sagte Miriam. »Und so geht das jetzt seit fast zwei Jahren oder wie?«

»Ja, nicht unbedingt mit der Ex. Wir sind zusammen, alles ist gut, das klappt so zwei, drei Wochen – dann zieht er sich zurück und verliebt sich in eine Andere. Die will ihn dann oder halt nicht. Wenn sie ihn nicht will, kommt er zurück. Wenn sie ihn will, kommt er auch, das dauert nur länger.«

»Ich hätte dich nicht so eingeschätzt, als würdest du so was ungestraft mit dir machen lassen«, sagte Miriam, und schenkte ihr ein aufrichtiges Lächeln.

Lola überlegte kurz. »Wen soll ich denn bestrafen? Die anderen Frauen? Manchmal wäre mir danach, aber mit denen spielt er ja das gleiche Spiel wie mit mir.«

»Nein«, sagte Miriam. »Mit denen spielt er das nur einmal. Mit dir spielt er das schon lange und immer wieder. Das hast du doch gar nicht nötig.« Sie lachte. »Schick den Scheißkerl in die Wüste.«

Tom nickte. »Da hat sie Recht. Du verdienst was Besseres, Lola. Das findet sich auch, du musst nur ein bisschen Geduld haben. Musst du morgen arbeiten?«

»Spätschicht. Ich habe diese Woche keine Tour zu fahren, sondern arbeite im Lager.«

»Prima. Dann bleibst du heute hier. Wir feiern heute einfach mal. Morgen fängt ein neues Leben an. Oder muss ich dem Kerl erst auf die Fresse hauen?« Er seufzte. »Ich habe mich ja bis jetzt zurückgehalten, aber so langsam bekomme ich Lust dazu.«

Lola lachte. »Ach nein, mach dir an dem die Finger nicht dreckig. Ihr habt ja Recht, alle drei. Es ist sinnlos. Energieverschwendung. Und Verschwendung von meinem göttlichen Körper, den hat er gar nicht verdient.«

»Was da drin ist, hat er erst Recht nicht verdient«, sagte Tom.

Sophie bedachte Miriam noch einmal mit einem aufmerksamen Blick – aber sie schien die Gesellschaft von Tom und Lola zu mögen und den entspannten Abend zu genießen. Selbst als Tom nach dem Essen einen Joint baute, ihn anzündete und rumgehen ließ, blieb sie locker und entspannt, auch wenn sie dankend ablehnte, als Lola ihn ihr reichen wollte. »Selbst schuld«, sagte Lola trocken. »Dann rauche ich für dich mit. Tut mir heute sicher gut.«

Und obwohl sie nicht mitgeraucht hatte, war es Miriam, die etwa zehn Minuten nachdem der Joint die Runde gemacht hatte, völlig albern kichernd vom Vorabend erzählte und sich dabei köstlich amüsierte. »Das wurde sicher noch interessant, als ich weg war«, lachte Sophie.

»Hm!«, kicherte Miriam. »Sina meint, sie erkennt dich gar nicht wieder. Du wärest so aggressiv.«

»Sophie? Aggressiv?« Tom lachte. »Oh je, Miss Sophie, was hast du getan?«

Miriam zuckte mit den Schultern. »Eigentlich hat sie nur die Wahrheit ausgesprochen und ich meine, das war schon lange fällig. Sina ist tatsächlich eine blöde Sau.«

»Solche Worte aus deinem Mund!«, rief Sophie mit gespielter Empörung.

Es war ein lustiger und warmer Sommerabend, von dem Miriam sich kurz vor Mitternacht verabschiedete. Lola torkelte ins Haus und Tom lenkte sie in Richtung des Wohnzimmers. Beim Anblick der Couch seufzte sie tief und ließ sich einfach hineinfallen. Tom schob ihr ein Kissen unter den Kopf und Sophie deckte sie mit der Couchdecke zu.

»Danke!«, nuschelte Lola. Fast im gleichen Moment schlief sie ein.

Nur wenige Minuten später lagen auch Sophie und Tom im Bett. In Löffelchen-Stellung. Tom presste sie mit beiden Armen an sich. Noch nie hatte sie in einer solchen Position einschlafen können. Normalerweise war ihr das zu eng und zu warm. In Toms Armen fühlte sie sich aber so geborgen, dass sie diese Schlafposition genoss.

Keltische Feste

Tom war ihrem Herzen so nah und doch gab es Dinge, die sie nicht verstand: Sie fühlte sich so friedlich in seiner Gegenwart. Nein, das war untertrieben. In seinen Armen empfand sie tief in ihrem Innersten einen Frieden, wie sie ihn niemals zuvor erlebt hatte. Für Sophie gab es seit Jahren immer irgendeinen Grund, sich zu fürchten. Sie hatte Angst vor Rechnungen, die sie nicht bewältigen konnte, oder vor Ärger an ihrem Arbeitsplatz. Sie fürchtete die Gedanken an ihre Zukunft ebenso wie die zu ihrer Vergangenheit. Mit Tom waren alle ihre Ängste spurlos verschwunden. Diesen tiefen Frieden empfand sie nicht nur, wenn sie in seinen Armen lag, sondern immer, wenn sie in seiner Nähe war.

Selten zuvor hatte sie allerdings einen Menschen so oft davon reden hören, jemandem »Auf die Fresse zu hauen«. Gleiches galt für Lola. Auch sie war eine Meisterin in der Disziplin des Fluchens und der unangemessenen Ausdrucksweise. Für Sophie, die noch nie ein Blatt vor den Mund genommen und schon immer eher diese schnoddrige Ausdrucksweise gepflegt hatte, war das eine völlig neue Erfahrung. Es verwirrte sie, solche Dinge aus Toms Mund zu hören – und sich gleichzeitig so friedvoll zu fühlen.

»Manchmal ist es der Krieg, der den Frieden bringt«, hatte Tom irgendwann einmal gesagt. »Jeder, der sich den Frieden wünscht, muss in der Lage sein, seine Grenzen zu sichern.«

Die Sache mit seinem Hang zum Heidentum faszinierte sie sehr, beängstigte sie aber auch gleichzeitig. Sophie war keine Christin, auch wenn ihre Großeltern alles dafür getan hatten, um sie zu einer Christin zu machen. Von den heidnischen Kulturen und Göttern hatte sie keine Ahnung und hielt das Ganze für einen alten Glauben, der eben lange vor dem Christentum entstanden war – und von diesem abgelöst wurde. Aber Tom pflegte diesen Glauben und Sophie fühlte sich stellenweise etwas verunsichert, wenn sie ihn so spirituell erlebte.

Zum ersten Mal in ihrer Beziehung wurde sie in aller Deutlichkeit mit dem keltischen Glauben konfrontiert, als Tom sie im Herbst darauf hinwies, dass einer seiner höchsten Feiertage bevorstand: Am 31. Oktober sei Samhain, erklärte er ihr. Das Totenfest. Sophie empfand es als unheimlich. Tom dekorierte schon Tage vorher den Hof mit Kürbissen. Am Tag von Samhain höhlte er Kürbisse aus und bereitete aus den Innereien eine cremige Suppe zu, die köstlich schmeckte. Er schnitzte den Kürbissen Gesichtern mit Augen, Nasen und Mündern und als es dunkel wurde, stellte er brennende Kerzen hinein. Die Kürbisse postierte er vor dem Hoftor, aber auch im Innenhof. Sophie schauderte es zunächst, denn die fratzenhaften Gesichter mit den brennenden Kerzen darin verbreiteten eine unheimliche Atmosphäre.

»Es ist das Fest, zu dem du deiner verstorbenen Ahnen gedenkst«, erklärte er ihr lächelnd. Das Schaudern verstärkte sich.

»Wir tun das auf dem Friedhof«, antwortete Sophie.

»Wer, wir?«

»Ach Tom, du bist doch auch in dieser Kultur hier aufgewachsen. Wir gehen auf den Friedhof, besuchen das Grab und gedenken dort unserer Toten.«

Er streichelte ihre Hand und augenblicklich wich ihr Schaudern der Neugier. »Ein dummer Brauch. Im Grab liegt ein toter Körper und nach ein paar Jahren ist alles verfault und zu neuer Erde geworden. Die Seele ist längst bei Midir in der Unterwelt. In der Nacht von Samhain ist die Wand zwischen unserer Welt und der Unterwelt sehr dünn. In meinem Glauben ist man davon überzeugt, dass die Ahnen in dieser Nacht umherstreifen. Wir weisen ihnen mit den Kürbislaternen den Weg. Wir verehren sie in dieser Nacht, denn nur weil es sie gab, gibt es jetzt uns.«

Sophie wusste nicht recht, was sie davon halten sollte. Er war so fröhlich wie immer, und das am Tag dieses Totenfestes?

»Es ist kein Fest der Trauer«, erklärte er. »Sondern des Gedenkens.«

Am späten Abend entzündete er ein Feuer im Hof. Eigens dafür hatte er eine Feuerschale aufgestellt. Sie saßen auf Stühlen am Feuer, und so froren sie nicht, obwohl die Nacht kalt war. Sie schwiegen und starrten in die Flammen. Obwohl ihr das alles fremd war, fühlte Sophie diesen tiefen Frieden in sich, den sie immer spürte, wenn Tom in ihrer Nähe war. Ein glückliches Lächeln zog sich über ihr Gesicht, nachdenklich vielleicht. Denn tatsächlich erinnerte sie sich an die schöne Zeit, die sie mit ihren Eltern und den Großeltern verbracht hatte. Für schlechte Erinnerungen gab es in dieser Nacht keinen Platz.

Tom reichte ihr ein kleines Holzscheit. »Wenn es etwas gibt, was du im alten Jahr lassen und nicht mitnehmen willst in den neuen Jahreskreis, kannst du es mit diesem Holzscheit symbolisch ins Feuer werfen.«

»Silvester ist doch erst in zwei Monaten.«

Tom schüttelte den Kopf. »Samhain ist bei den Heiden das letzte Fest im Jahreskreis. Unser Silvesterfest, wie wir es kennen, ist eine Tradition, die damit nichts zu tun hat.« Er lachte leise. »Samhain ist viel älter.«

Sophie griff zögerlich nach dem Holzscheit und hielt es minutenlang in ihren Händen. Nachdenklich starrte sie darauf. Doch schließlich warf sie es ins Feuer.

»Es ist eine Nacht, in der du alles loslassen kannst, was dich in der Vergangenheit bedrückt hat.« Tom küsste sie sanft auf die Stirn, wie er es immer tat, wenn er besonders zärtlich sein wollte.

Sophie fühlte sich immer noch ein wenig verunsichert, aber sie genoss es, mit Tom in dieser – eigentlich sehr romantischen Stimmung – am Feuer zu sitzen. Sie schätzte Menschen, mit denen sie auch einmal schweigen konnte. Odin und Thor lagen, in respektvoller Entfernung zu dem flackernden Feuer, zwischen ihnen auf dem Boden.

Gemeinsam saßen sie sehr lange draußen und das Feuer erlosch erst gegen drei Uhr morgens. Sophie hatte im Laufe der Nacht mehrere der bereitliegenden Holzscheite ins Feuer geworfen.

Am nächsten Morgen schliefen sie lange. Es war ein Feiertag, einer der höchsten für die Katholiken, wie Sophie wusste. Nach dem ausgiebigen Frühstück, das sie erst gegen Mittag zu sich nahmen, beschlossen sie, einen langen Spaziergang zu machen. Hand in Hand liefen sie in den Wald. Die Hunde tobten etwa 20 Meter vor ihnen miteinander herum. Sie kannten den Weg und waren einfach fröhlich. Ein langer Waldspaziergang war das Größte für Odin und Thor. Abgesehen von Leckerlies und Kuscheln auf dem Sofa mit Tom oder Sophie und am besten mit beiden.

Es war ein wunderschöner Herbsttag. Das Laub hatte sich bereits rot gefärbt. Der Wind wehte und es war kühl, aber die Sonne schien strahlend vom Himmel und so fror Sophie nicht. Sie schlang ihren linken Arm um Toms Hüfte und er legte seinen rechten Arm um ihre Schulter, drückte sie leicht an sich, küsste sie sanft und dann liefen sie gut gelaunt weiter.

»Es würde mich mal interessieren, wie du zum keltischen Glauben gekommen bist«, sagte Sophie, nachdem sie ein paar Minuten schweigend den Waldweg entlang gelaufen waren. »Das ist ja nichts, was jeder praktiziert. Einem Mann wie dir hätte ich das übrigens gar nicht zugetraut.«

Tom lachte. »Einem Mann wie mir? Warum, was stimmt denn mit mir nicht?«

»Mit dir stimmt alles«, sagte Sophie. »Du bist perfekt. Aber du bist so ein… hm. Ja, ein Aussteiger.«

»Na, vielleicht bin ich genau deswegen der Typ Mann, der sich dafür interessiert«, antwortete er. Er atmete hörbar ein. »Schau dich doch mal hier um!« Er ließ seinen Arm im Kreis schweifen und deutete auf Bäume, Sträucher und das wunderschöne, rote Herbstlaub am Boden. »Die Götter sind überall.«

»Ich sehe wunderschöne Bäume mit rotem Laub. Die Sonne, die vom Himmel lacht. Unsere Hunde, die gerade mächtigen Spaß haben in diesem Schlammloch da vorne.«

Tom stutzte und blieb kurz stehen. Dann fing er an zu lachen. »Dazu sage ich nur: Badewanne.«

Als hätten Odin und Thor dieses Wort gehört, verharrten sie in ihrem Spiel, starrten sie einen Moment lang an und verließen ihre Schlammpfütze. Sie waren von oben bis unten besudelt.

»Ja«, sagte Tom. »Und in allem was du siehst, siehst du auch die Götter. Sie sind es, die dafür Sorge tragen, dass die Bäume im Frühling zu blühen beginnen, dass Früchte wachsen, dass die Ernte gelingt, dass die Sonne scheint. Die Götter lassen die Natur in jedem Frühling auferstehen und begleiten sie in jedem Herbst zur Ruhe.«

Sophie starrte, während sie lief, nachdenklich auf ihre Füße.

»Und was ist mit Weihnachten? Und Silvester? Feierst du das nicht?«

»Hm. Doch.«

»Aber das widerspricht sich doch. Weihnachten ist ein christliches Fest.«

Er lachte. »Die Heiden sind es nicht gewesen, die nichts anderes neben ihrer Religion geduldet haben – die übrigens sehr naturverbunden ist. Es waren die Christen, die etwas gegen die Heiden hatten und den Menschen ihren Glauben austreiben wollten. Es ist übrigens keine Religion, sondern eher eine Weltanschauung. Eine Philosophie.«

Sophie räusperte sich. »Ja, hm. Wenn es donnerte, hatten sie keine Erklärung dafür und dachten, ein Gott schwingt im Himmel seinen Hammer. Thor.«

»Genau, so nannten ihn die Germanen.«

»Du gibst mir Recht, aber du praktizierst das Ganze trotzdem?« Sophie war erstaunt.

Tom blieb kurz stehen. Er zog sie an sich und schloss sie in seine Arme. Sophie genoss dieses Gefühl von tiefem Frieden in ihrem Innersten. Sie schloss die Augen und presste ihr Gesicht an seine Brust. Tom trug eine warme Jacke aus Fleece. Es fühlte sich herrlich weich an ihrer Wange an.

»Ich weiß es einfach ganz genau, dass die Götter existieren«, sagte er leise.

»Woher?«

»Ich weiß es einfach. Deswegen nehme ich die Feiertage ernst. Ich habe einen Altar gebaut und ich ehre die Götter immer mit einigen Opfergaben. Du musst es nicht genauso machen, Sophie. Du musst meine Weltanschauung nicht teilen. Akzeptiere sie bitte einfach nur.« Er ließ sie los, griff nach ihrer Hand und lief weiter.

»Eigentlich«, erwiderte sie, »möchte ich es verstehen. Und das mit dir gemeinsam machen. Ich will alles mit dir gemeinsam machen.«

»Das wäre schön«, sagte Tom sanft. »Die Götter freuen sich über jeden, der an sie glaubt. Besonders in diesen Zeiten, in denen die Welt sich über zwei große Religionen streitet, die beide nichts Gutes für die Menschen bedeuten. Die heidnischen Götter sind voller Lebensfreude. Sie lieben die Liebe, das Lachen, das Leben. Sie tun den Menschen Gutes.«

»Naja«, sagte Sophie zweifelnd. »Du bist mir begegnet, bevor ich was vom Heidentum wusste.«

»Vielleicht wurde ich dir von den Göttern geschickt?«

Odin und Thor zankten sich ein paar Meter vor ihnen um einen dicken Ast. Tom lief ein Stück nach vorne, nahm den Ast in die Hand und warf ihn weg. Die Hunde sprinteten dem Ast hinterher und erneut rangen sie um ihn.

»Du bist aber das einzig Gute, das mir in den letzten Jahren passiert ist.« »Nein«, entgegnete Tom. »Dir ist noch viel mehr Gutes passiert.« Er lachte. »Du bist nicht gestorben, sondern jeden Morgen aufgewacht. Du hast ehrliche Freunde gefunden, die dich lieben. Du hast ein Dach über dem Kopf.«

Er legte seinen Arm um sie.

»Und dann haben die Götter dich zu mir geschickt.« Sophie lachte, und sah ihn misstrauisch an.

Tom nickte. »Gut möglich.«

»Warum sollten sie das tun?«

»Nun«, sagte er. »Vielleicht weil sie sehen, dass du immer wieder aufgestanden bist und weil sie denken, dass du ein wenig Glück verdient hast?«

»Ach ja«, seufzte Sophie. »Dann frage ich mich doch, warum sie mir vorher so viel Unglück vorbeigeschickt haben.«

Tom lachte und zog sie für einen kurzen Moment enger an sich. »Das waren nicht die Götter, das warst du selbst. Die heidnischen

Götter bestrafen nicht und im Heidentum gibt es auch keine Sünden. Warum also sollen sie dir Unglück schicken? Du hast falsche Entscheidungen getroffen. Du hast nicht auf deinen weisen, weiblichen Instinkt gehört, sondern ihn unterdrückt.« Er räusperte sich. »Weißt du, im Heidentum geht man davon aus, dass der Mensch selbst verantwortlich ist für seine Taten und Entscheidungen. Die Götter haben überhaupt keinen Grund, dir Strafen zu schicken. Sie schicken dir höchstens Herausforderungen. Vielleicht hast du die gut bewältigt und jetzt den Hauptgewinn bekommen.«

Er setzte einen treuherzigen Blick auf. »Der Hauptgewinn bin natürlich ich.«

Sophie lachte und Tom stimmte mit ein. Es machte ihn glücklich, sie so fröhlich zu sehen. Mit jedem Tag wurde sie fröhlicher. Und stärker.

Aus zwei mach eins

Zusammenziehen – für Sophie war das ein großes Thema, nach allem, was sie in ihrer Vergangenheit erlebt hatte. War sie doch früher stets mit Feuereifer dabei gewesen, wenn es darum ging, ein gemeinsames Nest zu bauen. Aber ja, das war früher. Da war sie noch ein anderer Mensch gewesen. Nun war sie gereift.

Es war inzwischen Ende Januar. Gerade hatte sie mit Tom ihren Geburtstag gefeiert. Sie war jetzt 46 Jahre alt und in wenigen Wochen würde Tom 50 Jahre alt werden. In diesem Alter, so wusste Sophie, zieht man nicht mehr leichtfertig zusammen.

Zu ihrer kleinen Zwei-Zimmer-Wohnung hatte sie ein gespaltenes Verhältnis. Es gab nicht einmal einen Balkon und das war für eine Frau wie Sophie, die die Natur liebte, dramatisch. Vom Fenster aus sah sie nur Häuser. Es gab kaum Grünflächen, obwohl sie ländlich lebte.

Diese Wohnung war trotz allem ihre Burg gewesen. Ihre kleine Festung und der einzige Ort, an dem sie ihre Ruhe hatte. Den sie nicht mit einem Mann teilen musste. Zumindest hatte sie nach dem letzten Mann beschlossen, es nie mehr zu tun.

Weihnachten hatte sie mit Tom in wundervoller Gemütlichkeit verbracht. Es hatte sogar geschneit und sie waren ausgelassen mit den Hunden durch den Schnee getobt, hatten sogar einen Schneemann gebaut. Am Weihnachtsabend hatte Tom ihr sein neues Tattoo präsentiert: Ihr Name prangte jetzt in wunderschöner Schreibschrift auf seinem linken Unterarm. Frisch gestochen – morgens hatte er noch behauptet, er habe etwas zu erledigen. Mittags hatte er ihr seinen Arm gezeigt und grinsend gesagt: »Ein guter Freund von mir ist Tätowierer. Ich bekomme dort sogar an Weihnachten einen Termin.«

Sophie musste wieder einmal die Tränen der Rührung unterdrücken. Ihr Name auf seinem Unterarm? Dieser Mann würde sie nie verlassen!

Der Winter mit Tom war der erste Winter in ihrem Leben, in dem sie keine Angst hatte, mit dem Auto zur Arbeit zu fahren. Oder dass das Auto seinen Geist aufgab, angesichts der Temperaturen. Tom wartete ihren Wagen ganz selbstverständlich, so wie er seinen eigenen wartete. Er reparierte, was es zu reparieren gab und hatte ihr sogar einen neuen Satz Reifen spendiert. Darüber sprach er nicht – Sophie hatte es zufällig bemerkt.

Die Silvesternacht hatten sie zusammen mit Miriam und Lola verbracht. Tanja war auf irgendeine Party eingeladen, und Sina einzuladen – das wäre weder Miriam, noch Sophie in den Sinn gekommen. Außerdem war Sina inzwischen mit ihrem neuen Lover in Phase zwei eingetreten: Sie schlief jetzt mit ihm. Er hatte sich bisher noch nicht von seiner Lebensgefährtin getrennt, und wahrscheinlich dachte sie, wenn sie mit ihm schlief, würde er den Absprung schaffen. Sophie war einfach sauer auf sie. Sich als »die andere Frau« in eine Beziehung zu drängen, war in ihren Augen höchst verwerflich.

»Der verlässt seine Frau sowieso nicht«, sagte Miriam, als Sophie ihren Zorn zu diesem Thema äußerte. »Das ist ja das Problem mit diesen Typen. Denen geht es in ihrer Beziehung eigentlich gut. Alles was die suchen, ist Spaß außerhalb und darüber hinaus Bestätigung, dass sie es noch drauf haben, dass sie noch begehrt werden. Irgendwann ist er Sina leid und dann war es das. Keine Ahnung, auf was sie da hofft.«

Es war vielleicht eine merkwürdige Konstellation, in der sie Silvester feierten, und doch genossen sie eine schöne Feier. Lola war ihrem Steve gegenüber standhaft geblieben. Wochenlang war sie immer mal abends vorbeigekommen, weil sie sich einsam fühlte. Oft hatte sie nach solchen Abenden, an denen sie immer reichlich Bier kippte und so einige Joints dazu rauchte, die Nacht auf dem Sofa im Wohnzimmer verbracht. Für Sophie war das in Ordnung. Lola war Toms beste Freundin und Tom war ein Mensch, der für seine Freunde da war. Davor hatte Sophie Respekt und es gab ihr auch ein gutes Gefühl, was seine Loyalität betraf.

Inzwischen verstand sie sich sogar ziemlich gut mit Lola. Ihre anfängliche Drohung betrachtete sie nun, Monate später, mit einem Lächeln. Lola war vielleicht etwas gewöhnungsbedürftig, aber grundsätzlich ein Mensch mit einem riesigen Herzen. Speziell in den ersten Wochen ohne Steve hatte sie ziemlich gelitten. Ihn abzublocken, als er sich wieder meldete, war ihr sehr schwer gefallen, aber als sie es geschafft hatte, war sie sehr stolz auf sich. Während dieser Zeit hatte Sophie es geschafft, eine enge Verbindung zu Lola aufzubauen und zählte sie inzwischen zu den Menschen, die auch in ihrem Leben wichtig waren.

Miriam fühlte sich zwischen Lola, Sophie und Tom total wohl, und genau das hätte Sophie niemals gedacht. Lola konnte kräftig fluchen. Sie verpasste keine Gelegenheit um zu verdeutlichen, wer sie alles am Arsch lecken konnte, wen oder was sie scheiße fand oder wem sie am liebsten auf die Fresse hauen würde. Ein Jargon, der so gar nicht zu der sanftmütigen, und vor allem so damenhaften Miriam passte, die auch von Zeit zu Zeit immer mal zusammenzuckte, sich aber immer recht schnell fing. Doch letztlich wurde Sophie gerade in dieser so harmonischen Silvesternacht wieder einmal bewusst, dass für Miriam nur der Mensch zählte, und eben keine Äußerlichkeiten. Miriam mochte Lola von ganzem Herzen.

Nun saß Sophie nachdenklich auf dem Sofa in ihrer Wohnung. Eigentlich hatte sie nur mal schnell nach den Pflanzen sehen und sie gießen wollen. Doch nun starrte sie die dicke Staubschicht auf dem Fernseher an und überlegte sich, ob das eigentlich alles nötig war.

Sie war jeden Tag bei Tom. Sie schlief bei ihm, sie aßen abends zusammen, sie gingen für das gemeinsame Leben einkaufen. Einmal in der Woche fuhr Sophie in ihre alte Wohnung, goss die Blumen und sah nach der Post. Im Laufe der letzten sieben Monate hatte sie fast ihre ganzen Klamotten mit zu Tom geschleppt. Ihre Katzen hatten sich dort inzwischen eingelebt und sich sogar mit Odin und Thor arrangiert.

Tom sagte niemals, sie solle bleiben. Er akzeptierte es, wenn sie sagte, sie müsse mal eine Nacht in ihrer Wohnung verbringen, und er lächelte nur wissend, wenn sie zwei Stunden später in den Hof fuhr. Längst besaß sie die Schlüssel vom Haus.

Sie sprachen niemals über das Zusammenleben, sie lebten einfach zusammen. Nur mit dem Unterschied, dass Sophie noch immer ihre Miete zahlte, für eine Wohnung, in der es nur noch ihre Möbel und ein paar Pflanzen gab.

An diesem Abend im Januar saß sie auf dem Sofa und dachte darüber nach, dass es Wahnsinn war, jeden Monat 600 Euro Miete, die aufzubringen ihr darüber hinaus auch noch schwer fiel, quasi zum Fenster rauszuschmeißen. Nicht einmal das Montagskochen praktizierte sie noch in ihrer Wohnung: Wenn Sophie an der Reihe war, fand der Kochabend bei Tom statt. Inzwischen kannte Tom also auch Tanja und Sina. Mit Tanja hatte er sich nicht viel zu sagen, obwohl er sie mochte. Sina hingegen fand er schlichtweg zum Kotzen, wie er es ausdrückte, aber er verhielt sich freundlich.

Nach dem Streit an dem Abend, als Tom sogar losgefahren war, um Sophie abzuholen, tat Sina das, was sie immer tat: Sie tat, als wäre nichts gewesen. Sina ließ sich niemals auf Diskussionen zu ihrem Verhalten ein.

Grundsätzlich jedenfalls war es Wahnsinn, diese Wohnung zu bezahlen, insbesondere wenn man in bescheidenen, finanziellen Verhältnissen lebt. Sie konnte sich bei Tom an kaum etwas beteiligen. Er lachte immer nur, wenn sie das Thema ansprach. Mehr als mal einen Einkauf zu übernehmen, war ohnehin nicht drin. Geld für eine Miete wollte er nicht haben. »Erstens wohnst du offiziell gar nicht hier. Zweitens, ich habe für das Haus nur meine Gasrechnung und meine Stromrechnung zu bezahlen. Wenn also überhaupt Beteiligung, dann höchstens daran. Aber das ist ja wohl unrealistisch, bei dem bisschen Geld, das dir bleibt.« Er hatte sie in den Arm genommen, denn ihr besorgter Blick war ihm nicht entgangen. Ja, besorgt! Sie wollte nämlich alles, nur nicht irgendwann von ihm hören, sie hätte sich bei ihm durchschmarotzt. Das war ihr immerhin schon einmal passiert.

Nach sieben gemeinsamen Monaten war es in ihren Augen zu früh für ein Zusammenziehen. Genau diesen Fehler hatte sie beim letzten Mal gemacht. Allerdings musste sie vor sich selbst zugeben, dass sie die Anzeichen dafür, dass das auf keinen Fall funktionieren würde, durchaus gesehen hatte. Sie wollte davon nur nichts wissen.

Bei Tom war das aber anders. Es gab keine Anzeichen, es gab überhaupt nichts, außer der immer wiederkehrenden Feststellung, dass Tom einfach anders war. Dass mit ihm gemeinsam alles völlig anders war. Tom war einfach der richtige Mann für sie: Entspannt, tierlieb, freundlich, naturverbunden. Ein Mann mit großer Herzensbildung und Charakterfestigkeit. Über den Sex mit ihm wollte sie lieber erst gar nicht näher nachdenken, das ging nicht, ohne dass sie augenblicklich scharf wurde.

Tom war besser als jeder Sechser im Lotto. Seufzend goss sie ihre Blumen, steckte die Post in ihre Handtasche und fuhr nach Hause. Als sie im Auto saß, musste sie über sich selbst lachen. Sie nannte sein Haus schon ihr Zuhause!

Als hätte er es geahnt, welche Gedanken sie an diesem Tag beschäftigt hatten, schaute er sie nach dem Abendessen nachdenklich an. Er lehnte sich in seinem Stuhl zurück, zündete sich eine Zigarette an und spielte mit den Fingern an seiner Serviette herum.

»Was denn?«, fragte Sophie. Es war ganz offensichtlich, dass er etwas auf dem Herzen hatte.

»Ich frage mich schon seit einiger Zeit, warum du da drüben noch deine Miete zahlst. Zieh doch einfach hier ein. So richtig meine ich. Du wohnst doch schon hier. Bring doch deine Bücher mit und deine restlichen Klamotten. Und die Pflanzen, die du ständig gießen musst. Das ist doch blöd, so viel Geld für eine Wohnung zu bezahlen, in der nie jemand ist.«

Ihr schossen augenblicklich die Tränen in die Augen. Warum? Es war einfach nur mal wieder typisch Sophie.

»Ach!«, lachte er, als er ihr ein Taschentuch reichte. »Baby, Schwamm über die Vergangenheit. Eine Garantie gibt es nie. Aber du musst irgendwann einmal mit dem ganzen Mist abschließen.«

»Ich hatte bei dem letzten Kerl, mit dem ich zusammenlebte, zwei Jahre lang kein eigenes Zuhause«, flüsterte sie mit tränenerstickter Stimme. »Ich konnte es mir einfach lange nicht leisten, wegzugehen, auszuziehen. Er ließ es mich jeden Tag spüren, dass er mich da nicht mehr haben wollte. Es war so schwer, auf eigene Füße zu kommen und danach hat mir ein anderer die ganze Einrichtung geklaut, die ich mir mühselig wieder zusammen gesammelt hatte. Ich habe so Angst, dass mir noch mal so ein Mist passiert!«

Er nickte. »Das weiß ich doch. Ich will dich auch zu nichts zwingen. Es ist nicht dringend, wir führen keine Fernbeziehung, du bist sowieso immer hier. Wenn du da drüben weiterhin jeden Monat 600 Euro Miete zahlen willst, dann machst du das eben. Wenn du dich dadurch sicherer fühlst, dann ist es das wert. Es soll dir gut gehen, Sophie.«

»Mir geht es doch nur hier gut. Bei dir.« Sie wischte sich die Tränen aus den Augen, und musste gleichzeitig lachen und weinen. »Jetzt bin ich bestimmt total verschmiert, oder?«

»Hm«, lachte er.

»Immer wenn ich da drüben in der Wohnung bin, denke ich über die gleichen Dinge nach. Aber ich habe mehr Angst als Vaterlandsliebe.«

Tom griff nach ihrer Hand.

»Mein kleiner Feigling, ich würde ja auch zu dir ziehen, aber du musst doch zugeben, dass das ziemlich blöd wäre? Ich meine, das hier ist mein eigenes Haus und es ist bezahlt. Hier lebt es sich traumhaft schön und wir haben sehr viel Platz. Die Hunde sind hier glücklich und die Katzen sind es, glaube ich, auch. Da wäre es ja blöd, wenn wir uns alle in eine Zweizimmerwohnung quetschen würden.«

»Ja, das wäre blöd. Noch dazu hat sie nicht mal einen Balkon.«

»Eine Wohnung ohne Balkon geht sowieso gar nicht.« Er zog noch einmal an seiner Zigarette und drückte sie dann im Aschenbecher aus. »Denk einfach drüber nach, mein Schatz. Ich kann dir keine Garantie geben. Ich weiß nur, ich liebe dich, ich will immer mit dir zusammen sein und ich leide nicht an ansteckenden Krankheiten. Mein Kopf ist glaube ich auch ganz okay, soviel ich weiß, habe ich keine Psychosen oder Ähnliches. Meine sexuellen

Vorlieben kennst du auch. Aber du musst es wollen und es muss dir dabei gut gehen, sonst hat das keinen Sinn.«

»Aber ich will ja.« Ach verflixt, hatte sie das gesagt? Ja, das hatte sie gesagt! Sie hatte es ausgesprochen! Der Schreck fuhr ihr in alle Glieder. »Ich müsste alles weggeben, was ich besitze, Tom. Es ist nicht viel, aber es ist alles was ich habe.«

»Musst du nicht. Ich habe einen Dachboden, einen Keller und in der Scheune da drüben gibt es auch Lagerplatz. Du kannst alles hier einlagern und wenn du mich irgendwann nicht mehr leiden kannst, musst du dir eben eine Wohnung suchen.« Er seufzte. »Aber vielleicht kannst du das dann sogar ganz gut, denn wenn du hier wohnst, musst du nicht mehr knausern.«

»Ich bestehe darauf, dass ich die Hälfte von allem übernehme.«

Wieder lachte er. »Na gut, wenn es dir besser geht, übernimmst du die Stromrechnung. Oder die Gasrechnung. Zum Einkaufen führen wir eine Kasse, jeder tut was rein. Wenn es nicht reicht, muss halt jeder noch etwas mehr reintun. Wir kaufen nur von diesem Geld ein. Was von deinem Geld übrig bleibt, gehört dir alleine. Mir gehören meine Reste. Ist doch gar nicht so schwer.«

Er stöhnte leise. »Weißt du, da wo ich herkomme, ist es eigentlich so, dass eine Frau sich in das gemeinsame Leben einbringt, aber nicht in Form von Geld. Ein Mann muss für seine Frau sorgen.«

»Ja, und dann wird ihr vorgeworfen, dass sie ihn nur Geld kostet. Oder sie braucht ein paar Schuhe und muss ihn anbetteln.« Energisch schüttelte Sophie den Kopf.

Tom stöhnte erneut. »Ich habe keine Ahnung, wo du diese Idioten immer ausfindig gemacht hast, die nicht wissen, dass man als Mann für seine Frau sorgt. Aber die haben verdammt gründlich gearbeitet und dir Angst gemacht für den Rest deines Lebens.«

Sophie stand auf, setzte sich mit dem Gesicht ihm zugewandt auf seinen Schoß, umschlang ihn mit beiden Armen und sah ihm in die Augen. »Sag mir, dass es das Richtige ist.«

»Das musst du spüren. Das kann ich dir nicht sagen. Es ist deine Entscheidung und du musst sie nicht heute treffen. Mir ist das egal. Aber es sind 600 Euro jeden Monat. Du bist in Insolvenz und hast sowieso nur wenig mehr. Wenn man ohnehin nichts hat, ist das pure Verschwendung.«

»Da hast du Recht.«

Tom küsste sie sanft auf die Nase. »Ich habe das übrigens auch schon ausführlich mit Alice und Cooper besprochen. Sie sagen, sie werden auf keinen Fall irgendwann zurück in diese Wohnung ziehen. Da dürften sie nie raus, sagen sie. Sie möchten hier bleiben.«

»Soso!«, lachte Sophie.

»Im Ernst. Außerdem bist du Odins Göttin, wie du weißt. Der kann gar nicht mehr ohne dich leben.«

»Das ist wahr.«

»Lass es uns versuchen. Es funktioniert doch super mit uns. Wenn es weiterhin so gut funktioniert, heiraten wir auch bald.«

»Ehrlich?«

Er nickte. »Natürlich. Das ist ja auch eine Frage der Sicherheit und ich kann das nach allem, was du durchgemacht hast, verdammt gut verstehen, dass du Angst hast, kein Zuhause mehr zu haben. Wenn du hier lebst, musst du auch abgesichert sein.«

»Ein Mann, der ernsthaft übers Heiraten spricht, ich fasse es nicht!«

»Ich wollte eigentlich nie heiraten. Aber bei dir würde ich eine Ausnahme machen.« Er lachte. »Erzähl es Sina, wenn dir mal nach Streit mit ihr zumute ist. Das ist sicher einen Ausraster von ihr wert.«

»Ich habe drei Monate Kündigungsfrist.«

»Macht nichts. Wenn du morgen deine Kündigung abschickst, bist du zum 1. Mai draußen. Das ist ein tolles Datum, denn in der Nacht zum 1. Mai feiern wir Heiden Beltane. Da mache ich sowieso immer Party hier auf dem Hof. Diesmal hätten wir dann sogar so richtig was zu feiern.« Er lächelte. »Weißt du eigentlich, dass das bei den alten Kelten die Nacht war, in der es ganz wichtig war, sich zu lieben?«

Sie schüttelte den Kopf. Tom nickte bekräftigend. »Die Nacht zum 1. Mai war bei den Kelten das Fest Beltane, das Fruchtbarkeitsfest. Der Sommer beginnt, die Saat kann ausgesät werden, oder sie beginnt bereits zu wachsen. Das Leben kehrt zurück.« Er umschlang sie mit beiden Armen und küsste ihren Hals. »In dieser Nacht deinen endgültigen Einzug in dieses Haus zu feiern, hat doch was Symbolisches, Kraftvolles …«

»Okay«, sagte Sophie. Und erschrak. Ja, sie hatte soeben dem endgültigen Zusammenleben zugestimmt.

Was Lola so meint

Die eigene Wohnung aufzugeben und mit dem Mann zusammen zu ziehen, den man von Herzen liebt, ist eigentlich eine schöne Sache. Definitiv ein Grund zum Feiern. Sophie hingegen grübelte. Es war ein eiskalter Tag im Februar, aber die Sonne strahlte hell vom Himmel. Sie stand auf dem Hof vor dem Bürogebäude, in dem sie arbeitete und rauchte eine Zigarette. Normalerweise traf man unten vor dem Haus immer auf den einen oder anderen Kollegen. An diesem wunderschönen Wintermorgen war sie alleine und hing ihren Gedanken nach. Sie spürte selbst das Lächeln auf ihren Lippen, wenn sie an Tom dachte. Daran, dass sie bald ganz offiziell mit ihm zusammenleben würde. Im gleichen Moment fuhr ihr der Schreck in die Glieder. *Beruhige dich*, Sophie, sagte sie zu sich selbst. *Beruhige dich! Mit Tom ist alles anders. Tom ist anders!*

Das »Ping« ihres Smartphones riss sie aus ihren Gedanken. Sie hatte eine Nachricht über WhatsApp von Lola bekommen. »Soll ich heute Abend was mitbringen?«

Ihr fiel ein, dass Tom Lola zum Essen eingeladen hatte.

»Nein«, antwortete sie. »Wir waren schon einkaufen, es ist alles da.«

Lola schickte ein rotes Herzchen.

»Ich muss mir dir reden«, schrieb Sophie.

Lolas Antwort war ein Smiley mit erstauntem Gesicht. »Habe ich was verbrochen?«, schrieb sie kurz darauf.

»Nein«, antwortete Sophie. »Ich will mit dir über das Zusammenziehen mit Tom sprechen.«

Kaum hatte sie die Nachricht abgeschickt, klingelte ihr Smartphone. »Was ist mit deinem Zusammenziehen mit Tom?« Lolas Stimme klang schrill, fast panisch. Natürlich... Sophie wusste, dass sie selbst schuld war. Sie hatte ihre Nachricht an Lola einfach nur blöd formuliert. Nun dachte Lola wahrscheinlich, es läge etwas im Argen und machte sich – wie so oft – Sorgen um ihren besten Freund.

»Lola, ganz ruhig«, versuchte Sophie, sie zu beruhigen. »Gar nichts ist mit dem Zusammenziehen. Alles ist gut.«

»Warum musst du dann mit mir reden?«

»Weil ich einen Knall habe, Lola.« Sophie atmete tief ein. Lola schwieg. »Du bist wahrscheinlich der einzige Mensch auf dieser Welt, der mir sagen kann, dass ich das Richtige tue.«

»Ach so«, sagte Lola. Sie klang schon wieder gelassener. »Du kriegst kalte Füße.«

»Zu spät, um kalte Füße zu kriegen. Meine Wohnung ist gekündigt. Ich bin sowieso täglich bei Tom. Ich wohne ja eigentlich schon bei ihm.«

»Dann verstehe ich das Problem nicht.«

»Deswegen will ich ja mit dir unter vier Augen reden. Geht das?«

Lola lachte heiser. »Willst du mir fiese Geheimnisse über Tom entlocken? Das gelingt dir nicht.«

Sophie seufzte. »Lola, du kennst mich doch inzwischen auch ganz gut. Ich habe viel Mist hinter mir. Sehr viel Mist. Ich habe alleine in den letzten acht Jahren vier Mal komplett von vorne anfangen müssen. Dazu muss ich dir sagen, dass das alles innerhalb von sechs Jahren stattgefunden hat, denn dann gab es ja zwei Jahre lang keinen Mann in meinem Leben. Ich habe einfach Angst, dass der Schuss nach hinten losgeht.«

»Du weißt aber auch, dass Tom mein bester Freund ist, und dass ich niemals etwas sagen würde, was ihm schadet?«

Nun musste Sophie selbst lachen. »Ja, das weiß ich. Wahrscheinlich will ich deswegen auch mit dir reden und nicht mit einer meiner Freundinnen. Ich will wahrscheinlich nur jemanden haben, der mir sagt, dass alles gut ist und jetzt noch besser wird. Aber ich will auch nicht angelogen werden.«

Sie hörte, dass Lola sich eine Zigarette anzündete. »Du hast doch echt 'nen Totalschuss! Macht aber nichts, eigentlich mag ich solche Leute. Wann hast du Feierabend?«

»Um halb fünf.«

»Hast du ein Glück, dass ich heute frei habe. Wollen wir uns treffen? Auf einen Kaffee?«

»Hm. Café del Sol?«

»Ja, gute Idee. Wann soll ich da sein?«

»Kurz vor fünf wäre gut.« Lola bestätigte und sie legten auf. Sophie schickte Tom noch eine kurze Nachricht, dass sie etwas später kommen würde. Er antwortete nur mit einem kurzen »okay«.

Den Rest ihres Arbeitstages verbrachte Sophie mit ihren Abrechnungen. Mit Ablage. Und mit Mailkorrespondenz. Die Zeit wollte an diesem Tag einfach nicht rumgehen. Aber irgendwann, nach gefühlten 18 Stunden, war es endlich halb fünf und sie konnte ihr Büro verlassen.

Sie machte den Job schon lange nicht mehr gerne. Er langweilte sie zu Tode. Es gab überhaupt keine Herausforderungen mehr.

An jedem Tag waren die gleichen Aufgaben zu erledigen. Sophie dachte oft darüber nach, wie es wäre, einen Job zu haben, bei dem sie abends erzählen könnte: »Ich habe heute dies oder das erreicht. Das oder das geleistet.« Aber in diesem Job würde sie das niemals erleben. Allerdings hatte er auch Vorteile. Miriam beispielsweise musste viele Überstunden leisten. Sie hingegen konnte um Punkt halb fünf den Hammer fallen lassen, jeden Tag. Auch das war etwas wert.

Als Sophie im Café del Sol ankam, saß Lola schon in einer Ecke am Tisch. Man konnte sie gar nicht übersehen, um diese Zeit waren noch sehr wenige Gäste da. Die beiden Frauen begrüßten sich mit einem Kuss auf die Wange. Lola setzte sich sehr schnell wieder. Sie wirkte etwas besorgt.

»Also, was ist nun mit deinen kalten Füßen?«, versuchte sie eine scherzhafte Bemerkung. Es gelang ihr nicht besonders gut, die Besorgnis wich nicht aus ihrem Gesicht.

Sophie bestellte bei der Kellnerin einen Kaffee. Als sie den Tisch verlassen hatte, wandte Sophie sich Lola zu und rückte ein Stück näher an sie heran.

»Ich habe einfach Schiss, Lola. Und du bist die Einzige, die mir sagen kann, dass ich wirklich die richtige Entscheidung getroffen habe.«

Sophie knuffte Lola kumpelhaft in den Arm.

»Tom ist der Größte für mich. Ich bin irrsinnig glücklich mit ihm. Er ist einfach nur toll. Aber ich frage mich manchmal, wo der Haken ist. Es kann doch überhaupt nicht sein, dass jemand einfach nur rundum toll ist!«

»Ach so«, sagte Lola, und lehnte sich entspannt zurück. »Also du hast Recht, wahrscheinlich kennt ihn niemand so gut wie ich. Gevögelt habe ich ihn allerdings nie. Deswegen, wenn mich jetzt jemand nach einem Haken an Tom fragt, könnte ich höchstens drauf tippen, dass er im schlimmsten Fall schlecht im Bett ist. Das wäre aber nur eine Vermutung, weil ich sonst auch keinen Haken kenne.«

»An jedem Menschen gibt es etwas total Doofes. Etwas, das man vor anderen versteckt, das aber für nahe stehende Menschen irgendwann offensichtlich ist. Und ich kann dich beruhigen, er ist das absolute Gegenteil von schlecht im Bett.«

Lola grinste. »Da bin ich wirklich beruhigt, das war das letzte, große Tom-Geheimnis für mich.« Sie schüttelte den Kopf. »Ich habe keine Ahnung, was du hören willst, Sophie. Wir wissen ja alle, dass du viel Mist erlebt Angst hast. Dass du seit Jahren um deine Existenz kämpfst, was wahrscheinlich nicht hätte sein müssen, wenn dir nicht irgendwelche Typen übel mitgespielt hätten.« Sie nippte an ihrem Kaffee. »Ich verstehe trotzdem nicht, warum du an einem Mann, mit dem du seit Monaten glücklich bist, einen Haken suchst.« Sie lachte. »Keine Ahnung, Sophie. Vielleicht bohrt er in der Nase, wenn er denkt, es sieht ihn keiner. Vielleicht trägt er deine Kleider, wenn du auf der Arbeit bist.«

Sophie musste herzhaft lachen. »Du spinnst doch!«, kicherte sie.

Die Kellnerin brachte ihren Kaffee.

Nachdenklich spielte Sophie mit dem Kaffeelöffel auf dem Tisch herum. Was erwartete sie eigentlich von Lola? Das wusste sie selbst nicht so genau.

»Einer der Männer, mit dem ich zusammengezogen bin, war wirklich das Allerletzte, Lola. Alles war gut, monatelang, jedenfalls dachte ich das. Wir sind zusammengezogen, weil er es unbedingt wollte. Er hatte die größere Wohnung, also kündigte ich meine Bude und fing an zu packen. Da ging es schon los. Dies wollte er nicht in der gemeinsamen Bude haben und jenes nicht. Für alles andere gab es keinen Lagerplatz. Ich habe also meinen ganzen Haushalt aufgelöst: Die Waschmaschine verkauft, weil sie schlechter war als seine. Meine Einbauküche verkauft, weil er schon eine hatte. Mein Geschirr, mein Besteck, mein ganzer Haushalt... alles verkauft. Billig verscherbelt würde es besser treffen. Man kriegt ja nicht mehr viel dafür.«

Sophie spürte, wie die Tränen in ihr aufstiegen, aber sie schluckte sie runter. »Ich bin also, nur noch mit meinen persönlichen Sachen ausgestattet, bei ihm eingezogen. Er hat mir so gut wie nicht geholfen bei meinem Umzug, hat sich immer mit Arbeit rausgeredet. Mir Vorwürfe über jede Kiste gemacht, die ich in die Wohnung getragen habe. Als es um das Renovieren meiner Wohnung ging, hat er sich auch herausgeredet. Keine Zeit! Ich stand mit allem alleine da. Und leider, kaum war ich eingezogen, verlor ich meinen Job. Die Firma war pleite. In den zwei Monaten davor hatte ich schon kein Gehalt bekommen. Es hieß immer, das wird noch bezahlt. Es gab ja Betriebsversammlungen deswegen. Ein kleiner Laden, überschaubar. Mein damaliger Chef meinte, es gäbe Schwierigkeiten, aber er hätte eine Finanzierung beantragt und zugesagt bekommen – wir sollten uns gedulden. Ich hatte jede Menge Probleme, denn Ersparnisse hatte ich schon zu dieser Zeit nicht mehr – die hat mich der Mann davor gekostet.«

In diesem Moment lief ihr dann leider doch ein Tränchen die Wange herunter. Lola tat etwas, was Sophie ihr niemals zugetraut hätte. Sie griff nach ihrer Hand und hielt sie einfach fest. Sie wirkte immer so hart. Natürlich wusste Sophie schon seit einigen Monaten, dass Lola ein riesiges Herz hatte. Aber das war der Moment, in dem sie Lola zum ersten Mal ganz weich erlebte. Sie schluchzte. »Und dann hatte ich mich kaum aufgerappelt, eine neue Wohnung, mit allem eingerichtet, was man so braucht, da stand der Nächste vor der Tür. Zog bei mir ein, zog ein paar Monate später aus und hat noch die gesamte Einrichtung mitgenommen, die ich bis dahin irgendwie zusammengekratzt hatte.« Sophie wischte sich die Tränen aus dem Gesicht. »Wieso heißt du eigentlich Lola?«, lenkte sie ab. »Kein Mensch heißt Lola!«

Lola lachte, hielt aber weiterhin ihre Hand fest. »Das erzähle ich dir irgendwann. Jetzt erzählst du erst mal weiter.« Sie seufzte. »Du kannst auch erst mal eine Runde heulen. Aber Tom will um sieben Uhr essen. Das ist in der Tat ein Haken an ihm, er ist immer so scheiße pünktlich mit diesem um sieben Uhr essen. Man kann auch um acht Uhr essen, um neun oder schon um sechs. Aber nein, bei Tom wird immer um sieben gegessen. Das ist absolut zum Kotzen.«

Sophie musste lachen, trotz der Tränen. Lola wusste, wie sie sie stabilisieren konnte.

»Okay«, sagte Sophie. Sie wischte sich die Tränen ab und erzählte weiter. »Dieser Typ, also der Vorletzte, das setzt mir immer noch zu. Kaum wohnte ich bei ihm, fing er an, mir zu erzählen, dass er den Entschluss eigentlich bereut. Dass er mich überhaupt nicht liebt und das mit dem Zusammenziehen in einem Anfall von Wahn gesagt hätte, als die Stimmung entsprechend schön war. Ich war völlig außer mir, denn ich hatte ja auch damals eine Kündigungsfrist zu beachten und schon blöde Erfahrungen vor ihm gemacht. Ich habe ihn in diesen Monaten immer wieder gefragt, ob er es denn wirklich will, dass ich bei ihm einziehe. Aber ja! Will er! Jedenfalls sagte er das immer. Aber wie gesagt, kaum hatte ich alles aufgegeben, war es anders. Ich war aber arbeitslos und nachdem ich zwei Monate kein Geld bekommen hatte, ging es mir finanziell beschissen. Ich konnte meinen Mietanteil nicht mehr zahlen. Mir wurden Ratenzahlungsvereinbarungen gekündigt, weil ich die nicht mehr einhalten konnte. Tja, und irgendwann, noch einen Vollidiot später, blieb mir nichts anderes übrig, als Insolvenz einzureichen, auch wenn die Summe überschaubar ist. Es war echt nicht einfach, Lola. Es gab wirklich Tage, an denen ich nichts zu essen hatte und schwarz mit der Bahn zu meinem neuen Job fahren musste. Gab auch Ärger, ich bin nämlich ein paar Mal erwischt worden. Aber ich musste ja zur Arbeit. Das ist übrigens der Job, den ich jetzt noch mache. Davor war ich fast ein Jahr arbeitslos. Ich war so unglücklich, ich konnte nicht mal in Vorstellungsgesprächen überzeugen. Jeder Chef hat mir angemerkt, dass mein ganzes Leben ein einziges Chaos ist.«

Lola tätschelte noch einmal kurz über Sophies Hand, dann ließ sie los und griff nach ihrer Kaffeetasse. Sie starrte eine ganze Weile schweigend vor sich hin.

»Tom ist eine gute Seele, Sophie. Eine viel zu gute Seele sogar. Klar kann auch er mal richtig sauer werden, aber es dauert lange, bis man ihn soweit hat. Da müssen schon ganz massive Dinge passieren. Dann brüllt er mal eine Weile rum, wenn es ganz schlimm ist, fährt er ein bisschen mit der Harley durch die Gegend. Aber dann geht es wieder.« Sie nahm noch einen Schluck Kaffee. »Was ich dir sagen kann ist, er hat nie eine Frau geschlagen. Manche hätten es verdient, aber er macht so was nicht.

»Okay. Gut zu wissen, denn das habe ich auch schon erleben müssen.«

Lola nickte nachdenklich und spielte mit dem Griff ihrer Kaffeetasse. »Er ist auch keiner, der fremdgeht. Ich meine überhaupt, dass er ein sehr ausgeglichener Mensch ist, der meistens gute Laune hat. Mit Tom kann man gut auskommen, Sophie. Wer mit ihm nicht auskommt, ist selbst schuld.«

Lola griff erneut nach Sophies Hand, beugte sich über den Tisch und sah ihr fest in die Augen. »Ich kann schon verstehen, dass die Panik in dir aufsteigt, nach allem, was du durch hast. Aber mit Tom wird dir so eine Scheiße nicht passieren. Mehr kann ich dir nicht sagen, Sophie. Zieh bei ihm ein und nächstes Jahr um diese Zeit treffen wir uns hier noch mal alleine auf einen Kaffee. Ich wette, dass du mir dann sagst, dass es die beste Entscheidung deines Lebens war.«

Sophie wischte sich die letzten Tränen weg. »Kein Haken?«

Lola lachte so laut, dass die Kellnerinnen sich nach ihnen beiden umdrehten. »Natürlich wird er Macken haben, die du nach einiger Zeit herausfindest. So wie du wahrscheinlich auch deine Macken hast. Aber ihr hängt doch schon seit eurem ersten Tag zusammen wie siamesische Zwillinge, ich bin sicher, du kennst seine Macken längst. Wahrscheinlich sind es Macken, die du gar nicht als Macken siehst, weil sie dich nicht stören.«

Lola sah auf die Uhr. »Es ist sechs Uhr. Lass uns fahren. Er wartet sicher schon. Du weißt ja, bei Tom wird um sieben gegessen.«

Die beiden Frauen zogen ihre Jacken über, bezahlten an der Theke ihren Kaffee und liefen auf den Parkplatz. Es war keine Motorradsaison und Lola war mit dem Auto da. Eine ähnliche Rostlaube wie Sophies Auto. Lola nannte es ihre »Winterschlampe«. Sie stand nur ein paar Meter weiter. »Was sagen eigentlich deine Freundinnen zu deinen Umzugsplänen?«

»Miriam findet es toll und freut sich für mich.«

»Ja, Miriam ...« Lola lächelte. »Miriam ist echt in Ordnung. Ich mag sie. Hätte ich nie gedacht, weil sie so ganz anders ist.«

»Miriam ist eine Dame.«

»Richtig. Und ich nicht. Ich bin LKW-Fahrerin und in der Motorradsaison fahre ich Motorrad. Ich rauche zu viel, ich fluche gerne mal und bin alles andere als eine Lady. Frauen wie Miriam mögen mich eigentlich nicht, ich bin ihnen wohl zu vulgär. Aber Miriam ist cool. Keine Tussi, ich mag sie.«

»Tja, Tanja lächelt dazu und freut sich, und Sina platzt vor Neid und hackt deswegen auf meinen Plänen rum. Sie meint, das wird in einer Katastrophe enden, so wie alles.«

Lola seufzte. »Ich kenne sie ja bisher nicht, aber ich hab nun schon einiges gehört. Die soll bloß nichts Falsches sagen, wenn ich dabei sitze.«

Sophie zuckte gleichgültig mit den Schultern. »Sie ist nicht meine Freundin, Lola. Dafür ist sie zu falsch, zu oberflächlich und zu intolerant. Sie gehört irgendwie dazu, aber nicht, weil ich sie in unserer Runde haben will. Oder Miriam. Ich glaube, nur Tanja würde sie vermissen, wenn sie plötzlich nicht mehr dabei wäre.«

Sie verabschiedeten sich und Lola winkte ihr noch einmal fröhlich zu.

»Bis gleich. Ich muss noch was erledigen, aber dann komme ich gleich rüber zu euch.«

Fünfzehn Minuten später fuhr Sophie ihren Wagen in den Hof und kaum hatte sie das Tor geschlossen, öffnete sich die Haustür. Die Hunde stürmten nach draußen und begrüßten sie freudig. Odin sprang an ihr hoch, dann legte er sich auf den Boden und wälzte sich vor Freude. Alice und Cooper saßen auf dem Dach des ehemaligen Heubodens und starrten betreten nach unten, als wäre es ihnen peinlich, wie sich die Hunde verhielten. Offenbar genossen sie ihr Leben in diesem Haus auch sehr. Sie schienen sich wohlzufühlen.

»Wo warst du denn noch?«, fragte Tom, als sie die Küche betrat. Er stand am Herd und rührte in einem Topf herum.

»Ich war mit Lola einen Kaffee trinken.«

Verwundert drehte er sich um. »Hm? Aber sie kommt doch sowieso gleich?«

Sophie stellte ihre Tasse auf den Kaffeeautomaten, drückte den Knopf für einen starken Espresso und setzte sich dann mit ihrer Tasse an den Küchentisch. Seufzend zündete sie sich eine Zigarette an. »Endlich zu Hause!«

»Hm«, sagte Tom nur. Es war ihm anzumerken, dass er über den Grund ihres Treffens mit Lola grübelte.

»Ja Tom, ich habe heute früh kurz mit ihr telefoniert. Wir haben beschlossen, nach meinem Feierabend einen Kaffee trinken zu gehen.«

Sie atmete tief ein. »Du weißt, dass mir der Gedanke zu schaffen macht, keine Wohnung mehr zu haben, für den Fall, dass das hier schief geht. Ich musste einfach mal mit ihr reden!«

Tom setzte sich zu Sophie an den Küchentisch und sah sie ernst an.

»Du brauchst ein Gespräch mit Lola, weil du so viel Angst hast? Warum ausgerechnet mit ihr?« Er schüttelte den Kopf. »Versteh mich nicht falsch, sie ist meine beste Freundin und ich finde es toll, wenn ihr euch gut versteht. Ihr könnt auch Frauengespräche führen und du musst mir die Inhalte nicht erzählen, das ist okay. Ich begreife es nur nicht. Du hast Angst, okay. Das ist nichts Neues. Ein Zurück gibt es jetzt sowieso nicht mehr. Deine Wohnung ist gekündigt. Aber warum ausgerechnet Lola? Warum nicht deine Freundinnen?«

Sophie zuckte mit den Schultern.

»Ich wollte mit jemandem reden, der dich besser kennt als ich.«

»Und? Bist du jetzt beruhigt?«

»Ja.«

Tom lächelte. »Dann ist ja alles gut.« Er lehnte sich bequem in seinem Stuhl zurück. Dann lachte er leise und sagte: »Ich werde dich genauso gut entsorgen wie all die anderen Frauen, die ich ermordet habe, mach dir keine Sorgen.«

»Blödmann!«

Tom kicherte. »Deckst du den Tisch?«

Er ging zum Herd zurück und rührte in seiner Spaghettisoße. Sophie stand auf, umarmte ihn von hinten und schmiegte sich an ihn. »Ich liebe dich so sehr, Tom…«

Er drehte sich um und nahm sie in die Arme. Sie legte ihren Kopf an seine Brust und schloss für ein paar Sekunden die Augen. Wie immer, wenn sie das tat, fühlte sie sich augenblicklich ruhig. Es kam ihr stets vor, als würde aller Ärger, jeder Zweifel, einfach alles Negative von ihr abfallen, wenn sie sich an ihn schmiegte.

»Und ich dich«, antwortete er leise. Er drückte ihr einen sanften Kuss auf die Stirn. »Und du musst überhaupt keine Angst haben. Ich glaube, ich bin ein ganz vernünftiger Mann. Dass ich zwischendurch den Sex auch ganz gerne mal ein bisschen brutal mag, weißt du seit unserem ersten Tag.«

»Ich finde das eher leidenschaftlich, als brutal.«

»Umso besser. Bestimmt gibt es vieles, was wir voneinander noch nicht wissen und im Laufe der Zeit erfahren. Aber ich glaube, das Wichtigste wissen wir schon. Ich freue mich darauf, wenn du nicht mehr ständig zum Blumen gießen in eine Wohnung fahren musst, in der du eigentlich gar nicht mehr wohnst. Und ich verspreche dir, ich werde dich nicht unglücklich machen. Ich bin doch auch einfach nur glücklich, noch mal jemanden wie dich gefunden zu haben. Lass uns jetzt einfach unser Leben genießen.«

Umzug – und eine Überraschung für Tom

Sophies bisherigen Umzüge waren jedes Mal eine totale Katastrophe gewesen. Meist stand sie ganz alleine da und musste ein paar Jungs anheuern, die gegen Bezahlung halfen. Die musste man aber auch erst einmal finden, und das hieß noch lange nicht, dass sie auch zum Umzugstermin erschienen. Einer ihrer Umzüge hatte sich über zwei Monate gezogen und die meisten ihrer Sachen hatte sie selbst mit ihrem Auto von einer Wohnung zur nächsten gefahren. Jede Wohnung musste nach dem Auszug renoviert werden und damit war sie jedes Mal tagelang beschäftigt. Damit, und mit dem Putzen danach.

Dieses Mal war alles anders. Tom war bereits Ende Februar mit ihr in ihre Wohnung gefahren und hatte eine Bestandsaufnahme gemacht. Sie hatte inzwischen beschlossen, die Küche den Nachmietern zu überlassen, sie bezahlten ihr sogar noch einen angemessenen Preis dafür. Auch die Couch verkaufte sie. Leider bekam sie nur noch 100 Euro dafür, aber sie wäre in Toms Scheune nur kaputt gegangen. Letztlich trennte sie sich auch mal wieder von ihrer Waschmaschine, denn Tom besaß eine, die wesentlich besser war. Ein altes Miele-Modell, aber sie sah aus, als wäre sie jahrelang nicht benutzt worden – fast wie neu. Doch den Wäschetrockner nahmen sie mit, denn Tom sah ein, dass er ihnen das Leben doch etwas erleichtern könnte.

Tom baute Möbel ab, während Sophie ihre Sachen in großen Umzugskisten verpackte. Der Umzug selbst war für Sophie ein Spaziergang. Tom hatte einen guten Freundeskreis und einige von seinen Jungs lernte Sophie nun auch endlich einmal kennen. Eigentlich hätte sie sich dafür eine angenehmere Gelegenheit gewünscht, aber Tom zuckte nur mit den Schultern. Lola kam mit dem LKW von ihrem Chef und spielte die Fahrerin, während Tom und seine Freunde alle Kisten und Möbelteile nach unten schleppten. Sophie musste keinen einzigen Karton in die Hand nehmen. Wie angenehm!

Schließlich standen sie in der leeren Wohnung und das innerhalb von zwei Stunden. »Die Malerarbeiten machen wir nächste Woche«, verkündete Tom. Sophie erinnerte ihn daran, dass sie ja noch zwei Monate Zeit hatten. Doch er zuckte nur mit den Schultern und meinte: »Was erledigt ist, ist erledigt. Wir machen das alles fertig, du machst die Übergabe mit deinem Vermieter und hast das alles von der Backe. Ich mag es nicht, wenn man Dinge vor sich herschiebt.«

Während Lola den LKW in den nächsten Ort und zu Toms Haus lenkte, fuhren Sophie und Tom mit seinem Jeep hinterher. Auf dem Rücksitz saß Anton, ein schweigsamer Typ, aber sehr nett. Er war polnischer Herkunft, daher auch dieser klangvolle Name. Er trug eine Glatze und war am Kopf tätowiert. Den langen Bart hatte er zu Zöpfen geflochten. Als sie vor Toms Haus aus dem Auto ausstiegen, erfuhr Sophie nebenbei, dass er Tätowierer war. Tom lachte. »Ja, das ist der Typ, der den ganzen Scheiß auf meinem Körper verbrochen hat.«

Anton quittierte diese Aussage mit einer abfälligen Handbewegung. Er zündete sich eine Zigarette an und lotste, die Zigarette im Mundwinkel, Lola mit dem LKW direkt vor das Hoftor. Nur zwei Minuten später parkte sie das riesige Gefährt und sprang gut gelaunt vom Fahrersitz auf die Straße.

»Sag mal, denkst du ich bin blöd?«, schnauzte sie Anton an. »Ich hab doch Rückspiegel!«

Anton zog an seiner Zigarette und sah sie ungerührt an. »Du bist 'ne Frau, da dachte ich, ich helfe dir mal lieber beim Einparken.« Das leise Lächeln, das seine Mundwinkel umspielte, war kaum wahrnehmbar. Auf Außenstehende würde diese Situation sicher bedrohlich wirken.

»Ich hau dir gleich eine rein«, sagte Lola. Sie öffnete die Plane, mit welcher der LKW verschlossen war und zündete sich eine Zigarette an. »Bitteschön «, lachte sie. »Die Schlepperei überlasse ich euch.« Sie kicherte. »Und macht nicht vorzeitig schlapp, Mädels!«

Sie setzte sich auf das kleine Mäuerchen im Hof, das die Sitzecke, die im Sommer dort stand, optisch ein wenig vom restlichen Hof abgrenzte, rauchte eine Zigarette und grinste vor sich hin. Das Entladen war auch in zwei Stunden erledigt. Während die Männer Kisten und Möbel schleppten, klapperte Sophie in der Küche mit Töpfen und Pfannen. Sie hatte einen ganzen Berg Schnitzel vorbereitet und dazu sollte es eine scharfe Paprikasoße geben und Kroketten. Lola saß bei ihr in der Küche, schlürfte genussvoll einen Kaffee und blätterte in einer Zeitung. Schon wieder war Sophie gerührt. Es war so herrlich, so gute Freunde zu haben. Einen Mann, der das alles organisierte und in die Hand nahm. Kein Schleppen von Sachen, die viel zu schwer für sie waren. Kein wochenlanges Hin- und Herfahren und das Gefühl, nicht zu wissen, wie das alles bewältigt werden sollte. Nein, im Gegenteil: Ein paar coole Leute, die man nur ordentlich verköstigen musste. Leute, die man nicht bezahlen musste für ihre Hilfe. Sophie konnte so gut verstehen, warum Tom seine Freunde heilig waren. Auch in ihren Augen war genau das Freundschaft, was er und seine Leute lebten: Man half sich gegenseitig, ohne Wenn und Aber und überall, wo Hilfe benötigt wurde. Wahrer Reichtum für Menschen, die diesen Luxus genießen dürfen!

»Ich will auch ein Tattoo«, sagte Sophie unvermittelt.

»Echt?«, grinste Lola. »Wie kommst du jetzt darauf?«

»Weil ich jetzt Anton kennengelernt habe.«

»Ja, der ist gut. Er hat auch meine Tattoos gestochen. Frag ihn doch einfach.«

»Das mach ich auch. Aber es wird eine Überraschung für Tom. Also sag bitte nichts.«

Lola grinste. »Wird nur schwierig, ihn alleine zu erwischen. Die sind zu viert, die hängen auch zu viert rum und bevor nicht alles hier drin ist, hören die auch nicht auf.« Sie zündete sich eine Zigarette an. »Was willst du dir denn stechen lassen?«

Sophie setzte sich zu ihr an den Tisch. »Toms Drachen. Und seinen Namen darunter.«

Über Lolas Gesicht zog sich ein breites Grinsen. »Die Vorlage hat Anton selbst gezeichnet. Tom kam mit einem Bild von einem Drachen zu ihm und er hat die Zeichnung nach diesem Bild angefertigt – aber mit ein paar Änderungswünschen von Tom. Anton musste ihm versprechen, dass das nur sein Tattoo ist. Er hat versprochen, dass er es niemandem sonst sticht.«

Sophie zog einen Schmollmund. »So was habe ich mir gedacht. Also meinst du, ich habe keine Chance, dieses Motiv zu bekommen?«

Lola beugte sich über den Tisch und sah sie verschwörerisch an. »Doch. Du schon. Bei dir wäre Tom auch nicht sauer, da bin ich sicher. Das hat eine so tiefe Symbolik, wenn er die nicht versteht, würde ich sie ihm höchstpersönlich in den Schädel reinprügeln.« Sie lachte. »Nur wie gesagt, du wirst kaum eine Gelegenheit haben, Anton alleine zu erwischen. Macht aber nichts, ich kenne Anton ja auch gut. Das kriegen wir schon hin.«

Und doch bekam Sophie Gelegenheit, alleine mit Anton zu sprechen. Dass Lola noch dabei saß, störte sie nicht. Tom verabschiedete die zwei anderen Jungs, die er ihr als Ben und Thorsten vorgestellt hatte. Er brachte sie ans Hoftor und hielt dort noch einen kleinen Plausch. Anton hingegen hatte sich noch einmal den Teller vollgeladen und kaute gemächlich auf dem letzten Schnitzel herum.

»Anton«, begann sie ihre Rede. Er hob nur kurz den Kopf. Ein netter Kerl, aber auch ein komischer Kauz. »Ich muss mich beeilen, weil es eine Überraschung für Tom werden soll, aber hättest du Zeit, mir ein Tattoo zu machen?«

Er nickte und kaute. »Was für ein Motiv willst du denn?«, fragte er.

»So einen Drachen, wie Tom ihn auf dem Rücken hat. Und zwar genau den Gleichen.«

Er grinste. »Den habe ich selbst gezeichnet, das Muster habe ich noch. Aber ich habe ihn exklusiv für Tom gemacht, den darf ich nicht einfach jemand anderem stechen.«

»Sie ist nicht irgendjemand anderes, du Pfeife«, zischte Lola. »Sie ist Toms Freundin.«

»Hm«, knurrte er. »Wohin soll ich ihn denn tätowieren?«

»Auf meine Schulter. Und ich will Toms Namen drunter haben.«

Er hob den Kopf. Inzwischen hatte er auch das letzte Stück seines Schnitzels verspeist und lehnte sich im Stuhl zurück. »Das wird aber schwierig.« Er deutete auf Sophies Schulter. »Der Drachen geht über Toms kompletten Rücken. Für deine kleine Schulter ist der viel zu groß.«

Anton zündete sich eine Zigarette an und rauchte nachdenklich. »Ich kann das Original aber verkleinern.«

»Das wäre toll, Anton. Willst du es denn überhaupt machen?«

»Na klar will ich das machen. Unsere Leute kommen nur zu mir, ist doch klar.«

»Was würde mich das ungefähr kosten?«

»Normalerweise mindestens 500, muss ich mir aber alles genauer ansehen. Aber du bist Toms Freundin, ich mache es dir für die Hälfte.« Er stieß den Rauch aus. »Ich lebe davon, deswegen muss ich mir das trotzdem bezahlen lassen. Alle anderen Freundschaftsdienste, die nichts mit meinem Job zu tun haben, sind immer kostenlos. Bei uns ist das so.«

»Das weiß ich doch«, sagte Sophie. »Ich kann auch ruhig den vollen Preis zahlen.«

Immerhin musste sie ab Mai keine Miete mehr zahlen. Bis dahin würde sie sich das Geld von Miriam leihen.

Er schüttelte den Kopf. »Nee, 250 sind in Ordnung. Hältst du das überhaupt aus?« Er grinste sie belustigt an. »Das tut nämlich weh.«

»Ist mir klar.«

»Hast du schon ein Tattoo irgendwo?«

»Nein.«

»Warum jetzt auf einmal? Weil Tom tätowiert ist?«

Sophie schnaufte. Bestimmt hielt er sie für so ein kleines, blödes Ding, das jetzt alles toll fand, nur weil Tom es toll fand. Aber sie wollte es sich nicht mit ihm verderben, deswegen sagte sie freundlich: »Nein. Ich wollte schon immer eins, aber ich konnte mich nie für ein Motiv entscheiden.«

Er nickte. »Ja«, brummte er. »Man sollte schon wissen, was man will. War ja mal eine Zeit lang modern, dass alle Mädels irgendwelche Arschgeweihe haben wollten. Bei den meisten von ihnen war das Geheule ziemlich groß, wenn ich angesetzt habe.« Er lachte. »Wenn ich loslege und du heulst, höre ich sofort auf.«

»Ich werde nicht heulen. Aber ich weiß auch nicht, was daran so schlimm wäre, andere haben doch auch geheult, sagst du.«

»Wenn man ein Tattoo will, weiß man, was auf einen zukommt und man hält das aus. Man nimmt den Schmerz an, er gehört dazu. Da wird nicht rumgeheult.«

Lola tätschelte Sophies Arm. »Ich komme mit, ich halte dir Händchen.«

Sophie stellte Anton eine Tasse Kaffee hin. Er nickte zum Dank. »Wenn man eine von uns sein will, hält man das einfach aus«, knurrte er. »Ohne zu heulen. Ansonsten bist du einfach nur ein Mädchen.« Er zog sein Smartphone aus der Tasche. »Wann hast du Zeit?« Er tippte auf dem Display herum und wühlte offenbar in seinem Kalender. »Ich kann dir den Donnerstag übernächster Woche anbieten. Zehn Uhr. Vorher fange ich nicht an. Kannst du da?«

Sie nickte. Für diesen Tag würde sie sich einfach Urlaub nehmen. »Du sagst Tom aber nichts.«

»Nö.«

»Auch danach nicht. Ich will es ihm erst an Beltane zeigen.«

»Ach!«, seufzte Lola, und ein Lächeln zog sich quer über ihr Gesicht. Das macht er immer so toll und das ist ja bald, stimmt. Allerdings, es sind noch ein paar Wochen, wie willst du das so lange vor ihm verstecken?«

»Ich werde ihm schon sagen, dass ich mir ein Tattoo habe stechen lassen, aber zeigen will ich es ihm erst in dieser Nacht.« Sie lächelte unwillkürlich. »Er hat mir erklärt, welche Bedeutung das Fest für ihn hat. Und es ist ja immerhin der Tag meines offiziellen Einzugs. Auch wenn das Ganze jetzt schon über die Bühne gegangen ist. Aber in dieser Nacht endet mein Mietvertrag.«

Fast im gleichen Augenblick stand Tom plötzlich in der Küche. »Welche Nacht?«, fragte er. »Redet ihr von Beltane?«

Lola nickte. »Ja. Du feierst doch, oder?«

Tom setzte sich zu ihnen, erhob sich aber gleich wieder und holte sich eine Tasse Kaffee. »Ich feiere dieses Fest doch immer.«

Das Tattoo

Ihre Aufregung vor Tom zu verbergen, war die größte Hürde für Sophie. Vor allem musste sie gut planen. Damit Tom nichts merkte, musste sie wie immer das Haus um halb acht verlassen. Also traf sie sich mit Lola zum Frühstück in deren Wohnung und brachte, wie vereinbart, frische Brötchen mit. Auch Lola hatte sich freigenommen. Das könne sie sich doch nicht entgehen lassen, hatte sie ihr erklärt.

Um Punkt acht Uhr saßen die beiden Frauen am Frühstückstisch.

»Bist du aufgeregt?«, fragte Lola.

Sophie nickte. »Und wie! Vor allem habe ich echt Schiss, dass ich jammern muss. So eine Tätowierung auf der Schulter ist ja bestimmt nicht von schlechten Eltern. Darunter sind überall Knochen und empfindliche Nerven … das wird sicher ganz schön wehtun.«

Lola nickte zustimmend. »Ja, das tut irre weh, das kann ich dir gleich sagen. Ich habe ja auch eins auf der Schulter. Sie zog ihr Shirt hoch und drehte sich so, dass Sophie die Rose auf ihrer linken Schulter bewundern konnte. »Die ist nur klein und war schnell fertig, aber das ist eine Scheißstelle.« Lola schenkte Kaffee ein. »Hör mal, du musst den Anton aber nicht so ernst nehmen. Der ist ein Brummelbär und macht gerne einen auf harten Mann. Wenn du heulen musst, dann musst du eben heulen.«

»Dann bin ich keine von euch«, lachte Sophie.

»So ein Bullshit. Du bist so oder so eine von uns. Du bist nämlich ganz schön tough.« Lola griff nach einem Brötchen. »Du, ganz ehrlich, ich bin noch nie mit einer Freundin von Tom so gut ausgekommen wie mit dir.«

»Dabei wolltest du mir doch eigentlich das Herz rausreißen«, neckte Sophie sie.

Lola schüttelte den Kopf und lachte. »Naja. Sie haben ihm schon übel mitgespielt, die Frauen. Ehrlich jetzt.« Sie nahm einen Bissen von ihrem Brötchen. »Er hat viel durch. Wie wir alle wahrscheinlich.« Lola seufzte. »Eigenen Kummer wegzustecken, fällt mir leichter als mir mit anzusehen, wenn man meinen Leuten ans Bein pisst.«

Für einen Moment wirkte sie ein wenig betrübt. »Jetzt hat er ja dich. Ich bin ehrlich froh darüber. Die erste Frau an seiner Seite, die ich wirklich mag.«

»Das freut mich, Lola, denn ich mag dich auch sehr. Da du seine beste Freundin bist, ist das auch sehr wichtig, dass wir uns verstehen.« Sophie atmete tief ein. »Für mich sind Freunde nämlich auch Familie. Ich habe ja auch nur noch Miriam und Tanja. Sina zählt nicht. Aber jetzt bist du auch noch da. Das ist so toll. Und nach meinen Erfahrungen in den letzten Jahren ... also ich brauche einfach einen Mann, der das auch so sieht und das war ja bei Tom vom ersten Tag an klar.«

Lola nickte.

»Weißt du, wir hatten noch eine weitere Freundin, Melanie«, erzählte Sophie. »Es waren gute drei Jahre, in denen sie immer mit uns ausgegangen ist, ständig Zeit mit einer von uns oder mit uns allen verbringen wollte. Dann lernte sie einen Mann kennen – weg war sie. Wir fühlen uns da echt verletzt.«

»Na klar«, antwortete Lola. »Sie hat es wahrscheinlich noch nicht begriffen. Männer kommen und gehen. Frauen auch. Die Freunde bleiben. Es sei denn, man hat sie mit genau so was verscheucht.«

Sie seufzte. »Du, ganz ehrlich, als ich mich von Steve getrennt habe, hätte ich nicht gewusst, was ich ohne euch tun soll. Das Schlimmste ist ja, dass man sich diesen Menschen irgendwie aus dem Kopf schlagen muss. Aber das Zweitschlimmste ist, wenn man dann niemanden hat, der für einen da ist. Immer wenn es mir schlecht ging, konnte ich zu euch kommen. Ihr habt mich wirklich aufgefangen und das ist das Wertvollste, was man nur haben kann im Leben. Menschen, die einen auffangen. Wahnsinn.«

»In deinen Kreisen, dachte ich, ist das normal.«

Lola nickte. »Ist es auch. Biker halten zusammen. Auch wenn sie nicht in irgendeinem Club organisiert sind. Warum das so ist, weiß ich nicht, aber mit Bikern hat man immer eine ganz besondere Freundschaft. Trotzdem hat man auch unter ihnen seine besten Freunde – und eben viele Bekannte. Mein bester Freund war schon immer Tom.« Sie lachte. »So, und jetzt noch mal wegen deinem Tattoo. Das tut höllisch weh und das sagt dir gerade Lola. Die knallharte Lola. Also nur damit du es weißt, wenn dir nach Jammern und Fiepsen zumute ist, dann darfst du das ruhig.«

»Warum sagt Anton dann so was?«

»Weil er dich aufziehen wollte. Nimm das nicht so ernst. Allerdings kann ich dir sagen, dass Anton immer einen Heidenrespekt hat, wenn eine Frau beim Tätowieren nicht jammert und heult. Bei dem haben nämlich sogar die härtesten Typen Tränen in den Augen, und Gejammer hat der schon viel gehört.«

Um Punkt zehn Uhr betraten sie gemeinsam Antons Tattoostudio. Nun war Sophie ganz schön mulmig zumute. Gut, dass sie so ausgiebig gefrühstückt hatte! Lola war der Meinung gewesen, sie bräuchte was Handfestes im Bauch, bevor sie sich auf diesen Stuhl setzte. Aus der Anlage ertönten irgendwelche Hardrock-Hymnen, die Sophie nicht kannte. Im Grunde mochte sie diesen Musikstil ja und in diesem Ambiente war das sicher auch passend. Nur regte sie das in diesem Moment noch mehr auf.

Der schweigsame Anton nickte ihr zu und bleckte beim Grinsen die Zähne. »Hab mir extra den ganzen Vormittag nur für dich freigehalten«, sagte er. Dann wurde er gleich geschäftsmäßig und legte ihr eine Vorlage hin. Toms Tattoo! »Ich habe es verkleinert. Das hatten wir ja besprochen, das Original ist zu groß für dich. Jetzt müssen wir mal sehen, ob wir es in einer einzigen Sitzung fertig kriegen.« Er warf Sophie einen misstrauischen Blick zu. »Das wird wehtun. Wir können aber zwei oder drei Sitzungen draus machen. Dann musst du eben noch mal kommen.«

»Aha«, sagte Sophie. Ihre Knie fühlten sich an wie Pudding und sie setzte sich. »Wir machen das heute komplett.«

Anton lachte, und sein Lachen klang fies. »Bist du sicher? So was steche ich normalerweise nicht in einer Sitzung.«

Sophie atmete tief ein und sah Anton selbstbewusst an. »Wie lange wirst du brauchen?

»Schwer zu sagen. Drei Stunden. Vielleicht vier. Nein, so lange werde ich nicht brauchen. Aber drei Stunden bestimmt. Wir machen aber zwischendurch eine Pause.«

Sophie nickte.

»Den Pulli musst du schon ausziehen, Lady.«

Sie streifte ihren Pullover ab und legte ihn neben sich auf einen Stuhl. »Der BH muss leider auch runter. Das geht so nicht.«

Lola nickte ihr aufmunternd zu.

»Keine Angst, ich gucke dir nichts weg. Ich sehe jeden Tag Titten. Außerdem arbeite ich an deinem Rücken.«

Sophie spürte die Striche des Stiftes, mit dem Anton das Tattoo grob vorzeichnete. Eine gute halbe Stunde später legte er den Stift beiseite. »So Lady, jetzt geht es los.«

Sophie hörte das Summen seiner Tätowiernadel. Schon als er ansetzte, hätte sie laut heulen können. In diesem Moment aber wahrscheinlich noch vor Aufregung und vor Angst, denn noch war es gar nicht so schlimm. Lola saß genau vor ihr und versuchte, sie abzulenken, so gut sie konnte. Sie erzählte blöde Witze und lustige Anekdoten aus ihrem Leben. Nun erfuhr Sophie auch endlich, warum man sie eigentlich Lola nannte, denn wie sie inzwischen wusste, hieß Lola in Wahrheit Liliane Becker. Es lag einfach nur an ihrem Lieblingssong, viele Jahre zuvor. »Lola« von den Kinks. »Den habe ich rauf und runter gehört«, erzählte sie.

»Aber der stammt doch aus den Siebzigern.«

»Na und? Ich mochte den Song. Und irgendwie hat es sich dann eingebürgert, dass mich alle Lola nannten.« Sie zog eine Grimasse. »Hör mal, Liliane ... das passt doch gar nicht zu mir. Eine Liliane ist so ein zartes, blondes Wesen oder so. Damenhaft. Auf jeden Fall ist eine Liliane nicht wie ich dunkelhaarig, LKW-Fahrerin ...«

Lola erzählte von Motorradtreffen und von Freunden, die sie hatte, die tatsächlich in irgendwelchen Clubs waren. Anton schnaufte zwischendurch immer mal, und für Sophie klang das nach gelegentlicher Zustimmung zu all den Dingen, die Lola erzählte.

Die Tätowiernadel brummte und Sophie hätte den Schmerz nicht beschreiben können. Die Nadel hämmerte auf ihrem Schulterblatt, und es waren nur kleine, feine Stiche, die an sich bestimmt nicht so schlimm waren – aber das Hämmern auf den Knochen, das tat richtig weh. Insbesondere auf dem Schulterblatt. Auf die Stiche selbst achtete man wahrscheinlich mehr, wenn man sich an einer Stelle tätowieren ließ, die nicht so mit Knochen unterlegt war.

Sie stöhnte zwischendurch einige Male. Die Tränen standen ihr in den Augen, aber sie verkniff sich das Heulen. Manchmal brummte sie ein tiefes »hmmmm«. Es sollte nicht klingen wie ein Jammern.

Anton lachte. »Du bist echt tapfer, das hätte ich nicht gedacht«, sagte er. »Wirklich jetzt. Hier haben schon Kerle gesessen, von denen hättest du lernen können, wie man richtig schön jammert.« Er räusperte sich. »Die Umrisse habe ich jetzt fertig. Aber er braucht ja noch die ganzen Feinheiten.«

»Das tut so scheiße weh«, zischte Sophie durch ihre zusammengepressten Zähne. Schon wieder – oder immer noch? – standen ihr die Tränen in den Augen. Als Anton am Schulterblatt arbeitete, konnte sie sich ein mehrfaches, lautes Stöhnen nicht verkneifen. Lola stand auf, stellte sich direkt vor sie und hielt Sophies Kopf an ihren Bauch gedrückt. So konnte Sophie sich abstützen, die Augen schließen und sich irgendwie an Lola festhalten. Das nahm ihr zwar nicht den Schmerz, aber es wirkte beruhigend.

»Wie sieht es aus?«, fragte Sophie sie irgendwann. Für Sophie hatte die ganze Prozedur nun gefühlte vier Stunden gedauert.

Ihren Kiefer hielt sie zusammengepresst und sie spürte selbst, dass sie kaum zu verstehen war, wenn sie zu sprechen versuchte.

»Das wird richtig toll. Ich glaube, Tom haut es aus den Latschen, wenn er das sieht.« Lola räusperte sich. »Übrigens, im Grunde bist du auch so eine Frau, an der man Tattoos vermuten würde. Ich wundere mich, dass du noch keins hast.«

»Na«, zischte Sophie durch die zusammengepressten Zähne, und sie unterdrückte einen Schmerzensschrei, weil die Nadel unbarmherzig an einer Stelle hämmerte, die besonders schlimm schmerzte. »Wusste nicht was«, presste sie hervor.

Anderthalb Stunden Tortur, die Sophie vorkamen wie mindestens fünf Stunden. Und doch war das Tattoo noch immer nicht fertig, als Anton die Nadel absetzte. Er wollte ihr nur eine Pause gönnen.

Sophie war sicher, dass ihre Freundinnen die Köpfe schütteln würden, wenn sie wüssten, wie schmerzhaft das Ganze in Wirklichkeit war. Bestimmt würden sie sie fragen, warum sie das auf sich nahm.

Aber Sophie hatte vor allem für sich selbst eine Antwort darauf: Weil sie es schön fand. Nicht den Schmerz, aber das fertige Tattoo. An Männern hatten ihr Tattoos schon immer gut gefallen. Toms riesigen Drachen, der sich über seinen gesamten Rücken zog, fand Sophie unglaublich sexy. Den Panther auf seinem Oberarm. Die Skeletthand mit dem Totenkopf auf dem anderen Arm…

Auch an Frauen fand sie Tattoos toll. Das schöne Ergebnis war ihr den Schmerz wert. Dieser Drache war etwas Besonderes.

Während der Pause, die Anton ihr nun nach anderthalb Stunden gönnte, lotste er Sophie und Lola in seinen Hinterhof, damit sie dort eine Zigarette rauchen konnten. Dort standen sogar Gartenmöbel. Sophie war dankbar, dass sie sitzen konnte, denn sie fühlte sich ziemlich entkräftet. Den Schmerz anzunehmen und die Schmerzenslaute zu unterdrücken – das war unglaublich anstrengend.

Anton zog an seiner Zigarette und zwinkerte ihr zu. »Wirklich tapfer. Respekt. Den größten Teil hast du schon geschafft.«

»Ich würde es gerne mal sehen.«

Er schüttelte den Kopf. »Erst wenn es fertig ist. Willst du Toms Namen dann auch in Schreibschrift drunter haben, so wie ich deinen auf seinem Arm tätowiert habe?«

Sophie nickte. Das Sprechen fiel ihr schwer. Durch das ständige Zusammenpressen von Ober- und Unterkiefer schmerzten jetzt auch noch ihre Zähne.

Kaum hatte sie aufgeraucht, nickte Anton mit dem Kopf zur Tür und bedeutete ihr auf diese Weise, dass es nun weitergehen würde. Sophie trank noch einen Schluck Wasser, Anton desinfizierte sich die Hände und zog neue Handschuhe über. Er arbeitete absolut hygienisch. Sehr löblich. »Ich hoffe, du weißt, wie man seinen Namen schreibt«, zischte Sophie durch die Zähne.

Anton lachte. Wenn dieser große, massive Kerl lachte, klang es wie mehrere Donnerschläge hintereinander. »Na klar«, knurrte er. »M I C H A E L«, oder?«, buchstabierte er, und lachte.

Und wieder setzte die Nadel an. Noch einmal anderthalb Stunden Tortur. Oder länger? Diese insgesamt drei Stunden erschienen Sophie wie Tage. So viel zur Relativitätstheorie! Und doch gelang es ihr auch in der zweiten Runde, ihr Jammern und Schreien zu unterdrücken, das tief in ihren Eingeweiden rumorte und eigentlich nur raus wollte. »Wenn wir hier durch sind, muss ich mir erst mal etwas suchen, wo ich drantreten kann«, zischte sie durch die Zähne. »Und ich muss irgendwohin, wo ich mal einen lauten Schrei loslassen kann.«

Um Punkt halb eins schaltete Anton das Gerät ab, wischte ein letztes Mal die überflüssige Tinte von ihrer Haut und sagte: »Fertig. Du bist ein Vorzeige-Tätowier-Modell. Das hätten wir filmen müssen. Ich hätte es gerne ein paar Leuten gezeigt.«

»Na, dass Männer mehr jammern als Frauen, kann ich mir gut vorstellen«, sagte Lola, und sie zog eine Grimasse. »Eigentlich sind wir stärker im Nehmen als ihr.«

»Na, wenn du meinst«, erwiderte Anton. »Das sind ja nicht alle. Die meisten verziehen keine Mine.«

»Wahrscheinlich die, die sich am Oberarm stechen lassen. Viel Fettgewebe. Da merkt man das ja auch kaum.« Lola grinste.

Sophie lief zu dem großen Spiegel und Anton kam mit einem Handspiegel, damit sie sich das fertige Ergebnis betrachten konnte. Lola kramte ihr Smartphone aus der Tasche und machte ein paar Fotos. »Ich ärgere mich jetzt, das habe ich vergessen«, fluchte sie. »Eine Tattoo-Session muss man eigentlich fotografieren. Wow, das ist so toll geworden!«

Das Tattoo war wirklich wunderschön. Es war ganz in Schwarz und Grau gehalten, lediglich die feurigen Augen des Drachen funkelten in strahlendem Rubinrot. Der Drache sah wirklich genauso aus wie der auf Toms Rücken, nur eben kleiner und auf nur einer Schulter. Toms Name war in wunderschöner Schreibschrift direkt unter dem Flügel eintätowiert. Ein rundum gelungenes Tattoo. Sophie war begeistert, der Schmerz hatte sich gelohnt!

Sie sah Anton ermahnend an. »Denk dran – Tom darf es nicht wissen. Ich will ihn damit überraschen.«

Anton lachte. »Das möchte ich jetzt aber gerne wissen, wie willst du das vor ihm verstecken?« Er drückte ihr eine Tube Hautcreme in die Hand. »Damit cremst du das täglich vorsichtig ein, gerne auch mehrmals. Die Frage ist, wie du da dran kommst. Das einzucremen, wäre eigentlich Toms Part.«

»Ich finde schon jemanden, der mich da eincremt«, sagte Sophie. Lola nickte zustimmend. »Notfalls kommst du immer mal schnell nach der Arbeit vorbei. Ich habe noch drei Tage frei, ab Montag habe ich eine Woche Frühschicht im Lager. Bis dahin ist das aber fast verheilt.«

»Das mache ich bestimmt. Aber ich hab ja auch noch Miriam. Und Tanja. Die müssen auch mal dran glauben.«

Die »Nachwehen« spürte sie immer noch sehr heftig und sie ahnte, dass das noch ein paar Tage anhalten würde. Die Knochen unter dem Tattoo schmerzten, teilweise fühlte sie immer noch das Hämmern der Nadel.

»Kein Solarium in den nächsten vier Wochen«, sagte Anton streng. »Solarium ist übrigens sowieso nicht gut für Tattoos, aber was solls. Notfalls musst du eben in ein paar Jahren zum Nachstechen kommen. Täglich eincremen. Und wenn es geht, heute und morgen keine Dusche. Am besten übermorgen auch noch nicht.«

»Ihh«, sagte Sophie, und verzog das Gesicht.

»Das ist der Preis. Also einer davon. Man kann sich ja auch gründlich waschen.« Anton lachte. »Und trotzdem wirst du es vor Tom nicht verstecken können. Ein frisches Tattoo macht noch richtig aua und spätestens, wenn er dich mit den Händen an der Schulter oder auf dem Rücken berührt ... außerdem, mal 'ne Frage, zieht ihr euch beim Sex nicht aus? Wie soll er das denn nicht sehen? Spätestens bei der nächsten Nummer ...«

»Er kann ruhig wissen, dass ich mir ein Tattoo habe machen lassen. Das erzähle ich ihm jetzt gleich. Er soll nur das Motiv erst zur Party sehen. Das ist dieses Jahr nicht nur sein geliebtes Beltane-Fest, sondern auch meine Einzugsparty und eine tolle Gelegenheit für eine Überraschung. Also halt schön die Klappe zum Motiv, die Tätowierung selbst werde ich ihm nicht verschweigen können.«

Sie bezahlte die vereinbarten 250 Euro, wissend, dass dieses Kunstwerk eigentlich das Doppelte wert war. Aber mehr Geld wollte Anton von ihr nicht haben. Wenige Minuten später saß sie in Lolas Auto. Sophies Wagen stand vor dem Haus, in dem Lola wohnte, auf dem Parkplatz. »Noch ein Kaffee?«, fragte Lola. Sophie schüttelte den Kopf. »Nein, mir reicht es für heute. Danke, dass du mich begleitet hast. Das war echt einfacher für mich. Alleine wäre ich, glaube ich, gestorben.«

Lola lachte. »Blödsinn. Aber kein Mensch geht alleine zum Tätowieren. Man hat immer moralische Unterstützung dabei.«

Sie verabschiedeten sich und um zwei Uhr mittags. Drei Stunden früher als sonst fuhr sie ihren Wagen zu Hause durch das große Hoftor. Tom bastelte gerade auf dem Hof an einem der Küchenstühle herum. Erst am Vorabend hatte er festgestellt, dass die Beine locker waren. Sophie fand es toll, dass er immer alles gleich reparierte und die Dinge nie schleifen ließ. Vielleicht lag es aber auch daran, dass er sich einfach gerne mit solchen Sachen beschäftigte. Er sah sie erstaunt an, dann kam er ihr entgegen und schloss das Tor hinter ihr. »So früh heute, Baby?«, fragte er, und küsste sie zur Begrüßung. Sie nickte.

»Warum wirkst du so verstört?«

»Ich bin nicht verstört. Ich bin fix und fertig.«

»Oh je! Kann ich was für dich tun? Geht es dir nicht gut?« Sein Blick war besorgt.

Sophie lehnte sich an ihren Wagen. »Doch, geht schon. Tom ...« Sie atmete tief ein. Der Moment der Beichte war gekommen. »Ich war heute gar nicht arbeiten.«

»Aber wo warst du denn dann?«, fragte er verwundert.

»Ich war bei Anton.«

»Bitte?« Er kniff die Augen zusammen. »Wozu?«

»Ich habe mich tätowieren lassen. Lola hat mich begleitet.«

Er war so überrascht, dass ihm für einen Moment der Mund offen stand. Dann sammelte er sich langsam, und ein breites Grinsen zog sich über sein Gesicht. »Du hast dich tätowieren lassen? Na, nun aber schnell rein in die Bude, das muss ich sehen!«

»Auf keinen Fall.«

Er erstarrte. »Ist es nicht gut geworden? Das kann ich mir bei Anton überhaupt nicht vorstellen. Er tätowiert meisterhaft!«

Sie lächelte, oder zumindest versuchte sie es, denn ihr Unterkiefer schmerzte höllisch. »Mein Schatz, dieses Tattoo soll eigentlich eine Überraschung für dich sein und die bekommst du erst an Beltane. Vorher nicht. Aber ich musste es dir ja jetzt sagen, weil ...«

Sie unterbrach sich, und ließ theatralisch ihren Kopf an seine Brust sinken. Jetzt, in den Armen ihres Schatzes, erlaubte sie es sich doch, zu jammern. »Ich musste es dir sagen, weil es scheiße wehtut, immer noch und weil du wissen solltest, wo ich aua habe.

Es ist die linke Schulter, also bitte sei so nett und fass mich da nicht an.«

Tom lachte. »Okay. Also darf ich dich jetzt bis Beltane nicht mehr beim Duschen sehen? Und beim Sex behältst du die Klamotten an?« Er seufzte. »Na gut, was sein muss, muss sein. Aber jetzt bin ich wirklich gespannt, für welches Motiv du dich entschieden hast. Und warum es eine Überraschung für mich ist.«

Plötzlich schien er einen Geistesblitz zu haben. »Ich weiß es. Du hast dir meinen Namen auf die Schulter tätowieren lassen.«

»Über die gesamte Schulter?« Sie musste lachen. »Meinst du nicht, das wäre ein bisschen viel Platz für drei Buchstaben?«

»Ja, da hast du Recht. Ich dachte jetzt ... naja, weil ich deinen Namen auf dem Unterarm habe.«

»Enttäuscht?«, fragte sie lachend.

»Nein. Nur verdammt neugierig. Das sind ja noch vier Wochen bis Beltane!«

»Es ist geringfügig größer als es deine drei Buchstaben wären.«

»Ich werde immer neugieriger!«

»Da musst du jetzt durch. Und ich ...«

Sie konnte ein Gähnen nicht unterdrücken. »Ich wusste nicht, dass man nach dem Tätowieren so fertig ist. Ich glaube, ich werde heute nicht alt. Ich sehne mich so sehr nach Schlaf.«

»Leg dich doch für ein Stündchen hin. Es ist noch früh. Ich wecke dich um sechs und dann haben wir noch was vom Abend.« Er lachte. »Außerdem kann ich in der Zeit Anton anrufen. Oder Lola.«

»Versuch ruhig was rauszukriegen. Die werden schweigen wie ein Grab, alle beide. Aber ...« Sie konnte das nächste Gähnen nicht unterdrücken. »Du hast Recht, ich lege mich hin. Wag es ja nicht, mir während ich schlafe unters Shirt zu gucken!« Sie stellte sich auf die Zehenspitzen und küsste ihn auf die Lippen.

Lächelnd schlurfte sie ins Schlafzimmer, zog ein frisches Shirt und eine Schlafanzughose an und legte sich ins Bett. Natürlich nicht, ohne vorher noch einmal ihre Schulter im Spiegel zu bewundern. Auf dem Rücken schlafen – unmöglich, wie sie sogleich zu spüren bekam. Also drehte sie sich auf die rechte Seite. Eigentlich schlief sie lieber auf der linken Seite, aber das musste sie sich wohl nun für ein paar Tage verkneifen.

Endlich hatte sie ihr Tattoo! Und bestimmt war das eine tolle Überraschung für Tom. Selbstverständlich sollte es ihm zeigen, wie sehr sie ihn liebte. Dass er ein wichtiger Teil in ihrem Leben war. Sie trug nun für immer und ewig den Tom-Stempel auf ihrem

Körper. Es war immerhin sein Drache, mit seinem Namen darunter.

Es entsprach tatsächlich der Wahrheit, dass sie schon seit vielen Jahren ein Tattoo haben wollte. Doch immer, wenn sie geglaubt hatte, das richtige Motiv gefunden zu haben, gefiel es ihr plötzlich nicht mehr. Mit dem Gedanken an dieses Tattoo war sie nun monatelang durch ihr Leben gegangen und es war ein toller Zufall gewesen, dass Toms Tätowierer bei ihrem Umzug geholfen hatte. Und dass sie sogar so unkompliziert einen Termin bekommen hatte.

Dieses Tattoo hatte insbesondere für sie selbst eine ganz große Bedeutung. Es waren einige Männer durch ihr Leben gezogen. Die Hälfte von ihnen hatte ihr das Herz gebrochen. Bei einem von ihnen war sie der Meinung gewesen, er sei ihre große Liebe. Nein, das war er nicht. Was sie damals für ihn empfunden hatte, erschien ihr jetzt lächerlich im Vergleich zu all ihren Gefühlen für Tom. Tatsächlich war Tom die große Liebe ihres Lebens. Tom, dieser liebevolle Mensch, mit dem ausgeprägten Sinn für Romantik, der trotzdem so männlich war. Tom, der Mann, bei dem sie endlich einmal wieder eine Frau sein durfte. Sie war so unendlich glücklich mit ihm. Es war nur richtig, dass sie jetzt seinen Drachen und seinen Namen auf ihrer Schulter trug.

Sollte das mit ihm schiefgehen, würde dieser Drache sie immer daran erinnern, wie glücklich sie mit ihm gewesen war. Eine Erinnerung an Tom, und gleichzeitig eine Mahnung, dass sie sich nie mehr mit jemandem einlassen durfte, mit dem sie nicht so glücklich werden würde wie sie es mit Tom war.

Aber: Es sollte auch ihm zeigen, was er ihr bedeutete. Es gab dafür keine ausreichenden Worte. Der Drache musste sprechen.

Lass uns den Göttern danken

Der alte Bauernhof, auf dem sie nun lebte, würde eine wundervolle Location für das Beltane-Fest werden, an dem Tom so viel lag – da war Sophie sicher. Für ihn war dieses Fest ungefähr so wichtig wie anderen Leuten das Weihnachtsfest. Sophie kannte inzwischen längst seinen kleinen Altar, den er in einem hinteren Teil des Hofes gebaut hatte. Es war im Grunde nicht mehr als ein abgesägter, dicker Baumstamm, der etwa die Höhe eines Tisches hatte. Stets stand dort eine Schale mit Blumen. Manchmal legte er Früchte hinein, hin und wieder ein paar Kräuter. Er sprach nicht viel mit ihr darüber, und doch war es genug, um sie neugierig zu machen.

Im Grunde war Sophie kein spiritueller Mensch. Doch was sie über den heidnischen Glauben las, gefiel ihr ausnehmend gut. Es handelte sich um eine, in ihren Augen, sehr tolerante Glaubensrichtung, neben der auch das Christentum mit seinen Feiertagen existieren durfte. Sie hatte nur Schwierigkeiten, sich die Namen der Götter zu merken, denn Tom interessierte sich vor allem für die keltischen Götter. Die Namen waren teilweise unaussprechlich. Vor allem gab es jede Menge Sagen und Geschichten, die sich um sie rankten und man musste sich erst einmal merken können, welcher Gott überhaupt mit welchem anderen und in welcher Weise verwandt war. Welche Gottheit für was zuständig war.

Sie wusste noch nicht so recht, ob sie jemals in der Lage sein würde, diesen Glauben zu teilen. Sie war eigentlich Atheistin. In ihrem ganzen Leben hatte sie noch nie an irgendeinen Gott geglaubt. Entsprechend schwer fiel es ihr nun, an eine solche Vielzahl von Göttern zu glauben.

Trotzdem beschäftigte sie sich damit, denn wenn es ihm wichtig war, dann war es auch für sie wichtig. Selbst wenn es nur darum ging, ihn zu verstehen, und an den für ihn so wichtigen Tagen zu wissen, warum er sie feierte.

Ende Juli im vergangenen Jahr hatte er ihr etwas von »Lughnasad« erzählt. Am ausgiebigsten hatte er bisher Samhain gefeiert. Das schien ein sehr wichtiges Fest zu sein und entsprechend ausführlich hatte er ihr die Hintergründe dieses Festes erklärt. Im Dezember hatte er von »Jul« berichtet. Im Februar stand das Fest »Imbolc« an, das er jedoch auch nicht großartig zelebrierte. Sie hatte nur bemerkt, dass er seinen Altar neu schmückte. Ebenso zu »Ostara«, das Fest, von dem sie auch nur zufällig mitbekommen hatte, dass es irgendwie wichtig war – das war Ende März gewesen.

Und nun stand also Beltane an, das für ihn offenbar ähnlich wichtig war wie Samhain.

»Genauso wichtig«, unterbrach er lachend ihre Gedanken.

»Wir Nicht-Heiden feiern das Fest ja auch«, sagte Sophie. »Es ist die Nacht zum 1. Mai und da tanzt jedes Liebespaar in den Mai.«

Tom nickte, und küsste sie im Vorbeigehen auf die Nase. »Und was glaubst du wohl, wo dieser Brauch herkommt?« Er räumte die Einkäufe in den Kühlschrank. »Für die Nacht zum 1. Mai gibt es eine Menge Bräuche, von denen überhaupt keiner mehr weiß, dass sie aus dem Heidentum stammen.«

»Ich habe gelesen, dass man sich in dieser Nacht ausgiebig lieben muss«, sagte Sophie, und grinste keck. »Wie machen wir das, wenn wir das Haus voller Leute haben? Ich habe nämlich außerdem gelesen, dass man es im Wald tun sollte.«

»Im Wald, ja. Kann man machen. Muss man aber nicht.« Er lachte. »Außerdem müsstest du als Frau eigentlich auch die Göttin der Jagd anrufen, damit sie dir Beute vorbeischickt: Den Mann, mit dem du dich in dieser Nacht lieben kannst.« Er räusperte sich. »Das lässt du aber mal schön sein, denn ich bin ja bei dir und solange das so ist, fasst dich kein anderer an.«

Mit fast schon treuherzigem Blick setzte er sich zu Sophie an den Küchentisch. »Beim Liebesakt in dieser Nacht wird die Untrennbarkeit von zwei Seelen besiegelt. Du wirst für immer mit dem Menschen verbunden sein, mit dem du diese Nacht verbringst.«

»Ein schöner Gedanke.« Sie lächelte. »Dann müssen wir es ja tun. Irgendwo. Vielleicht finden wir ein ruhiges Plätzchen, trotz der vielen Gäste.«

Tom nippte an seinem Kaffee. »Man bedankt sich in dieser Nacht übrigens auch bei der Göttin für die Liebe, die man in seinem Leben haben darf. Das kannst du übrigens ruhig auch tun.«

»Wie denn?«

»Du kennst doch den kleinen Altar im Hof. Lege einfach ein paar Opfergaben in die Schale und bedanke dich. Das ist alles.« Er räusperte sich. »Man sollte auch seine Wünsche für die Zukunft in dieser Nacht mit anderen Menschen teilen. Dann erfüllen sie sich. Diese Nacht bedeutet sehr viel, es ist ein wirklich heiliges Fest und deswegen möchte ich alle Menschen, die mir etwas bedeuten, in dieser Nacht bei mir haben.«

Sophie nickte. »Ja, das verstehe ich. Ich habe gelesen, dass die Vereinigung von der Göttin mit dem gehörnten Gott gefeiert wird. Was ist da dran? Und wie heißen sie noch mal?«

Tom lehnte sich entspannt zurück. »Die Göttin Cerydwen. Der gehörnte Gott ist Cerunnos. Ja, das stimmt, das wird gefeiert. Bei den Heiden hängt alles mit der Natur und mit dem Kreislauf des Lebens zusammen. Cerydwen und Cerunnos vereinigen sich immer nur in dieser Nacht und das bringt neues Leben auf die Erde.«

Er zündete sich eine Zigarette an und stieß nachdenklich den Rauch aus.

»Du musst das alles nicht mitmachen, wenn du nicht willst. Das Heidentum ist frei. Es gibt keine Dogmen. Nimm dir einfach das, was dir davon gefällt. Was du nicht magst, lässt du weg. Das ist in Ordnung. Wichtig ist nur, dass du bei allem was du tust, mit dem Herzen dabei bist.«

Ja, das war ihr alles sehr fremd. Diesen großen, kräftigen Kerl, der mit beiden Beinen im Leben stand, so spirituell zu erleben, war schon etwas Besonderes. Und obwohl sie immer Atheistin gewesen war – diese heidnischen Rituale hatten etwas Kraftvolles an sich, das sie mittlerweile in höchstem Maße faszinierte. Tom stand auf und holte sich noch eine Tasse Kaffee. Im Vorbeigehen streichelte er ihr über das Haar. Es wuchs wieder. Den Übergang zwischen kurz und mittellang hatte sie bereits geschafft. Momentan konnte man kaum von einer Frisur sprechen. Sophie half sich mit Haarspangen, Stirnbändern und ähnlichen Accessoires über die Wachstumsphase hinweg.

Beltane war erst in ein paar Tagen, aber Tom hatte bereits mit den Vorbereitungen begonnen. Im Hof standen Festzeltgarnituren, die er in einem Getränkemarkt ausgeliehen hatte, damit all seine Gäste einen Sitzplatz bekamen. Etwas seitlich im Hof stand ein großer Schwenkgrill, den ihm einer seiner Freunde vorbeigebracht hatte. Am Eingang der Scheune, wie auch an dem kleinen Mäuerchen im Hof, das die Sitzecke vom restlichen Hof abschirmte, hatte er Lichterketten angebracht. Außerdem hatte er Feuerstellen gebaut. Wie Sophie erfuhr, war es Tradition, in der Walpurgisnacht Feuer anzuzünden. Liebende Pärchen mussten zwischen den Feuern miteinander tanzen. Sophie fand das alles irrsinnig romantisch und es machte sie glücklich, ihn so voller Vorfreude zu sehen. Knapp vierzig Leute waren eingeladen, inklusive Miriam, Tanja und Sina. Sina hatte angekündigt, sie würde eventuell ihren Harald mitbringen. Sophie wusste nicht recht, was sie davon halten sollte. Ohne diesen Mann zu kennen, verabscheute sie ihn. Es genügte ihr zu wissen, dass er seine Lebensgefährtin mit Sina betrog, und noch immer keinen Absprung aus dieser Beziehung gewagt hatte.

Für Sophie ein deutliches Zeichen für einen Feigling, der nicht nur seine Frau, sondern auch Sina betrog. Ein Mann, der nur seinen Spaß suchte und dabei so egoistisch vorging, dass sie alleine bei dem Gedanken daran, dass Sina ihn überhaupt mitbringen wollte, voller Zorn war. Sie nahm sich vor, ihn keines Blickes zu würdigen, und sollte er sie ansprechen, würde sie ihm sagen, was sie von ihm hielt – gleichgültig, wie Sina darauf reagierte.

Um die Verköstigung der vielen Gäste musste Sophie sich keine Gedanken machen. Tom hatte einen großen Tapeziertisch aufgestellt, ihn mit Papiertischdecken bespannt und ihr erklärt, es würde wie immer jeder irgendetwas mitbringen: Einige Gäste hatten Salate angekündigt, es würde aber auch jeder etwas Grillfleisch mitbringen. Das kam dann in einen großen Topf und jeder Gast nahm sich einfach, worauf er Appetit hatte – unabhängig davon, wer was mitgebracht hatte. Die Getränke allerdings besorgte grundsätzlich er. In der Scheune standen eine Menge Bierkästen, Kisten mit Cola, Wasser und Säften. Sophie hatte eine Maibowle versprochen, denn es war ihr gelungen, frischen Waldmeister aufzutreiben.

Tom freute sich sehr auf sein Fest. Auch Sophie war voller Vorfreude, denn unabhängig von irgendeinem Glauben: Er hatte alles mit so viel Liebe vorbereitet, es konnte nur eine wunderschöne Party werden.

Beltane

Am Morgen von Beltane wachte sie durch das Geräusch von Axthieben und berstendem Holz auf. Verwundert sah sie neben sich, aber Tom lag nicht mehr im Bett. Sie rieb sich die Augen, sah aus dem offenen Schlafzimmerfenster in den Hof, und zog sich mit einem Grinsen im Gesicht vom Fenster zurück. Sophie warf ihren Morgenmantel über. Sie musste an diese dämliche Coca-Cola-Werbung denken, die vor vielen Jahren immer im Fernsehen gelaufen war: Die lüsternen Frauen irgendeiner Firma mit gierigen Blicken am Fenster, während sich der halb nackte Fensterputzer mit dem tollen Oberkörper eine Cola reinzieht ...

Tom war ein viel schönerer Anblick. Der breite Rücken, verziert durch den Drachen, den sie ja nun auch trug, und den sie ihm an diesem Abend präsentieren würde. Die Haare, die in den letzten Monaten ziemlich gewachsen waren, und die er im Nacken zu einem Zopf zusammengebunden hatte. Diese kraftvollen Arme, mit denen er seine Axt schwang. Tom war kein Muskelpaket, aber er hatte einen wirklich schönen Körper. Das waren alles so dermaßen dämliche Klischees, wie sie durchaus wusste. Doch warum überhaupt? Klischees waren ja im Grunde nur ein Abbild der Wirklichkeit.

Sophie jedenfalls machte dieser Anblick unglaublich heiß. Sie dachte sich, dass das genau das ist, was Frauen sehen wollen: einen solchen Mann. Ein solcher Mann ist ein kraftvoller Mann. Ein Mann, der in der Lage ist, seine Frau zu beschützen. Sie musste selbst lachen angesichts ihrer Gedanken. Wahrscheinlich steckte in den Frauen des dritten Jahrtausends doch noch viel mehr Urzeitfrau als gedacht. Längst hatte sie sich von ihrem unrasierten Kampflesbenmodus verabschiedet. Und doch sagte ihr die Tatsache, dass sie überhaupt irgendwann einmal in diesen Modus verfallen war, dass auch eine unrasierte, nicht lesbische Kampflesbe sich einen starken Mann an ihrer Seite wünschte. Einen, der sie beschützte. Ja, wahrscheinlich war es wirklich egal, was Frauen manchmal erzählten. Sie erinnerte sich durchaus an so manchen, männerfeindlichen Spruch, den sie in der Vergangenheit gerne mal losgelassen hatte. Inzwischen war ihr klar, warum sie das getan hatte. Frauen lieben Helden. Aber es gab nur noch so wenige...

Sie tapste ins Badezimmer, putzte ihre Zähne, warf sich mit beiden Händen kaltes Wasser ins Gesicht, trocknete sich ab und cremte sich ein. Dann zog sie ein Shirt über, stieg die Treppe nach unten in die Küche und holte sich eine Tasse Kaffee. Mit der Kaffeetasse in der Hand und nur mit dem Shirt und ihrem Slip bekleidet, setzte sie sich auf die Treppe vor dem Haus und genoss den Anblick von Tom, der sie überhaupt nicht bemerkt hatte, und immer noch Holz hackte. Es war ein warmer Frühsommermorgen. Die Sonne lachte vom Himmel – sie meinte es offenbar gut mit ihnen und ihrem Fest. Tom hielt kurz inne, lächelte sie an und setzte sich auf den großen Holzklotz. Er zündete sich eine Zigarette an und legte den Kopf schief.

»Guten Morgen, Miss Sophie. Gut geschlafen?« Sie nickte.

Er grinste sie an. »Heute ist der große Tag und ich darf endlich das Tattoo sehen. Nun zeig schon!«

»Nein«, antwortete sie. »Das ist ja für mich persönlich ein wichtiger Teil dieses Festes. Heute Abend, mein Schatz. Anton und Lola müssen dabei sein. Die paar Stunden hältst du noch durch.«

Tom grummelte irgendwas in seinen Bart. Dann machte er ein paar Schritte auf sie zu, küsste sie und wandte sich danach wieder dem Holzhacken zu. »Das ist übrigens absoluter Porno!«, sagte Sophie.

»Was?«, fragte er, und er hielt erneut inne.

»Dieser Anblick. Du mit der Axt in der Hand. Nackter Oberkörper. Holz hacken und so ….. Grunz!« Um ihre Worte zu bekräftigen, gab sie tatsächlich einen grunzenden Laut von sich. Tom lachte, und kümmerte sich weiter um sein Holz. Sophie trank ihren Kaffee in der Küche und steckte währenddessen ihre Nase in den Krimi, den sie gerade las. Danach begann sie damit, das Haus aufzuräumen. Es war nicht viel zu tun, denn den Großputz hatte sie schon in den letzten Tagen erledigt. Nur noch einmal schnell mit dem Staubsauger durchgehen, Betten machen und das war es schon – Sophie wollte nicht, dass Toms Freunde einen schlechten Eindruck bekämen. Die meisten von ihnen kannte sie ja immer noch nicht.

Die Stunden vergingen wie im Flug und um fünf Uhr sah sie erschrocken auf die Uhr. Sie musste noch duschen und sich für den Abend zurechtmachen.

Zwei Stunden später saß sie rauchend auf der Treppe vor dem Haus. Sie hatte sich für ein schwarzes, recht enges, knielanges Stretchkleid mit schmalen Trägern entschieden. Das Tattoo wollte sie Tom präsentieren, ohne sich entkleiden zu müssen, denn immerhin würde der ganze Hof voller Menschen sein. Ihre Füße steckten in schwarzen Ballerinas mit einem klitzekleinen Absatz. Der alte

Hof war gepflastert und auch wenn Pumps besser zu diesem Kleid gepasst hätten – sie eigneten sich einfach nicht, um damit einen ganzen Abend auf Pflastersteinen zuzubringen. Über dem Kleid trug sie ein schwarzes Strickjäckchen – das genügte, um das Tattoo bis zu seiner Enthüllung vor Tom zu verbergen.

Nach und nach trudelten die Gäste ein. Miriam war die Erste, und noch während Tom und Sophie sie begrüßten, brachte Lola ihre Kawasaki direkt vor dem Hoftor zum Stehen. Nur zehn Minuten später kam ein ganzer Schwall Gäste. Die meisten kamen mit dem Auto, aber dennoch: Gegen acht Uhr am Abend standen ein paar wirklich schöne Motorräder vor dem Hoftor ordentlich in Reih und Glied. Früher, und wäre Sophie nicht durch Toms Harley und die regelmäßigen Ausfahrten mit der Königin, wie sie sie nannte, so zutiefst glücklich, wäre das ein Anblick gewesen, bei dem sie sich wahrscheinlich kaum eingekriegt hätte. Aber das war früher. Nun hatte sie ein anderes Leben und all das darinnen, was sie sich immer gewünscht hatte.

Tom stellte Sophie seinen Gästen vor – aber es waren so viele Namen, dass sie sich diese nicht merken konnte. Tanja kam zusammen mit Sina und ohne Harald. Sina zog ein Gesicht bis auf den Boden, aber Tanja knuffte ihr in die Seite, als sie beide durch das Hoftor traten. »Komm schon«, hörte Sophie sie sagen. »Das wird eine tolle Party. Guck mal, lauter schnuckelige Männer hier.«

»Solche Typen gefallen mir nicht«, zischte Sina. Natürlich hatte Sophie es gehört und das wurde Sina im gleichen Moment bewusst. Sie schenkte Sophie ihr schönstes Lächeln und trippelte auf ihren hochhackigen Pumps über die Pflastersteine des Hofes. Sina trug ein enges, weißes Kleid, ein rotes Strickjäckchen darüber und rote Pumps. Selbstredend passte auch die Handtasche perfekt zu ihrem Outfit. Ihr blondes Haar hatte sie zu einem Dutt am Hinterkopf gesteckt – oder stecken lassen? Sophie hatte noch nie verstanden, wie Frauen dazu in der Lage waren, sich selbst solche Frisuren zu zaubern. Auf der linken Seite trug sie ein rotes Blümchen im Haar. Was hatte sie gedacht, wohin sie hier käme? Sina sah aus, als würde sie auf die Maiveranstaltung in einem Festsaal gehen. Vor Sophies geistigem Auge entstand das Bild von einer Sina, die sich, dank ihrer hohen Pfennigabsätze, auf die Nase legte. Doch so schön diese Fantasie in diesem Moment auch sein mochte – Sophie wusste, das würde nicht passieren. Es gab Frauen, die es einfach beherrschten, sich in solchen Schuhen auf jedem Parkett zu bewegen. Wahrscheinlich würde Sina auch bei einem Waldspaziergang High Heels tragen und nicht ein einziges Mal damit umknicken.

»Was ist denn mit ihrem Harald?«, flüsterte Sophie Tanja ins Ohr. »Ich dachte, sie bringt ihn mit?«

Tanja wirkte bedrückt. »Naja, nun geht's los mit dem Liebeskummer. Er hat ihr wohl gesagt, dass er solche merkwürdigen Feste nicht mitmacht. Hat ihr eine Predigt gehalten über die gesellschaftliche Ordnung, und dass er seine Abende nicht mit irgendwelchen Outlaws verbringen wird.«

»Was für ein Depp. Wir sind doch keine Outlaws.« Sophie schnaufte wütend. »Das sind ganz normale Leute hier. Die meisten fahren halt Motorrad, und? Der weiß gar nicht, was ihm entgeht. Aber eigentlich bin ich persönlich ganz froh darüber, ich glaube, ich verurteile ihn moralisch so sehr, dass ich ihn sowieso bei erster Gelegenheit angeschissen hätte.«

Tanja nickte zustimmend. »Keine einfache Geschichte. Aber was ihr wahrscheinlich am meisten zu schaffen macht ist die Tatsache, dass er ihr gesagt hat, er hätte an diesem Abend Zehnjähriges mit seiner Lebensgefährtin. Er hätte das irgendwie fast vergessen und müsste mit ihr essen gehen – und danach in den Mai tanzen.« Sie seufzte. »Man tanzt ja nicht mit irgendwem in den Mai.«

Als sie das sagte, schoss Sophie durch den Kopf, dass Tanja wahrscheinlich – so wie sie selbst Kurzem – überhaupt nicht wusste, woher dieser Brauch stammte. Es war schon interessant zu sehen, welche Feste man feierte, jahrelang, völlig selbstverständlich, ohne sich Gedanken darüber zu machen.

Tom wich ihr den ganzen Abend nicht von der Seite. Um halb zehn war es dunkel und er zündete das Walpurgisfeuer an. Er hatte zwei Feuerstellen im Hof aufgebaut, sodass man noch zwischen ihnen hindurchgehen konnte. Aus irgendeinem Grund erwartete Sophie eine flammende Rede, doch die kam nicht. Tom zündete einfach nur die Feuer an – und stand gleich wieder neben ihr. Aus der Anlage, die in der Scheune stand, erklangen schöne, irische Lieder von CDs. Oder Schottische? Sophie hörte, wie Tom auch, nur Hardrock und kannte sich mit keltischer Musik überhaupt nicht aus. Aber sie klang sehr schön in ihren Ohren und sie beschloss, sich damit näher zu befassen.

Nur kurz darauf stand Anton plötzlich neben ihr. »Wann willst du es ihm denn zeigen?«, fragte er leise.

»Gleich«, antwortete Sophie. In diesem Moment drehte Tom sich um und sah Anton an. »So Junge, dann kommt ja jetzt der Moment der Wahrheit.« Er legte seinen Arm um Sophies Schulter, und wandte sich dann wieder Anton zu. »Da bin ich ja mal gespannt, was du auf der Schulter meiner Frau verbrochen hast, mein Freund!«

Anton zuckte nur gleichmütig mit den Schultern. »Gibt nur drei Möglichkeiten«, sagte er, noch immer schulterzuckend. »Entweder du haust mir auf die Fresse, oder du verklagst mich oder du bist total begeistert.«

Tom starrte ihn einen Moment lang an, dann zog sich ein breites Grinsen über sein Gesicht. Er zog Sophie am Handgelenk zwischen die zwei Feuerstellen und sofort gehörte ihm die totale Aufmerksamkeit sämtlicher Gäste.

»Wie jedes Jahr«, sagte Tom mit etwas lauterer Stimme. »Bin ich froh, dass ihr alle gekommen seid.« Jemand drehte die Musik in der Scheune leise. »Und dieses Jahr darf ich die Walpurgisnacht mit Sophie verbringen. Das, und dass ihr alle da seid, dass wir hier zusammen Beltane feiern, macht mich wirklich glücklich!« Er lächelte charmant und trat einen Schritt zurück. »Sophie quält mich jetzt seit vier Wochen, und das wollte ich mal erzählt haben. Sie hat eine Überraschung für mich, will sie mir aber heute erst zeigen. Und damit hat wohl Anton was zu tun.«

Anton hüstelte.

»Sophie, wenn es dir nichts ausmacht? Ich will jetzt endlich deine Schulter sehen!«

Es war aufregend, zwischen den beiden Feuern zu stehen. Die Flammen schlugen hoch, zeichneten ein flackerndes Spiel aus Licht und Schatten in den gesamten Hof und an die Hauswand. Tom hatte sehr altes, gut abgelagertes Holz verwendet. In dieser Kulisse das Tattoo präsentieren zu können – das war ja traumhaft! Sophie hatte sich den ganzen Abend überlegt, wie sie diese Überraschung für Tom am besten arrangieren sollte – aber das hier übertraf all ihre vorherigen Gedanken und Pläne.

Sie drehte Tom den Rücken zu und zog langsam ihre Strickjacke von den Schultern. Ja, es war alles ein wenig kitschig, aber ihr stiegen Tränen der Rührung in die Augen, als sie hörte, wie er leise sagte: »Das ist mein Drache ... du trägst meinen Drachen? Mit meinem Namen darunter?«

Sophie drehte sich um und sah ihm in die Augen. Tom wirkte total gerührt. Bildete sie sich das ein, oder schimmerten Tränen in seinen Augen? »Mein Drache ...«, flüsterte er, und er streichelte mit der Hand über ihre Schulter.

In diesem Moment applaudierten die Gäste. Tom umschlang ihre Hüften mit beiden Armen, hob sie hoch und küsste sie zärtlich. »Den muss ich mir gleich noch mal bei Licht genauer ansehen«, flüsterte er ihr leise ins Ohr. »Und dann muss ich dich ficken, das ist dir klar, oder?« Sophie nickte und küsste ihn sanft auf die Lippen. Dann stellte er sie auf die Füße, drehte sich noch einmal zu seinen Gästen um, und sagte: »Ich habe ja auch noch eine Überraschung für Sophie. Wahrscheinlich ist das auch für euch eine Überraschung.« Er lachte. »Ihr kennt mich alle sehr gut und wisst, dass ich das nie in meinem Leben tun wollte.«

Tom trat einen Schritt zurück. Dann griff er in die Hosentasche, ging auf die Knie und hielt ihr tatsächlich einen Ring entgegen! »Sophie«, sagte er. Er lächelte schüchtern. »Willst du meine Frau werden?«

Sophie konnte nicht anders: Sie nickte mehrmals heftig und heulte im gleichen Moment los. Wir erinnern uns? Wenn Sophie glücklich ist, heult sie. Und sie war in diesem Moment so unendlich glücklich, dass es dafür einfach keine Worte gab.

Und erneut applaudierten die Gäste, während Tom Sophie in den Arm nahm. Er streifte ihr den Ring über. Dann griff er nach ihrem Handgelenk und zog sie sanft ins Haus, dirigierte sie in die Küche. Auf dem Weg dorthin wurden sie beide von vielen ihrer Gäste beglückwünscht. Eine Sarah, ein Ben ... der hatte beim Umzug geholfen und war der einzige, den sie wieder erkannte. Ein Manni, ein Arvid, eine Doris ... unzählige Namen, und Sophie war viel zu aufgeregt, um die Gesichter dazu wahrzunehmen. Sie würde die schönste Nacht ihres bisherigen Lebens mit Menschen verbringen, die sie alle unheimlich nett fand, aber deren Namen sie sich nicht merken konnte! Für Sophie war das ein sehr unangenehmer Gedanke.

Tom hatte Lola und Anton auf dem Weg ins Haus zugenickt und ihnen bedeutet, dass sie mitkommen sollten. So standen sie alle wenige Minuten später in der Küche, unter der Lampe, und Tom bewunderte Antons hervorragende Arbeit.

»Hammer, Alter. Du hast dich selbst übertroffen!«

»Und sie hat keinen Mucks von sich gegeben«, sagte Lola. Tom sah Anton fragend an, der, wie immer, die Lippen zusammengepresst, die Mundwinkel leicht nach unten gezogen, schwieg. Aber er nickte anerkennend.

»Keinen Mucks stimmt so nicht ganz«, sagte Sophie. »Ein bisschen gestöhnt habe ich schon ...«

»Also ich hoffe, du bist nicht böse, weil ich ihr deinen Drachen gestochen habe, Tom.« Anton wirkte etwas verunsichert.

»Wenn du ihn irgendjemandem gestochen hättest, wäre ich jetzt sauer, Anton. Aber Sophie ist meine Frau. Wer sollte ihn sonst tragen dürfen?« Er streichelte noch einmal über ihre Schulter. »Damit hast du mich wirklich überrascht, Sophie. Wir verbringen hoffentlich noch Jahrzehnte miteinander, aber diese Überraschung wirst du nie mehr toppen können.«

Er lächelte. »Und du warst echt so tapfer, ja?«

»Anton hat gesagt, wenn ich schreie und heule, hört er sofort auf und außerdem bin ich dann keine von euch.«

»Du kannst es nicht lassen, was?«, fragte Tom und blickte belustigt zu Anton. Zur Antwort zuckte dieser nur mit den Schultern. »Aber sie war wirklich tapfer. Kein Wimmern. Kein Heulen. Kein Schreien. Wenn nur alle so wären. Sie hat mehr Eier als so mancher Kerl, der auf meinem Stuhl sitzt.«

Er nickte anerkennend. Tom pfiff durch die Zähne. »Das ist eine Scheißstelle. Das ohne Jammern auszuhalten, ist schon eine Meisterleistung.«

»Ja«, sagte Lola. »Schmerzen hält sie gut aus, aber wenn sie einen Heiratsantrag kriegt, heult sie wie ein Schlosshund!« Sie lächelte, trat einen Schritt auf Sophie zu und wischte mit ihrem Daumen den verschmierten Kajal unter Sophies Augen weg. »Also meinen Segen habt ihr«, erklärte sie. Sophie ließ es über sich ergehen, sah sie aber misstrauisch an. »Du spuckst jetzt aber nicht in ein Taschentuch und …?«

Lola lachte, sehr laut, das typische, heisere, krächzende Lachen, wie man es von ihr kannte, wenn sie sich bestens amüsierte. Im gleichen Moment sah Sophie Miriam, Tanja und Sina im Türrahmen der Küchentür stehen. »Na rein mit euch!«, sagte sie. »Ihr habt den Drachen zwar schon gesehen, aber so ein Tattoo sieht erst dann schön aus, wenn es richtig verheilt ist.«

Anton lehnte mit verschränkten Armen an der Spüle. »Und?«, fragte er, und nickte in Sinas Richtung. »Willst du auch ein Tattoo?«

»Ich?« Sina sah ihn entgeistert an. »Ganz sicher nicht!«

Anton grinste. »Schade. Bei dir hätte ich es kostenlos gemacht.«

Sinas Rücken versteifte sich. Sie stand kerzengerade da. »Nee, lass mal.« Anton zuckte mit den Schultern und sein Grinsen wurde breiter.

Miriam kam näher, zog den Träger von Sophies Kleid ein wenig beiseite und begutachtete das Tattoo noch einmal genauer. »Also meins ist das mit dem Tätowieren ja auch nicht, aber es ist wunderschön geworden.«

Tom legte den Arm um Sophie. »Wir sollten zu unseren Gästen gehen«, sagte er.

Als sie jedoch draußen im Hof angekommen waren, ergriff er ihre Hand und zog sie sanft zum hinteren Hoftor, das in den Garten führte. Er öffnete es und führte sie nach draußen. Die Hunde, die bis eben noch friedlich in der Scheune geschlummert hatten, standen plötzlich neben ihnen und wedelten mit den Schwänzen. »Jetzt nicht, Jungs«, sagte Tom. Er zog Sophie in den Garten und verschloss das Tor von der anderen Seite.

Und nun sah sie, dass er auch im Garten ein paar Dinge vorbereitet hatte. Auf dem Boden, zwischen den beiden Obstbäumen, lag eine dicke, gesteppte Decke. Rechts und links davon waren mehrere große Altarkerzen aufgestellt. Sophie setzte sich auf die Decke und sah ihm dabei zu, wie er nach und nach die Kerzen anzündete. Schließlich kniete er sich hinter sie und öffnete zärtlich den Reißverschluss ihres Kleides. Sanft streifte er die Träger von ihren Schultern, öffnete den BH und streifte ihn ebenfalls ab. Er bedeckte ihr Genick, ihre Schultern, mit tausend Küssen und Sophie schloss einfach nur die Augen und genoss diese zärtliche Hingabe, mit der er sie bedachte. Sie sank immer mehr in sich zusammen, hörte ihr eigenes Seufzen und im gleichen Moment schlang Tom seinen rechten Arm um ihre Taille, hob sie sanft auf seine Oberschenkel und streifte ihr das Kleid ab. Sie drehte sich um, er streckte seine Beine aus, hielt sie fest in seinen Armen und küsste ihren Hals, ihre Brüste, ihre Arme.

Sophie kniete über ihm und öffnete den Reißverschluss seiner Jeans. Tom stützte sich mit den Armen ab und erhob sich leicht, damit sie ihm die Jeans ausziehen konnte. Kaum hatte sie das geschafft, kroch sie wieder auf ihn, griff nach ihm, führte ihn in sich ein und sah ihm tief in die Augen, während sie ihn mit ihren Armen und Beinen fest umschlang. Sie bewegte sich sanft und ließ ihn nicht aus den Augen. Tom ließ es einfach geschehen. Noch vor wenigen Wochen hatte er sein Gesicht immer abzuwenden versucht, wenn sie ihn ritt und ihm dabei in die Augen sehen wollte. Bis Kurzem hatte er noch geglaubt, dass diese Narbe auf seiner Wange sie in einem solchen Moment abstoßen könnte. Jetzt schien er das nicht mehr zu fürchten. Er hielt ihrem Blick stand, zumindest bis zu dem Moment, in dem er sich kaum noch beherrschen konnte und wie immer, mit beiden Händen ihre Taille packte, sie härter auf sich zog und ihre Bewegungen unterstützte. Irgendwann legte er den Kopf in den Nacken um leise vor Lust zu seufzen. Er ließ sich mit geschlossenen Augen nach hinten nieder, und verblieb für einen kurzen Moment in dieser Position. Dann erhob er sich langsam und umschlang sie mit seinen Armen.

»Jetzt sind auch unsere Seelen miteinander verbunden«, flüsterte er ihr ins Ohr.

»Das waren sie vorher schon«, flüsterte Sophie zurück.

Sie ließ ihn nicht gehen. Sie blieb noch sehr lange auf ihm sitzen, hielt ihn fest mit ihren Armen und Beinen umklammert. Er war noch immer in ihr, und sie spürte ihn noch, obwohl er sich längst entspannt hatte. Ihr Gesicht ruhte an seinem Hals und mit geschlossenen Augen saugte sie seinen Duft ein.

Sie beide mussten eine Ewigkeit in dieser Position ausgeharrt und jegliches Zeitgefühl verloren haben. Doch irgendwann begann Sophie zu frieren. Tom spürte es und griff nach seinem Sweatshirt, um es über ihrem Rücken auszubreiten, und umschloss sie sogleich wieder mit beiden Armen. Doch es war inzwischen einfach zu kalt. Noch war der Sommer nicht angekommen. Es fiel ihnen schwer, sich voneinander zu lösen, aber sie erhoben sich langsam und zogen sich an. Tom blies lächelnd die Kerzen aus und griff wortlos nach ihrer Hand. Er öffnete vorsichtig das Tor zum Hof. Viele ihrer Gäste waren bereits gegangen. Die noch Anwesenden hatten sich grüppchenweise irgendwo niedergelassen, und doch saßen sie alle um das Feuer herum versammelt.

Irgendeiner spielte Songs auf einer akustischen Gitarre. An diesem Abend wurden wirklich alle Klischees bedient – aber Sophie war unendlich glücklich. Ihr Blick fiel auf den Ring, den Tom ihr an den Finger gesteckt hatte. Er bemerkte es und zeigte ihr den Ringfinger seiner linken Hand, an dem er den gleichen Ring trug. »Platin«, bemerkte er. »Die Eheringe suchen wir dann aber gemeinsam aus.«

»Er ist so schön«, hauchte Sophie.

In diesem Moment nahm sie Miriams Stimme wahr. Sie saß neben einem Freund von Tom, der hingebungsvoll Gitarre spielte. Sophie hatte Miriam schon lange nicht mehr singen hören und Tränen der Rührung in den Augen, als Miriam die erste Strophe sang.

»I had friends against the war...«

Miriams Mutter war Pianistin. Weil Miriam gerne sang, bekam sie schon als Kind Gesangsunterricht, und musizierte regelmäßig mit ihrer Mutter. Miriams älterer Bruder hatte Gitarre gespielt und oft musizierten sie zu dritt. Ihr Bruder war allerdings tödlich verunglückt, als Miriam sechzehn war. Seither sang sie nicht mehr. Damals kannte Sophie sie noch nicht, aber selbstverständlich hatten sie irgendwann einmal darüber geredet. Den Klang von Miriams Stimme kannte Sophie trotzdem: Es geschah selten, aber manchmal sang Miriam ein, zwei Zeilen irgendeines Songs mit, der im Radio gespielt wurde.

Ihre Stimme klang so glasklar, so wunderschön! Wie oft hatte sie Sophie erzählt, dass die Stimme ein Muskel ist, den man trainieren muss? Und dass sie das nicht mehr tat? Eigentlich nie mehr singen wollte? Und trotzdem klang ihre Stimme unglaublich schön ...

Und schon wieder, ungezählt, wie oft an diesem Abend, hatte Sophie Tränen in den Augen. Alle Augen ruhten auf Miriam, während der Gitarrist völlig vertieft in sein Gitarrenspiel – und mit Sicherheit fasziniert von Miriams wunderschöner Stimme war. Leise robbte Tanja etwas näher an Sophie heran. Sophie griff nach ihrer Hand und hielt sie einfach fest, umarmt von Tom, der auf der anderen Seite neben ihr saß.

»What might have been ... what might have been ...«

Es war eine zauberhafte Nacht, die plötzlich so viele Gefühle nach draußen beförderte, und das bei allen Anwesenden. Gefühle, die jeder, vergraben im tiefsten Inneren, mit sich herumträgt, jeden Tag. Gefühle, die man sonst nicht herauslässt. Einer solchen Atmosphäre konnte aber niemand widerstehen. Es war ein wunderschönes Fest, mit wundervollen Traditionen und wundervollen Menschen, die zu Gast waren.

Und Miriam hatte eine so wundervolle Stimme! Wie sie da saß, im Schein des flackernden Feuers, auf das irgendwer noch einmal ein paar Holzscheite gelegt hatte! Sie war so unendlich schön! Auch Tanja war zutiefst ergriffen von dieser Szene. Als Sophie sich zu ihr umdrehte, sah sie ein paar Tränchen kullern. Wahrscheinlich war es auch bei ihr einfach nur die Rührung. So hatte noch keine von ihnen Miriam erlebt!

»The great big ›if‹ that hangs around my neck...«

Tom drehte sich um und setzte sich so auf die Bank, dass seine Füße rechts und links auf dem Boden standen und Sophie seitlich zwischen seinen Beinen saß. So konnte er Miriam besser sehen. Also zog Sophie ihr Kleid etwas nach oben und setzte sich in die gleiche Position. Tom legte seinen rechten Arm um sie und stützte sein Kinn vorsichtig auf ihrer Schulter ab. Im Gegenzug ergriff Sophie erneut Tanjas Hand. Sie war so gerührt, man musste sie einfach irgendwie festhalten.

»What might have been ...«

Faszinierend, dass Miriam, hier auf dieser Party, einen Gitarristen gefunden hatte, zu dessen Spiel sie nun sang. Musste man sich nicht vor einem solchen Abend absprechen? Songs üben? Wieso schafften die beiden das so völlig im Freestyle?

»...Its only me that I have to face«

Tom knabberte sanft an Sophies Ohrläppchen.

»What might have been...«

Miriam sang den Chorus noch zwei Mal und dann ließ der Gitarrist das Stück mit ein paar sanften Klängen enden. Sophie ließ Tanjas Hände los und wollte sich gerade erheben, zu Miriam laufen, um sie in die Arme zu schließen ... da sah sie, wie der Gitarrist seine Gitarre beiseite stellte, seinen Arm um Miriam legte und sie leidenschaftlich küsste.

Tanja machte sich mit einem Ruck kerzengerade. Tom musste diese Bewegung aufgefallen sein, denn er lachte leise. »So«, flüsterte er in Sophies Ohr. »Dann ist eure Miriam jetzt auch für immer mit jemandem verbunden. Ihre Seelen gehören jetzt zusammen.«
»Oh«, sagte Tanja. »Ich denke auch, die werden sich wiedersehen.«
Sophie stand der Mund offen. Miriam ließ sich hier gerade von einem Mann in Motorradklamotten küssen. Fast im gleichen Moment drehte Miriam sich in Sophies Richtung. Ihre Blicke trafen sich kurz. Sie lächelte, dann wandte sie sich dem Gitarristen zu, tauschte ein paar Worte mit ihm aus und schon erklang der nächste Song auf seiner Gitarre. Erneut ertönte ihre Stimme. Sophie kannte diesen Song nicht, aber er war auch sehr schön.

»Sie hat »What might have been gesungen«, sagte Sophie. Sie sah Tom in die Augen. »Kennst du den Song?«
Er schüttelte den Kopf. »Nein, aber er ist sehr schön. Und der Text ist ja so passend für Menschen wie uns.«

»Der stammt aus dem Film »Still Crazy«. Einer unserer Lieblingsfilme. Es geht um Musiker, eine Menge geplatzte Träume und darum, wie sich Menschen manchmal selbst im Weg stehen. Miri, Tanja und ich haben ihn, glaube ich, hundert Mal gesehen.« Sie stieß einen tiefen Seufzer aus. »Na, sie hat ja offenbar ... wer ist der Typ?«

»Arvid«, vernahm sie Lolas Stimme hinter sich. Im gleichen Moment spürte sie Lolas Hand auf ihrer Schulter. »Keine Sorge, Schätzchen. Ich hätte sie längst von dem weg geholt, wenn er ein Arschloch wäre. Er ist aber kein Arschloch. Ganz im Gegenteil, er ist ein ganz toller Typ. Und offenbar hat das heute bei den beiden so richtig geknallt.« Sie lachte.

»Ich hab mich schon gefragt, wo du steckst«, antwortete Sophie. »Sina ist irgendwie auch weg.«

»Sina ist gegangen.«

»Aber sie ist doch mit Tanja gekommen und Tanja ist noch hier!«

»Sie hat sich ein Taxi gerufen.« Lola lachte leise und es klang beinahe ein wenig fies. »Die Frau ist nicht gut für dich, Sophie.« Dann wandte sie sich Tanja zu. »Für dich übrigens auch nicht.«

Sophie rechnete fast mit lautem Widerspruch, aber merkwürdigerweise lächelte Tanja nur und nickte sanft. Dann schenkte sie ihre Aufmerksamkeit wieder Miriams Gesang. Was war passiert, während sie und Tom im Garten gewesen waren? Sophie sah auf die Uhr. Vier Uhr morgens? Sie mussten Stunden im Garten verbracht haben! Und nun, nach ihrer Rückkehr, war alles anders.

Kein Katerfrühstück

Gegen fünf Uhr morgens fiel Sophie völlig erschöpft, aber über alle Maßen glücklich in ihr Bett. Tom schien es nicht anders zu gehen, denn er legte sich hin, zupfte sein Kopfkissen in Form und schlief sofort ein. Tanja lag im Wohnzimmer auf dem Zweiersofa, Miriam auf dem Dreiersofa. Arvid, der Mann, den sie auf dem Fest für sich entdeckt hatte, lag in einen Schlafsack eingerollt auf dem Teppich im Wohnzimmer und Lola lag ebenfalls in einem Schlafsack, direkt neben ihm. Alle anderen Gäste waren wohl nach Hause gefahren.

Sophie erwachte gegen neun vom Gezwitscher der Vögel – doch eigentlich war sie mit diesem Geräusch sogar eingeschlafen. Sie konnte sich dunkel erinnern, dass sie und Tom noch ein paar Gäste am Tor verabschiedet hatten. Da hatten sie das Vogelgezwitscher auch bereits gehört.

Die Gäste schliefen offenbar noch, denn aus dem Wohnzimmer vernahm sie nur leise Schnarchgeräusche. Bestimmt Arvid – er war der einzige Mann. Schnarchen Frauen eigentlich? Darüber machte sie sich in diesem Moment wirklich Gedanken. Darum – und um das Frühstück.

Tom hatte vorgesorgt und jede Menge Brötchen zum Aufbakken gekauft. Sophie schaltete den Ofen ein, legte die Brötchen auf den Rost und setzte ein paar Frühstückseier auf. Dann deckte sie den Tisch. Wie gut, dass sie einen so großen Tisch hatten. Sie musste erst einmal zählen. Tanja, Miriam, Arvid, Lola – vier Personen. Tom und sie selbst – sechs Personen. Sechs Küchenstühle. Glück gehabt!

Es dauerte nicht lange, bis Miriam verschlafen in die Küche schlurfte. »Guten Morgen!«, grüßte sie. Und dann: »Oh je, oh je ... ich muss unbedingt unter die Dusche. Ich rieche nach Feuer und nach Grillfleisch und nach ...«

»Arvid!«, unterbrach Sophie sie. Miriam setzte sich Sophie gegenüber an den Tisch. Sophie stellte ihr eine Tasse Kaffee hin. Miriam schnupperte dankbar daran, bevor sie einen Schluck davon trank.

»Ja«, schwärmte sie, und ihre Augen funkelten. »Arvid ...«

»Miriam, deine Stimme ... ich war begeistert. Alle waren begeistert! Wahnsinn!«

Miriam war noch total müde, das war ihr anzusehen. Trotzdem lächelte sie und wirkte so glücklich.

»Arvid spielte, und es gab eine Menge Songs, die ich kannte. Irgendwann sang ich mit. Da drehte er sich zu mir um und fragte mich, ob ich ein Lieblingslied hätte. Stell dir vor, er kannte den Film ›Still Crazy‹ sogar. Und den Song, den wir dann daraus gesungen haben.«

»Das hat man gehört. Sonst hätte er ihn kaum spielen können. Was für eine traumhafte Vorstellung!«

»Ja«, sagte Miriam. Ihr »ja« klang lang gezogen, schwärmerisch, und das Funkeln ihrer Augen gefiel Sophie unglaublich gut.

»Was für ein schönes Fest!«, schwärmte Miriam. »Wo seid ihr beide eigentlich stundenlang gewesen? Du und Tom?«

»Im Garten. Wir hatten da ... ach, egal.«

»Sex«, ertönte Tanjas Stimme. »Kriege ich auch Kaffee?«

Sie setzte sich neben Miriam. Sophie drückte an der Maschine den Knopf für eine Tasse Kaffee und wollte ihn gerade herunternehmen und ihr reichen, da sagte Tanja: »Noch einen Espresso drauf, bitte.«

Sie boxte Miriam leicht auf den Arm. »Ja, ich brauche davon mehr und was viel Stärkeres als ihr, immerhin sind bei mir die Hormone nicht in Wallung! Ich muss das künstlich erzeugen!«

»Ja, Miriam, erzähl mal!«, sagte Sophie, setzte sich an den Tisch und nippte an ihrem Kaffee.

»Was soll ich erzählen?« Sie wirkte plötzlich so weich. »Es gibt ja nicht viel zu erzählen. Keine Ahnung, wie das passiert ist. Er war auf einmal neben mir. Spielte Gitarre. Wir haben uns zwischen den Songs ein bisschen unterhalten. Dann habe ich gesungen. Irgendwann stellte er die Gitarre weg und legte seinen Arm um mich. Wir haben uns weiter unterhalten, irgendwann hat er mich geküsst.« Sie strahlte. »Ich weiß gar nicht, ob wir jetzt zusammen sind, aber ... hm.« Sie lächelte. »Lola meinte, das passt einfach. Arvid hat genickt, als sie das sagte. Und ich denke ... ja. Ich denke, ja!«

Sophie streichelte Miriams Hand und beugte sich zu ihr hinüber. »Und? Bist du richtig verknallt?«

Miriam lachte. »Ich glaube ja!«

Und sie kicherte wie eine Vierzehnjährige.

Sophie lehnte sich in Ihrem Stuhl zurück. »Was war mit Sina?«

Tanja verzog angewidert das Gesicht.

»Also ganz ehrlich Mädels, ich habe nie verstanden, warum ihr sie nicht so mochtet. Ich hatte sie irgendwie gerne. Ich weiß auch, dass ihr sie nur deswegen überhaupt jahrelang ertragen habt. Aber seit gestern mag ich sie auch nicht mehr. Sie ist ein so neidischer, böser, missgünstiger Mensch.« Tanja schüttelte sich. »Ein böses Weib.«

»Ja aber was hat sie denn getan, um Himmels Willen?«, fragte Sophie entgeistert. »Wenn ausgerechnet du so etwas über sie sagst, muss es ja schlimm gewesen sein!«

Tanja nippte an ihrem Kaffee und griff nach einem Brötchen.

»Als Tom dir den Heiratsantrag gemacht hat, fiel ihre Klappe runter. Und irgendwie auch ihre Maske, die sie glaube ich, immer getragen hat. Dann seid ihr beiden irgendwann verschwunden. Sina hat sich, wie sie es immer macht, mal hier unterhalten, mal da. Ich habe sie kaum wieder erkannt. Sie hat einige Male den verschiedensten Leuten erklärt, dass sie das alles nicht nachvollziehen kann. Den schnellen Einzug hier, den du hingelegt hast …«

»Hey, heute ist der erste Mai und im Juli haben wir schon Einjähriges«, unterbrach Sophie ihre Rede.

Tanja nickte. »Ja, das habe ich ihr auch gesagt. Außerdem, manchmal passt es einfach, wozu denn dann warten?« Sie seufzte. »Ja, das kann sie nicht verstehen, das mit dem Tattoo kann sie sowieso nicht verstehen. Wie kann man nur seinen Körper verhunzen? Geht nicht in ihren Kopf.«

»Ist super, wenn sie solche Sprüche in einer Gesellschaft bringt, in der wahrscheinlich alle tätowiert sind.«

Tanja nickte. »Ja, das sagte ich ihr auch, aber sie kam ja nicht mehr runter von ihrer Palme. Dann regte sie sich drüber auf, dass du auch noch Toms Namen unter dem Drachen trägst. Sie sagte, wenn die Scheiße irgendwann vorbei wäre, würdest du dich ärgern, weil du dann lebenslang mit dem Namen von deinem Ex auf der Schulter herumlaufen müsstest.«

»So ein Miststück«, fluchte Miriam.

»Irgendeiner sagte, ich sollte meiner Freundin besser nichts mehr zu trinken geben«, erzählte Tanja weiter. »Sie war tatsächlich völlig blau. Und ich glaube, außer ihr war keiner betrunken. Sina wusste überhaupt nicht mehr, was sie redet.« Tanja seufzte. »Irgendwann kamen dann Sprüche wegen dem Heiratsantrag. Wie blöd das ist. Nach so kurzer Zeit. Dann fing sie an, Vermutungen über Tom anzustellen. Bestimmt, so erklärte sie es irgendwann in einer ganzen Runde von Leuten, will Tom dich einfach nur festnageln, weil ihn außer dir keine wollte.«

»Ist die bescheuert?«

Miriam lachte, aber ihr Lachen klang wütend. »Ich glaube, Tom könnte eine Menge Frauen haben, wenn er wollte«, sagte sie. »Er ist ein super Typ.«

»Leider stand Lola dabei«, berichtete Tanja. »Lola fragte sie, ob sie eigentlich noch alle Tassen im Schrank hat. Sina meinte nur, das wäre doch wohl die Wahrheit. Daraufhin hat Lola sie am Kragen gepackt und sie rausgeschmissen. Sie hat sie vor das Hoftor gezerrt.« Tanja stöhnte, angesichts dieser Erinnerung. »Sina brüllte von draußen noch, ob ich mir das schweigend mit ansehen würde und ich wäre genauso eine blöde Schlampe wie du und wie Miriam. Miriam war ja inzwischen schon mit Arvid in irgendeiner ganz anderen Welt versunken. Das hat Sina auch total aufgeregt. Lola hat das Hoftor zugeknallt und als sie nicht aufhörte, da draußen hysterisch rumzubrüllen, hat Lola das Tor noch mal aufgemacht, ihr eine Tracht Prügel angeboten und dann war Ruhe. Sina hat sich wohl ein Taxi gerufen und ist heimgefahren.«

»Typisch Sina«, sagte Sophie achselzuckend. »Ich hätte nur nicht gedacht, dass sie sich so dermaßen daneben benimmt. Dass sie vor Eifersucht platzt, war mir klar. So gut kennen wir sie ja wohl inzwischen.«

»Ach«, sagte Tanja. »Ihr hattet eigentlich immer Recht. Ich glaube, ich wusste das auch. Sie hat mir irgendwie leidgetan. Sie hätte so gerne einen Mann in ihrem Leben. Das funktioniert ja wohl nicht so gut.« Sie lachte, schlug mit der Hand leicht auf die Tischplatte und sagte energisch: »Jetzt muss ich mir aber mal langsam Gedanken machen. Nun hat auch Miriam jemanden und ich bin die einzige Single-Frau in unserem Hexenzirkel.«

»Der Hexenzirkel besteht ja nicht mehr. Normal ist man zu fünft, aber nachdem Melanie schon auf Nimmerwiedersehen verschwunden ist, war es ja eh keiner mehr«, sagte Sophie. »Das macht aber nichts. Hauptsache, ihr seid mir geblieben. Mir seid sowieso nur ihr beiden wichtig.«

»Und Lola hoffentlich«, hörte sie Lolas rauchige, dunkle Stimme. Lola sah sie flehend an. »Kaffee bitte. Sonst hat Lola schlechte Laune.«

Sophie stand auf und holte ihr eine Tasse Kaffee.

»Was für ein Hexenzirkel?«, fragte Lola. Sie rieb sich die Augen. Noch völlig verschlafen sah sie in die Runde. »Wie macht ihr das eigentlich, ihr drei, dass ihr nach einer durchzechten Nacht morgens aufsteht und immer noch so scheiße gut aussieht?«

Miriam zuckte nur gleichgültig mit den Schultern. »Kann ja gar nicht sein, dass wir gut aussehen. Mir tun alle Knochen weh. Keine Ahnung warum. War wohl dann doch etwas kühl, so ab Mitternacht ungefähr. Und vielleicht der Rauch von dem Feuer.«

Sophie wollte sich gerade setzen, aber plötzlich stand auch Arvid, mit völlig verschlafenem Gesicht, in der Küche. Zielstrebig ging er nach einem gebrummelten »Guten Morgen« auf Miriam zu, die sofort das frisch verknallte Strahlen eines vierzehnjährigen Teenies im Gesicht hatte. Er küsste sie nur sanft auf die Wange und murmelte etwas von »Zähne noch nicht geputzt«.

Sophie deutete auf einen freien Stuhl, aber Tanja, die neben Miriam saß, räumte ihren Platz. Arvid setzte sich neben Miriam und lächelte freundlich in die Runde. Sophie stellte ihm seine Kaffeetasse hin. Er nickte, nippte an seinem Kaffee und griff dann nach einem Brötchen.

»Ich habe tierischen Hunger«, sagte er. Dann besann er sich allerdings, griff nach Miriams Hand und küsste sie, bevor er sich wieder seinem Brötchen widmete. Miriam sah so glücklich aus – und Sophie freute sich so sehr für sie. Dann aber fiel ihr Blick auf Lola und Tanja. Konnten sie es verkraften, so viel Glück um sich herum?

Aber ja, das konnten sie. Tanjas Gesicht war voller Zuneigung für sie beide. Lolas größte Sorge galt in diesem Moment eher der Frage, welchen Belag sie für ihr Brötchen wählen sollte.

Auch Tom kam ein paar Minuten später, begleitet von Odin und Thor, nach unten in die Küche. Sein »Guten Morgen« klang total fröhlich, und das erste was er tat, nachdem er Sophie einen Kuss gegeben hatte, war, ihr das Shirt über die Schulter zu ziehen. »Sorry Baby«, erklärte er. »Ich wollte es noch mal sehen. Bei Tageslicht.« Keinem der Gäste entging das zufriedene Grinsen, das sich über sein Gesicht zog, als er sich setzte.

»Das war so ein schönes Fest, Tom!«, schwärmte Miriam und schenkte ihm ein strahlendes Lächeln.

»Ja, für euch beide wohl auf eine besondere Weise«, lachte Tom. Arvid nickte und konzentrierte sich auf seinen Kaffee. Er war offenbar nicht besonders redselig, aber die Blicke, mit denen er Miriam zwischendurch bedachte, sprachen Bände.

»Jetzt fehlt eigentlich nur noch David«, knurrte Lola, und nippte an ihrem Kaffee.

»Ja, David«, stimmte Tom zu. Sein Gesicht wurde ernst. »David!«, wiederholte er, und sah nachdenklich in den Inhalt seiner Kaffeetasse.

»Alles in Ordnung, Liebling?«

Sophie sah ihn besorgt an. Der Name David war schon einmal gefallen, direkt nachdem sie Tom kennengelernt hatte. Sie mochte nicht mehr fragen, um wen es sich dabei handelte. Wenn es ihm wichtig war, würde er es ihr schon erzählen.

Emanzipation

Wenige Tage nach diesem wundervollen Beltane-Fest saß Sophie, wie schon seit einigen Monaten immer mal, mit ihrem Laptop am Küchentisch. Gerade jetzt, wo es ihr so gut ging, wo sie so glücklich war mit Tom, sich für sie alles zum Guten gewendet hatte, und ja, er sie sogar heiraten wollte, gingen ihr so viele Dinge durch den Kopf. Dinge, über die sie früher nie nachgedacht hatte. Die sie nun aber endlich mal für sich klären musste.

An manchen Entwicklungen kann man nichts ändern. Manche Menschen sind einfach nur egoistisch, verfolgen ihre eigenen Ziele und benutzen andere dafür. Sophie war inzwischen durchaus bewusst, dass sie vielen dieser Sorte begegnet war. Allerdings durfte man auch den Eigenanteil nicht vergessen. Sie hatte sich verschaukeln lassen. Sie hatte sich benutzen lassen. Sie hatte sich vieles gefallen und manches einfach über sich ergehen lassen. Denn natürlich hatte auch sie immer ihre Ziele gehabt: Liebe, Frieden, Harmonie. Und ja, manchmal um jeden Preis. Das durfte nicht mehr passieren, nie wieder! Und deswegen war es äußerst wichtig, zu sortieren: Gedanken. Erlebnisse. Eigenanteile. Einflüsse von anderen. Sie öffnete ihre Datei und scrollte an die Stelle, an der sie aufgehört hatte zu schreiben. Dann flogen ihre Finger über die Tastatur.

Nun wohne ich bei ihm. Als wäre das nicht vom ersten Tag an so gewesen – aber jetzt erst ist es offiziell. Ich habe meine Vergangenheit hinter mir gelassen, aber ich komme nicht umhin, mir Gedanken zu machen. Man soll seinen Partner niemals mit anderen, früheren Partnern vergleichen. Das ist unwürdig und keiner hat das verdient.

Aber wie ist das eigentlich, wenn der aktuelle Partner so unglaublich gut abschneidet in den Vergleichen, die man gar nicht anstellen will? Vergleiche, die aber unweigerlich geschehen? Man ist jetzt glücklich und man sieht so viele Reaktionen, die man gar nicht erwartet hat, Reaktionen, über die man einfach nur froh ist. Kleinigkeiten, so wie es auch früher Kleinigkeiten gewesen sind. Aber gerade an diesen Kleinigkeiten erkennst du dann auch für dich selbst, dass du früher ein bestimmtes Muster verinnerlicht hattest. Nun reagiert ein Tom aber ganz anders auf solche oder ähnliche Situationen. Positiver! Wo ein Expartner vielleicht stinksauer geworden ist, lacht ein Tom. Plötzlich wird dir bewusst, dass die Situation damals, in der dein Ex so wütend wurde, völlig unangemessen war. Warum noch mal hast du dich schlecht gefühlt? Damals? Eigentlich nur, weil dein Damaliger auf irgendetwas total sauer reagiert hat.

Etwas, was für einen Tom Anlass zum Lachen ist. Wollten dir deine Extypen vielleicht ein schlechtes Gewissen machen? Oder dich dumm dastehen lassen? Wie erlaubt ist der Vergleich denn, wenn dir bewusst wird, dass der Mann, den du heute neben dir hast, so gut abschneidet?

Und was ist eigentlich, wenn dir bewusst wird, dass du dich früher in blöden Spielchen hast einfangen lassen? Dass im Gegenzug dazu jetzt alles völlig entspannt verläuft? Es tut auf jeden Fall weh. Denn dann wird dir klar, dass du für deine früheren Extypen durchschaubar warst. Sie wussten, wenn sie so oder so reagieren, in der Regel mit Zorn oder beleidigtem Schweigen, dass sie dich damit in den Griff kriegen. Denn du hast dich sofort schlecht gefühlt und versucht, deinen Faux Pas, der eigentlich keiner war, wieder gut zu machen. Das heißt, du bist vor ihnen gekrochen, obwohl du niemals kriechen wolltest. Ja, Sophie, sie waren clever, deine Extypen. Sie kannten deine Ziele, nämlich Liebe und Harmonie. Sie wussten, wie sie dich klein kriegen und immer kleiner werden lassen, bis du völlig verschwindest. Und dann, als sie das erreicht hatten, warst du nicht mehr interessant für sie. Im Gegensatz dazu steht ein Tom, der solche Spielchen einfach nicht spielt.

»Es muss fließen«, *habe ich mal irgendwann gesagt. Ich glaube, das war, als ich diesen Versager rausgeworfen hatte. Der, mit dem ich zusammen war, als ich gerade frisch in meine eigene Wohnung gezogen war. Ohnehin viel zu früh, um eine neue Beziehung aufzubauen. Ja, das hatte ich gesagt.* »Es muss fließen. Aber hier fließt gar nichts, nur mein Leben dahin.«

Ich dachte an mein Elternhaus, an meine Großeltern, und ja, gelegentlich an die Philosophien von Brigitta. Es war ja nicht alles dämlich gewesen, was aus ihrem Mund gekommen war. Ich dachte an die Beziehung meiner Eltern, meiner Großeltern und welche Unterschiede es da bereits gegeben hatte. Und wie groß der Unterschied nun war in den Beziehungen meiner Generation. Wie musste eine Beziehung denn für die ganz jungen Menschen sein? Die, die nach uns kamen? Im Grunde hätte ich nun, in meinem zarten Alter von inzwischen 46 Jahren, längst Mutter einer erwachsenen Tochter sein können. Welche Weisheiten hätte ich meiner Tochter mit auf den Weg geben können?

Meine Mutter hatte während meiner gesamten Kindheit und Jugend immer darauf hingewiesen, dass sie eine von den Frauen sei, die für uns gekämpft haben. Für unsere Rechte. Denke ich an meine Mutter, so habe ich eine Frau vor meinem geistigen Auge, die immer gearbeitet hat. Mein Vater hat sich ganz selbstverständlich im Haushalt beteiligt. Meine Mutter erwähnte regelmäßig, dass es ganz schön viel Arbeit gewesen sei, ihn dahin zu bewegen. Das Bild, das ich von meinem Vater habe, ist völlig ambivalent. Natürlich konnte sie tun und lassen was sie wollte, und mein Vater hätte es nicht wagen sollen, sie aufzuhalten. Am Ende des Tages wollte mein Vater jedoch das letzte Wort haben – und er hatte es auch meist. Immer dann, wenn meine Mutter in ihrem unend-

lichen Freiheitsdrang irgendwelchen Mist verzapft hatte, ist es mein Vater gewesen, der die Dinge wieder in Ordnung gebracht hat. In diesen Phasen war meine Mutter ihm gegenüber immer etwas kleinlaut und er selbst mutiger und durchsetzungsfähiger. Auch kannte ich es in meiner Kindheit nur so, dass mein Vater zahlte, wenn er uns zum Essen ausführte. Es gab Zeiten, in denen mir mein Vater sehr männlich erschien. Und andere, in denen ich ihn für schwach hielt. Er ordnete sich die meiste Zeit den Wünschen und Launen meiner Mutter unter. Und meine Mutter war eine sehr launische Person!

Was hat das nun mit mir und meinen Partnerschaften zu tun? Vielleicht alles! Denn hier und jetzt sitze ich in dieser Küche, an meinem Laptop, und überlege, welche Botschaften ich zu Hause gelernt habe. Mir war immer klar, dass ich arbeiten müsste und ich wollte ja auch arbeiten. Dass es sehr wichtig ist für eine Frau, selbstständig und unabhängig zu sein. Ja, das hatte meine Mutter mir vorgelebt. Aber sie hat mir auch Trotz und Auflehnung vorgelebt. Ich kann mich erinnern, dass meine Mutter immer das Gegenteil von dem machte, was mein Vater sagte. Bat er sie, zu Hause zu bleiben, ging sie aus. Bat er sie, auszugehen, damit er in Ruhe Fußball gucken konnte, blieb sie daheim, fing endlose Diskussionen an und am Ende musste mein Vater sich mit ihr einen Kitschfilm ansehen. Dieser Gedanke erinnerte mich daran, dass ich, nachdem ich so und so oft verletzt worden war, mich genauso entwickelt hatte wie meine Mutter. Bei den »lieben Männern« habe ich mich genauso verhalten. Ich war launisch, unberechenbar und habe immer das Gegenteil von dem getan, was sie sich gewünscht hätten. Gleichzeitig war ich frustriert, denn ich glaube, ich hätte mir einen Mann gewünscht, der mich dazu bringt, mich nicht so zu verhalten. Doch wie? Von den Bad Boys hatte ich mich klein machen lassen, bis ich fast verschwunden war. Nein, das wollte ich nicht!

Zurück zu meinen Eltern. Im Restaurant musste mein Vater die Rechnung übernehmen, weil meine Mutter sonst stinksauer gewesen wäre. Mein Vater hingegen übernahm die Rechnung gerne und verhielt sich überhaupt gerne mal wie ein Gentleman. Es war meine Mutter, die ihn jedes Mal runterputzte, wenn er ihr im Restaurant den Stuhl zurecht rückte oder ihr in den Mantel helfen wollte. Sie konnte das selbstverständlich alleine. Aber darum ging es meinem Vater ja gar nicht, er wollte doch nur Gentleman sein. Ich habe mir als Kind schon immer gedacht: Was für ein Drama. Ich kann mich erinnern, dass ich immer verwirrt war und viele Situationen nicht einschätzen konnte.

Meine Großeltern hingegen, bei denen ich als Kind viel Zeit verbrachte – weil meine Mutter ja arbeitete – lebten völlig anders. Sehr konservativ. Mein Opa hat meiner Oma das Arbeiten untersagt. Seine Frau sollte sich um die Familie kümmern und um sonst nichts. Ihr fehlte es aber nie an etwas, denn Opa sorgte immer für alles. Sie durfte auch keinen Führerschein machen. Mein

Opa fuhr sie aber überall hin, wo sie hin wollte. Meinem Opa wäre es niemals eingefallen, den Abwasch zu erledigen. Meine Oma allerdings sagte immer, das müsse er ja auch nicht, er würde ja für alles sorgen und daher habe sie ausreichend Zeit für solche Dinge. Ich kann mich an viele Diskussionen erinnern, die meine Eltern mit meinen Großeltern hatten. Mein Opa wies meinen Vater oft darauf hin, dass man Frauen nicht immer ihren Willen lassen durfte, sondern sich durchsetzen musste. Meine Oma ermahnte meine Mutter immer dazu, meinen Vater wie einen Mann zu behandeln: ihm die Entscheidungen zu überlassen. Ihn nicht mit den Haushaltssachen zu belästigen und ihm mehr Freiraum zu geben. Mehr Frau zu sein.

Und ich, das Kind, ich saß mittendrin und war häufig verwirrt. Was hieß das, ein richtiger Mann sein? Was bedeutete es, eine richtige Frau zu sein? Ist ein richtiger Mann der, der den Ton angibt? Im Restaurant zahlt? Die Hilfe im Haushalt verweigert? Ist eine richtige Frau die, die den Haushalt erledigt und ihren Mann die Entscheidungen treffen lässt? Das jedenfalls waren die Botschaften meiner Großeltern.

Als ich älter wurde, konnten meine Eltern nicht mehr verbergen, dass sie sich auseinandergelebt hatten. Bei irgendeinem Streit hörte ich, wie mein Vater brüllte: »Du hast mich vom ersten Tag an kastriert!«

Die Streiterei wurde häufiger. Bei meinen Großeltern hingegen war es schön friedlich. Meine Oma hatte ihre Aufgaben und mein Opa hatte seine. Keiner von beiden wäre auch nur auf die Idee gekommen, sich in den Bereich des anderen einzumischen. Nun waren sie beide Rentner, aber trotzdem half mein Opa nicht im Haushalt. Nein, er suchte sich ein Hobby und verbrachte viel Zeit im Keller mit seiner Modelleisenbahn. Meine Oma sagte, das sei auch gut so, sie könne niemanden brauchen, der in ihrem Kram herumpfuschte. Die Botschaften meiner Großeltern waren so einfach für mich zu verstehen gewesen. Jeder hat seine Aufgaben. Es gibt Männeraufgaben. Und Frauenaufgaben. Keiner sollte die vom anderen übernehmen – oder übernehmen müssen. Das ist unanständig. Es ist deswegen unanständig, weil dadurch beide überfordert sind und vor allem, weil es ständig Streit gibt.

Irrsinnigerweise war es mein Opa, der ja meiner Oma das Arbeiten verbot, mir aber einbläute: »Kind, lerne. Nur so kannst du einen guten Beruf ergreifen.«

Als ich ihn fragte, warum ich denn überhaupt einen guten Beruf bräuchte, ich würde doch sowieso mal heiraten, sagte er mahnend:

»Die Männer deiner Generation sind anders. Sie übernehmen keine Verantwortung mehr. Du wirst keinen Mann finden, der dich ernährt, und falls doch, wird er dich nicht behandeln wie eine Frau, die im gleichen Maße für ihn sorgt, sondern wie Ballast. Die jungen Männer haben alle keine Ehre mehr im Leib.«

Ich erinnere mich an seinen tiefen Seufzer. »In deiner Generation wird man sich einfach scheiden lassen und vielleicht sogar erst gar nicht heiraten, sondern von einem zum Nächsten ziehen.« Und was er auch noch sagte: »In deiner Generation wird man keine gemeinsamen Ziele mehr erreichen. Ihr werdet so damit beschäftigt sein, euch wegen Problemen, die ihr euch selbst verursacht, so dermaßen zu bekriegen, dass ihr die Probleme von außen nicht mehr wahrnehmt. Und daran werden eure Beziehungen zerbrechen.«

Irrsinnigerweise war es auch mein Opa, der meinen Führerschein und mein erstes Auto bezahlte. Das fand ich schon einzigartig in Anbetracht der Tatsache, dass er meiner Oma verboten hatte, den Führerschein zu machen. »Wir hatten Regeln«, erklärte er mir dazu. »Ihr müsst taktische Spielchen spielen und eure Rollen ausdiskutieren. Dafür musst du unabhängig sein.«

Arbeit. Beziehungen sind Arbeit. Emanzipation. Beziehungen müssen auf Augenhöhe stattfinden. Sie müssen respektvoll und freilassend sein. So hatte ich das von meiner Mutter gelernt. Das Gelernte hat mir in meiner Vergangenheit nur Verwirrung eingebracht. Was hätte ich verwirrter, kleiner Mensch denn meiner erwachsenen Tochter mitgeben können? Noch mehr Verwirrung?

Ich war immer verwirrt gewesen über meine Rolle als Frau. Und noch verwirrter über die Rolle des Mannes. Vielleicht hat mich mein Opa mehr beeinflusst als ich es zugeben wollte – oder vor meiner Mutter, die vor einigen Jahren gestorben war, zugeben durfte. Solche Diskussionen machten sie, seit ich denken konnte, fuchsteufelswild.

Beeinflusst mit Sicherheit durch die Persönlichkeit meines Opas, habe ich mir immer den Typ Mann gesucht, den man allgemein als Macho bezeichnet. Beruflich erfolgreich, gut aussehend, gepflegt und stolz. Das eben, was mein Opa als richtigen Kerl bezeichnet hätte. Leider war Opa auch schon tot und ich musste auf seine Meinung über jeden meiner Partner verzichten.

Beeinflusst mit Sicherheit auch durch meine Oma, die mir immer glücklich schien. Für sie war es selbstverständlich gewesen, sich um den Haushalt und die Familie zu kümmern. Und meinen Opa – ja, sie himmelte ihn an. Immer war da dieser bewundernde Blick. Voller Liebe und Vertrauen. Ja, er traf die Entscheidungen in diesem Haus, aber meine Oma fühlte sich damit wohl, bewunderte und liebte ihn, so wie er sie liebte und bewunderte. Ich kann mich an einen liebevollen Mann erinnern, der bis zum Schluss seine Frau bis aufs Blut verteidigt hätte – und der sie immer die Liebe seines Lebens genannt hatte.

Die Regeln meiner Großeltern habe ich verstanden. Sie waren vielleicht nicht zeitgemäß und natürlich klang die schrille Stimme meiner Mutter immer in meinen Ohren: »Mein Vater ist ein konservativer, sturer Bock und meine Mutter ist ein Heimchen am Herd!« Aber verdammt noch mal, dort gab es niemals solchen Streit wie bei uns zu Hause. Wenn sich meine Eltern über Dinge stritten, die mir kleinem Mädchen total unwichtig erschienen, wie die Frage, wer nun den Abwasch erledigen sollte, herrschte bei meinen Großeltern Frieden. Meine Oma servierte mir lächelnd einen Teller Suppe. Mein Opa saß am Tisch, mir gegenüber, und wollte wissen, wie es in der Schule läuft. Bei meinen Großeltern habe ich Liebe, Frieden und Harmonie erlebt. Die Dinge eben, die ich immer gesucht habe, nach denen ich mich mein Leben lang gesehnt habe. Respekt und eine Beziehung auf Augenhöhe. Ich glaube, in der Ehe meiner Großeltern war das ganz selbstverständlich. Die Frage ist aber nun, was habe ich mitgenommen von meinen Eltern oder von meinen Großeltern, für mein eigenes Leben?

Zweifelsohne hatte ich also gelernt und einen guten Beruf ergriffen. Ich ging arbeiten, natürlich in Vollzeit, immerhin gab es ja keine Kinder in meinem Leben. Trotzdem klangen immer noch die Botschaften meiner Großmutter in meinem Kopf: »Ein Mann muss sich zu Hause wohlfühlen können, und dass er sich wohlfühlt, ist Aufgabe der Frau.« Mir klang auch der Opa noch im Kopf: »Ein richtiger Mann ist ein Macher, aber Frauen müssen Männer auch machen lassen.«

Ich wollte also einen starken Mann. Keinen Macho, aber einen Macher. Einen, in dessen Armen ich mich vor der bösen Welt verstecken konnte. Einen, der immer hinter mir stand, statt davonzulaufen, wenn es hart auf hart kam. Einen, für den ich die Königin war, so wie meine Oma immer die Königin für meinen Opa war. Meine Mutter hingegen war nie die Königin für meinen Vater. Das lag wahrscheinlich daran, dass sie ihn oft wie einen Trottel behandelte.

In all meinen Beziehungen war ich an meine Grenzen gestoßen. Ich arbeitete, das wurde aber auch vorausgesetzt. Ich hatte den Haushalt an der Backe, und zwar alleine. Aber da war ja noch diese Botschaft, dass es die Aufgabe der Frau ist, dafür zu sorgen, dass der Mann sich wohlfühlen kann. Ich habe das niemals angezweifelt. Ganz im Ernst, ich habe mich immer in der Pflicht gefühlt, meinem jeweiligen Mann abends ein leckeres Essen auf den Tisch zu stellen. Und den Haushalt zu erledigen.

Meine Mutter hatte mir damals oft Predigten gehalten. »Jeden Mann kann man dazu erziehen, dass er was im Haushalt tut! Wenn beide arbeiten gehen, müssen auch beide putzen und bügeln! Und wenn er alleine ausgeht, dann machst du das gefälligst auch!«

Nein, ich tat es nicht, denn das, was ich damals hatte, was mir so unendlich viel bedeutete, das waren doch diese einfachen Dinge, die für meine Oma ganz selbstverständlich waren.

Keiner der Männer, die ich wirklich geliebt habe, wäre auch nur auf die Idee gekommen, sich 2,50 Euro für das Bier geben zu lassen, das sie mir an der Theke holten. Oder zuzulassen, dass ich die Rechnung im Restaurant übernahm. Es waren erfolgreiche Männer, gut aussehende Männer, Männer, die *mich als Frau wahrnahmen. Männer, die im Bett leidenschaftlich und heißblütig waren. Männer, zu denen ich bewundernd aufschauen konnte. Von denen ich mich allerdings immer habe einschränken lassen, jedoch bewusst wahrnehmend, dass es so war. Männer, die mich irgendwann verlassen haben, als sie meiner überdrüssig wurden.*

Und danach – die lieben Männer. Bei den lieben Männern habe ich immer so stark sein müssen, dass es wohl kein Wunder ist, dass ich mich immer nach wenigen Wochen total erschöpft fühlte. Aber am Ende, egal ob es ein »Macher« war oder ein »Weichei«: Ich habe in 26 Jahren Beziehungsleben mit unterschiedlichen Männern gelernt, dass Emanzipation bedeutet, dass sich beide Seiten die Rosinchen rauspicken.

Wahrscheinlich habe ich von beiden »Sorten« immer nur die Extremsten abgekriegt. Die dazwischen – die habe ich übersehen… Wieder fiel mir der Satz meiner Mutter ein: »Eine Beziehung ist richtig Arbeit.«

Meine Beziehung mit Tom war bisher niemals Arbeit. Es fließt!

Obwohl ich zugeben muss, dass die Aufgaben bei uns recht traditionell aufgeteilt sind. Aber alles, was ich immer wollte, war Harmonie. Die will ich auch jetzt. Wir diskutieren nicht über solche unsinnigen Dinge, wie ich das früher oft tun musste.

Tom kümmert sich um unsere Autos und ich bin ihm verdammt dankbar dafür. Ich verstehe davon nämlich nichts. Mein Auto war immer ein großes Problem für mich gewesen und hat dadurch viele kleine Probleme verursacht. All das hält er mir vom Hals. Sorgen, die ich mir nicht mehr machen muss! Er hält den Garten in Ordnung, und er würde niemals erwarten, dass ich Bäume und Sträucher beschneide, oder den Rasen mähe. Er repariert, was es zu reparieren gibt. Und ja, in dieser Beziehung bin ich wieder die, die den Haushalt erledigt. Aber wir kochen wenigstens abwechselnd. Ich habe Tom noch nie faul erlebt. Als wir das erste Mal essen gingen, und ich mein Portemonnaie zückte, weil ich es so gewohnt war, lehnte er sich nur lächelnd zurück und sagte: »Wenn du jetzt die Rechnung übernimmst, wann wirst du mich zum Kastrieren schicken?«

Ich musste lachen, als er das sagte, erinnerte es mich doch ein wenig an meinen Vater, aber ich packte meine Brieftasche weg. »Kommt gar nicht in Frage, dass mein Mädchen im Restaurant bezahlt«, hatte er gesagt. Das war übrigens am Tag unserer ersten Ausfahrt gewesen.

Tom verlangt nichts von mir, so wie ich nichts von ihm verlange. Aber ich nehme wohlwollend zur Kenntnis, dass er ein Macher ist und die Dinge anpackt, die mir zu schwer sind oder von denen ich nichts verstehe. Ich habe immerhin gerade einen Umzug hinter mich gebracht, von dem ich so gut wie nichts gespürt habe. Tom hat das in die Hand genommen. Tom hat dafür gesorgt, dass ich kei-

nen Stress habe. Das nehme ich wohlwollend zur Kenntnis, das und noch viele andere Dinge. So wie er wohlwollend zur Kenntnis nimmt, dass ich ihm einen Kaffee in den Garten bringe – und vielleicht sogar Kuchen dazu gebacken habe.
Nein, wir reden nicht darüber, aber wie gesagt: es fließt.
Was habe ich denn von einem Mann, der mir mit treuherzigem Blick vermittelt, dass er es überhaupt nicht mag, wenn ich auf die Knie gehe und ihn verwöhne, weil er das Gefühl hat, dass mich das erniedrigt? Der nicht verstehen will, dass ich mich eher erniedrigt fühle, weil er mich nicht als Frau wahrnimmt, sondern als Mutti, die den Laden schmeißt?
In Tom habe ich den Mann gefunden, den ich mir immer gewünscht habe. Ich kann zu ihm aufschauen, mich in seinen Armen vor der Welt verstecken und im Bett bin ich seine Königin. Natürlich ist er mein König und ich liebe es, seine Klamotten zu bügeln und ihm was Leckeres zu kochen oder unser Haus zu einer gemütlichen Oase zu machen, in der er sich wohlfühlt.

Meine Mutter, würde sie noch leben, sie würde sagen: »Wie kannst du nur, Kind? Das hast du doch bei mir ganz anders gelernt!«
Aber meine Oma würde wahrscheinlich lächeln und sagen: »Du machst das richtig. Wenn eine Frau ihren Mann nicht Mann sein lässt, muss sie sich nicht wundern, wenn er keine Frau in seiner Frau sieht. Und dann gehen die Probleme los!«
Nun ja, ich könnte das Ganze auch noch mal umdrehen: Wenn ein Mann einer Frau nicht erlaubt, Frau zu sein und sie nicht wie eine Frau behandelt, muss er sich nicht wundern, wenn sie zum Mann wird und in ihm keinen mehr sieht.
Und warum genau schreibe ich all das hier und heute auf? Weil ich mich zum ersten Mal in meinem Leben fühle, als sei ich angekommen. Ich habe das gefunden, das für mich funktioniert. Wahrscheinlich kommt es genau darauf an. Die Theorien anderer Menschen sind egal, sie verwirren dich nur. Ehrlich gesagt, kenne ich nur verwirrte Frauen und ebenso verwirrte Männer. Außer Tom. Er ist nie verwirrt und ich bin es jetzt auch nicht mehr. Scheiß auf Emanzipation! Sie ist wichtig, aber nicht in allen Bereichen sinnvoll.
Ja, wir wollen Helden. Wir wollen keine Männer, die unsere Probleme lösen, sondern Männer, die dafür sorgen, dass wir viele Probleme erst gar nicht haben.

Sophie klappte das Laptop zu und machte zwei Tassen Kaffee, die sie mit nach draußen nahm. Vor dem Haus setzte sie sich auf die Treppe, zündete sich eine Zigarette an, und lächelte Tom entgegen, der gerade aus dem Garten kam. Die Sonne strahlte warm vom Himmel und er hatte sein Shirt ausgezogen. Beim Anblick seines gebräunten, mit Tattoos verzierten Oberkörpers, seufzte sie innerlich. Wieder einmal wurden alle Klischees bedient.

Tom setzte sich neben sie und nahm dankbar den Kaffee an, den sie ihm entgegen hielt.

»Ich wüsste zu gerne, was gerade in deinem hübschen Köpfchen vor sich geht, Miss Sophie«, stellte Tom fest.

»Warum?«

»Ich kenne dich. Du hast gerade über etwas nachgedacht.«

Für ein paar Sekunden schloss sie ihre Augen und genoss den Duft, den er ausströmte. Den Duft, von dem sie nicht genug bekommen konnte.

»Ich habe gerade darüber nachgedacht, wie schön es ist, endlich einen richtigen Mann neben mir zu haben.«

Tom legte seinen Arm um ihre Schulter. »Ich bin ein richtiger Mann in deinen Augen? Warum?«

»Weil du bist, wie du bist. Und du bist toll, so wie du bist.«

»Du bist auch toll, so wie du bist.« Er lachte, streifte die Asche von seiner Zigarette ab und drückte Sophie sanft an sich.

»Ich bin ein ganz normaler Mann, Liebes. Nichts Besonderes. Ich glaube, du hattest wirklich Pech vorher und hast dir immer die Schwachköpfe gegriffen.« Er räusperte sich. »Falls du allerdings meinst, dass du schon wieder den ganzen Hausputz alleine gemacht hast, dann – ja.«

Er sah sie verunsichert an. »Falls das Sarkasmus war – also Haushalt mache ich einfach nicht gerne. Ich mache es auch nicht so schön wie du. Aber ich weiß, es wäre auch meine Aufgabe, und ich drücke mich immer davor.«

»Ach nein, von so was rede ich gar nicht. Außerdem hast du jetzt den ganzen Vormittag im Garten gearbeitet. Das mache ICH nicht gerne und ich mache es auch nicht so schön wie du.«

»Solange jeder das macht, was er am besten kann, ist doch allen mehr geholfen, als wenn jeder alles machen muss, nur damit von einer gerechten Aufteilung die Rede ist, oder?«

Da hatte sie stundenlang gegrübelt, über Rollenbilder nachgedacht – und er brachte es einmal mehr mit einem Satz auf den Punkt.

Einjähriges

Es war Anfang Juli. Das Wetter war herrlich und Tom und Sophie lagen im Garten, auf einer Decke unter den Bäumen, die ihnen ein wenig Schatten spendeten. Tom hatte einen CD-Player mit nach draußen genommen und sie hörten gerade die »Best of« der »Sisters of Mercy«. Diese Scheibe hatte Sophie schon ewig nicht mehr gehört und war völlig aus dem Häuschen gewesen, als sie sie in seiner Sammlung entdeckt hatte. Überhaupt gab es da so einige Schätzchen, die sie auch einmal besessen hatte. Schätzchen, die ihr im Laufe der Jahre, durch ihre vielen Umzüge wahrscheinlich, verloren gegangen waren. Möglicherweise war auch die eine oder andere CD im Besitz irgendeines Mannes verblieben.

Nun hörten sie die CD schon den ganzen Nachmittag. Sophie lag mit ihrem Kopf auf Toms Schoß, und er spielte mit ihren Haaren. Der harte Rhythmus der Sisters of Mercy mochte für andere Menschen nicht zu dieser schönen Szenerie passen – aber ihr ging dieser Sound ans Herz. Tom lachte jedes Mal, wenn sie die Frauenstimme aus dem Backgroundgesang bei »Dr. Jeep« mitsang, aber nachdem sie das Lied dreimal gehört hatten, machte er auch mit. »Meanwhile« kam dann zwischendurch von ihm, da wo es hingehörte, in einer ähnlich tiefen Stimme wie der des Sängers. Im gleichen Moment hoben sie jedes Mal beide Hände und stampften mit den Fingern den Rhythmus in die Luft.

Und dann lachten sie. Es war diese Leichtigkeit, diese Sorglosigkeit, die sie mit Tom erlebte, wie auch die tiefe Zweisamkeit zwischen ihnen. Jede Stunde mit ihm fühlte sich an wie Urlaub. Noch nie hatte Sophie sich in ihrer Freizeit so entspannen können wie mit ihm.

Ihr Liebesglück und ihre damit verbundene, persönliche Ausgeglichenheit, brachten inzwischen sogar berufliche Auswirkungen mit sich.

Es lag nur eine Woche zurück, als ihr Chef sie zu sich beordert hatte.

Auf dem Weg in die obere Etage spürte sie, dass ihre Knie zitterten. Mit einem mulmigen Gefühl im Bauch klopfte sie an die Bürotür ihres Chefs. War es das nun? Kündigung? Hatte sie etwas falsch gemacht?

Ihr war kein dramatischer Fehler bewusst und soweit sie informiert war, lief die Firma gut. Gerade erst hatten größere Aufträge neue Arbeitsteams erforderlich gemacht. Es war von Expansion die Rede.

»Guten Tag, Frau König!«, sagte ihr Chef freundlich. Er deutete mit der Hand auf die Sitzgruppe in seinem Büro. Sophie nahm Platz, legte die Hände auf den Tisch und sah ihn gespannt an.

»Was habe ich getan?«, fragte sie. Sie versuchte, ihre Unsicherheit durch Humor zu verbergen. Das gelang ihr offenbar ganz gut, denn ihr Chef lachte.

»Gute Arbeit in den letzten drei Jahren«, offenbarte er anerkennend. »Ich dachte, jetzt wo hier sowieso so vieles umstrukturiert wird, sollten wir beide uns mal über ihren Job unterhalten. Sind sie glücklich mit dem, was Sie machen?«

Sophie nickte brav. Sie brauchte ihren Job. »Ja, schon«, antwortete sie.

»Aber?« Ihr Chef sah sie erwartungsvoll an.

»Kein aber«, antwortete Sophie. »Ich mache meine Arbeit gerne und im Team komme ich gut zurecht.«

»Aber Ihre Aufgaben sind doch langweilig.«

»Finden Sie?« Erwartungsvoll hatte sie ihn angesehen und das Grinsen in seinem Gesicht durchaus bemerkt. Es hatte sie sogar zum Lachen gebracht. Die Unsicherheit war wie weggeblasen.

»Ja, ich finde schon.«

»Da haben Sie wohl Recht.«

Er lachte. »Ich habe mich mit Ihrer Personalakte beschäftigt und gesehen, dass Sie einen Ausbilderschein haben?«

Sophie nickte. »Ja, schon seit ein paar Jahren.«

»Deswegen dachte ich, ich übergebe Ihnen mal etwas mehr Verantwortung. Was halten Sie davon, wenn Sie ab dem kommenden August die Ausbildungsleitung für unsere neuen, kaufmännischen Azubis übernehmen?«

Das Gespräch mit ihrem Chef lag nun eine Woche zurück und Sophie zehrte noch immer davon. Vor Aufregung und Freude wäre sie ihm fast um den Hals gefallen, hielt sich aber natürlich gebührend zurück.

»Das wäre ja toll!«

»Eben! Sie ziehen nächste Woche um. Dritte Etage, künftig haben Sie ein Büro für sich alleine. Direkt neben der kaufmännischen Personalleitung. Mit ihr werden Sie ja in Zukunft intensiver zusammenarbeiten.«

Sophie hatte die Gunst der Stunde genutzt. »Ist das vielleicht auch rein zufällig mit einer höheren Gehaltsstufe verbunden?«

Ihr Chef hatte gelacht. »Natürlich, Frau König. In dieser Position gibt es 500 Euro brutto mehr – zu Anfang. Wir haben ja unsere Haustarife. Deswegen gibt es da auch keinen Verhandlungsspielraum. Aber ich denke, damit werden Sie gut umgehen können.«

»Selbstverständlich.«

Ihr Chef hatte sie fröhlich zur Beförderung beglückwünscht und sie an die Tür begleitet. Inzwischen hatte sie ihr neues Büro bezogen. Zum 1. Juli war ihr Umzug zwar noch nicht abgeschlossen, und sie musste ihre Nachfolgerin noch einarbeiten – doch die neue Gehaltsstufe galt ab Anfang Juli. Mit ihrer noch laufenden Insolvenz hatte sie davon zwar nichts, aber ihre Insolvenzverwaltung würde sich freuen, und eines Tages würde auch das erledigt sein. Sophie freute sich auf die neue Herausforderung, die ihr diese Position versprach.

Sie fand es erstaunlich, wie viele Dinge sich in ihrem Leben plötzlich zum Guten wandten. Alleine in den letzten 12 Monaten waren so viele ihrer Herzenswünsche in Erfüllung gegangen, dass sie manchmal Angst hatte, aus einem wunderschönen Traum zu erwachen.

»Weißt du eigentlich, dass wir diese Woche schon ein ganzes Jahr zusammen sind?«, fragte Tom.

Aus dem CD-Player erklang »Vision Thing«.

»Ja«, antwortete Sophie, und sie nickte eifrig. Am fünften Juli haben wir uns zum ersten Mal gesehen.«

Sie lachte. »Wenn ich drüber nachdenke, wie ich dich wahrgenommen habe, als du plötzlich neben mir gestanden hast ... ich dachte nur, Himmel, was für ein aufregender Duft nach Mann!«

Tom versuchte, ein ernstes Gesicht aufzusetzen. »Schämen Sie sich, Miss Sophie. Sie haben sich einfach beim Einkaufen ansprechen lassen. Von einem wildfremden Mann!«

Sophie drehte sich auf die Seite. Ihr Gesicht ruhte nun an Toms Unterleib. Tom ließ seine Hand unter ihr Shirt gleiten und streichelte ihren Rücken. In diesem Moment rutschte Odin näher heran, setzte sich auf und versuchte, Toms Hand mit seiner Pfote wegzuziehen.

»Spinnst du, Junge?«, schimpfte Tom. »Ich weiß, sie ist deine Göttin! Aber ich darf sie kraulen, jawohl!«

Odin gähnte verschämt und rollte sich neben Tom zusammen. Aber er ließ Sophie nicht aus den Augen und warf Tom beleidigte Blicke zu. »Also ich neige zum sechsten Juli«, sagte Tom. »Da war klar, dass wir zusammen sein wollen.«

»Und du hast mich auf dem Küchentisch gevögelt«, sagte Sophie, und sie grunzte dabei wohlig. »Das hast du übrigens schon lange nicht mehr gemacht.«

»Da hast du Recht. Das ist ein schlimmes Versäumnis. Ich denke, das muss ich heute noch korrigieren.«

Sophie nickte bedächtig.

»Lass uns den Sechsten nehmen«, schlug Tom vor. »Das ist jetzt am Freitag. Haben wir da schon was vor?«

»Bisher nicht.«

»Gut. Dann feiern wir unseren Jahrestag. Am sechsten hatten wir das erste Mal Sex, das passt doch. Ich wusste an diesem Tag schon, dass ich dich nie mehr gehen lasse.« Er räusperte sich. »Ich werde dich zum Essen ausführen. Einverstanden?«

»Einverstanden«, sagte Sophie. »Wie gut, dass ich ein paar Tage Urlaub habe.«

Die Sisters of Mercy liefen immer noch. »More« ertönte aus dem CD-Player.

»And I need all the love that I can't get to…«, sang Sophie mit.

«I want more!«, sang Tom. Sie nickten im Takt der Musik mit den Köpfen.

»Ich habe die Scheibe so ewig nicht mehr gehört«, sagte Sophie. »Kann ich die mit ins Auto nehmen?«

»Na klar. Nur, was hören wir dann ersatzhalber, wenn wir hier im Garten sind?«

»Ich finde schon was. Du hast eine riesige Sammlung. Mir fällt allerdings auf, dass überhaupt nichts Aktuelles dabei ist«, merkte Sophie an. »Magst du die neueren Musikstücke nicht?«

Tom schüttelte den Kopf. »Keine Ahnung. Im Radio wird schon manchmal was gespielt, was ich gut finde, aber du hast Recht, ich habe irgendwann aufgehört, mir CDs zu kaufen.«

Sophie drehte sich auf den Rücken, blieb aber mit dem Kopf auf seinem Schoß liegen. »Macht nichts. Ich kann verdammt gut leben mit den Sisters of Mercy und den ganzen anderen CDs aus der Schatzkiste.«

»2004«, murmelte Tom. »2004 habe ich aufgehört, mir CDs zu kaufen.«

Merkwürdig, dachte Sophie. Warum merkt man sich so etwas?

David

Nach dem Abendessen saßen sie gemütlich im Wohnzimmer auf dem Sofa. Normalerweise verbrachten sie ihre Abende bei diesen warmen Temperaturen draußen im Hof. Aber ein Gewitter bahnte sich an. Sophie hatte schnell das Geschirr vom Abendessen ins Haus gebracht, während Tom alles aus dem Hof in die Scheune räumte, was durch einen Sturm aufgewirbelt werden konnte.

»Sicher ist sicher«, sagte er. »War eine ganz schöne Schweinerei beim letzten Sturm, als die Papiertonne quer durch den Hof geflogen ist.«

»Stimmt«, erinnerte sich Sophie. Der Sturm hatte die Tonne durch den Hof gewirbelt und das ganze Papier hatte sich auf den Pflastersteinen verteilt, war zum Teil sogar über das Tor auf die Straße geflogen. Durch den starken Regenguss, der dem Sturm folgte, war alles nass geworden. Stundenlang hatten sie gemeinsam das Papier von den Pflastersteinen und der Straße gekratzt.

Den ganzen Tag über war es brütend heiß gewesen, aber nun war es empfindlich abgekühlt. Das machte aber nichts – sie fühlten sich erleichtert. »Das war einfach zu heiß heute«, sagte Sophie. Tom hatte zwei Bier aus der Küche geholt.

»DVD?«

Sie schüttelte den Kopf. »Ich würde gerne mein Buch weiter lesen.«

»Gut«, stimmte Tom zu. »Lesen wir.«

Er setzte sich auf das Sofa und Sophie legte sich mit dem Kopf auf seinen Schoß, mit dem Buch in der Hand, das sie seit einigen Tagen las.

»Was ist das überhaupt?«, fragte Tom »Das ist ja ein Riesenschinken.«

»Der Outlander«, erklärte Sophie. »Diana Gabaldon. Ich habe es vor vielen Jahren schon einmal gelesen und jetzt wurde es verfilmt. Es gab eine Neuauflage. Es sind mehrere Bücher und ich habe sie damals gefressen.«

»Und dann liest du sie noch mal?«

Sophie nickte. »Sie sind einfach schön.«

Tom öffnete die zwei Bier. »Erzähl mal, um was geht es?«

»Um Liebe, um Schottland, um Zeitreisen. Es ist stellenweise ziemlich kitschig, aber ...«

Sie stieß einen tiefen Seufzer aus. »So schön! Eine wunderschöne Liebesgeschichte und der Held ist wirklich ein Held.«

»Schottland ist gut«, sagte Tom, und er grinste. »Helden sind auch gut.«

»Warst du schon mal da?« Sophie setzte sich, legte das Buch auf den Tisch und griff nach ihrer Bierflasche.

Er nickte. »Klar. Da muss man gewesen sein.«

»Erzähl mir was über Schottland!«

Er lachte. »Was soll ich dir erzählen? Wunderschöne Landschaften. Unglaublich liebe, nette Menschen. Sehr alte Schlösser und Burgen, viele Ruinen. In den schottischen Bergen fühlt man die Götter.«

Sie seufzte. »Ich wollte schon immer mal nach Schottland. Bisher hat es nie geklappt. Aber das ist noch einer meiner offenen Wünsche.« Ein Grinsen ging über ihr Gesicht. »Wo wir gerade bei Schottland sind ... das Buch kann ich auch morgen weiterlesen. Haben wir »Braveheart« da? Den Film?«

Tom grinste. »Aber natürlich haben wir diesen Film. »Braveheart« ist ein Pflichtfilm, besonders für die Freunde von Schottland. William Wallace ist ein schottischer Nationalheld.«

»Ich weiß«, sagte Sophie. »Das Ende kann ich mir übrigens nie ansehen, da muss ich immer weinen. Wundere dich also nicht, wenn ich dann aufs Klo muss oder die Küche aufräumen gehe.«

Tom lachte. »Ja, das Ende ist nicht schön, aber ... sie haben ihn nun mal hingerichtet.«

»Ja, und vor allem, wie sie ihn hingerichtet haben. Nein, das kann ich nicht sehen. Es ist schrecklich.«

»Es war eigentlich noch viel schrecklicher«, murmelte Tom, und legte die DVD in den Player.

Er kam allerdings nicht mehr dazu, die Fernbedienung in die Hand zu nehmen und den Film zu starten: Gerade, als er sich setzen wollte, ertönte das Geräusch eines Motorrads vor dem Hoftor. Es klang nicht nach Lola.

Sophie runzelte die Stirn, Tom ging ans Wohnzimmerfenster und öffnete es. »Ich sehe nichts«, sagte er. »Ich gehe mal zum Tor.«

Er schlüpfte in seine Schlappen und machte sich auf den Weg nach unten. Odin und Thor sahen Sophie kurz an und liefen ihm hinterher. Unangemeldeter Besucher. Nicht identifizierbares Motorengeräusch. Herrchen muss beschützt werden. Manchmal glaubte Sophie, zu hören, was in den Köpfen der beiden Hunde vor sich ging.

Sie ging ans Fenster und sah, dass Tom sich mit einem Mann unterhielt. Wenn das Tor offen war, konnte man vom Wohnzimmer aus bis auf die Straße sehen. Dann schob dieser Mann, den sie von oben nicht erkennen konnte, sein Motorrad in den Hof – und offenbar würde er gleich im Wohnzimmer stehen. Ein entfernter Bekannter von Tom? Oder jemand, den sie auf dem Beltane-Fest kennengelernt hatte? Es waren einfach zu viele Namen und Gesichter gewesen. Ihr war manchmal himmelangst bei dem Gedanken, es könnte sie irgendwann einmal jemand in ein Gespräch verwickeln, den sie eigentlich kennen müsste, aber nicht wiedererkannte.

Tom stand zuerst im Wohnzimmer, aber sein Gast war nur zwei Schritte hinter ihm.

»Liebling, du hast ja den Namen David schon ein paarmal gehört. Ich habe dir nie gesagt, was es mit David auf sich hat. Jetzt kannst du ihn persönlich kennenlernen.« Er deutete auf seinen Gast. »Das ist David. Und das David, ist Sophie. Wir werden übrigens bald heiraten.«

Sophie stand noch am Fenster. David trat auf sie zu und begrüßte sie mit einem verschmitzten Lächeln. Als sie ihm die Hand reichte, wurde daraus ein regelrechtes Strahlen, und Sophie wurde es sofort warm ums Herz.

Was für ein gut aussehender Mann! Die dunklen Haare reichten bis zu den Schultern. Sie waren zu einer fransigen Frisur geschnitten und durch den Helm, den er soeben erst abgenommen hatte, ein wenig zerzaust. Das gab ihm etwas Verwegenes. Er war genau so groß wie Tom. Warum nur musste sie in diesem Moment an Tanja denken? Sie war sich fast sicher, dass er ihr gefallen würde! Nur war sie jetzt leider nicht hier.

»Setz dich«, sagte Tom. »Bier?«

»Klingt gut.« David setzte sich auf das Zweiersofa, Sophie nahm auf dem großen Sofa Platz, auf dem sie zuvor auch mit Tom gesessen hatte.

Tom drückte ihm eine Flasche Bier in die Hand, die David mit dem Feuerzeug öffnete und sofort einen großen Schluck davon trank, bevor er sie auf den Tisch stellte, und sich neben Sophie setzte.

»Bist du so Motorrad gefahren?«, fragte Tom mit strengem Blick, und er deutete auf Davids Outfit. Eine ganz normale Jeans und dazu schwarze Turnschuhe. Ein schwarzes Shirt ohne Ärmel. Darüber lediglich eine Jeansweste, in der er offensichtlich seine Habseligkeiten mit sich herumtrug, die sich nicht in dem Rucksack befanden, den er neben sich gestellt hatte.

»Ja klar«, sagte David. »Ist doch kein Problem.«

»Doch, ist es. Du bist Biker und du solltest wissen, dass man nur in Lederklamotten fährt. Wenn du dich mit dem Bike auf die Nase legst ...«

»Ist gut, Dad«, sagte David. Er lachte. »Ich weiß nicht warum, aber manchmal habe ich das Gefühl, du bist nicht mein Freund, sondern mein Vater.«

Davids Lachen zog sich über sein ganzes Gesicht und seine Augen funkelten. Er war offenbar ein Mensch voller Lebensfreude, und das machte ihn total anziehend. Ein Traumtyp für Tanja, auf solche Typen stand sie. Und hatte sie nicht vor wenigen Tagen noch gesagt, solche gäbe es nicht mehr? Oder wenn, dann wären sie vergeben?

Hier saß nun einer, von dem Sophie sicher war, dass er der Mann schlechthin für ihre liebe Freundin wäre. Nachdem nun auch Miriam ihr Glück mit Arvid gefunden hatte, wollte sie auch Tanja so gerne glücklich sehen. Was wäre denn schöner, als ihre beiden besten Freundinnen in einer Beziehung zu guten Freunden von Tom?

David war schlank und nicht besonders breit gebaut, aber er hatte stabile, athletische Schultern. Er war kein schöner Mann in diesem Sinne, aber er hatte eine unglaubliche Ausstrahlung und war dadurch ein ganz besonderer Typ Mann. Er erinnerte Sophie an ein amerikanisches Model für Männerunterwäsche.

Offenbar konnte er seine Augen kaum von ihr lösen, denn Tom legte für eine Sekunde die Stirn in Falten und ermahnte ihn durch einen kurzen Blick.

»Was für ein Glück du hast, Tom!«, sagte David, und lehnte sich lässig im Sofa zurück.

»Ich weiß, dass ich verdammtes Glück habe«, sagte Tom. »Falls du damit Sophie meintest.«

»Genau die meinte ich.«

»Endlich bist du da. Wir haben dich wirklich vermisst, David.« Tom lächelte. »Besonders an Beltane.«

»Du feierst also immer noch deine heidnischen Feste?«, fragte David grinsend und zwinkerte Tom zu.

Sophie mochte seine Art irgendwie: Sie war von einem ganz besonderen Humor geprägt, und dass ihm der Schalk im Nacken saß, sah man ihm schon im Gesicht an.

Genau genommen wurde er auch immer attraktiver, je länger man hinsah. Ja, das wäre der richtige Mann für Tanja, auf solche Typen fuhr sie ab. Den musste sie kennenlernen.

David wandte sich ihr zu. »Naja«, grinste er. »Ich ja auch. Mehr oder weniger. Wenn man drin ist, fällt es schwer, diese Feste zu feiern.«

»Wo, drin?«, fragte Sophie irritiert. Toms Gesicht sprach Bände, irgendwas war ihm sehr unangenehm.

»Im Knast«, sagte David. Er grinste. Dann kramte er in der Innentasche seiner Jeansweste nach seinen Zigaretten, von denen er sich gleich eine anzündete.

»Ach, tut das gut!«, seufzte er. »Auf einem gemütlichen Sofa sitzen, ein Bierchen trinken und ein Kippchen rauchen! Hatte ich zehn Jahre nicht mehr.«

»Im Knast?«, wiederholte Sophie erschrocken.

Sie stornierte alle bisherigen Pläne, Tanja mit ihm bekannt zu machen. Nein, den durfte sie niemals kennenlernen!

Tom drehte sich zu Sophie um, und rollte mit den Augen. Das sollte wohl so viel heißen wie »Sorry, Baby. Das hätte ich dir sagen müssen.«

David streckte seine Beine aus und lümmelte sich bequem auf dem Sofa. »Jep«, antwortete er.

»Zehn Jahre? Du meine Güte, für was geht man denn zehn Jahre in den Knast?«

»Jugendsünden.« David lachte herzhaft. Dieser Mann schien überhaupt nur zu lachen. Nahm er das Leben überhaupt ernst? In diesem Moment schien es Sophie nicht danach.

»Du bist nicht dreißig, sondern ungefähr Mitte vierzig. Wenn du zehn Jahre drin warst, dann waren das keine Jugendsünden mehr, sondern irgendwas, was du mit Mitte dreißig angestellt hast.«

»Naja, eigentlich waren es fast elf Jahre«, sagte David. »Ich lag ja jetzt noch ein Jahr im Krankenhaus. Und übrigens bin ich inzwischen 50 Jahre alt, nicht Mitte vierzig.«

Sophie riss entsetzt die Augen auf.

»Koma«, sagte David, und selbst das schien er nicht besonders wichtig zu nehmen. »Ich hatte eine Schlägerei im Knast und ... ja, ach ... «

Er machte eine wegwischende Handbewegung. »Es ist ja vorbei. Es konnte sich auch keiner der Ärzte erklären, eigentlich hatte ich gar nichts Schlimmes, aber ich wurde einfach ein ganzes Jahr lang nicht wach.«

Sophie schüttelte es innerlich. Sie verstand die Welt nicht mehr. Zehn Jahre Knast für etwas, von dem sie nun immer noch nicht erfahren hatte, was es gewesen war. Ein Jahr Koma ohne einen nachvollziehbaren Grund. Und nun saß er hier auf ihrem Sofa, lachte, war offenbar total gut gelaunt?

David zwinkerte Tom zu. »Ich glaube, deine Kleine macht sich jetzt schwer Gedanken über deinen Freundeskreis.«

»Bisher nicht«, sagte sie. Sie lehnte sich im Sofa zurück und wartete auf eine Erklärung. David merkte, dass sie ihn fixierte.

»Schwere Körperverletzung«, sagte er.

»Die muss aber sehr schwer gewesen sein – bei zehn Jahren!«, antwortete sie.

»Mit Todesfolge. Das war aber keine Absicht. Eigentlich.«

»Ach du Scheiße!« Sophie war entsetzt.

Nein, der war nichts für Tanja!

David seufzte. »Ist es dir jetzt unangenehm, dass ich hier bin?« Er grinste. Sophie konnte sein Verhalten nicht wirklich nachvollziehen. Konnte man noch lachen, wenn man einen Menschen auf dem Gewissen hatte? Und nach zehn Jahren Gefängnis? Halt, nach elf Jahren? Seinen Aufenthalt im Krankenhaus mitgerechnet?

Sie musste das erst mal sacken lassen. Sophie atmete tief ein.

»Ich vertraue Tom. Du bist sein Freund. Er wird mir hoffentlich keinen Menschen ins Haus schleppen, der für uns, unsere Freunde und unsere Tiere eine Gefahr darstellt. Aber ja, ich gebe zu, ich muss mich an den Gedanken erst mal gewöhnen. Ich hatte noch nie mit jemandem zu tun, der zehn Jahre im Knast war. Wegen Körperverletzung mit Todesfolge. Das muss ich jetzt erst mal verdauen.«

Sie erhob sich.

»Baby?«, rief Tom ihr nach. Als sie sich noch einmal nach ihm umdrehte, bemerkte sie seinen besorgten Blick. Um was machte er sich nun Sorgen? Um sie und ihre Haltung diesem Besuch gegenüber?

Freunde sind Familie, darüber waren sie sich von Anfang an einig gewesen. Sorgte er sich darum, dass sich das mit David ändern könnte?

»Ich bin gleich zurück«, bemerkte sie in ruhigem Ton. »Ich hab noch was in der Küche zu tun. Hast du schon was gegessen, David?«

»Nein.«

»Hunger?«

»Ach...«, vernahm sie. »Ja, schon!«

Sophie stieg die Treppen hinab in die Küche. So viel gab es nicht zu tun, aber sie musste einen Moment für sich alleine haben, um sich zu sammeln. Sie räumte die Teller vom Abendessen in die Spülmaschine und wischte noch einmal über die sauberen Arbeitsplatten. Dann machte sie einen Teller mit der Lasagne fertig, von der sie wie immer viel zu viel gemacht hatte, und schob ihn in die Mikrowelle.

»…mit ihr reden«, sagte Tom gerade, als sie mit dem Teller für David und mit Besteck ins Wohnzimmer kam.

»Mit mir reden?«, fragte sie, und sah Tom scharf an. »Über was?«

David nahm ihr den Teller ab. »Dankeschön. Das sieht ja lecker aus … und es riecht so gut. Das ist was anderes als der Knastfraß.«

Sophie setzte sich neben Tom auf das Sofa und Odin wechselte auch seinen Platz: Er quetschte sich einfach neben sie auf die Couch.

»Schmeiß ihn runter«, sagte Tom. »Das ist doch viel zu eng.«

Aber Odin hatte seinen Kopf auf Sophies Schoß gelegt und sah sie treuherzig an.

»Das geht schon«, sagte sie, und kraulte den Hund hinter dem Ohr. Tom schüttelte grinsend den Kopf.

»Sie ist seine Göttin«, erklärte er David.

David nickte verständnisvoll. »Ich soll mit dir reden, meint Tom.« Er schob sich eine Gabel Lasagne in den Mund und schloss genussvoll für eine Sekunde die Augen. »Oh, ist das gut! Wer von euch beiden hat die gemacht?«

»Sophie hat sie gemacht.« Tom lächelte, warf dann aber Odin einen strengen Blick zu – den der Hund vollkommen gleichmütig ignorierte.

»Wahnsinn, Sophie!« David sah sie an und hatte schon wieder dieses verschmitzte Grinsen im Gesicht. Es fiel Sophie wirklich schwer, sich vorzustellen, dass dieser sympathisch wirkende Mann einen Mord begangen haben sollte. Nein, halt! Körperverletzung mit Todesfolge. Aber war das nicht am Ende dasselbe?

»Über was sollst du mit mir reden?«, wiederholte Sophie ihre Frage. Tom griff nach ihrer Hand, hielt sie fest, sagte aber kein Wort.

»Über mich«, antwortete David. Er schob sich noch eine Gabel voll Lasagne in den Mund und kaute genussvoll. Dann legte er für einen Moment sein Besteck beiseite. »Das ist noch ein bisschen zu heiß«, murmelte er. Er lehnte sich im Sofa zurück. »Tom hat Recht. Ich tauche hier einfach auf, du hast mich noch nie gesehen, wahrscheinlich auch nie was von mir gehört. Dann erfährst du, dass ich gerade aus dem Knast komme. Nach zehn Jahren. Nein, nach elf. Und vor allem, warum ich drin war.« Er grinste. »Das macht dir bestimmt Angst.«

Sophie nickte. »Dann erzähl mal. Ich denke, das wirst du schon verstehen, dass ich nicht so richtig weiß, wie ich mit so einer Information umgehen soll, oder?«

»Klar.« Er lachte, und wie stets wenn er lachte, funkelten und sprühten seine Augen nur so vor Lebensfreude. Ja, wenn sie nicht gewusst hätte, was sie nun leider wusste ... zu schade, dass der Traummann, bei dem Tanja garantiert weiche Knie bekommen hätte, ein Knacki war, der einen Menschen auf dem Gewissen hatte!

»Natürlich klingt das nach einem Schwerstkriminellen, das weiß ich doch.« Er räusperte sich. »Ich bin kein ausgeflippter Mörder, Sophie. Pass mal auf, die ganze Geschichte von vorne: Ich habe eine jüngere Schwester. Und eine kleine Nichte, wobei, die ist heute auch schon volljährig. Der Mann meiner Schwester hat die Kleine missbraucht. Meine Schwester bat mich damals um Hilfe, sie wusste einfach nicht mehr weiter. Ich ging hin, hab ihm ein paar Sätze dazu gesagt und ihm klar gemacht, dass ich ihm sein Scheißding abschneiden werde, wenn er das Kind noch mal anfasst.«

»Ach du Scheiße«, sagte Sophie betroffen.

David nickte. »Ich bin ein ganz normaler Typ. Klar habe ich in meinem Leben schon oft Mist gebaut, wie alle eben. Ich hab mich geprügelt, habe ein paar Drogenexperimente gemacht. Ansonsten bin ich Kfz-Mechaniker wie Tom. Wir kennen uns seit der Ausbildung, weil wir in der Berufsschule in einer Klasse waren. Seitdem spielt Tom schon Papa für mich.«

»Wir sind Freunde«, sagte Tom. »Tut mir leid, wenn du nicht damit klarkommst, dass ich dir ab und zu mal sage, wie leichtsinnig du manchmal bist. Wie das eben mit deinen Klamotten.«

Tom deutete mit sichtlichem Missfallen auf Davids leichte Bekleidung, die sich in der Tat nicht eignete, um Motorrad zu fahren.

»Ja«, seufzte David. »Du hast ja Recht. Ich war einfach glücklich, dass ich endlich meine Freiheit genießen konnte. Ich kann mich nicht erinnern, bei wem ich meine Motorradklamotten gelassen habe.«

Erneut seufzte er, und schaute Sophie an. »Leider hat er die Kleine noch mal angefasst. Ich bin also noch einmal hingegangen, hab ihn mir gegriffen und ihn verdroschen. Ich war so dermaßen in Rage, dass ich mich einfach nicht im Griff hatte. Ich hab ihn mit dem Kopf an die Wand geknallt. Er ging um – und dann habe ich seinen Kopf noch ein paar Mal auf den Boden geschlagen. Der Boden war gefliest, aber darüber habe ich in dem Moment nicht nachgedacht. Ich war so voller Zorn! Schädel-Basis-Bruch.«

David wandte sich der Lasagne zu, steckte sich eine Gabel voll in den Mund und kaute nachdenklich. »Ich hätte wirklich nicht gedacht, dass die mich für zehn Jahre reinschicken, aber der Richter meinte, ich hätte Selbstjustiz ausgeübt und weg war ich.«

»Das tut mir so leid«, sagte Sophie. »Und deine Schwester? Und die Kleine?«

David gab einen verächtlichen Laut von sich. »Meine Schwester... tsss ...« Er malte mit der Gabel unsichtbare Muster auf seinen Teller.

»Meine Schwester ist ausgeflippt. Hat hysterisch herumgeschrien, ich hätte ihren Mann umgebracht. Ja, bis zu einem gewissen Punkt konnte ich das noch verstehen, sie stand ja auch unter Schock.«

Nun war das fröhliche Lachen vollständig aus seinem Gesicht verschwunden. »Aber irgendwann hat sie sich beruhigt. Ich habe sie mehrmals gefragt, warum sie so ein Theater macht, der Typ hat sich schließlich an ihrem Kind vergriffen. Sie sah mich immer nur mit großen Augen an und erklärte mir, das wüsste man ja nicht so genau, Kinder würden ja auch manchmal viel Unsinn reden.«

»Das gibt es doch gar nicht!«, empörte sich Sophie.

»Doch. Leider gibt es das.« David wirkte jetzt tatsächlich sehr betroffen. Für ihn waren das offenbar sehr heftige Erinnerungen. »Ich habe sie gefragt, warum sie mich dann geholt hat, warum sie wollte, dass ich ihn mir vorknöpfe ... wenn sie doch denkt, dass die Kleine Blödsinn erzählt hat. Sie sagte, sie hätte nur gewollt, dass ich mal ein Gespräch von Mann zu Mann mit ihm führe. Herausfinde, was da Sache ist. Aber ich hätte ihn ja gleich umgebracht. Das ist purer Blödsinn, weil ich ja schon Wochen vorher tatsächlich versucht habe, mit ihm zu reden. Erst als ich hörte, dass er die Kleine schon wieder angefasst hat, bin ich ausgetickt.« Sein Gesicht wirkte sehr ernst. »In diesem ersten Gespräch mit ihm musste ich mich schon sehr beherrschen. Am liebsten hätte ich ihn am Kragen gepackt und rausgeschmissen. Als sie mich das zweite Mal holte, konnte ich mich einfach nicht mehr zurückhalten. Vielleicht wäre ich mit weniger Knast davon gekommen, aber sie hat vor Gericht gegen mich ausgesagt. Sie hätte nicht mal aussagen müssen als meine Schwester, aber sie hat von ihrem Recht auf Aussageverweigerung keinen Gebrauch gemacht. Nach ihrer Aussage bin ich also einfach ins Haus gestürmt, hab mir ihren Mann gegriffen und ihn umgebracht.«

Er schüttelte langsam den Kopf. Klar, das alles konnte er auch elf Jahre später nicht verstehen. Es war auch nicht zu verstehen, wenn diese Geschichte stimmte.

»Ich habe meine Schwester nie mehr gesehen. Die Kleine auch nicht. Sie haben mich nie im Knast besucht, mir nie geschrieben. Meine Schwester sagte mir damals, als ich inhaftiert wurde, dass sie mich nie mehr sehen will und ich soll bloß nicht irgendwann vor ihrer Tür stehen. Meine Nichte kann ja nichts dafür, aber meine Schwester ... ich wollte doch nur meine Familie schützen. Die Kleine ist mein Patenkind.«

Sophie war wirklich erschüttert. »Zehn Jahre! Das tut mir wirklich leid. Und im Knast! Das war bestimmt eine harte Zeit.«

David aß weiter. Er zuckte mit den Schultern, während er kaute. »Im Knast war ich ein Held. Egal was man über die schweren Jungs sagt, aber die meisten von ihnen hassen Kinderficker einfach. Von daher hatte ich es nicht besonders schwer im Bau. Jetzt sind insgesamt elf Jahre meines Lebens dahin, aber was solls. Man kann die Zeit ja leider nicht zurückdrehen.«

Er aß seine Lasagne auf, schob dann den Teller beiseite und trank einen Schluck Bier, bevor er sich eine Zigarette anzündete und sich bequem nach hinten fallen ließ. Er grinste. »Alles halb so wild! Noch bin ich jung und attraktiv. Aus mir kann noch was werden.«

Tom lachte. Dann sah er Sophie an und wirkte plötzlich ziemlich ernst. Er stand auf und zog sie am Handgelenk aus dem Zimmer, die Treppe runter und in die Küche. Dort schloss er die Tür, machte für sie beide eine Tasse Kaffee zurecht und setzte sich zu Sophie an den Tisch.

Seine Gesichtszüge wirkten etwas angespannt, aber das war wohl kein Wunder angesichts der aktuellen Lage.

»Ich wollte alleine mit dir reden«, erklärte Tom. »Damit du auch frei deine Meinung sagen kannst und nicht denkst, du musst jetzt höflich sein.« Er atmete tief ein, zündete zwei Zigaretten an und reichte ihr eine davon. »David ist seit vielen Jahren so was wie mein Schützling. Er nennt mich manchmal genervt »Papa« oder »Dad«, aber ich glaube, im Grunde war er immer ganz dankbar, dass es mich gab und dass ich immer ein wenig auf ihn aufgepasst habe. Ich habe immer versucht, unauffällig zu sein, aber man merkt das ja trotzdem, wenn sich einer verantwortlich fühlt.« Er seufzte tief. »Weißt du, er kommt aus keinem besonders schönen Elternhaus. Die Eltern hatten sehr viel Geld, aber nie Zeit für David und seine Schwester. Die Kinder waren ihnen völlig gleichgültig. David hatte als Kind alles und die meisten Kinder waren total neidisch auf ihn. Aber natürlich hätte er lieber in ärmeren Verhältnissen gelebt und dafür mal Interesse und Aufmerksamkeit von seinen Eltern bekommen.«

Er stöhnte. »Er ist ein prima Kerl geworden, hat einen tollen Charakter und er sieht die meisten Dinge recht entspannt. Irgendwann sagte er mal, das Leben endet sowieso mit dem Tod, bis dahin könnte man ja Spaß haben. Das ist David. Seine Schwester ist leider anders. Ihr geht es um Geld und Wohlstand, das war auch der Grund, warum sie so ausgetickt hat, als ihr Mann tot war. Sie war zwar gut abgesichert und ist eine gemachte Frau seitdem, aber das konnte sie wahrscheinlich damals nicht so einschätzen. Wahrscheinlich hatte sie Angst, dass sie jetzt mit Nichts dasteht.«

»Und da verteufelt sie ihn, obwohl er ihr Kind vor weiterem Missbrauch bewahrt hat?« Sophie schüttelte verständnislos den Kopf.

»Ja«, sagte Tom. »Deswegen habe ich auch nie nach ihr gesehen. Sie wollte, dass David das Problem löst, aber sie wollte eben nicht konsequent selbst die Dinge in die Hand nehmen. Sie hätte auch tausend Möglichkeiten gehabt, etwas zu unternehmen. Es war bequemer, David zu beauftragen. Und er? Er wollte nur die Kleine schützen. Er hing sehr an ihr. Damals jedenfalls. Das hat sich wohl erledigt.« Er atmete tief ein. »David weiß im Moment leider nicht, wohin. Du weißt, ich bin jemand, der seine Freunde nicht …«

»… im Stich lässt«, ergänzte Sophie seinen Satz. »Ich weiß.« Sie schnaufte. »Stimmt diese Geschichte denn wirklich? Das wäre mir nämlich wichtig, Tom. Ich muss wissen, ob ich einen Helden beherberge und verköstige oder einen Mörder.«

Tom grinste. »Ach so, der Held darf morden?«

»Es ging um ein Kind, wenn diese Geschichte stimmt. Um ein kleines Mädchen. Ja, dann ist er ein Held. Jeder ist ein Held, der nicht wegsieht und der solche Typen stoppt. Er hätte das auch sanfter tun können.« Sie räusperte sich. »Aber ehrlich, ich könnte für mich auch nicht garantieren, wenn ich so jemanden in die Finger kriegen würde.«

Tom lachte.

»Also angenommen, ich hätte die Kraft. Die ich ja nicht habe.«

»Seine Geschichte stimmt, Liebes. Lola kennt ihn auch gut. Wir haben ihn über die Jahre abwechselnd im Knast besucht. Ihm Päckchen geschickt, damit er wenigstens etwas Luxuskram hat. Zigaretten. Oder ein bisschen Dosenkram, als Ergänzung zu den Knastmahlzeiten. Bücher. Er liest viel. Hat er sich aber auch erst im Knast angewöhnt.«

»Dann ist das für mich kein Problem. Nur, wie soll es weitergehen? Er braucht einen Job, er braucht Geld und er braucht eine eigene Wohnung.«

Tom nickte. »Das regeln wir alles. Ich werde Lola und Anton morgen anrufen, wir müssen uns jetzt für ihn umhören. Natürlich braucht er zuerst einen Job. Aber dann klar, Wohnung, Möbel, und vor allem muss er endlich mal einen Abend mit all seinen Freunden verbringen.«

Sophie griff nach Toms Hand und sah ihn nachdenklich an.

»Was denkst du, Miss Sophie?«, fragte er irgendwann.

»Ich denke, dass du wirklich gesegnet bist. Du und dein ganzer Kreis. Wenn jeder Mensch auf der Welt solche Freunde hätte, wäre die Welt friedlicher.«

»Miriam und Tanja würden doch auch für dich einstehen.«

»Klar würden sie das.« Sie seufzte. »Nein, ehrlich, dieser ganze Kreis … du kannst froh sein, solche Freunde zu haben. Ich nehme an, für dich würden sie auch alle da sein.«

»Klar. Es gab auch ein paar, die sich davor gedrückt haben, in den letzten Jahren für David da zu sein. Die gibt es immer. Nicht alle haben zu ihm gehalten. Aber einige schon. Ich muss auch dazu sagen, dass nicht alle, die zum Beispiel an Beltane hier waren, ihn überhaupt kennen. Manche habe auch ich erst später kennengelernt.«

Sophie überlegte. »Aus meinem Hausrat gibt es ja noch ein paar Möbel und eine Menge Kram. Das alles kann er gerne haben. Ich weiß gar nicht, warum ich das alles mitgenommen habe.«

»Weil du dachtest, dass das hier scheiße wird und du vielleicht wieder ausziehen musst.« Er sah sie so treuherzig an, dass sie laut lachen musste. »Ja«, stimmte sie zu. »Man wird eben vorsichtiger mit der Zeit.« Sie nippte an ihrem Kaffee. »Nur, wo wollen wir ihn unterbringen? Im Wohnzimmer, auf dem Sofa? Das geht mal für ein paar Nächte, aber dauerhaft ist das unbequem und er hat überhaupt keine Privatsphäre.«

Tom zuckte mit den Schultern. »Ein paar Nächte schafft er. Ich kann ja mal damit anfangen, einen von den drei ungenutzten und bisher nicht renovierten Räumen für ihn fertig zu machen.«

Das stimmte. In diesem Haus gab es noch drei Räume, die nicht renoviert waren. Die Wände mussten gedämmt und tapeziert werden, es fehlte auch noch der Bodenbelag. Auch waren noch keine Heizkörper montiert.

»Zu zweit schaffen wir das in ein paar Tagen«, sagte Tom. Wenigstens einen davon. Ich denke, wir nehmen den hier neben der Küche. Dann ist er auch etwas abseits von uns.«

Sophie trank ihren Kaffee aus und stellte noch einmal eine frische Tasse auf den Automaten. »Ich denke, David wird nach dem Essen auch gerne noch einen Kaffee trinken, oder nicht?«

Tom nahm sie in den Arm. »Ach Kleines, ich liebe dich so sehr. Es ist so schön, dass ich mich dir gegenüber nicht schlecht fühlen muss, weil ich einen Freund nicht im Stich lassen will.«

Verwundert sah sie ihn an. »Was dachtest du denn?«

Aber im gleichen Moment wurde ihr bewusst, dass er gar nicht sie meinte. Auch Tom hatte seine Vergangenheit, selbst wenn er so gut wie nie irgendwas erzählte und sie deswegen nicht sehr viel wusste. Bestimmt hatte irgendeine Ex oder vielleicht alle miteinander nicht sehr freundlich auf seine Freunde reagiert. Das war nämlich auch für Sophie kein unbekanntes Problem. Alle ihre Extypen hatten ein Problem mit ihren Freunden gehabt. Sie wusste von daher ziemlich genau, wie es sich anfühlte, wenn man mehreren Seiten gerecht werden wollte und es nicht schaffte.

Versammlung im Götterhain

Midir, Lugh, Aine und Oenghus saßen im Götterhain, versammelt an einem Tisch, der aus einem Felsen gehauen war und tranken schweigend ihren Honigwein. Durch die Nebel, der die Welten voneinander trennt, war Sophie klar zu sehen, wie sie am Computer saß und schrieb.

»Was tut sie da?«, fragte Aine. »Was schreibt sie?«

Oenghus stöhnte. »Sie schreibt ihre Geschichte auf.«

Aine sah ihn entsetzt an. »Sie schreibt ihre Geschichte auf? Welche Geschichte? Etwa eure Geschichte?«

Oenghus nickte. »Ja, irgendwie auch. Hauptsächlich sortiert sie ihre Gedanken.«

»Du musst das an dich nehmen«, sagte Midir. »Verzeihung. Löschen musst du das. Die Menschen arbeiten ja nicht mehr mit Papier und Stift. Sie speichern jetzt Dateien.« Er seufzte laut. »Du musst es löschen, Oenghus. Wenn sie ihre Geschichte aufschreibt, hat sie immer Erinnerungen an dich, die sie nicht versteht. Das kannst du nicht erlauben! Und du weißt, dass du die Sache jetzt bald zum Abschluss bringen musst?«

Oenghus erhob sich und lief um den Tisch herum. Seine Hände steckten in den Hosentaschen und Lugh machte ihn mit einem missbilligenden Blick und einem Nicken darauf aufmerksam.

»Du hast dir so viel merkwürdige Eigenarten von den Menschen angewöhnt«, stieß er wütend hervor.

Oenghus nahm die Hände aus den Taschen und ging dichter an den Nebel heran, der seine Welt, die Welt der keltischen Götter, von der Welt der Menschen trennte.

Sophie saß in der Küche am Laptop und tippte. David saß ihr gegenüber und las ein Buch. Ab und zu warf sie ihm einen Blick zu, lächelte ihn an. Oenghus sah, dass David eigentlich nicht las. Er beobachtete Sophie über sein Buch hinweg und seine Augen waren voller Liebe. Oenghus Blick verfinsterte sich.

»Sie ist für ihn bestimmt«, sagte Aine sanft. »Und er fängt schon an, sie zu lieben.«

Seit Monaten nahm sie zur Kenntnis, dass Oenghus nicht einfach nur einen Auftrag erledigte, um den sie ihn gebeten hatte. Von Anfang an hatte er Sophie als schön empfunden. Jetzt, wo dieser gute Gott, der Schutzpatron der Liebenden, der Hüter des Friedens, sie kennengelernt und fast ein ganzes Jahr mit ihr verbracht hatte, liebte er sie tatsächlich von ganzem Herzen. Aber das hatte sie vorausgesehen. Das hatten auch Midir und Lugh befürchtet.

Aine wusste, dass der Gedanke ihn schmerzte, sie bald verlassen zu müssen. Es schmerzte ihn, dass David bei ihr sein durfte, für den Rest ihres Lebens. Sophie würde eines Tages in Davids Armen sterben. Als alte Frau, die zumindest die letzten dreißig Jahre ihres Lebens mit ihrer großen Liebe verbringen und ein schönes Leben genießen durfte. Es schmerzte Oenghus, dass er nicht der Mann sein durfte, der ihr die Hand halten würde, wenn sie bereit war, die Unterwelt zu betreten.

Midir erhob sich und trat neben Oenghus. »Lösch diese Datei. Sie darf sich nicht an dich erinnern, Oenghus!« Er hüstelte. »Oder tausche die Namen aus. Warum schreibt sie das überhaupt alles auf?«

Oenghus zuckte mit den Schultern. Er wirkte traurig, und er konnte kaum seinen Blick von Sophie lösen. Aber schließlich gelang es ihm und er sah Midir scharf ins Gesicht. »Es sind Menschen, Midir. Wir spielen seit Tausenden von Jahren mit ihnen wie mit Schachfiguren.«

»Halt!«, rief Aine. »Wir spielen nicht mit ihnen. Oenghus, du hast sie geheilt. Du hast ihr Herz von dieser furchtbaren Bitterkeit befreit! Du hast sie dazu gebracht, wieder lieben zu können!«

»Ja«, stimmte er ihr zu. »Jetzt kann sie lieben. Aber wenn ich gehe, was ist dann? Wird sie wirklich vergessen?«

»Du bist der, der das Vergessen auslöst. Wenn du den Schleier des Vergessens richtig benutzt, wird sie vergessen, was sie vergessen muss. Sie wird sich an das erinnern, an was sie sich erinnern muss, damit sie weiterhin glücklich sein kann. Es liegt in deiner Hand. Du hast das schon sehr oft getan, und du weißt, was du zu tun hast.«

»Und werde ich vergessen können?« Er sah Aine direkt in die Augen und sie sah mit einer Traurigkeit, die ihr durch jede Faser ihres Körpers fuhr, die Liebe und die Trauer in seinen Augen.

»Bring es zum Abschluss«, sagte Midir noch einmal mit warnender Stimme. »Das Ziel ist erreicht.«

»Noch liebt sie ihn nicht.«

»Auch das liegt an dir, Oenghus.« Midirs Blick war streng. »Du bist es auch, der die Liebe auslöst.« Er seufzte. »Du weißt, dass ihr Herz von dir erfüllt ist. Sie kann David nicht lieben, solange du neben ihr bist und sie sich an dich erinnert. Ein ganzes Jahr schon dauert das jetzt. Aber gut, diese Zeit hat es gebraucht, um ihre gemeinsame Geschichte zu schreiben. Ich spüre, dass du sie nicht loslassen willst. Manchmal glaube ich, du wärst gerne ein Mensch.«

»Manchmal glaube ich das auch«, murmelte Oenghus. Aine erhob sich und küsste ihn sanft auf die Wange. »Du bist aber kein Mensch«, erinnerte sie ihn leise. »Du bist Oenghus, Schutzpatron der Liebenden und Gott der Liebe und des Friedens. Du musst sie jetzt loslassen. Die Zeit ist gekommen.«

Midir räusperte sich. »Noch immer weiß ich nicht, wozu sie ihre Geschichte aufschreibt.«

»Ganz einfach«, sagte Oenghus. »Wie ich schon sagte, sie sortiert ihre Gedanken. Sie hat auch viele Dinge erlebt, die sie jetzt in einem neuen Licht betrachtet und es ist nur gut für sie, dass sie das tut.«

Midir setzte sich und er wirkte betroffen. »Natürlich«, sagte er resigniert. »Im dritten Jahrtausend ziehen sie kaum noch Kinder groß. Sie arbeiten nicht mehr auf dem Feld. Sie glauben nicht mehr an uns, sondern laufen in Kirchen, lassen sich von einem Gott unterdrücken, der voller Zorn ist und sie bestraft. Es sind nicht mehr die Gelehrten, die schreiben, sondern jeder kann das jetzt tun. Und sie sortieren ihre Gedanken.« Er seufzte. »Bevor du es zu Ende bringst, bring ihr die keltischen Götter und Feste näher. Beltane kennt sie nun. Aber wir haben noch Samhain und Lughnasad, und …

Lugh kicherte. »Sie beschäftigt sich doch bereits damit.«

Midirs Blick wirkte schmerzerfüllt. »Gut. Verzeiht bitte, dass ich nicht wie ihr, diese Sache Tag und Nacht verfolgt habe, sondern nur an manchen Tagen.«

»Sie kennt alle Feste und die wichtigsten Götter.« Oenghus betrachtete Sophie durch die Nebel und lächelte traurig. »Anfangs geschah das aus Liebe zu mir, aber inzwischen glaubt sie daran.«

»Nein, Oenghus«, sagte Midir in scharfem Ton. »Nicht aus Liebe zu dir! Aus Liebe zu David!«

Erneut verzog Midir das Gesicht zu einer schmerzerfüllten Grimasse. Er konnte sich einfach mit diesen modernen Zeiten nicht abfinden. Die meisten Götter hatten ihren Frieden mit der modernen Welt geschlossen. Aine hielt sich viel unter den Menschen auf, manchmal lebte sie monatelang oder sogar jahrelang zwischen ihnen. Sie liebte die Menschen. Auch Oenghus war begeistert von den Menschen und lebte häufig für viele Jahre unter ihnen. Er benahm sich inzwischen wie einer von ihnen. Er rauchte, hielt seine Wohnstätte eigenhändig in Ordnung und arbeitete sogar gelegentlich, wie damals, als er diese Ausbildung zum Automechaniker gemacht hatte, um in der Nähe von David zu sein – seinem Schützling. Er besaß dieses Haus, in dem er alle Wohnungen Menschen gegen Geld zur Verfügung gestellt hatte, und konnte deswegen in dieser merkwürdigen Welt bestehen, in der man für alles bezahlen musste. Er kaufte sich die gleichen Kleidungsstücke wie die Menschen und jetzt fuhr er auch noch Motorrad. Sogar Aine hatte sich von der Lust an diesen Gerätschaften anstecken lassen. Midir beschloss, Oenghus endgültige Rückkehr in den Götterhain abzuwarten. Dann würde er selbst auch zurückkehren, auf seine Insel Mananan, und dort in seinem Schloss leben. Die Gesellschaft von Menschen brauchte er nicht. Er packte seinen Speer mit fester Hand. Seine Lippen waren verkniffen, so zornig war er innerlich. Es hatte schon seinen Grund, dass er den Menschen so selten erschien. Sie waren ihm einfach unheimlich.

Davids Vergangenheit

David machte sich mit Feuereifer daran, den Laminatboden im Gästezimmer zu verlegen. Es war das Zimmer, das direkt hinter der Küche lag und von dem Tom ihm erklärt hatte, er könne dort wohnen, bis er eine eigene Bleibe hatte. Tom hatte am Vortag die Fensterläden abgeschliffen und neu lackiert. Nun hatte er sie befestigt, saß auf dem Fensterbrett und sah David bei seiner Arbeit zu.

»Ich kann mir nicht helfen«, sagte David. »Irgendetwas ist in meinen Erinnerungen völlig anders als die Realität, in die ich jetzt gekommen bin, als ich aus dem Knast, oder nein ... aus dem Krankenhaus entlassen wurde.«

Tom lächelte. Ein trauriger Zug lag in seinem Gesicht.

»Was ist anders?«, fragte er.

David sah nicht auf. Er legte ein neues Stück Laminat an das vorhergehende an, und klopfte es mit einem Hammer vorsichtig fest. Dann zuckte er mit den Schultern.

»Ich weiß es nicht, Tom. Vieles ist wie ausgelöscht. Ich kann mich erinnern, dass wir beide zusammen unsere Ausbildung gemacht haben. Ich kann mich an viele Dinge erinnern, die mit dir zu tun haben. Auch an Lola kann ich mich erinnern, wie geht es ihr überhaupt?«

»Es geht ihr bestens. Sie wird uns sicher auch bald besuchen. Im Moment ist sie mit dem LKW in Italien unterwegs.«

»Ach so.« David zuckte mit den Schultern. »Es ist alles merkwürdig, Tom.« Er erhob sich, und setzte sich neben das bereits verlegte Laminat auf den Boden. Er zündete sich eine Zigarette an und sah Tom nachdenklich an.

»Ich habe Erinnerungen an ein ganz anderes Leben, Tom. Aber sie sind nicht richtig da, sie sind ganz weit weg und ich frage mich, ob das wirklich ich bin oder ob ich da ...« Er unterbrach sich und stöhnte. »Ich war ein Jahr lang in einer Art Koma und mein Arzt sagte mir, da sei immer der Fernseher gelaufen. Damit ich Stimmen höre. Vielleicht habe ich Erinnerungen an einen Film in mir und denke, es war mein Leben, ich weiß es einfach nicht.«

»Aber an was erinnerst du dich denn?«

Tom spielte mit dem Feuerzeug in seinen Händen und beobachtete David aufmerksam.

»Ich erinnere mich an dieses Haus. Es ist aber in meinen Erinnerungen nicht so schön.«

»Naja«, sagte Tom. »Es ist mein Haus. Du hast die Anfänge mitbekommen, gleich nachdem ich es geerbt habe. Ich habe in den letzten Jahren viel daran getan.«

David lachte, aber er wirkte so ratlos. »Das ist ja der Punkt, Tom. Ich habe das Gefühl, dass es mein Haus ist.«

Tom lachte, und David sah ihn für einen Moment verdutzt an, dann stimmte er mit ein. Doch dann verstummte er ganz plötzlich.

»Ich stand vorhin im Hof vor der Harley. Ich weiß, dass ich mit ihr schon einmal gefahren bin. Und ich habe wenig Erinnerung an die Kawasaki, mit der ich gekommen bin. Als ich entlassen wurde, wusste ich aber, dass sie bei Arvid steht und ich sie dort abholen kann. Das hat geklappt. Also muss es ja alles real sein.«

Er stöhnte laut. »Und dann kam ich hierher, und alles war so vertraut. Wo habe ich früher gewohnt?«

»In einer Wohnung, David. Aber die gibt es nicht mehr, das wurde alles von deiner Schwester aufgelöst, als du in den Knast musstest.«

David drückte seine Zigarette auf dem Boden aus und warf sie in den Aschenbecher, der zwei Meter weiter stand.

»Treffer«, sagte er, und lachte. Er wurde aber sofort wieder ernst. »Tom, ich habe das Gefühl, dass mein ganzes Leben sich verändert hat, als ich ins Koma gefallen bin. Für dieses Koma gibt es bis heute keine vernünftige Erklärung. Die Ärzte hatten jedenfalls keine. Ich hatte keine organischen Verletzungen. Ein bisschen Prügelei kann so was doch nicht auslösen. Es war nicht mal eine heftige Schlägerei, der Typ wollte nur an meine Zigaretten und ich habe mich gewehrt.«

Tom lächelte. »Nein. Von so was fällt man nicht ins Koma, es sei denn, er hat dich vielleicht hart am Kopf erwischt.«

»Ich erinnere mich an dieses Haus. Ich war hier. Ich habe hier nicht gelebt, nur manchmal übernachtet, das weiß ich. Das Haus war in einem desolaten Zustand. Man konnte hier nicht wohnen. Es gab nicht mal heißes Wasser oder eine Heizung. Aber in meiner Erinnerung ist es mein Haus. Das ist es, was ich nicht verstehe.«

»Du und ich haben zusammen an diesem Haus gearbeitet«, sagte Tom. »Du warst es, der das Dach neu gedeckt hat.«

David nickte und arbeitete weiter. Tom kontrollierte die Lackierung der Fensterläden noch einmal, dann öffnete er sie weit und befestigte sie mit dem dafür vorgesehen Haken.

»Jungs!«, vernahmen sie beide Sophies Stimme aus der Küche. »Essen ist fertig!«

»Wir kommen gleich!«, rief Tom.

»Sofort!«, rief Sophie. Sie hörten ihr Kichern bis ins Gästezimmer.

David nickte Tom grinsend zu und erhob sich vom Boden. »Sie hat so eine nette Art, zu drohen«, lachte er. »Mit gekochtem Essen. Das ist so schön. Ich beneide dich, Tom.«

Tom lächelte nur, und es zog sich ein leiser Anflug von Traurigkeit über sein Gesicht.

Die Männer gingen ins Badezimmer, wuschen sich die Hände und saßen drei Minuten später am gedeckten Tisch.

»Riecht lecker«, sagte David, und hob schnuppernd seine Nase in die Luft.

»Schmeckt auch lecker«, antwortete Sophie. Sie legte eine dicke Scheibe Hackbraten auf jeden Teller, und dann schöpfte sie Gemüse und Kartoffeln auf.

»Wie gut es mir hier geht«, sagte David. Hier, in Sophies Gesellschaft, zeigte er seine innere Traurigkeit und seine Verwirrung nicht. »Muss ich wirklich ausziehen? Kann ich nicht einfach bleiben?«

Sophie lachte und setzte sich auf ihren Platz. Tom teilte Getränke aus. Er wirkte so nachdenklich, fiel Sophie auf.

»Alles in Ordnung, Liebling?«

»Mach dir keine Sorgen«, antwortete Tom.

»Du wirkst etwas bedrückt?« Sie schaute ihn besorgt an.

»Alles bestens«, sagte er. »Wir haben eben ein paar Männergespräche geführt und ich denke noch darüber nach.«

Damit gab Sophie sich zufrieden. Dann sah sie in Davids Richtung. »Nein, du musst nicht ausziehen. Jedenfalls nicht heute. Erst mal bringen wir dein Leben in Ordnung.«

»Das wäre schön«, sagte David. »Da ist nämlich mehr durcheinander, als ich dachte.«

Tom lächelte unbeholfen. »Morgen haben wir Einjähriges, Liebling. Was hältst du davon, wenn wir eine Ausfahrt machen? Einen Tagesausflug? Wir nehmen uns was zum Essen mit, fahren einfach ins Grüne und machen ein Picknick?«

»Das klingt total schön. Aber wolltest du nicht mit mir essen gehen?«

»Ja, das wollte ich«, antwortete Tom. »Das machen wir dann abends.«

Über Sophies Gesicht zog sich ein Strahlen, das tatsächlich aus ihrem tiefsten Inneren kam. Wenn es darum ging, mit dem Motorrad irgendwohin zu fahren, war sie glücklich. Ein gemeinsames Essen in einem angenehmen Restaurant würde einen wunderschönen Tag abrunden, aber das Highlight war der Ausflug mit dem Motorrad.

»Wenn ihr den ganzen Tag unterwegs seid, kann ich ja den Heizkörper schon montieren. Vielleicht kann ich sogar morgen Abend in dem Zimmer schlafen.«

»Ja«, sagte Tom. »Das kannst du machen.«

David grinste.

»Wobei, im Prinzip könnte ich da heute schon schlafen. Falls ihr eine Matratze oder so was habt, die ich reinlegen kann.«

»Es gibt sogar ein richtiges Bett«, sagte Sophie. »Es muss nur aufgebaut werden, es steht in der Scheune. Die Matratzen dazu sind verpackt und auf dem Dachboden gelagert.«

»Oh, das ist toll!«, sagte David. Er klang begeistert. Dann sah er nachdenklich zwischen ihr und Tom hin und her. »Ich bin so dankbar, dass ihr meine Freunde seid. Für mich seid ihr Familie.«

»Freunde sind immer Familie«, sagte Sophie. Sie räusperte sich. »Zu dem Bett gibt es auch noch einen Schrank, aber den kannst du dir ja morgen aufbauen. Auf dem Dachboden steht außerdem noch mein Fernseher, wenn du willst, hol ihn dir runter.«

David nickte. »Du bist toll, Sophie.«

Sie lächelte.

Nach dem Essen hatten die beiden Männer noch gute zwei Stunden zu tun. David verlegte das Laminat fertig und brachte die Leisten an, die Tom bereits auf Maß gesägt hatte. Danach ging David mit dem Staubsauger durch und Sophie wischte im Anschluss schnell den Boden, während die Männer das Bettgestell aus der Scheune holten. Um zehn Uhr abends war alles fertig: Davids neues Zimmer, das später mal als Gästezimmer dienen sollte, war wunderschön geworden. Das Bett war frisch bezogen und David legte sich kurz darauf, dann erhob er sich wieder. »Ach ja«, seufzte er. »Nichts gegen eure Couch, aber das hier ist was ganz anderes.«

Es war weit nach Mitternacht, als Tom noch einmal kontrollierte, ob Sophie schlief. Sie atmete tief und gleichmäßig und so schlich er sich leise aus dem Schlafzimmer. Sie war so schön.

Sein Herz war schwer. Sein ganzer Körper fühlte sich an, als würde er eine Last tragen, für die er zu schwach war. Tom öffnete leise die Haustür und setzte sich auf die Treppenstufen. Tagsüber war es sehr heiß, aber das war auch kein Wunder. Es war Anfang Juli, der Sommer hatte Einzug gehalten. Aber nachts waren die Temperaturen sehr angenehm. Die Nachtluft war kühl. Die Sterne glitzerten am Himmel. Der nächste Tag würde klar und sonnig werden.

Tom zündete sich eine Zigarette an und rauchte schweigend, starrte in den Sternenhimmel und versuchte die Tränen zurückzuhalten, die in ihm aufstiegen. Er konnte es nicht. Und so saß er rauchend und weinend in der kühlen Nachtluft und nahm Abschied von der Liebe seines Lebens. Von allem hier.

Um kurz nach eins drückt er energisch seine fünfte Zigarette aus, die er in dieser Stunde geraucht hatte, ging zurück ins Haus und öffnete leise die Tür zu Davids Zimmer. David schnarchte leise und schien tief und fest zu schlafen.

Tom setzte sich auf den Bettrand und sah ihn einen Moment an. Dann zog den Schleier des Vergessens hervor und ließ ihn von links nach rechts über Davids Gesicht gleiten. Er wischte die Erinnerung an ein ganzes Jahr in Davids Leben weg. Es hatte niemals ein Koma gegeben. Auch die letzten Tage hatte es niemals gegeben. David hatte niemals auf dem Sofa im Wohnzimmer übernachtet und auch sonst war in seinen Erinnerungen nichts passiert, was er in den letzten Tagen erlebt hatte. Auch ihn, Tom, hatte es niemals gegeben.

Tom atmete tief ein und unter erneuten Tränen wischte er nun mit dem Schleier des Vergessens von rechts nach links.

Er schenkte ihm damit die wichtigsten seiner eigenen Erinnerungen an seine Zeit mit Sophie. Eine Träne tropfte auf Davids Hand. Er stöhnte, zog im Schlaf seine Bettdecke zurecht und drehte den Kopf auf die andere Seite.

Ein letztes Mal wischte Tom mit dem Schleier des Vergessens über Davids Gesicht. Dieses Mal von oben nach unten.

»Schlaf«, flüsterte er leise. »Schlaf, bis sie wieder bei dir ist.«

Sein nächster Weg führte ihn in die Küche. Sophies Laptop stand auf dem Küchenschrank. Er öffnete ihre Datei und tauschte über die Suchfunktion in ihrem Schreibprogramm den Namen »Tom« gegen »David« aus. Mehr konnte er nicht tun.

Leise schlich er nach draußen, vor die Haustür und setzte sich erneut auf die Stufen vor dem Haus. Für einen kurzen Moment verbarg er sein Gesicht in beiden Händen. Dann schaute er in den wunderschönen Sternenhimmel. »Jetzt seid ihr dran«, sagte er leise.

Er spürte, dass Aine sich aus dem schlafenden Körper von Lola erhob und ihren Weg zurück in den Götterhain antrat. Er spürte die Veränderungen, die Lugh zunächst in Miriams, und dann in den Erinnerungen aller vornahm, mit denen Tom und Sophie im vergangenen Jahr zu tun gehabt hatten. Es war vollbracht. Tom schlich leise ins Schlafzimmer zurück. Sophie schlief noch immer tief und fest. Sie atmete leise, gleichmäßig, und als er sich neben sie legte, kuschelte sie sich in seinen Arm.

»Wo warst du denn?«, fragte sie schlaftrunken. Sie saugte hörbar seinen Duft ein. Er spürte, dass sie längst wieder schlief und er ihr keine Antwort geben musste.

Für den Rest der Nacht hielt er sie im Arm und starrte durch das Fenster in den Sternenhimmel.

Das Schwerste, das was ihm eine neue Narbe einbringen würde, die weit tiefer, größer und grausamer war als die Narben in seinem Gesicht, stand ihm noch bevor.

Niemals werde ich dich vergessen!

Die Götter saßen in ihrem Hain und beobachteten das Geschehen. Aine hatte Tränen in den Augen, als sie sah, wie traurig er war. Der Ausflug ins Grüne – ja, er hielt Wort. Er hatte versprochen, an dieser Stelle Schluss zu machen. Sophie und David ihrer Bestimmung zuzuführen. Dem Schicksal, welches sie, Aine, für Sophie, und er Oenghus, für David, gewählt hatten.

Aine war nicht sicher gewesen, ob er die Kraft dafür aufbrächte, denn sie spürte seinen Schmerz.

Viele Stunden lang war er mit ihr auf dem Motorrad durch die Gegend gefahren, bis er an diesem Flussufer zum Stehen gekommen war.

Nun saß er dort am Ufer. Sophie lag im Gras, mit ihrem Kopf auf seinem Schoß. Oenghus hielt in seinen Händen ein paar Steine, die er im Minutentakt ins Flüsschen warf. Er liebte sie wirklich von ganzem Herzen. Aine empfand Mitleid mit ihm.

»Einer leidet immer«, sagte Midir.

Aine sah ihn an, mit Tränen in den Augen. »Er wird sie vergessen.«

»Du weißt, dass er sie niemals vergessen wird.« Midir sah sie gütig an.

»Er gehört nicht in ihre Welt«, antwortete Aine. »Was sie nun für den Rest ihres Lebens erleben wird, ist die Liebe, nach der sie sich immer gesehnt hat. Für Oenghus ist das ein Geschenk. Ist das nicht die reine Liebe? Die, von der er immer spricht? Liebe, die besteht, unabhängig davon, ob man mit dem Menschen zusammen sein kann, den man liebt?«

»Ja«, sagte Midir. »So wird es sein. Und er wird, solange sie lebt, immer wieder ihre Welt betreten. In ihrer Nähe sein. Wir wissen, dass er das tun wird.«

»Ja, das wird er tun«, sagte Aine. »Und es wird ihn glücklich machen zu sehen, dass sie glücklich ist.«

Midir nickte langsam und bedächtig. »Und er wird immer unglücklich sein, weil er mit ihr glücklich war und sie sich nicht an ihn erinnern kann.«

Midir bedachte Aine mit einem sehr traurigen Blick. »Ist das nicht grausam an der Liebe?«, fragte er. »Nicht aufhören zu können, jemanden zu lieben, der nicht mehr an dich denkt?«

Aine wandte ihre Aufmerksamkeit dem Liebespaar am Flussufer zu. Oenghus und Sophie, die nebeneinander saßen. Aine wusste, dass Sophie es spürte. Sie spürte, dass etwas nicht stimmte, dass sich etwas verändern würde.

»Was ist nur los mit dir?«, fragte Sophie. Oenghus hob seinen Blick, sah ihr für einen Moment in die Augen und legte zärtlich seinen Arm um ihre Schulter. Sie schmiegte sich an ihn und schloss die Augen. »Über was grübelst du denn?«, fragte sie erneut.

Erneut wandte Oenghus sich ihr zu, und nun sah sie den Schmerz in seinen Augen. Sie hatte ihn immer gesehen. Es war ein Schmerz, von dem Oenghus von Anfang an gewusst hatte, dass er ihn fühlen würde. Irgendwann, nach einer gewissen Zeit. Sobald sie geheilt war. Sobald seine Mission erledigt war. Sobald er sie mit dem Mann zusammen gebracht hatte, den er und Aine für sie gewählt hatten.

»Du bist jetzt soweit«, sagte er leise. »Und ich muss zurück.«

»Zurück?« Sophie war sichtlich verwirrt. »Tom, was redest du da? Und was heißt, ich bin soweit?«

»Du bist jetzt gesund.«

»Ich war überhaupt nicht krank.«

Er sah ihr fest in die Augen. »Doch, das warst du. Nicht dein Körper war krank, dein Herz war es und deine Seele.«

»Tom, was redest du da? Das ergibt doch überhaupt keinen Sinn! Wir wollten einen Ausflug machen, mehr nicht. Wieso willst du zurück nach Hause? Es ist doch wunderschön hier!« Sie lächelte, aber er sah, dass sie ängstlich war. »Ich weiß, wir wollen heute Abend essen gehen, aber es ist doch noch viel zu früh, um …«

»Ich will nicht zurück in das Zuhause, das du Zuhause nennst. Es ist dein Zuhause. Und es ist Davids Zuhause. Meines ist ganz woanders.«

Sophie schossen die Tränen in die Augen. Sie bahnten sich ihren Weg, rannen über ihre Wangen, tropften auf Toms Hand, in der er Sophies Hand fest umschlossen hielt. »Was redest du denn da?«, fragte sie mit tränenerstickter Stimme. »Es ist unser Zuhause. David wohnt nur bei uns. Du und ich, wir wollen heiraten, hast du das vergessen?«

Er atmete tief ein und wischte ihr mit seinem Finger die Tränen aus dem Gesicht. »Warum weinst du, Sophie?«, fragte er. »Du musst eigentlich glücklich sein.«

»Weil ich das Gefühl habe, dass du mir etwas sagen willst. Etwas Schlimmes. Etwas, was mir unglaublich wehtun wird und was ich nicht verkraften werde.«

»Hast du dich schon einmal gefragt, warum wir uns begegnet sind? Warum du mich überhaupt bemerkt hast?«

»Schon oft. Ich nannte es immer Schicksal.« Wieder kullerten Tränen über ihre Wange und erneut wischte Oenghus sie weg. Sein Blick war so liebevoll, aber gleichzeitig so unglaublich beängstigend für Sophie. Oder war es seine Körperhaltung? Diese Entschlossenheit? Oder seine Worte?

»Du bist mir nicht zufällig begegnet, Sophie. Ich bin dir geschickt worden.«

Nun musste sie lachen, doch es klang bitter, zynisch. »So, du bist mir geschickt worden? Von Engeln?« Natürlich glaubte sie ihm nicht.

Er schüttelte den Kopf. »Engel gibt es nicht. Schon gar nicht bei uns.« Er seufzte. »Ich bin ein alter, keltischer Gott, Sophie. Ich bin viele tausend Jahre alt.«

Verblüfft starrte sie ihn an. Dann musste sie lachen. »Klar«, stimmte sie ihm zu, nicht ohne eine große Portion Ironie, die durch ihren Tonfall deutlich wurde. Dann straffte sich ihre Körperhaltung. »Tom! Du verarscht mich.«

Er schüttelte den Kopf und sein Blick war sanft. So sanft ... und seine Augen schienen ihr Innerstes zu durchdringen bis in die letzte Faser ihres Körpers. »Wir haben dich lange beobachtet, Sophie. Warum du unsere Aufmerksamkeit erregt hast, wissen wir auch nicht. Irgendwann bist du uns aufgefallen. Vielleicht war es deine Liebe zu allem was lebt, zu den Menschen, zur Natur, zu Tieren. Vielleicht war es überhaupt diese reine Form der Liebe, die du immer gegeben hast, jedem der deinen Weg kreuzte. Diese Liebe, die du als Naivität, als Blödheit, als irgendetwas abgetan hast, für die du dich später selbst verdammt hast. Irgendwann bist du uns aufgefallen und wir haben gesehen, dass diese reine Liebe, die du schenkst, benutzt wird. Wir haben beratschlagt, ob wir dir helfen können. Bis die anderen beschlossen, mich zu dir zu schicken.«

»Wer, die anderen? Wer sind die anderen?«

»Die anderen Götter, Sophie. Keltische Götter. Es sind viele, unglaublich viele. Sie sind verstreut, manchmal sind sie unter den Lebenden, einige sind im Totenreich, andere sitzen regelmäßig zusammen und ...«

»Walhalla?«

Er lächelte. »Walhalla gehört den nordischen Göttern. Eigentlich ist alles eins, aber jedes Volk hat seine eigene Bezeichnung dafür. Wir leben in der Anderwelt. Viele Inseln bilden die Anderwelt. Wir sehen durch die Nebelschleier in eure Welt und sind bei euch. Ich kann und will dir auch nicht alles sagen. Ich kann dir nur sagen, dass wir dich bemerkt haben. Eigentlich ist es Aine gewesen, die dich bemerkt und über Jahre beobachtet hat. Sie hat immer versucht, dich zu schützen, aber was du brauchtest, war die reine Liebe – sonst nichts.«

»Aine«, wiederholte Sophie.

Er nickte. »Aine ist eine Muttergöttin der Kelten. Sie ist die Göttin der Fruchtbarkeit und der Liebe. Sie ist sehr gütig und meint es mit den Menschen gut. Sie liebt euch.« Er seufzte. Seine tiefe Stimme klang leise, beinahe zärtlich, und doch war sie von großer Trauer geprägt.

»Sie erscheint auch heute noch manchen Menschen, nur wird sie nie als Göttin erkannt. Sie erscheint euch Menschen, um euren Glauben zu wecken oder euch zu schützen, zu helfen. Dir aber konnte Aine nicht helfen.«

»Hat sie es überhaupt versucht?«, fragte Sophie. Sie sah ihn kampflustig an.

Für ein Menschlein wie Sophie war das eine aberwitzige und völlig unglaubwürdige Geschichte. Aine musste unwillkürlich lächeln. So waren sie, die Menschen. Sie alle suchten einen Glauben, aber sie glaubten niemals das, was sie sahen oder hörten. Nicht, wenn es nicht mit ihrem Weltbild übereinstimmte. Das war schon immer so gewesen.

Oenghus lächelte, atmete tief ein und erzählte weiter.

»Aine ist es gewesen, die mich zu dir geschickt hat. Du brauchtest Heilung, aber nicht irgendeine Heilung.«

»Ich war nicht krank«, wiederholte sich Sophie.

»Oh doch, das warst du«, sagte Tom. »Du warst vom Leben enttäuscht, du warst von Männern und von der Liebe enttäuscht. Du hast Männer gehasst und gleichzeitig hast du dich danach gesehnt, dass du noch einmal Liebe erleben darfst. Richtige Liebe, eine Liebe wie auch du sie gibst. Du hast an dir gezweifelt, an deinem Urteilsvermögen, an der ganzen Welt. Du hast niemandem mehr vertraut. Du hättest dich nie mehr verliebt, wäre ich nicht gekommen.«

»Ich hatte meinen Job, meine Freundinnen und meine Wohnung.«

Sophie glaubte es noch immer nicht, aber Aine verstand sie sehr gut. Die Frau lebte in der Welt der Menschen. Sie hatte sich niemals für höhere Wesen interessiert. Oenghus war es gewesen, der ihr gezeigt hatte, dass das Göttliche in allem ist, das ihr begegnete:

in den Bäumen, in den Sträuchern, im Menschen, in den Tieren. Die Götter sind überall.

»Ja, und du hattest Schulden und warst unglücklich. Dir sind Männer begegnet, die dir Liebe geschenkt hätten, aber du hast sie nicht bemerkt. Du hättest einen guten Mann einfach nicht bemerkt, und falls doch, wärst du davon gelaufen.«

»Dich habe ich bemerkt, Tom. Und ich bin nicht davon gelaufen.«

»Ja«, lächelte er. »Weil ich eben ich bin. Es waren keine fairen Mittel, mit denen ich gearbeitet habe. Für Menschen nicht fair. Für uns Götter schon.« Ein weitere Mal atmete er tief ein. »Ich bin Oenghus. Man nennt mich auch Angus Og. Ein keltischer Gott der Liebe und des Friedens. Wo ich bin, sind Menschen fröhlich und glücklich. Nur deswegen konnte ich deine Aufmerksamkeit erregen. Nur deswegen hast du dich in mich verliebt.«

»Oenghus«, wiederholte Sophie. Sie hatte sich aufgesetzt und starrte ihn an. »Angus Og. Der Gott der Liebe. Tom, was soll das?«

Er legte erneut seinen Arm um ihre Schulter. »Ich habe deine Aufmerksamkeit erregt, du hast dich in mich verliebt. Du hast das geschafft, was du vorher nicht mehr konntest. Du hast immer gesagt, es fühlte sich an, wie innerlich tot zu sein. Du hast Recht, Sophie. Wer nicht lieben kann, ist innerlich tot. Du hattest mit allem Recht: Nur das Gefühl zu lieben, macht glücklich. Ob die Liebe erwidert wird oder nicht, ist nicht wichtig. Natürlich ist man unglücklich, wenn Liebe nicht erwidert wird. Aber nicht lieben zu können, ist viel schlimmer. Es macht Menschen hart und bitter. Es ist wie lebendig begraben zu sein. Ich habe dir das Gefühl der Liebe zurückgegeben. Ich habe dich geheilt. Du konntest wieder lieben und dadurch konntest du glücklich werden.«

»Du, der Gott Oenghus. Oder Angus Og.«

Er nickte.

»Tom, was willst du mir sagen? Ich verstehe nur Bahnhof. Ich kenne dich als einen realistischen Menschen. Und ja, auch als einen überaus romantischen Menschen. Als einen wundervollen Menschen. Du bist der Mann, den ich mehr liebe als alles andere auf der Welt. Was genau ist das hier für ein Gespräch?«

»Unser letztes.«

Sophie sprang auf und sah ihn entsetzt an. »Was?«

Mit festem Blick sah er ihr in die Augen. »Es ist unser letztes Gespräch.«

Er griff nach ihrer Hand und zog Sophie wieder nach unten, auf seinen Schoß. »Du wirst gleich einschlafen. Wenn du erwachst, wird David neben dir sein und du wirst ihn so lieben, wie du mich geliebt hast.«

»David? Was habe ich mit David zu tun? Wie könnte ich ihn lieben, nachdem du es doch bist, der mir alles bedeutet? Was treibst du für ein Spiel mit mir, Tom?«

Sie vergrub ihr Gesicht in ihren Händen und weinte bittere Tränen.

Es dauerte Aine, sie so unglücklich zu sehen. Aine ertrug diesen Anblick nur, weil sie wusste, dass Sophie alles vergessen würde. Am nächsten Tag würde sie sich an nichts mehr erinnern. Nicht an ihren geliebten Tom. Nicht an dieses letzte Gespräch. Sie verstand nur nicht, warum Oenghus ihr trotzdem alles zu erklären versuchte. Warum er Abschied nahm, wohlwissend, dass es ihr das Herz zerriss. Auch wenn es nur für kurze Zeit war. Warum tat er das?

»Er nimmt Abschied«, sagte Midir sanft. »Er nimmt nur Abschied. Wenn man sich lösen muss, ist es das Beste, ganz bewusst Abschied zu nehmen. Damit man loslassen kann.«

Aine nickte langsam.

»Er liebt aber bedingungslos. Er kann nur bedingungslos lieben.«

»Das tut er ja auch. Aber er braucht den Abschied von ihr.«

»War es das jetzt?«, weinte Sophie. »Ich durfte ein Jahr lang glücklich sein, und denken, es sei für immer. Und jetzt willst du mich loswerden?«

Sie spürte Toms Arm, der sich liebevoll um ihre Schulter legte. Weinend presste sie ihr Gesicht an seinen Hals. Es war vorbei. Schon wieder war ihr Glück vorbei. Doch dieses Mal wollte sie den Mann, den sie liebte, nicht einfach durch eine Tür hinausgehen sehen. Sie wollte ihn ein letztes Mal riechen, seine Haut spüren, seinen Duft einatmen, seine Wärme …

»David war von Anfang an der Mann, den Aine für dich vorgesehen hat«, erklärte er sanft. »David ist ein wundervoller Mensch, der sich immer für andere eingesetzt hat. Seine Liebe ist so rein, wie es deine ist. Du wärst ihm niemals begegnet, wenn wir nicht nachgeholfen hätten. Du musstest mich treffen, um ihm zu begegnen. Du musstest auch erst frei werden von deiner Angst zu lieben. Von deiner Wut auf dich selbst. Von deinem Hass auf deine Vergangenheit. Von deiner Angst vor der Zukunft. Du musstest erst wieder lieben lernen und dann erst durftest du ihm begegnen.«

»David lebt bei dir, in deinem Haus«, sagte Sophie.

Oenghus presste sie stärker an sich. Es war auch für ihn die letzte Gelegenheit, sie zu berühren.

»Es ist Davids Haus«, berichtigte er sie. »Alles ist so, wie David es damals hinterlassen hat, als er inhaftiert wurde. David hat im Koma gelegen, damit er auf dich warten kann. Er musste schlafen, bis er dir begegnen durfte. Bis ich ihm Erinnerungen an eine gemeinsame Zeit mit dir schenken konnte. Ist dir nie aufgefallen, dass die ganzen Filme, die Bücher, alles was in diesem Haus steht, aus der Zeit bis zum Jahr 2004 stammte? Es ist kein neuer Film dazu gekommen, kein neues Buch. Ich habe eine Weile in diesem Haus gelebt, weil es Teil der Aufgabe war, euch beide zusammen zu bringen. Ich habe Dinge repariert, alles in Ordnung gebracht, das Haus vorbereitet für den Tag, an dem er zurückkommen würde.« Er stöhnte leise. »Und ich habe dich dorthin gebracht.«

»Die Harley…«

Tom nickte. »Es ist Davids Harley.«

»Er hat ein eigenes Motorrad. Er fährt eine Kawasaki.«

Tom lächelte. »Es gab zwei. David ist verrückt nach Motorrädern, das weißt du doch inzwischen. Die Harley hat er in der Scheune stehen lassen. Sie war dort sicher. Die andere Maschine hatte er bei Arvid geparkt. Damit kam er nach Hause, nachdem er entlassen wurde.«

»David benimmt sich in diesem Haus wie ein Gast. Das ist ja wohl unlogisch, wenn es ihm gehört.«

»Nein«, sagte Oenghus. »Es wäre nur unlogisch, wenn keine alten Götter im Spiel wären. So wie Aine dich fand und dir helfen wollte, so wie ich geschickt wurde, um deine Seele zu retten, und dich zu David zu führen, so war noch Lugh beteiligt. Er ist einer der höchsten Götter und es ist eine besondere Ehre, dass auch er helfen wollte.« Er lachte, doch sein Lachen war unglücklich und Aine fühlte seinen Schmerz wie einen Messerstich in ihrem Herzen. »Nun, vielleicht war Lugh etwas inspiriert durch Aine.« Er seufzte. Lugh hat die Realität in Davids Kopf verändert. Er sorgte auch dafür, dass David ein Jahr lang schlief. Aber wir hatten ja ein Ziel.«

Er lächelte traurig. »Aine hatte dieses Ziel. Ich habe sie unterstützt, weil ich sah, dass sie ihre Aufmerksamkeit einem Menschen schenkte, der es verdiente, irgendwann in seinem Leben glücklich werden zu dürfen. So wie du Aines Aufmerksamkeit erregt hast, war es vor vielen Jahren David, auf den ich aufmerksam wurde. Er ist ein guter Mensch und ich war für einige Zeit immer an seiner Seite. Für Lugh hingegen war es ein Spiel. Er fand es amüsant.«

»Und jetzt willst du mir sagen, dass du zurück musst, ja?«

Oenghus nickte und sah sie mit ernstem Blick an. »Ja. Das Ziel ist erreicht. David liebt dich mehr als alles andere auf der Welt und er wird für immer an deiner Seite sein.«

»Leider liebe ich ihn nicht. Ich liebe dich. Aber das ist wirklich der Gipfel, Tom. Mich haben schon einige Männer verlassen, aber so eine abgefahrene Story hat mir noch keiner erzählt, nur um mich loszuwerden. Was ist mit unserer Hochzeit? Du hast mir einen Antrag gemacht! Was ist mit meinem Tattoo? Da steht dein Name drunter! Es ist dein Drache und es ist dein Name!«

Verzweifelt riss sie sich ihr Shirt vom Leib und deutete mit der Hand auf das Tattoo auf ihrer linken Schulter.

Oenghus zog sein Smartphone aus der Tasche und fotografierte es. Dann seufzte er erneut. »Es ist David, der das Tattoo auf dem Rücken trägt. Und jetzt schau dir das Foto an.«

Auf dem Foto war Sophies linke Schulter zu sehen, mit dem Drachen darauf ... und darunter war deutlich »David« zu lesen. In wunderschöner Schreibschrift. »Lugh ist gründlich«, sagte Oenghus sanft. »Er ist der Meister der magischen Täuschungen.« Er atmete tief ein. »Ich will dich nicht loswerden, Sophie. Ich habe dich geheilt und ich habe die zwei Menschen zusammengeführt, die laut Aine für immer zusammengehören. David liebt dich über alles und du, wenn du aus deinem Schlaf erwachst, wirst ihn auch lieben wie sonst nichts auf der Welt. Du wirst dich an mich nicht mehr erinnern, und du und David – in euren Erinnerungen habt ihr wundervolle Monate miteinander verbracht. Ich bin Oenghus. Ich bin nicht David. Aber ich habe dich in all den Monaten so geliebt, wie es David getan hätte.«

Sie lachte, und es war wieder dieses bittere, kranke, zynische Lachen. »David ist erst seit einer Woche aus dem Knast raus!«, zischte sie. »Wie hat Lugh das hingekriegt?«

Oenghus sah ihr fest in die Augen und sie spürte, wie der Zorn langsam von ihr wich. »Mein Liebes«, sagte er, und er strich ihr über das Haar. »Ich sagte doch, Lugh ist gründlich. Glaube es mir einfach, du hast eine wunderschöne Zeit mit David verbracht.«

»Meine Freundinnen werden mir was anderes erzählen. Und Lola.«

Oenghus lächelte. »Lola wird sich an dich und David erinnern. David ist ihr bester Freund. Aine ist in Lolas Gestalt geschlüpft. Lolas Seele ruhte für ein Jahr im Götterhain.«

»Ach?« Sophie war wütend, erschüttert, traurig und bis ins Mark getroffen. »Warum bist du denn nicht auch einfach in Davids Gestalt geschlüpft, wenn Aine das bei Lola konnte?«

»Weil wir es so für richtig hielten.«

Die Verzweiflung schien sie von innen aufzufressen und Sophie suchte krampfhaft nach Argumenten, nach irgendetwas, was Sie Tom entgegnen konnte. Etwas, womit sie ihn zur Vernunft bringen würde.

»Aber meine Freundinnen kennen dich!«, stieß sie hervor. »Miriam wird sich wundern, wenn ich ihr erzähle, dass der Mann den ich liebte, eigentlich ein keltischer Gott ist und nie existiert hat. Sie hält nämlich große Stücke auf Tom.« Sophie lachte hysterisch. Das konnte doch alles nicht sein! Im gleichen Moment rannen ihr die Tränen in tiefen Rinnsalen über die Wangen.

»Miriam ist ein guter Mensch.« Er lächelte. »Aber auch sie wird sich nicht mehr an mich erinnern. Sie kennt dich nur mit David und freut sich auf eure Hochzeit. Wie auch Tanja.«

»Und Arvid? Miriams Freund? Hat sie den nie kennengelernt?«

»Doch«, erklärte er sanft. »Er ist ein guter Freund von David.«

»Und in wessen Körper bist du geschlüpft?«

»In gar keinen. Das ist meine natürliche Gestalt.«

»Die Narben?«

Er zuckte mit den Schultern. »Es gab eine Zeit, in der ein Mann niemals ohne sein Schwert aus dem Haus ging und es leider auch benutzen musste. Ich bin ein Gott des Friedens. Aber manchmal muss das Schwert sprechen, um den Frieden zu wahren.« Er lächelte wieder. »Deine Freundinnen erinnern sich nicht an mich. Sie kennen dich nur mit David. Niemand von euch wird merken, dass sich die Realität geändert hat. Ihr lebt euer Leben und jeder von euch ist glücklich. Niemand wird mich vermissen. Ihr werdet nicht wissen, dass es mich gab.«

Erneut rannen dicke Tränen über Sophies Wangen. In ihren Augen präsentierte er ihr eine völlig irrsinnige Geschichte. Das alles nur, um sie loszuwerden?

»Was ist mit Odin und Thor?«, fragte Sophie. Es war möglicherweise ein letztes Aufbäumen gegen all das, was er ihr soeben erzählt hatte. In ihrer Welt waren die beiden Hunde Realität.

»Sie sind da«, antwortete er. »Sie leben. David wurde, kurz bevor ihr euch kennenlerntet, aus der Haft entlassen. Fast zur gleichen

Zeit hat er die Hunde aus einer Wohnung befreit, in der sie nur im Badezimmer eingesperrt waren. Du liebst sie. David liebt sie auch. Es sind eure Hunde. Odin hängt am meisten an dir und Thor an David.«

Er schloss Sophie in seine Arme und küsste sie. Sie schloss die Augen und gab sich seinem Kuss völlig hin. Sophie konnte nichts gegen die Tränen tun. Nur ein Kuss, dachte sie. Ein letzter Kuss von dem Mann, den sie liebte. Gleich, welche Geschichte er ihr präsentiert hatte, um sie loszuwerden, wie sie glaubte. Nur ein letzter Kuss. Sie spürte, wie sie von Sekunde zu Sekunde ruhiger wurde. »Oenghus bringt dir Frieden«, flüsterte er.

»Ich liebe David nicht, Tom. Ich liebe dich«, flüsterte sie unter Tränen. »Mehr als alles andere auf der Welt. Mehr als ich jemals zuvor geliebt habe. Du bist der Mann, den ich liebe. Du und niemand anderes.«

»Du wirst mich vergessen«, sagte Tom sanft. Er hielt sie immer noch fest im Arm.

»Niemals werde ich dich vergessen!«, weinte sie leise, und sie spürte, wie die Tränen über ihre Wangen rannen und den Hals benetzten.

Oenghus wischte sie sanft ab. »Doch, das wirst du«, hauchte er. »Wenn du erwachst, wirst du überhaupt nicht wissen, dass es mich gegeben hat.«

Sophie fühlte sich müde. So unglaublich müde. Es war anstrengend, aber sie versuchte mit aller Gewalt, ihre Augen offen zu halten. Sie lag in Oenghus Armen, am Ufer des Flüsschens. Die Harley stand hinter ihnen und warf einen riesigen Schatten. Es hätte so schön sein können für Sophie, für sie beide, aber Tom redete irres Zeug und sie konnte ihre Augen nicht mehr offen halten. Eine bleierne Müdigkeit überfiel sie. »Schlaf mein Liebes«, sagte Oenghus, und er küsste sie sanft auf die Stirn, wie er es vom ersten Tag an getan hatte. »Du wirst gleich nicht mehr wissen, dass es mich gab. Ich werde es sein, der niemals vergessen wird.«

Die Dunkelheit überzog Sophie wie ein Schleier und sie schlief ein. Gnädig, wie es sonst nur der Tod ist, wischte sie die Schmerzen weg, die Sophies Seele erschütterten.

Oenghus zog den Schleier des Vergessens von links nach rechts über ihr Gesicht. Nun wusste sie nicht mehr, dass es ihn gegeben hatte. In ihrer Dunkelheit gefangen, weinte Sophie eine Träne, die über ihre Wange lief, seitlich abperlte und sich einen Weg bahnte, an ihrem Ohrläppchen vorbei zu ihrem Hals. Er küsste diese Träne fort, bevor er den Schleier des Vergessens noch einmal von der anderen Seite über ihr Gesicht gleiten ließ. Nun würde es für sie nur noch David geben. Aber Oenghus würde für immer und ewig den Geschmack ihrer salzigen Träne auf seiner Zunge tragen. Und während er sich langsam, trauernd, auf den Weg in den Götterhain machte, sorgten Aine, Lugh und Midir dafür, dass Sophie und David dorthin gelangten, wo sie gemeinsam erwachen sollten.

Als Oenghus mit schwerem, schleppendem Schritt den Götterhain betrat, umarmte Aine ihn, doch er nahm sie kaum wahr. Er nahm auf dem großen Stein vor den Nebeln der Anderwelt Platz und verharrte dort schweigend und mit versteinertem Blick.

Er sah, wie Sophie erwachte und sich lächelnd an David schmiegte. Er beobachtete, wie David sie liebevoll in die Arme nahm, sich die Augen rieb, und sich dann über sie beugte. Wie er sie mit dem linken Arm an sich presste und mit der rechten Hand durch ihre Haare fuhr, als er sie leidenschaftlich und zärtlich küsste. Wie er sich von Sophie überwältigen ließ, die sich lachend aus seinen Armen befreite, ihn in die Bauchlage zwang, sich auf seinen Rücken setzte, und ihn küsste. Seinen Drachen küsste, den er auf dem Rücken trug. Bis er sich schließlich befreite, lachte, sie einfach auf den Rücken legte, ihre Beine spreizte und sie mit heftigen Stößen nahm.

Oenghus schloss die Augen. Sein Gesicht war vom Schmerz verzerrt und eine Träne bahnte sich ihren Weg über seine vernarbte Wange.

Midir setzte sich neben ihn. Er stützte sich auf seinen Speer und schenkte seinem Ziehsohn einen mitfühlenden Seitenblick.

»Liebe ist selbstlos«, sagte er. »Du als Gott der Liebe weißt das.«

»Es ist grausam, wenn man Millionen Erinnerungen im Herzen trägt und weiß, dass der Mensch, den man liebt, sich an überhaupt nichts mehr erinnert«, sagte Oenghus tonlos.

Midir erhob sich. Er nickte Aine und Lugh würdevoll zu und begab sich auf die Reise in seine Heimat. Er brauchte Ruhe, Frieden, er wollte keine Menschen mehr sehen.

»Oenghus ist stark«, flüsterte Aine ihm zu. »Er wird jetzt 100 Jahre dort sitzen und trauern. Und dann wird er wieder aufstehen.«

Zweijähriges

Ein Jahr später saßen David und Sophie im Hof ihres schönen, alten Anwesens und schauten sich die Fotos ihrer Hochzeit an. Das letzte Beltane-Fest war gleichzeitig der glücklichste Tag in ihrem Leben gewesen. An Beltane zu heiraten, war die logische Konsequenz ihrer beider Lebensweise und ihre ganz persönliche Art, den Göttern für ihr Liebesglück zu danken.

Der Standesbeamte hatte nicht schlecht gestaunt über die insgesamt vier Trauzeugen: Miriam und Tanja konnte sie diese Ehre nicht vorenthalten. Davids bester Freund war Arvid, seine beste Freundin war Lola. Zu beiden hatte auch Sophie ein sehr enges und herzliches Verhältnis. Es verstand sich von selbst, dass auch sie als Trauzeugen fungierten.

An diesem Tag konnten Sophie und David auf zwei sehr glückliche Jahre zurückblicken. Zwei Jahre, in denen sie beide jede Minute miteinander genossen hatten. Sie blickten auch auf vier Wochen Flitterwochen in Schottland zurück, die sie in einem kleinen Cottage verbracht hatten. Ihre Flitterwochen sollten nur ihnen gehören und sie suchten Romantik, Zweisamkeit und Natur – mehr nicht.

»Wir haben heute Zweijähriges, mein Liebling«, sagte David, und er lächelte sie liebevoll an. »Ich werde dich heute Abend zum Essen ausführen.«

»Können wir uns das noch leisten?«, neckte sie ihn. »Wir haben in Schottland sehr viel Geld ausgegeben.«

David nickte.

»Dafür reicht es noch.« Er kicherte, und reichte Sophie den Joint, an dem er nur zweimal gezogen hatte.

»Arvid und Miriam sind auch ein tolles Paar«, sagte Sophie, und hielt ihm ein Foto entgegen, auf dem die beiden wirklich schön getroffen waren.

David nickte. »So schön, dass sie sich gefunden haben.« Er lachte. »Das Beltane-Fest wird jetzt auch für sie beide ein wichtiges Fest sein. Sie hatten ja an diesem Tag Einjähriges.«

»Ja«, kicherte Sophie. »Und ich hätte es niemals gedacht, aber das erste was sie gemacht hat war, sich Motorradklamotten zu kaufen. Und dann, nach ihrer ersten Ausfahrt! Ich erinnere mich noch gut, wie sie mich anrief und ins Telefon brüllte, wie gut sie sich fühlt! Was für ein erhabenes Gefühl es ist, auf einem Motorrad zu sitzen, den Fahrtwind zu genießen! Plötzlich konnte sie mich verstehen!«

David griff nach dem Foto. »Ja, sie sind ein schönes Paar. Jetzt ziehen sie noch zusammen.« Er lachte und legte das Foto auf den Tisch. »Die beiden tun sich gut. Deine damenhafte beste Freundin ist ein bisschen lockerer geworden. Und Arvid ist mehr Gentleman geworden. Das ist so schön zu sehen. Mal sehen, wann die beiden heiraten. Sie müssen ja jetzt eigentlich die Nächsten sein.«

»Wer ist das?«, fragte Sophie, und sie hielt David ein Foto hin. Es zeigte einen sympathisch wirkenden Mann von etwa Ende vierzig, Anfang fünfzig. Über sein Gesicht zog sich eine riesige, tiefe Narbe, die sogar auf dem Foto sehr gut zu erkennen war.

»Ist das ein Freund von dir?«, fragte Sophie erstaunt. »Ich kann mich gar nicht erinnern, dass er auf der Feier war!«

David griff nach dem Foto und sah es sich genau an. Dann schüttelte er den Kopf. »Nie gesehen. Bestimmt hat ihn jemand mitgebracht.«

Sophie betrachtete das Foto noch einmal genauer. »Er hat so traurige Augen«, stellte sie fest. »Aber er wirkt so freundlich. Ich verstehe es nicht, dass ich mich an ihn nicht erinnern kann. Er ist doch sehr auffällig und wirkt sympathisch. Aber ich sehe ihn hier auf dem Foto zum ersten Mal.«

Sie seufzte, dann ging sie ins Haus und holte die Rosen, die sie am Nachmittag gekauft hatte.

David erhob sich und begleitete sie zu ihrem kleinen Altar, den sie nur für Oenghus, den Schutzpatron der Liebenden, errichtet hatte. Sophie praktizierte den heidnischen Glauben inzwischen fast noch ehrfürchtiger als er selbst. Gemeinsam ehrten sie die Götter, zelebrierten die Feiertage, brachten ihnen Früchte, Blumen und Wein zum Opfer und ließen Kerzen für sie brennen. Es machte David glücklich, dass Sophie seinen Glauben inzwischen teilte.

Aber unabhängig davon, hatte sie auf einem Altar bestanden, der nur Oenghus zu Ehren aufgestellt werden sollte. Er war der Schutzpatron der Liebenden. In diesem Haus, in ihrem Leben mit David, war er damit einer der wichtigsten Götter. Alles würde sie aushalten, sogar hungern würde sie. Aber nie mehr wollte sie ohne diese tiefe Liebe leben müssen, die sie mit David verband.

Die Vase auf diesem Altar hatte David befestigt, damit der Wind sie nicht umwerfen konnte. Jede Woche stellte Sophie einen frischen Blumenstrauß hinein, und so auch an diesem Tag: Sie schnitt die Stiele der Rosen schräg an, bevor sie sie in die mit Wasser gefüllte Vase auf dem Altar stellte. Arm in Arm hielten sie stumme Zwiesprache mit Oenghus und bedankten sich für seine Güte, seinen Schutz und seine Aufmerksamkeit, mit der er sie bedachte. Danach hob David sie auf seinen Arm. »Ich habe heute noch ganz viel mit dir vor«, sagte er. »Bevor wir essen gehen und unsere zwei gemeinsamen Jahre feiern, muss ich dich lieben.«

»Auf dem Küchentisch«, hauchte Sophie.

»Ja, auf dem Küchentisch«, sagte David, und er trug sie ins Haus.

Oenghus saß noch immer wie versteinert auf seinem Felsen vor den Nebeln, die die Anderwelt von der Welt der Menschen trennen. Aine hielt in stummer Trauer um die leidende Seele seine Hand. Und Oenghus weinte.

UND OENGHUS WEINTE

Die Autorin:

Sofia Hartmann ist Mutter von drei inzwischen erwachsenen Kindern und lebt und arbeitet in einem kleinen idyllischen Ort in Nordrhein Westfalen. Ihren Einstieg als Autorin fand sie im Jahr 2004 mit ihrem erotischen Roman »Das Spiel mit der Macht«, der im Elles Verlag erschien.

Sie finden Sofia Hartmann auch auf Facebook:
http://www.facebook.com/Sofia.Hartmann.Autor

Sofias Webseite:
http://www.sofia-hartmann.de